經典哲學名著導讀
001

笛卡兒與《沉思錄》

Descartes and the《*Meditations*》

蓋瑞・海特斐　著
周春塘　譯

序言

笛卡兒的《沉思錄》是哲學界中歷久不衰的一部熱門書。它從來便是哲學課程中重要的支柱，不管你是哪一門路的哲學家，鮮不以它爲一匹狩獵時試探虛實的掩蔽馬（stalking horse）。雖然它對年輕一代的初學者而言可能有點陌生，他們的老師輩卻會有如魚得水般的親切——或者也難免有如骨鯁在喉的難言之隱。文化圈中一般的讀者，則多少對它有點畏懼之心。

人們對這部著作耳熟能詳的事實，反而造成了解說上的困難。即使一些初入門的新手，有時也會貿貿然認爲他們「了解」書中的思想，領會其中的涵義和威力。不錯，本書充滿了我們熟悉的話題：懷疑的挑戰，著名的「我思故我在」的辯論，從不騙人的上帝所賜予我們明白而清晰的知覺，循環性的推理，心靈和身體的區分，以及當它們互動時所產生的問題，等等。

確實，這些都是《沉思錄》的話題。然而它們並不構成《沉思錄》的全體；它們不過是藉以走向笛卡兒思想的一些溝通工具。上一世紀中期的哲學詮釋家們便看漏了這一要點：笛卡兒其實是用他的書推銷他全新上市的自然科學（法國和早期英語學術界幸而抓住了此一線索）。正如笛卡兒寫給他朋友梅色納（Marin Mersenne）著名的信中所說（詳細引文見第一章），他的《沉思錄》包含了他物理學「全部的根據」，足以「摧毀」亞里斯多德的學說（因爲它們提供了物質和屬性，心靈和感官之間徹底不同的概念）。如果我們能記得笛卡兒的議論和結論都是清一色爲他的計畫而服務，我們將會從這部著作中看到笛卡兒更深邃的構想。這樣說來，他的懷疑論，無異是叫讀者跳出習以爲常的自然概念，因而能更輕鬆地抓住他的革新：「我思」（*cogito*）的推理，也並非爲了「證明」思想者的存在，而只是爲形上學提供新的方法，以便找到更可信賴的知識。

用一般的眼光閱讀《沉思錄》，也會讓一代又一代的讀者痳木了他們的感官，他們縱然睜大眼睛，部分的文理卻在眼底消失：他們把六個沉思單元看成「六天」的工作，賦予全書一個穿針引線的任務，再加上一點舞臺的設計，如此一來，六篇沉思變成了空白的塡充物，喪失了它們整體的意義。好在近年來有些註釋家開始從《沉思錄》文學的結構上找到了本書哲學的力量。原來笛卡兒採用了當時宗教界稱之爲「精神鍛鍊」（spiritual exercises）的寫作方式，轉用爲自己的哲學目的。正如教堂裡的精神鍛鍊強調感官和理智的洗滌，接受神靈的啓示，以及意志和上帝的結合，笛卡兒的認知鍛鍊（cognitive exercises）也讓認知的功能飽受懷疑的磨練，透過「自然之光」（light of nature，亦即理性），導致理性的啓蒙，並訓練個人的意志去接受理性在明白而清晰的感受中所看見的形上學的眞理。用這種觀點讀此書，書中好些段落，尤其是每一沉思篇的開端和結尾處，一些看似毫無哲學意味的閒話，都獲得了應有的地位，也都爲這部豐富而濃縮的著作增添了哲學的力量，從而誘導讀者走向發現之路，而不再是單單從一個議論的前提呆板地求取結論。沉思的過程是幫助讀者發現事物本質的觀念，亦即這些在我們的理解中早被過分信任的感官所掩蓋的觀念。

笛卡兒把建立自然的新觀念和寫作方式的選擇緊密連結在一起，意外地顯示了《沉思錄》中另一種值得高度注意的特色：即後來康德稱之爲「有眞正用途」的理性，它的出現肯定了《沉思錄》中重要的形上學的結論。笛卡兒的議論，包括物理學的基礎、感官的微粒論、對亞里斯多德物質「眞實特性」的反駁，以及心身區分說，都需要訴諸純粹的理性來作對事物和心靈的觀察。爲了訓練讀者適當地運用理性的功能，他選擇了沉思有力的形式。實際上，由於懷疑的重要，而沉思需要時日，笛卡兒呼籲他的讀者必須學習「把心靈從感官中抽身出來」，以便看見形而上學至要的眞理（上面所引三種議論，請參閱拙作〈感官和肉眼：《沉思錄》的認知鍛鍊〉一文，收於A. Rorty（ed.）, *Essays on Descartes'* Meditations, pp.45-79，以及〈笛卡兒的理性、自然，和上帝〉，收於S. Voss（ed.）, *Essays on the Philosophy and Science of René Descartes*，pp.259-287）。

我曾盡力把這些議論穿插在笛卡兒的時代中，以顯示其歷史的意義，而不損傷它們哲學的深度。我的努力主要見於第一章，雖然在全書中也隨處可見，但我需要特別指出的，是談論笛卡兒新科學的第九章。我的目的，除了陳述自己的解讀外，還清楚地描述《沉思錄》的要點，議論的策略，並旁及歷年來重要的詮釋和修正。至於本書基本的結構，文字的運用，和卷首的附錄，在第二章中都有交代。隨後的六章，則每章處理一篇完整的沉思；篇中的細節，從第三到第八章都標明話題，列於目錄中，以求醒目。當然，我的書不可能包羅一切，然而我沒有忽略任何一篇沉思中所提到的重要的問題。最末的第十章，則評估笛卡兒爲後人遺留下來的財富。

我必須特別一提的是，當我介紹笛卡兒的哲學境遇時，我刻意把它們還原於笛卡兒自己的時代，以便讀者了解當時人們對他的認識。因此，當他處理亞里斯多德的哲學時，他會與若干其他的哲學家有類似的看法，這一點我在第一章中也曾有點名的介紹。他們的立場，跟我們今天看亞里斯多德也不會相同。因此我的書也不能視爲是笛卡兒和亞里斯多德之間的一種比較。

我此書整體的企圖是了解笛卡兒的議論，尋找他思想力量的源頭，借重他在自己時代中遭遇到的困境和後人對他的批評（包括我個人的意見），來爲他的哲學作一評價。我們不可能一無遺漏地列舉反對他的聲浪，而對每一反對也無法作詳盡的回應。況且，在一部秩序井然的著作中，有些念頭在先，有些念頭在後，當我們在這中間穿梭閱覽時，我們接納一個結論，往往只是爲了方便下一步的討論，儘管這中間還有許多未經解決的疑問（有些疑問甚至還未形諸文字）。我沒有意思要讓大家相信爭議只有這麼多，或者爭議並不嚴重。事實遠非如此。我希望讀者能在我作這些討論時，也在自己心中作個評估，開啓一些不同的看法，並從這些爭論的強項和弱點中找到自己的結論。

我寫此書的目的，雖在爲笛卡兒哲學課程和理性主義哲學的專門學者提供深入而實用的教材，我也希望能包含一般的讀者和現代哲學史入門的學生。如果它能對笛卡兒思想專家和一般的哲學家們派上用場，那就更好了。

本書內容於一九八〇年秋季在哈佛大學初次登臺，隨後在給不同年代學生的講解和傳授中獲益良多。我歷年來對笛卡兒思想鍥而不捨的鑽研，最能激發我的學生，莫過於哈佛的Hannah Ginsborg和John Carriero，約翰霍布金斯的Stephen Menn，還有賓州大學的Alison Simmons。在籌備本書的出版事宜上，Yumiko Inukai的協助和意見是極具價值的。其餘諸人給我的幫忙也很多，他們分別是Allison Crapo、Karen Detlefsen、Sean Greenberg、Steve Kimbrough、Susan Peppers、Holly Pittman，和Alison Simmons。本書出版前最後一次的檢討和校閱，Michael Ayers功不可沒。我需要特別對Tim Crane和Jo Wolff的鼓勵和耐心，以及出版公司執事先生們提供的有用建議，表示由衷的感謝。賓州大學給我的休假大大幫助了本書的撰寫。賓大圖書館特別典藏部門的Michael Ryan和哲學編目組的Bob Walter給了我許多有關哲學史方面藏書的方便。最後但並非次要的，我要感謝Holly、Sam，和Tiny，他們是我永遠的夥伴，快樂的嚮導，和靈感的泉源。

代譯序——《沉思錄》與現代科學：笛卡兒思想傳承的回顧

笛卡兒生於一個科學革命蘊釀時代的前期，有關自然世界駭人聽聞的新發現日有所聞，頗有掃蕩數世紀以來知識信仰的趨勢。在這片肥沃的土地上，笛卡兒增添了不少他個人的貢獻，但他並不以此為滿足，他還提出了一個翻新全盤形而上學的規劃，替這場科學革命帶來了新生的氣息。這個結合數學、物理學、人心、上帝，以及眞理觀念的規劃，便是笛卡兒傳承中最饒意義的一章，影響了他身後數百年間的思想，尤其是有關數理和人心的研究，包括心理學和腦神經科學。在這些領域中，他最成功的是物理學。笛卡兒心目中的宇宙是一部「雄偉的機器」，這個形象既新穎，又簡單，還充滿了無限的啓發性。他保證像這樣一個宇宙中的物理現象，都可以用一套尋常的邏輯和數學作為探索的工具，而他本人還為這套工具盡了一番打造的心力。這個機械而又數學化的宇宙觀，經過後世的改進，已被現代的科學家們普遍接受，並且視為當然。

單憑這個成就，便足以使笛卡兒永垂不朽。但他的貢獻遠不止此，最令人注目的，是他的《沉思錄》。在書中，他企圖把知識變成有如數學一般的可靠和精確，並且深入人的心靈，尋找靈魂和物質間的關係。在這個視野中，他懷抱著極高遠的理想。不過他的斬獲，卻還有待證明。事實上，他提出的若干問題，儘管經過後人不斷的努力，至今還沒有獲得解答。

讓我們首先觀察一番他對數學眞理的熱愛。醉心于數學知識的精確性和它具有解釋物理現象的功能，笛卡兒建議說一切物質都具有「擴延性」，或者空間，如此一來，物理學在本質上變成了幾何學，也就是數學的一個部門。當然，這個確實的觀念也曾經過不少次數的修正，但從他開始，物理學和數學有了密不可分的觀念，直到今天還是一種金科玉律。後繼者有如牛頓，爲了要了解運動中物質的物理現象，發明了一套全新的數學，亦即微積分。愛因斯坦的相對論基本上也是一種數學上的演繹，從少數幾個簡單的前提出發，他替空間、時間、物質，和能量找到了前所未有的新概念。隨後跟進的量子力學，跟數學也有緊密而平行發展的趨勢。

然而，以尋找眞理的基礎爲由，笛卡兒決心要追究到底。假如物理學依賴數學，那麼數學依賴的又是什麼？無可懷疑地，數學也是人類心靈的一種產物，那麼我們也能信賴數學嗎？在《沉思錄》中，笛卡兒用懷疑的手法對我們心靈是否可靠的問題作出了猛烈的挑戰。最終他還給了心靈一個肯定的信任。他所借重的推理，是上帝不會騙人的假設，和我們「明白而清晰的知覺」。他認爲這便是求取眞理時必不可少的條件。他的想法歷來進展如何？不錯，人類求眞的慾望從來便不曾衰退。一位舉足輕重的思想家羅素（Bertrand Russell）曾說，「我追求眞理的熱忱，有如追求宗教的眞理。」這話便是笛卡兒數世紀前大聲疾呼的回響。不過，羅素說的是一種希望。他心下明白，二十世紀中許多新的發現，已讓數學的知識蒙上濃厚的陰影，和在尋求絕對眞理時所給與的約束。最可注意的是，數學家庫特・戈德爾（Kurt Godel）在一九三一年的宣稱：數學的規範，以及與數學有關的系統，已不再能爲眞理做任何充分的見證。這無疑是給企圖利用系統觀念或者數學的結構來解決問題的人，有如笛卡兒和羅素者，一個當頭棒喝。更多的失望來自一九七〇年代一個新興的數學支派名爲「混沌理論」（chaos theory）的。它認爲數學能爲現實世界所做的預言，已越來越不可靠。不用說令人氣餒的氣象預告，即使幾個世紀以來眾以爲不可一世的科學大躍進，也都給潑上了冷水。笛卡兒絕對知識的完美夢想，既然植根於數學，也難免落了空。

至於笛卡兒的另一目標，即：解釋人的靈魂以及它與身體和外在物質間的關係，又怎樣呢？恐怕笛卡兒自己也被這個龐大的任務嚇倒了。他從未完成這項工作，這些問題到今天也還沒有答案。在這個目標中，他心中懷著一個雙重的計劃。首先，正與他物質的觀念一致，他想證明人的心靈大體上可以用機械的方式得到了解。他相信他假想中的神經系統和大腦應能正常配合，而且也符合生理上的實況。整體說來，笛卡兒最可笑的錯誤便出現在這裡：他把大腦中一個細小的部門叫做「松果腺」（pineal gland）的東西，賦予一個重大的責任，認爲那便是靈魂的所在地。他的結論來自大腦的自覺性相當統一的事實，而松果腺正好位於大腦的中央，它還有一個與眾不同、獨一無二的結構。他同時代的人便不同意這個說法。今天我們十分清楚，松果腺主要是一個內分泌的器官，它分泌的麥藍通寧（melantonin，一種有控制睡眠作用的荷爾蒙），與精神功能全無關係。幸而這種細微的機械論並不是《沉思錄》的焦點。相反地，《沉思錄》要把人的心靈和肉體分離爲兩種不同的「物質」。這便是笛卡兒心目中的第二個計劃。然而這個計劃，在現代思想家的眼中，卻是笛卡兒犯下的又一大錯。笛卡兒認爲心靈和肉體含有兩種不同的物質，現代科學家卻相信心靈和身體屬於同一種物質，雖然具有兩個不同的層面。今天有人取笑笛卡兒的「二元論」，覺得他所謂的心靈，中間暗藏了一個擁有魔法的精靈，能超越物質的世界，逃開理性的制裁。我們（應當）慶幸沒有接受這個迷信的玄想。事實上，在笛卡兒的著作中，我們完全看不見任何值得取笑的地方。他的許多思想跟今天有相當的接近：人們精神的狀態和身體之間有一個極其微妙的關係；在科學的領域中，這是一個不容蔑視的話題。最重要的是，他所看見的樸索迷離的自覺性，跟他所相信冷漠無情的機械世界全然不同。這個話題蘊藏了道德的含義。這些能主觀地對欲望、快樂和苦難有所感受的生物，絕不是冷漠無情的機器，只有他們才值得同情。雖然笛卡兒在他的二元論中並沒有提出倫理上的問題，他的哲學相當凸顯了人類心靈獨一無二的品質。

很不幸的，這個獨一無二的心靈，其撲索迷離的程度，一點也不亞於笛卡兒的時代。儘管今天腦神經科學家對大腦的機械功能已做了不少的研究，我們至今仍然不了解，爲什麼許多不同的大腦活動會進入我們自覺的天地。日新月異的科技發展，只能讓我們對這些問題感到更多的神祕。今天的電腦已經可以做高難度的表演（例如世界級的棋賽），這些我們向來認爲屬於人類心靈的功能，迫使我們思考機器是否也能擁有自覺的特性。雖然見仁見智，眾說紛紜，這個問題要得到解答，看來爲時還很遙遠。另外一些著名的科學家，包括湯麥士・奈格耳（Thomas Nagel），設想動物也有自覺性，雖然笛卡兒早已否定了這個觀念。還有一些哲學家，有如大衛・查末爾士（David Chalmers），認爲自覺性不能再以慣用的語言來解說；它應當別樹一幟，成爲一個獨立專門的學問。查末爾士還說，自覺其實是一種資訊的傳遞，它可以呈現於人類的大腦，或者動物，和機器的身上。這個當然不是笛卡兒的念頭，但跟其他的問題一樣，答案不會在短期內到來。在本書的末章中，海特斐教授把心靈和身體的探討視爲是笛卡兒一份「最具活力的遺產」。一點不錯，四個世紀過去了，這些來自笛卡兒的疑問，依然還在種種不同情況的思考中反復地迴響。

周啟廉
哈佛大學醫學院腦神經科學博士、笛卡兒「意識觀念」專家
序於美國國家衛生署藥物管理局

書名縮寫和引文資料

本書使用的笛卡兒著作引文及其編碼都採自Charles Adam和Paul Tannery合編的拉丁文和法文現代標準改定本《笛卡兒全集》，*Oeuvres de Descartes*（Paris: Vrin/C.N.R.S., 1964-1976）。這個版本通常簡稱爲ＡＴ本，有清楚的卷碼和頁碼。由於本書以ＡＴ本爲依據，故我只標明卷數和頁碼，例如（7 : 21）即指ＡＴ本中的第七卷，第二十一頁，而不另加說明。

ＡＴ本把笛卡兒著作的譯文頁碼都標示在書頁邊緣的空白上。他主要的英譯本我採用John Cottingham, Robert Stoothoff and Dugald Murdoch（eds.）, *Philosophical Writings of Descartes*, 2vols.（Cambridge: Cambridge University Press,1984-1985），簡稱爲ＣＳＭ本。當ＣＳＭ本只有選文而無譯文時，下列書目中可以找到相對的翻譯。笛卡兒的書信我採用Cottingham, Stoothoff, Murdoch, and Anthony Kenny（eds.）*Philosophical Writings of Descartes*, Volume 3, *Correspondence*（Cambridge: Cambridge University Press,1991），簡稱ＣＳＭＫ本。因爲我提供的資訊都來自ＡＴ本，故我在本書中也不再提ＣＳＭ和ＣＳＭＫ的版名，或者其他譯文的來源。

除了兩個例外（說見下文），我引文的卷數和頁碼都遵循ＡＴ本。在極少數幾個例子中，當我感覺有必要改寫譯文時（我盡量維持保守的態度），則我把這個頁碼加上一個星號（*）以示識別。在少數幾個情況下，如果引文沒有翻譯，則引文將使用斜體字。

雖然我在行文中註明了AT版本的卷數和頁碼，爲了讀者查閱的方便，我仍開列下面的簡表，作爲精確的參考：

AT本卷數/頁碼	笛卡兒著作及其他
1-5	書信
5:144-179	與布爾曼的談話
6:1-78	《談談方法》
6:79-228	〈屈光學〉（亦名〈光學〉）
6:229-366	〈氣象學〉（亦名〈大氣學〉）
7	《沉思錄》，附「異議和答辯書」
8A	《哲學原理》拉丁文本
8B:341-369	〈單面海報評語〉
9A:198-217	法文版《沉思錄》編輯Clerselier的筆記和書信
9B:1-20	法文版《哲學原理》笛卡兒致法文譯者的信
10:151-169	與比克曼的通信
10:213-248	早期作品（一些私人的思維）
10:359-468	《心靈指導守則》

AT本卷數／頁碼	笛卡兒著作及其他
10:495-527	《真理的探索》
11:1-118	《世界論》或稱《光學原理》
11:119-222	《論人》
11:223-286	《人體素描》
11:301-488	《情緒論》或稱《靈魂的熱情》

本書《沉思錄》引文頁碼來自ＡＴ卷七的拉丁文原文本。《沉思錄》（附《異議和答辯書》）和《眞理的探索》英譯本見於ＣＳＭ，卷二。《眞理的探索》和部分的《談談方法和論文》、《哲學原理》，以及《情緒論》（附其他作品）則見於ＣＳＭ，卷一。「卷首附錄」和「六篇沉思要旨」逐字精確的譯文，連同扉頁的拉丁文字，都由 G. Heffernan（編）的 *Meditations on First Philosophy* = *Meditationes de prima philosophia*（Notre Dame: University of Notre Dame Press,1990）提供。

《世界論》和《論人》的翻譯出自 Stephen Gaukroger（ed.）, *The World and Other Writings*（Cambridge: Cambridge University Press,1998）。〈氣象學〉只見於Paul J. Olscamp（ed.）, *Discourse on Method, Optics, Geometry, and Meteorology*（Indianapolis: Bobbs-Merrill, 1983）；此一版本沒有ＡＴ的編碼。我大部分《哲學原理》的引文出自ＣＳＭ，但該書只選用了《原

理》第二和第四部分；若要全部譯文，請看V. R. Miller and R. P. Miller（eds.），*Principles of Philosophy*（Dordrecht: Reidel,1983），該書亦未有ＡＴ的編碼；而ＣＳＭ卷一也只爲ＡＴ版本提供第二和第四部分中有編號的譯文。

有關布爾曼的談話我選用ＣＳＭＫ的部分翻譯；欲見全文，請看J. Cottingham（ed.），*Descartes' Conversation with Burman*（Oxford: Clarendon Press, 1976）。

其餘的參考書，不同的詮釋，和歷史資料的引用，於每章之末都有詳細的開列。次要書目一經引用，第二次出現時則只列作者的姓氏或簡短的書名。至於全書末提供的是最新研究笛卡兒的英文文獻書目。

目次

第一編　總覽和提要

第一章　笛卡兒的計畫

一六四一年，四十五歲的笛卡兒出版了他的《第一哲學沉思錄》。第一哲學是形而上學的別名，是研究萬事萬物的基本原理。對笛卡兒而言，它囊括了人（self）、上帝（God），和自然世界（natural world）；而他的計畫則是藉本書的啓發，讓讀者找到自己的力量，發現形而上學的眞實意義。這是一樁具有高魄力的工作。

《沉思錄》自稱是一部有關「上帝和靈魂」的書（7：1）（即AT本《笛卡兒全集》第七卷第一頁，下仿此）。的確，他宣稱上帝的存在，並相信靈魂（soul）或心靈（mind）獨立於身體之外。爲了建立此一理論，《沉思錄》首先提出懷疑的論調，旋而又推翻這種懷疑，其目的只在尋找知識的可能性。從表面上看，這裡所謂的知識，很像有服務於神學話題的可能。

然而深入追究，我們發現笛卡兒有一套全然不同的企圖。在給朋友馬蘭·梅色納（Marin Mersenne）的信中（3：298）他私下表白說，此書包含了他物理學中「全部的原理」（3：233）。他談論上帝和靈魂，只是想爲他革命性的新物理學謀取形而上學的根據。他的企圖，是推翻流行於當時以人爲中心的自然世界。他心目中的世界有一個與傳統徹底不同的面貌：那是一部與個人毫不相干的雄偉機器。由於他想把這革命性的計畫暫時瞞過初讀他書的人，這書徹頭徹尾便不提「物理學原理」或者「自然世界學說」一類的字眼，我們必須耐著性子去體會他對後世哲學和科學旋乾轉坤的伏筆。

為了了解笛卡兒《沉思錄》的布局，我們有必要從他的生活和其他著作中尋找線索。他的學術生涯並不始於形而上學的研究，而是始於數學和自然哲學。他早年在這一方面的努力曾使他自己發現了一種特殊的方法，這個方法，當運用在形上學時，會產生巨大的變化和發展。《沉思錄》便是這些變化和發展的忠實紀錄。

在本章中，當我們回顧笛卡兒的學術規劃和成果後，緊接著即將檢視《沉思錄》作為哲學論述的結構和方法。第二編將分別討論《沉思錄》的六篇沉思。最後，在第三編中，我們將思考《沉思錄》所揭櫫的科學革新，同時概述他給今日哲學界遺留下來的財富。

早年教育

笛卡兒接受教育的耶穌會學校傳授給他的哲學，是經過羅馬教會學院詮釋過的亞里斯多德傳統，也正是他自己的哲學所不能容納的。事實上，耶穌會的教師精通數學，而他們嚴苛的教條也促成了他早年對哲學的叛逆。早在他卒業前，他已發現了若干數學問題的答案，至今猶為人稱道。這期間基本數學所給他的精準訓練，讓他領悟到挑戰哲學的方向與數學的精準性相比，哲學大有改造的餘地，而他便自許為扛起這份改造工作的人物。

一五九六年，雷內．笛卡兒（René Descartes）誕生於法國波阿頭（Poitou）地區靠近杜爾市（Tours）的艾業村（La Haye，現在已更名爲「笛卡兒村」）。他的父親是一個醫生的兒子，屬於擁有土地的貴族階級，也是雷恩（Rennes）地方議會的議員。他的母親也出身地主家庭，但當笛卡兒僅十三個月大時，便因難產去世。年幼的雷內，連同他的哥哥和姐姐，都由外婆撫養長大。一如貴族子弟的習俗，他於一六〇七年到一六一五年之間住進了位於安舒（Anjou）耶穌教會的弗萊士（La Flèche）公學就讀。這所公學爲法王亨利四世於一六〇四年所建。亨利四世早期是喀爾文派雨格諾教會（Calvinist Huguenots，即法國的新教）的領袖。但於一五九三年，爲了減輕與羅馬之間的衝突以保障自己王室的地位，他曾形式上地改奉天主教。次年，一五九四年，他遭耶穌會士行刺未遂後，便把耶穌會逐出巴黎，並關閉了他們在法國境內所有的學校。一六〇三年他與耶穌教會重歸舊好，並把位於弗萊士的宮殿捐贈給他們，創設了一座全新的學堂。

耶穌會（Jesuits）是羅馬天主教的一個教團，一五三九年爲羅耀拉（Ignatius of Loyola）在西班牙建立，以自許屬於耶穌的會社而得名。他們的宗旨在改善人類的精神性質，而重點則放在教育的工作上。他們創辦了許多新的公學和大學，也接管了不少舊有的學校，成爲十七、十八世紀法國以及其他地區教育的重鎮。

耶穌會的學校以高品質著稱，吸引許多不同背景和需求的學生，包括有志奉獻神職、法律、醫療、文武百官，或者商業工作的人。學校前六年的課程，集中在語文和修辭的訓練。學生必須學習拉丁文和希臘文，並選讀古典作家，尤其是古羅馬演說家西塞羅，他的著作是風格和辯論的教科書，也是準備進入哲學領域者必經的階段。多數笛卡兒的同學都在六年後離校，進入社會，或者轉入大學，求取在法律、醫藥和神學上更專精的薰習。至於留在弗萊士的學生，包括笛卡兒，則需再花三年的時間來完成數學和哲學的訓練。笛卡兒對他留校的選擇顯然相當滿意，因爲他後來有一次向一位徵詢意見的神父推薦這所學校，說這裡的哲學教學無與倫比，是有意深造者最佳的歸宿（2：378）。

早年的人文科學並不局限於中世紀所謂的「人文教養七科目」（seven liberal arts），其前三科（trivium，即文法、修辭，和倫理學），除了倫理學，都在初級公學中講授，而其後四科（quadrivium，即幾何、天文、音樂和哲學），在弗萊士公學則是最後三年內教材的一部分，當中另增加的哲學，包含倫理學、自然哲學（亦稱物理學）、形而上學，以及道德學。完成這最後三年課程的學生，則授予人文學位（arts degree）。

在哲學的課程中，耶穌會學校明言必須以亞里斯多德爲準繩，而亞里斯多德的課本，諸如倫理學、物理學、形而上學和道德學，必須採用耶穌會官訂的註釋本，至於其他的論著（包括簡化的摘要），只要與亞里斯多德有關，便得有耶穌會的認證。這些認證和論著，雖然大體上都還合理，有時卻顯然背離了亞里斯多德的原意，也不同於中世紀基督教的詮釋，例如阿奎納斯（Thomas Aquinas）和史各特士（John Duns Scotus）。笛卡兒對這些不同的見解，在畢業前後都有認眞的研究；他也曾談論到（3：185）托立多（Francisco Toledo）、魯必我（Antonio Rubio），以及一些葡萄牙柯引布拉大學的詮釋者（Coimbran commentators），包括馮希嘉

（Peter Fonseca）。他也熟悉蘇奧雷（Francisco Suarez）（7：235）的作品，並讚揚尤士塔斯（Eustace of St. Paul），一位西士妥教團（Cistercian Order）而非耶穌會會員編寫的哲學教科書（3：323）。在校的最後三年以及離校後五年內，是他專心一志研究亞里斯多德思想的時期（3：185）。

儘管如此，他的哲學並不局限於亞里斯多德。在閱讀西塞羅時，他已接觸到原子論（atomists）、柏拉圖、懷疑論，和斯多葛思想（Stoics）。托立多、魯必我、柯引布拉學派的詮釋者，除了評論亞里斯多德外，還討論許多其他的學術，包含原子論的物理學、柏拉圖的知識論，以及新柏拉圖派、伊斯蘭派和拉丁學派對亞里斯多德的詮釋。雖然他們排斥柏拉圖的知識論，但他們鉅細靡遺地介紹了一種純粹用理性認識的世界，全然不同於感官的觀察。笛卡兒成熟後的知識論更接近柏拉圖，而不是亞里斯多德。然而當他還在校時，那些林林總總、相互矛盾的哲學話題，在他看來都不無道理。由於沒有任何理論曾經得到「完全肯定」和數學上的「不言自明」（6：7），他把它們一律視爲「好像」（as if）都是錯誤（6：8）。

耶穌會學校的數學包括抽象數學（幾何學和算學）以及多種應用數學，例如天文和音樂（後四科），甚至還有光學、透視學、力學，和土木或者軍事工程學。在笛卡兒的時代，古代的天文學和光學正發生劇烈的變化。十六世紀的天文學家哥白尼作出了地球環繞太陽行走的假設，反對向來堅信不疑的地球中心說。一個運轉不息的地球違反了亞里斯多德的物理原則，認爲一切物體都以奔赴宇宙的中心爲鵠的，因此地球無條件地成爲一切天體運行的中心。

一六一〇年伽利略（Galileo）用最新發明的天體望遠鏡發現木星的月亮環繞木星運轉，也同樣挑釁了地球的獨特性。一六一〇年在弗萊士就學的笛卡兒曾參與慶祝了這一大發現，克卜勒（Kepler）也曾於一六〇四年和一六一一年先後發表以數學爲基礎的光學論文，反駁古人。他認爲人所見到的事物不過是物體在人眼睛的視網膜上留下的影像而已。到一六二〇年代，笛卡兒已經完全熟知了這些當時最頂尖的知識。

弗萊士公學畢業後，笛卡兒進入波阿狄埃大學（University of Poitiers）研習法律，於一六一六年結業。他的父親要他從事司法工作，希望他們的家庭能取得貴族頭銜（一六六八年他們終於如願以償），但笛卡兒沒有這種意願。年滿二十一歲後，他入伍從軍去了。

紳士軍人和數學科學家

一六一八年，笛卡兒正式加入莫里斯（Maurice of Nassau）的軍隊。莫里斯是歐蘭西的親王（Prince of Orange），他領導的荷蘭合眾軍（Army of the United Provinces）志在遏止入侵荷蘭的西班牙勢力，也曾頻頻得到法國政府的支持。當笛卡兒在布列達（Breda）入伍時，正是合眾軍跟西班牙宣布休戰十二年的第九年。布列達位於西班牙占領的荷蘭邊陲（在今天的比利時），笛卡兒的職位是莫里斯將軍的隨軍顧問，兼數學家和工程師。該年七月，莫里斯率軍北上烏特雷池（Utrecht），調停當時喀爾文教派內部的衝突。由於笛卡兒的任命只爲抵抗西班牙，所以沒有參與這次的軍事行動，繼續留居布列達。

駐紮在布列達城郊時，他邂逅一位荷蘭自然科學家比克曼（Issac Beeckman）。這件事改變了他的一生。一六一八年十一月十日那天，他們二人因貼在牆上的一張數學問題海報而開始攀談。那時笛卡兒正對應用數學感到特別的興趣，也可能因為研究軍事建築，二人都十分高興結識一位熟稔拉丁文，並精通數學的朋友。比克曼不久便鼓勵笛卡兒挑戰數學、音樂、動力學，和流體靜力學的問題。這些思考引導笛卡兒相信物質是由圓形的小球，即原子構成的。這期間他寫了一些短文（10：67-74）解說他的「原子論」（後來被他放棄而傾向於可以無窮分解的「微粒子」說）。一六一八年十二月，他用拉丁文寫成了他的第一本書《音樂概略》（*Compendium on Music*），並題贈給比克曼（一六五〇年他死後才出版）。

新方法

一六一九年早期，笛卡兒為自己設計了一支比例圓規（proportional compass），解決了向來幾何學上三分一個角度的難題，同時也發現了代數學中好幾種三元方程式的解方答案。這項工作讓他進一步了解幾何結構和代數方程式中間的關係。他設計的比例圓規由精密垂直的框架組成，用絞鍊連結在一起，並滑動於另一個圓規上，以取得某一特定的比例（當這副裝備開啓或合攏時，會產生一個連續的動作）。笛卡兒認為這支圓規也代表代數方程式，包括三次方程式（並能找到其他條件下產生的平方根，例如 $x^3 = ax^2 + b$）。在方程式中把弦長和底線的長度視爲常數和未知數的值時，他可以經由這些常數和未知數的值的相對變化造成之曲線，來決定方程式的值。這種把代數方程式當作座標上的直線來處理的方法，便是解析幾何基本的觀念。

一六一九年三月二十六日笛卡兒興致勃勃地向比克曼宣稱，他意識到了一個「全新的科學」，足以解開「一切可能的」方程式（10：156-157）。他拿他的新方法跟十三世紀馬約爾卡島（Majorca）哲學家雷蒙・略爾（Ramon Lull）的《小藝術》（*Ars brevis*，即《方法學》）相比較。略爾自稱他的方法，如果依照文字或觀念分類排列，可以解決任何的問題。笛卡兒認爲他是自欺欺人（6：17；10：164-165）。至於他自己的新方法則只能限制在與量有關的範圍內。但如果把代表連續或不連續量的線條組合在一起，他可以「解開一切的問題，不管量的值是多少」（10：156-157）。

我們看不出笛卡兒在當時有任何企圖心要尋找某種特定問題的新方法。他和比克曼只是在處理一些眼前個別的問題。當時所謂的「數學科學」，諸如光學和天文學，自古便已存在，他對所謂的純數學倒是有相當的貢獻。他的發現具體來說，應是以比例的方法給古代數學作了一個延伸，並把它變成數學的原則。然而此一初步的突破，預告了他一生充滿魔力的方法學的來臨（雖然也有他同時代人的參與），而終於他也遠遠超越了哲學和形而上學的天地。

笛卡兒早年對數學的研討，並不依賴他在學校裡學到的演繹式邏輯理論。基本說來，數學不靠演繹。幾何學需要公理（axioms）、定義（definition）和假設（postulates）來證明一個法則或命題（theorem）。而證明必須透過從圓規和直尺所取得的指令和數字的形式。推論的原則包含「普通常識」，例如「假如等量加等量，結果完全相等」，而不必牽涉到邏輯的公理。在那一時代，邏輯從來不被視爲是數學的核心（此種觀念是十九世紀的產品）。代數和算術是運用算術的操作而結構出來的方程式，而方程式卻不是演繹邏輯的一個部門（演繹邏輯和數學關係的討論參閱本書附錄）。笛卡兒認爲三段式邏輯雖然有利於已知結論的傳遞（例如6：17），對有獨創性的思考則太累贅了。在提出數學的結論時，他偶爾也會採用演繹法（10：70），但在他著名的《幾何學》中則被全盤拋棄了。

生命的任務

儘管他在數學上有不少成就，笛卡兒仍然不確定「命運」會把他帶去何方（10：162）。一六一九年在給比克曼的信中，他談到去德國從軍的計畫（10：162）。當時的局面正是三十年戰爭（1618～1648）醞釀的序幕。波希米亞（今天捷克境內）的喀爾文新教徒正在向天主教親王裴迪南（Ferdinand）挑釁，裴迪南於該年三月榮任神聖羅馬帝國皇帝，成爲羅馬天主教反改革軍事的領袖。當笛卡兒到達德國時，他加入了反改革將領麥克西米蘭一世（Maximilian I）（巴伐利亞公爵，法國盟友，也是新皇帝的支援者）的軍隊，並且在佛蘭克弗特出席了裴迪南九月的加冕大典。在這同時，波希米亞的叛軍，連同喀爾文教派的貴族，簇擁新教領袖菲德烈五世（Frederick V）成爲波希米亞的國王，戰爭如箭在弦。

加冕大典結束後，在笛卡兒返回巴伐利亞的途中，寒冬把他留困在紐堡（Newburg），一座位於慕尼黑之北，多瑙河之畔平靜無事的天主教公國。在這裡，他開始了一段新的生活。在《談談方法》書中他回憶起這段旅途中意外的收穫：「這裡沒有人跟我聊天打發時間，也可說幸而沒有任何雜務事讓我分心，我遂整天把自己關閉在爐火熊熊的房間裡，有足夠的閒暇跟自己的思想侃侃對談」（6：11*）。他從容不迫的思想，讓他覺得該把他比例新科學的精準性擴充運用到其他的科學中（6：20-21）。他從此必須在不同的領域中求取精準的表達，來媲美他在代數和幾何學中所得到的境界（6：19-20）。由於他相信一切科學的原則「勢必要從哲學中取得」（包含自然科學），因此他決定首先「要爲這些領域建立一點可靠的原則」（6：21-22）。

他改造科學的決心，部分來自一六一九年十一月十日晚間三個夢境的靈感。這些故事我們是從巴業（Andrienne Baillet）一六九一年所寫笛卡兒的傳記中得知的（亦見10：216）。這是一大堆複雜的夢，包含旋風、一個瓜、幾位擦身而過但沒有點頭致意的朋友、雷、火花、脅下的疼痛、丟失的書，和奧松尼歐士（Ausonius，319?～395?，拉丁詩人）一首題爲〈我該走哪條路呢？〉的詩。笛卡兒解釋說，這些都是促成他改造科學或稱有系統知識的指令。一如我們所知，他的改造要從哲學開始。根據他的敘述，這正是他發現哲學新基礎之前九年的事情（6：30）。

夢後不久，他在早年的筆記中曾經提到一些哲學的思考。他傾向於以感官爲基礎的認識論（epistemology）（「認識論」在笛卡兒的時代即指知識論，包含心的認知能力，例如感覺或者思維）。不同於他後期的觀念，他曾說，「人認識自然的事物都是感官所得到的近似該事物的形象」（10：218）。事實上，他認爲認識「精神上的事物」最好的方法，也宜「借重感官，有如風和光所給我們的感受」（10：217）。他解釋說，「風代表精神，而光代表知識」（10：218）。這種把風或微妙的事物相提並論，很接近古代的德謨克里特（Democritus）、伊比鳩魯（Epicurus），和斯多葛學派（Stoics）。

笛卡兒在他「爐火熊熊的房間裡」所臨時想到的道德規則構成了他《談談方法》一書的第三部分。有關這些規則的資料最近也有幸在紐堡發現。那是一冊夏龍（Pièrre Charon，1541～1603）的《論智慧》，而由一名耶穌會的神父於一六一九年冬季贈送給笛卡兒的。夏龍是一位懷疑論者，相信人一無所知。他主張當一個人在一無所知的情況下，必須服從他所居住地方的法律和習俗。笛卡兒談方法的第一條規則便是此一言論的翻版：「服從我國家的法律和習俗」（6：22-23）。

雖然笛卡兒意識到當時哲學上的懷疑論有復甦的趨勢，他卻無意變成一個懷疑論者。他的許多意見雖都以懷疑的態度處理，很像是個懷疑論者，他的用意卻在鏟除不正確的意見，保留確實的意見。在檢討他的方法時，他說「我沒有仿效懷疑論者。他們爲懷疑而懷疑，他們的不確定是僞裝的；我與他們相反，我的目的是要尋找確定性」（6：29*）。眞正的懷疑論者並不懷疑他們是否確知某一特定的知識；他們只是想利用種種不同的懷疑來延長懷疑的過程，避免因形象的影響而在理論的知識上作草草的判斷。笛卡兒對這種懷疑論不感興趣。他遲遲不作判斷的理由，是想爲未來的研究囊括更多有如數學中含有清晰和一目了然的可靠知識。

方法的推廣

離開紐堡溫暖的房間後，笛卡兒在《談談方法》中報告說，他九年之內（1619～1628）沒有做任何事，除了「在世界各地閒逛，爲這世界所表演的喜劇做一名觀眾，而不是演員」（6：28）。事實上，他並非僅僅閒逛。一六二〇年間，他從未放鬆對科學和數學的努力。他可能曾旅行到烏爾木（Ulm，多瑙河邊紐堡之西的一個小城，即今天的Wurttemberg），並拜訪了當時在軍事學校執教的數學家佛爾哈伯（Johannes Faulhaber）。他十一月還有可能出現在白山之戰（Battle of White Mountain）的戰場上。那年波西米亞王菲德烈戰爭失利，並被放逐於海牙（是年菲德烈王的女兒依麗莎白公主年僅二歲，笛卡兒於一六四二年與二十四歲的公主結識時，便是在海牙）。一六二二年笛卡兒訪問法國後，曾去義大利居留二年（1623～1625）。歸家途中（或者在他正要離開義大利時），他曾捲入一場決鬥（他繳了對手的械，也饒了對方的性命）。他撰寫的一篇早已丟失的鬥劍術論文，大約便在此時。他對哲學的研究仍在進行中，後來在回憶中他說，一六二三年曾閱讀坎培尼拉（Tomaso Campanella）的書（2：659），但不覺得有多少意思。總之，到一六三〇年時，他已相當熟悉當時反亞里斯多德的思想和改革者的言論，除了坎培尼拉，還有巴索（Sebastian Basso）、布魯諾（Giordano Bruno）、特力希奧（Bernardino Telesio），以及萬尼尼（Lucilio Vanini）（1：158）。

這九年間，他間歇性地在撰寫代表他新方法的「通用數學」（universal mathematics）。這部不完全的拉丁文手稿於一七〇一年出版，書名爲《心靈指導守則》（*Rules for the Direction of the Mind*），含有預計爲三十六條守則的二十一條。書中他果然在認眞尋找數學中可以延伸到「任何一種學科的方法」（10：374*）。他宣稱一切數學的科學命題都可以用「順序（order）和量度（measure）」來加以改寫（10：378），用他的新比例科學進行審查。他進一步宣稱所有一般性的科學都得要依靠某種「純粹而單一的特性」，那是每一位問題調查者必須首先找到的東西（10：381）。此一簡單特性或簡單概念的掌握，便是他方法推廣的核心所在，超越了數學的範疇。

《心靈指導守則》的方法在《談談方法》中被大大地簡約了，現在我們且把它再次簡化爲下面的四點：

1.假如我手頭沒有顯然知其為真的知識，我不得視任何一事為真；亦即，盡量避免草率的結論和個人的偏見，並在我的判斷中，除了使用我心中清楚、明白、絕無懷疑餘地的事物外，不得含有任何其他的成分。

2.把我觀察中所遇到的困難分解為許多片段，多多益善，希望在解決問題時更為徹底。

3.有系統地處理我的思想，從最簡單和最易理解的地方著手，點滴無遺，循序漸進，以臻於複雜性較高的地方；對若干看似沒有自然順序的事物，不妨為它們假設一個順序。

4.在整個過程中，列舉事項，力求完備，隨時檢討，務必精詳，使我感覺對問題的蒐羅一無遺漏。

第一條法則揭櫫一般性的清晰和明確的標準。第二和第四條看來有似解答代數問題時所遵行程序的摘要（例如分解問題爲幾個簡單的方程式，然後一一求證）；不過它們也描述了一個更普遍的計畫，來充分處理問題的不同層面，使一切有關的問題都能網羅無遺。第三條則是一個一般方法的原則，從簡單易知的地方開始，然後用這些簡單的已知作爲了解複雜未知的基礎。

《守則》和《談談方法》二書同樣都肯定任何學科的知識都可以分解爲某種「簡單的性質」（10：381），或者找到「簡單的事物」（6：19），一目了然，不證自明，有如數學。但什麼是這些「簡單的性質」呢？守則第六條說，這些性質的條件是「獨立，是一個動機，是簡單，普遍，單一，平等，相似，開門見山等……」（10：381），但沒有提供任何實例。守則第八條介紹處理光學問題的步驟時，他曾特別提到「自然的力量」，卻也沒有說明什麼是這些力量（10：395）。守則第十二條終於道出了這些特性的三種解釋：我們對心的認識通常是知識、懷疑、無知，或者意志；我們對實體的認識通常是形狀、擴延和運動；我們對心和實體連合的認識通常是存在（existence）、個體（unity）和持續性（duration）（10：419）。這樣看來，笛卡兒對簡單性質基本上分爲兩類：精神的（mental）和實體的（bodily），有時也稱爲有形的（corporeal）或身體的（physical）。不過在那一階段裡，笛卡兒並未主張實體只有空間的擴延性，例如形狀和運動，有異於他後來的思想。

笛卡兒希望把數學的清晰性和肯定性延伸到其他的學科上，實有賴於簡單因素的尋求。在基本數學中，當我們處理較大的數字時，我們遵循《守則》的教條，把它切割成較小的數字而使每一部分一目了然，有如2＋3＝5。這個方法的一般原則要求其他事物還原成相對的簡單觀念和單元。假如複雜的事物都由細小的單元構成，那麼我們便可藉由這些小單元，進而了解複雜的世界。如果我們能找到這些小單元，而這些小單元又能組合成一個眞實的世界，這確是一個不壞的方法。

當笛卡兒一六二五年回到法國時，他已擺脫了父親要求他做律師的壓力。他居留巴黎直到一六二八年，加入了當地數學界和知識界的團體，結識了梅色納神父，一位圖形數學的先驅者，和錫比沃夫（Guillaume Gibieuf），一位巴黎大學的神學家。在這期間，他發現了正弦定律（sine law），並主導了一些光學實驗。他的新方法開始傳聞於法國學術界中，他也更積極地想完成他的《心靈指導守則》。但在一六二七到一六二八年間，他竟把這份計畫全盤放棄了，那正是當他快要得到代數問題「完美解答」之時和在他開始討論一些「不甚完美的解答」之前（10：429）。他的放棄可能是看見用線條的關係了解一切數學的問題有太多的局限性。不管什麼理由，他把努力從此轉向形而上學，以及廣泛的自然新科學。

形而上學的轉變

一六二八到一六二九年間，笛卡兒重新整理了一次他的思想。一六二七年的後期，他出席一場由駐巴黎羅馬教廷大使安排的化學家向杜（Chandoux）的公開演說。向杜在演說中批評亞里斯多德的自然哲學，並提出一套建立在化學基礎上的自然哲學。演說結束時，全場報以熱烈的掌聲，除了笛卡兒。紅衣主教貝律爾（Cardinal Bérulle）——巴黎小聚會所（Parisian Oratory）的創始人和奧古斯丁新柏拉圖思想（Augustine of Hippo's Neoplatonism）的信徒——想要知道笛卡兒有何不滿。在他的回答中，他讚美演說者對亞里斯多德的否定，但譴責他觀念含糊的意見不足以取代舊說。他當時正式宣告他有一個放諸四海皆準的方法，可以判斷是非，肯定眞僞。貝律爾希望他能把這方法的成果讓世界分享（1：213；參閱《沉思錄》，7：3）。

從這時開始，笛卡兒把他畢生的精力奉獻給了思想的追尋。他發表了四部巨著，內容包含幾何學、光學、物理世界、人的身體和情緒，還有形而上學；至於其他的作品，則要等到他去世後才得已出版。在他發展的過程中，雖然他矢志尋找簡單觀念的初衷堅定不移，但他認識方法的基本觀念卻起了變化。

一六二八年後期，在他返回荷蘭前，他工作的焦點還是數學（純粹的和應用的）。這之後他開始首次全心全力專注於形而上學的思考。初抵荷蘭時的九個月間，他沒做任何事。一六三〇年四月，在給梅色納的信中，他宣稱一個階段的結束。他說他發現了「如何把形上學的眞理傳遞得比幾何學還更清楚的方法」（1：144*）。對一個向來以數學爲唯一提供眞實標準的人來說，這是一個非同小可的宣言。信中他還說，探討形而上學中有關上帝和人（靈魂或心）的問題時，他意外發現了「物理學的基礎」（1：144）。他引用奧古斯丁《懺悔錄》（第七章）所說，認識上帝和靈魂導致他得知第一原則的知識。雖然我們不甚清楚此時笛卡兒對奧古斯丁的了解有多少貝律爾的色彩，但到一六二九年他正式放棄了他一六二〇年時以感官爲中心的認識論，而開始接受柏拉圖純粹智性（非感官的）思考爲知識之源的理論。

在同一信中，他還宣稱（見爲《沉思錄》所寫的辯護），「這些你們稱之爲永恆的數學眞理，都是上帝的創造，其對上帝的依賴性，一如其他的創造物，毫釐不爽」（1：144-145）。這意思是說，數學的眞理也是上帝自由意志的產品，他可以把它造成另一種形態。換句話說，上帝可以讓三角形內角的和相加起來不等於兩個直角，或者2+3≠5（詳細討論見第九章）。這一論調頗異於亞里斯多德的觀念，即永恆的眞理植根於上帝的本質內，包含他的自身和智慧；也不同於柏拉圖的觀念，即永恆的眞理獨立於上帝之外，並植根於一切可以決定理性思維和存在的永恆的「形式」（eternal Form）之中——包括這些「形式」的拷貝，或者模糊的影像。

在這九個月中，笛卡兒寫成了他形而上學「第一沉思」的初稿（見1：350），至於《談談方法》（6：30-40）和《沉思錄》其餘部分的內容，也是在這期間構思的。

物理學的統一

笛卡兒的形上學思考在一六二九年的夏季被一個科學問題干擾了。那年四月，夏納（Christopher Scheiner）在羅馬近郊發現了一組令人側目的「幻日」（parhelia）（即日暈上出現的光輪），消息傳遍自然哲學家之間。笛卡兒聞訊後，立刻展開研究這個光學上的現象。我們今天都知道幻日是由於大氣層中結冰的水晶體反射太陽的光線而造成的結果。笛卡兒提供的理論是，當大氣層中的雲變成水晶和雪的時候，迴旋的氣流把它們融化，然後冰凍，形成一個固體而又透明的冰環，有如一面透鏡，因而造成幻日的影像（6：355）。

雖然這個答案只是幻想（大氣層中形成透鏡是件不可能的事情），但他有意解釋複雜自然現象的雄心，把他狠狠抓回到向來的物理學的興趣。不久後他寫信給梅色納，告訴他幻日研究的報告恐怕要延後一年才能完成，因爲「除了對幻日現象的解釋，我還打算給更多的現象，亦即整體的物理學，作一個交代」（1：70）。一年變成了三年。在他的時代，「物理學」是研究一切自然的科學，包括一切有生命的事物。笛卡兒的計畫確實大大擴充和超越了光學和大氣學的範圍，甚至包含了化學、礦物學、地質學、生物學，乃至心理學的現象。

這套計畫成就了一部重要的著作，笛卡兒把它低調地叫作《世界論》（*The World*）。全書分為三個部分：論光（包含一般物理學）、論人（包含人體學），和論心或靈魂。這書今天只有前二部（第三部不是沒有寫完，便是被刪除了），它讓我們看見一個包羅萬象的世界。

在笛卡兒的少年時代，太陽和行星以地球為中心的學說是顛撲不破的眞理。自然界的變化，包括生長和衰敗，甚至水的冰凍和融化，也都認為只能發生在地球上，或者地球的周邊。有些理論甚至說月亮被一個透明的晶球攜帶走過天空，把會改變的月下世界和永不改變的天空劃清界線。這一觀點（詳見第九章），說明地球上的物理學和天體中的物理學是截然不同的兩種科學。為了要推翻這種理論，笛卡兒引進了比哥白尼太陽中心說更多的假設。他認為地球只是眾多行星中的一個，而這些行星圍繞的不僅是一個太陽，而是大宇宙中許多的太陽。他並進一步假定，整個宇宙只包含一種物質，遵守同一系列的規律。他的單一宇宙（single universe）中的物質擁有多種不同的特性，也各自遵循數種固定不變的運動原則。

笛卡兒假想中的宇宙形象，其實在古代的原子論者和斯多葛主義者的著作中都曾見過，只是在笛卡兒統一的物理學裡，這個遵守固定運動法則的宇宙有更多的細節，也顯得格外生動。跟他早年與比克曼合作研究時所認識的宇宙，甚至跟哥白尼、伽利略，或者克卜勒的宇宙相比，其廣度和統一性都是前所未有的。這種統一的視野便是後來牛頓結合力學和天文學創舉的先驅。

要想了解笛卡兒的新視野，我們宜回顧一下他一六二九年發現的「物理學基礎」

（foundations of Physics）。這些基礎肯定了他後來認爲宇宙遵循若干自然法則的看法，和承擔一切宇宙物質可知性的信心。

在《世界論・新世界的自然定律》一章中，笛卡兒把宇宙運行的法則歸功於上帝。他先以虛擬的筆法假設上帝創造了一個「就像我們一樣的」新宇宙（事實上這就是我們的宇宙），完全超越在亞里斯多德觀念的宇宙之外（11：31-32）。在這個「新」世界中，上帝創造了一種同等齊一的，只有大小、形狀和運動的物質，而賦予這個物質以某種固定份量的運動。由於上帝不變，祂所賦予這個物質運動的能量自創世紀以來也都不變。笛卡兒解釋一個不變的上帝如何可以管轄一個變化的世界：

> 假如上帝行動如恆且恆常產生同樣的效應，有些效應卻會意外地產生差異。要相信（我們也早該知道）上帝不變，行動如恆，並不是件難事。不過在作這些形而上學的思考前，我打算先提出兩三個基本原則，讓我們相信世界的運行是上帝造成的，這將足夠說明一切，我相信讀者也可舉一反三，概見其餘。（11：37-38）

他隨即提出三個原則，或稱「自然法則」（laws of nature），解釋上帝如何「獨一無二地用連續的行動來保存萬有」（11：44*）。有關這些法則，其中一條與牛頓的慣性定律很相近似，將在下面（第九章）詳加討論。除此之外，笛卡兒在他的世界中不再接受任何其他的法則，

「除了數學家所追求的永恆眞理，那些既獲得支持又一目了然的證據：亦即上帝用數字、輕重，和長短，爲我們陳設的眞理」（11：47）。《聖經》所言「你已用長短、數字，和輕重整頓了一切」（《所羅門王智慧書》，11：20）是一個家喻戶曉的譬喻，但笛卡兒把它解釋爲上帝「教導」給我們的眞理，並且植根於我們的心靈或靈魂之中。

> 這些真理在我們的靈魂中，顯得何其自然，每當我們清楚看見它們時，我們不能不承認它們是絕對的正確。我們也絕不懷疑假如上帝創造了更多的世界，它們也應當跟我們的世界一模一樣的真實。因此，凡是想檢驗這些真理和定律結果的人，一定會找到這些結果的緣因（causes），並且，容我套用一個學術上的用語，也會發現新世界的每一事物產生時所具有的「先驗的」（a priori）經驗。（11：47）

這段文字中，「先驗」這個術語是指「從緣因到結果的推理」。這樣的推理並不需要緣因和結果相關的經驗，因爲書中所說心靈中「自然」的事物，都是與生俱來的（innate）。我們知道笛卡兒視數學中永恆的眞理是上帝自由的創造。也許一六二九年他另一形上學的見解，當上帝自由創造這些眞理時，他已把這些眞理鋪陳於他創造的世界中，也把這些眞理深植於人心，職是之故，當我們體認物質的數學本質時，我們也體認到物理學上眞實的基礎。笛卡兒相信他是有此觀念的第一人。

經過三年的努力，笛卡兒寫成了（至少）《世界論》中的兩個部分，即一般物理學和論人。在論人的部分，他雄心勃勃地提供（或承諾）了人的生理和心理的機械研究。爲了達成此一目的，他拜訪屠宰場，觀察動物的宰殺，並把動物的內臟帶回家裡，作爲解剖之用（1：263, 525; 2：525）。

一六三三年後期，笛卡兒聽到伽利略因附和哥白尼地球環繞太陽運行的假設，而遭羅馬教會宗教裁判所判罪的消息。由於他在《世界論》中也肯定了哥白尼的假設，他決心隱藏此書。他雖然曾向教會效忠，仍擔心這本書會使他淪爲「罪犯」；他考慮燒毀文稿（1：270-271）。該書倖存的部分在他死後十四年，即一六六四年始以法文出版，書名爲《世界論：論光學》和《論人》。

《談談方法》和方法

伽利略事件後，笛卡兒並沒有中斷他改造科學的計畫。一六三七年他推出《談談方法》一書，附加〈屈光學〉（*Dioptrics*）、〈氣象學〉和〈幾何學〉的論文，作爲他新觀念的標本，以便觀察外界的反應。這些作品是以法文寫成的，目的在引起學院以外人士，包括技術、法律界，甚至女性讀者的注目（1：560）（笛卡兒相信人類不分性別，都有智慧的力量〔見6：1-2〕）。在歐洲大學中，拉丁文向來是學術界，尤其是哲學界通用的語言，但有些哲學家和科學家，如培根、伽利略和笛卡兒，已開始用本土文字（英文、義大利文，和法文）寫作。

笛卡兒想利用通俗的《談談方法》，向社會大眾介紹他的科學，記錄他形而上學的思考，並獲得一點金錢作爲實地考察的費用，同時挑戰自己科學的假設（6：65）（雖然書出版時未具姓名，作者的身分不久還是曝光了）。該書第四編中已含有大量哲學的話題，諸如夢境的討論、他著名的「我思故我在」、身心二元的說法、上帝存在的證明，以及眞理必須具備「明白」（clear）和「清晰」（distinct）知覺的辯論（6：31-40）。他這裡的意見，雖然跟後來的《沉思錄》偶有相左，大體說來應當視爲《沉思錄》定本的雛型。

當《談談方法》書中出現了「我思」（*cogito*）的話題後，梅色納等人（2：435，3：247）質疑這個觀念是否曾見於奧古斯丁《上帝的城市》（*City of God*，卷二，第二六章）中。當後來我們閱讀《沉思錄》時，我們果然發現笛卡兒跟奧古斯丁有許多相似之處。但笛卡兒答覆質疑時只說他當時（1637～1638）並不熟悉奧古斯丁的著作（1：376；2：535）。他答應搜查，並於一六四〇年完成。他自承一六三七年時，他雖未正式閱讀奧古斯丁，但大約已從深具奧古斯丁思想的貝律爾和錫比沃夫的言論中受到影響（雖然貝律爾已於一六二九年去世，笛卡兒始終和錫比沃夫保持聯繫〔1：16-17, 153；3：184, 237〕）。《談談方法》中還有一件類似的爭議：笛卡兒相信他有本領構想一個比自己更完美的東西，因而發現唯有實際上完美無缺的存在——上帝，才能賦予他這種本領（6：33-35）。這其實也是奧古斯丁的思想。笛卡兒此語，可能來自與奧古斯丁思想有關的人物，也可能來自西塞羅，再不然便來自古代斯多葛學派哲學家克呂西普士（Chrysippus）。

《談談方法》附錄的幾篇論文，其用意也在展現他治學的方法，然而事實上它們提供了不少物理學上的新知（雖然不能說包括《世界論》的全部）。在〈屈光學〉中他介紹光學物理，說明反射和折射定律，提供感覺以及眼睛解剖學和生理現象（包含視網膜上影像的形成），描述光、色彩、大小、形狀和距離的知覺，還涉及如何增強視力和製造天體望遠鏡鏡頭的工具。在〈幾何學〉中他解決了一個古代遺留下來的數學問題：「帕普斯軌跡問題」（Pappus locus problem）。當一系列的點（即軌跡）與四根（或更多）直線相遇時，從每一點到每一線如能以相等的角度切割，新畫出來的線條便能在其他的直線間出現某一特定的比例值。從這個答案，笛卡兒發展出一個代數基礎，即「解析幾何」（analytic geometry），包含後來稱爲笛卡兒的座標系統（Cartesian coordinate system）（不久他也放棄了「抽象幾何」的名稱，而在自然哲學中改用一般幾何學〔2 : 268〕的觀念）。他的〈氣象學〉從一個假設出發，相信自然哲學所肯定的構想——「環繞在我們周遭的地、水、風等物質都是由無數微細的成分構成，而呈現種種不同的形狀和大小，由於它們從來沒有被適當配置和組合，因此它們的周邊還有許多空間；再者，這些空間並不是空無一物，而是布滿了極其微細的粒子，靠這些粒子，我前面說過，光便得到它傳遞的媒介」（6 : 233）。借著假想，笛卡兒在書中解釋了大氣、礦物質和視覺中種種現象，甚至包括霓虹（後來笛卡兒曾說〔1 : 559〕，霓虹的解釋是他談方法中唯一舉出的實例）。總的來說，〈屈光學〉和〈氣象學〉代表他對光學、色彩，和其他「次要性質」現象的機械論和微粒說的闡述，其重點則放在微粒子運動以及這些運動所給予觀察者視覺上的效果。經驗中的顏色，其實是視覺所得到的感受。這與亞里斯多德所謂從實物傳遞到觀察者眼中的「眞實本質」（real qualities）大相逕庭。

雖然〈氣象學〉中的假設奠定了他物理學的基本知識，笛卡兒在《談談方法》和附屬的幾篇論文中並沒有公開否認其他詮釋的知識。特別是，他從未明言反對亞里斯多德物理學中的動態原則（active principles），或稱實體形式（substantial forms）和眞實本質。他只曾經暗示這類東西不屬於他的物理學（6：239）。再者，當宣稱他可以從形上學推論物理學的假定時，他並沒有提供推論的方法（6：76）。到此爲止，他物理學中的微粒說只能從結果，亦即眾多現象的呈現中，包括實際的觀察，來給予「證明」（1：423, 563；2：199）。

從他第四編記述的形而上學來看，笛卡兒始終沒有提及物理學關鍵的問題：物質不可缺少的要素是它的擴延性（extension）。他物理學所預期的形而上學基礎不能沒有此一認識，正如世界萬物的運動量，都保留在上帝的手中。

一六三八年笛卡兒向一位弗萊士耶穌教會會士瓦帝葉（Antoine Vatier）解釋，說他省略了物理學中形而上的論證是因爲他「不敢」在一般社會大眾面前提出懷疑論的爭論——一個比他早年解釋夢境時更強烈的爭論。這些所謂強烈的爭論可能包含《沉思錄》中上帝是騙子的假設（7：21）。他給瓦帝葉的信中提到，強烈的懷疑可以幫助讀者「把感官從心靈中抽取出來」（1：560）。前此一年，他曾告訴梅色納，他在《談談方法》書中沒有用心處理與感官有關的懷疑論，是因為他採用了當時的口頭語言；不過他還說，「其實八年前我在一篇論文的開端處已經用拉丁文詳細討論過此一問題」（1：350）。似此看來，他一六二九年形而上學的論文的確是用懷疑來引導心靈走出感官的局限。前面我們已經看到，他一六二九年形上學的研究讓他找到了「物理學的基礎」（1：144）。現在我們最好打量一番《沉思錄》這部繼一六二九年研究之後的大著作，以便了解他怎樣從感官的排除找到物理學的基礎。

《談談方法》公開請求讀者向出版書店投書批判（6：75），不久笛卡兒也親自以書信答覆，辯護他物理學的假定，他為何不採用亞里斯多德的「實體形式」或「眞實本質」，以及他自己的形上學理論，包含心身二元論（例如，1：353，2：38-45，197-201）。耶穌會士數學家鮑爾丹（Pièrre Bourdin）一六四〇年在巴黎公開批評〈屈光學〉，笛卡兒透過梅色納神父作了一番回應（3：105-119）。笛卡兒開始對耶穌會士的反應感到相當關心，因為他有意得到他們的青睞，並且還希望他們能接受他的新思想作為學校未來教學的教材（1：454-456，2：267-268，4：122）。

《沉思錄》

《談談方法》出版後不久，笛卡兒的讀者開始要求他解釋物理學中形而上學的理論，也要求他公布書中提及的一切物理學完整的資料。他起初不同意，繼而在一六三九年答應刊出他的形而上學（2：622），也就是後來成爲《第一哲學沉思錄》的全稿，且於一六四一年後期在巴黎出版。全書包含六個沉思，並附錄了當時哲學家和神學家們的辯難，連同他本人的答覆。

作爲一個科學的範疇，「第一哲學」之名首創於亞里斯多德。它研究的對象包含最高的存有，亞里斯多德稱之爲「神」。由於第一哲學也觸及物理學，亞里斯多德的學者把它叫作「形而上學」（metaphysics），因爲它「超越了物理學的世界」。亞里斯多德觀念中的形上學研究一般的存有，亦即一切事物基本的屬性。亞里斯多德中世紀的學者不同意形而上學能提供其他科學的第一原則，不過他們同意形而上學的原則是一切事物最基本的原則，因爲它們必須從經驗中吸取「抽象的」觀念，而形上學實是其中最抽象的一種。與他們不同的是，笛卡兒認爲形而上學擁有的第一原則可以適用於任何其他科學，這些原則有其「先驗性」（*a priori*，不必訴諸經驗），在深入的觀察中，這些都是首先被發現的原則。在他後期的著作中，他把知識比擬爲一株樹，形而上學是它的根，物理學爲其主幹，而醫學、力學和道德學則是它的分枝（9B：14）。

雖然笛卡兒刊出他的《沉思錄》是爲了履行他物理學的諾言，但在書中他卻不想道出此一眞相，相反地，他請梅色納爲此事三緘其口。不唯如此，在第一版的封面上他還標示了一個副標題：「上帝的存在和靈魂不滅的探討」，在作爲代序的書信中，他強調這兩個主題是哲學足以支持宗教的證明（7：1-2）。不過六篇沉思要旨中，他卻沒有提到靈魂不滅的問題（7：12-13）；這個副標題在一六四二年再版時，也被改爲「上帝的存在和身心殊途的探討」。

儘管代序的信函中有此揚言，《沉思錄》主要的目的並沒有替「不信宗教的人」作任何涉及宗教性眞理的支援。一如我們所見，在早年致梅色納的信中笛卡兒曾明言：「我寄給你這冊小小的形而上學的書，包含了我全部物理學的原則。」（3：233*）的確，《沉思錄》自首至尾，從未公開討論物理學的原則。在給梅色納的另一信中，他解釋道：

> 我只想告訴你，作為我們兩人中間的祕密，我這六篇沉思包含了我全部物理學的原則。不過我懇求你千萬別說出去；因為那些信服亞里斯多德的人一定會更不願意認同我的書；而我希望讀我書的人能在不知情的狀況下，在發現我背棄了亞里斯多德的原則前，接受我的原則，並視之為真理。（3：297）

原來他的顧慮是擔心「那些信服亞里斯多德的人」會不認同他的書。這當然也意味著教會權威人士的介入，因爲他們在當時確有足夠的力量干擾有關亞里斯多德思想和基督教神學（天主教和新教二者）書籍的出版。而我們前面已經提到，笛卡兒始終在盼望那些信服亞里斯多德的耶穌會士們有一天能在學校裡傳授他的哲學思想。

不過這些政治因素只是笛卡兒用心的一部分。在第二章中我們將進一步觀看他實際的布局，他用「分析」的方法，把全書分割爲六個沉思單元，完全不提物理學原則的話題，因此避免了不少與亞里斯多德學者直接的衝突。再者，他序言中強調上帝和靈魂，無疑只是企圖贏得神學家們的注目，一如他早年曾借用上帝和靈魂的話題進入物理學的研究。他如此一再利用上帝和靈魂、懷疑和感官，以及物理學來引進他的思想，我們將在第二章討論《沉思錄》的方法和結構時，作一個詳細的報告。

其他著作

大約在等待《沉思錄》出版的一段日子中，笛卡兒開始撰寫一篇叫作「眞理的探索」對話錄，但沒有完成。這篇對話錄中的人物，包含一位頗具學養的哲學家（愛匹斯德夢，**Epistemon**，意爲「知識豐富之人」），一位未受教育但感覺特別敏銳的人（波里安德，**Polyander**，意爲「一般常人」），還有一位代表笛卡兒本人的人（尤多克穌士，**Edoxus**，意爲「著名人士」，字面上則是「頗具見解之人」）。這篇對話錄重新操演了《沉思錄》的第一和第二篇。

雖然笛卡兒相信《沉思錄》和《眞理的探索》對話錄中的形而上學十分重要，他卻認爲讀者不宜把注意力太過寄放在它的上面。在一六四三年他給波希米亞公主依麗莎白的信中曾說：「一如我向來的主張，人在一生中總得有個機會適當了解形而上學，因爲它傳遞上帝和靈魂的知識給我們，不過我也覺得如果人的心智被這些觀念牢牢占據，對人也是有害無益的，因爲這將大大妨害我們的想像和感受的功能。」（3：695）這些功能是引導我們去實際行動和觀察自然的動力。

在寄給梅色納《沉思錄》初稿時所附的一封信中，笛卡兒說他計畫在書中介紹他全部的哲學思想，包括姍姍來遲的物理學（3：233, 272）。他希望用拉丁文寫作的《哲學原理》可以取代學院和大學中常年使用的亞里斯多德教科書，至少是形而上學和物理學二科。他最早打算把他的書和尤斯塔士以亞里斯多德爲核心的《哲學提要》（*Eustace of St. Paul's Compendium of Philosophy*）對照出版，採用註釋的方法來比較他和亞里斯多德之間的異同。但很快他放棄了這個念頭。他相信他已經摧毀了亞里斯多德的原則，文字上的反駁似乎已變成多餘（3：470）。

當《哲學原理》於一六四四年出版時，分爲四個部分。第一部分回顧《沉思錄》中的形而上學。第二部分顯示物理學的基本原理，包含物質即擴延（extension）的觀念、眞空的否定，和他的三個運動定律。第三部分描述太陽系統的形成和光的傳遞。第四部分有關地球的形成和各種現象的解釋。他曾計畫加上第五和第六部分，討論生物的現象，包含植物、動物和人類，不過他最後只在第四部分中增添了若干人類感官和神經系統的討論（8A：315-323）。

一六四〇年代笛卡兒的哲學捲入了一場宗教正統性的論戰。麻煩開始於一六四一年烏特雷池大學（Ultrecht University）有組織的公開辯論。該校教授勒洛亞（Le Roy），亦名雷吉烏斯（Regius），也是笛卡兒早期的追隨者，撰文衛護笛卡兒的心物二元論和物質結構的觀點，並駁斥亞里斯多德的「實體形式」。喀爾文派神學家弗埃提斯（Gisbert Voetius，或稱Voet）指責笛卡兒的心物二元論把人任意割裂爲兩個不同性質的東西，丟失了圓滿統一的生命，並且否認靈魂是身體實質的一部分，也無異否定了人的靈魂。一六四二年一月，笛卡兒請雷吉烏斯代他作答，說明人體實是靈和肉兩種成分組成的整體（3：508），淡化他對亞里斯多德實體形式的否認；他認爲他有足夠的理由說，這些議論全無必要納入物質結構的解說中。這封寫給弗埃提斯的信，不幸在出版前被烏特雷池地方的官員沒收了。笛卡兒被迫推到爭論的前哨，在《沉思錄》二版序言（給Dinet的信）中，他開始替雷吉烏斯辯護。然而爭端愈演愈烈，次年笛卡兒用拉丁文寫了一封長達二百頁的「致弗埃提斯書」（8B：1-194），他險些被喀爾文教派官方判了罪名。一六四七年雷吉烏斯倒戈攻擊《哲學原理》，笛卡兒於一六四八年寫了一篇〈單面海報評語〉（*Comments on a Certain Broadsheet*）作爲回應，肯定心身二元的議論，和上帝存在的證明。

在這當時，笛卡兒的著作在萊頓大學揭開了狂熱的討論。一六四六年神學教授屈格蘭（Jacob Trigland）抱怨他的同僚縱容學生附和笛卡兒的思想，他認爲那是對上帝的冒瀆，是無神的論調。邏輯學教授希爾波德（Adrian Heereboord）則挺身而出，爲笛卡兒的言論和演說辯護，他隨後也寫了好幾本討論笛卡兒思想的書。一六四七年笛卡兒寫信給烏特雷池大學行政長官員抗議他的罪名（5：1-15，35-39）。儘管爭議和抱怨之聲不斷，萊頓大學變成了教導、研究和撰寫笛卡兒哲學的中心，爲時達五十年之久。

在這多難之秋，笛卡兒意識到他對形而上學和物理學有高度的雄心，但在醫學和道德學上似嫌不足。他曾一度自誇找到了養生之道，人可以活到一百高齡；唯當他年歲漸增，他也漸漸放鬆了他的自信（2：480，4：329）。一六四〇年代中期他重新拾回生理學的研究，特別專注於胚胎學和心理學。一六四七到一六四八年間他開始寫作《人體概要》，但未完成（他死後於一六六四年才以法文刊出）。他一生中最後的一個作品《情緒論》（*The Passion of the Soul*，1649，法文本），闡述人的熱情和道德心理。這書答覆了依麗莎白的詢問，此一期間，她曾頻頻向笛卡兒提出身心結合和互動等形而上的問題。

一六四八年四月中旬，一位新教牧師的兒子，年輕的布爾曼（Frans Burman），來到笛卡兒荷蘭愛格芒（Egmon）的家中訪問，提出了許多他的著作的問題，其中八十個有關特殊文字的問題，四十七個問題集中在《沉思錄》，其餘則針對拉丁文本的《哲學原理》和《談談方法》。這位年輕人詳細記錄了笛卡兒的言談，且於四天後，加上克勞貝（Johann Clauberg）的協助，寫定了他們兩人之間談話的全部內容。雖然這批資料出於布爾曼之手，卻是笛卡兒對《沉思錄》詮釋的珍貴文獻。

一六四九年笛卡兒接受瑞典女王克麗絲汀的邀請，成爲駐斯德哥爾摩宮廷哲學家。次年（一六五〇年二月十一日）他因肺炎棄世。他的追隨者出版了他大量的書信，其中不乏哲學、數學，和科學的討論，甚至還有他給朋友們在藥物和醫療方面的建議。

接受和影響

十七世紀的後半期笛卡兒贏得了追隨者，也招來了敵人。他的哲學在魯汶和巴黎都受到神學界學者的譴責，還有耶穌會士，和巴黎小聚會所裡亞里斯多德的學者們。即使在萊頓和烏特雷池，他的著作也被禁止，雖然發布這些禁令的官員和官方聘任的教授們並不認眞執行。儘管爭議千頭萬緒，笛卡兒的名字還是加入了偉大哲學家的行列，而且看似永不退讓。他的《談談方法》和《沉思錄》也變成最熱門的哲學經典。

幾個世紀以來，笛卡兒哲學的評價和爭論迭有變更，這是意想中事，因爲對古代思想家的評斷，一定會受到當代知識和特殊興趣的影響。

就整個十七世紀而言，笛卡兒的科學觀有極大的影響力。他把物質世界視爲均質的微粒聚合體，而用這些微粒彼此互動的關係來解釋一切物質的屬性，這樣的觀念緊緊抓住了人們的想像。他出版的物理學教科書被視爲是笛卡兒生理學中有關醫學的一部分。而他的物理學普遍地在荷蘭、英國、瑞典，和義大利諸大學中使用，在法國也經常見於公開場所的演講。自從一六九九年起，研究笛卡兒的學者開始進入巴黎皇家科學院，法國科學思想最前哨的機構。年輕的牛頓在一六六四年閱讀笛卡兒的《哲學原理》，打下了他往後學說的基礎。笛卡兒對運動量（momentum）和衝擊力（impact）的觀念，結合牛頓和萊勃尼茲的研究，一直風行到十八世紀的後期。在牛頓自己的劍橋大學，羅浩（Jacques Rohault）用笛卡兒觀念寫成的《物理學論說》（*Treatise on Physics*）一書，是他們直到一七四〇年代中還採用的教本；在法國和德國，這樣的趨勢更額外延續了至少二十年之久。

笛卡兒想以理性作爲認識物理學和哲學的唯一管道，頗爲十七世紀其他哲學家們所詬病。他們相信知識源於感官的經驗。在他經驗論的反對者中，法國原子理論學家伽桑狄（Pierre Gassendi）雖然贊同他物質的結構觀念，卻認爲組成物質的元素不可分割，有異於笛卡兒的無限分割說，他也肯定眞空狀態的存在，笛卡兒卻相信眞空是不可能的。愛爾蘭化學家波以耳（Robert Boyle）對無限分裂的元素以及眞空現象始終存疑，哲學家洛克（John Locke）也有同樣的疑惑（雖然他比較贊成眞空的理論）；他們一致同意異於亞里斯多德的微粒說，但不能接受他理性主義的進路。英國哲學家霍布斯（Thomas Hobbes）採用笛卡兒微粒結構的理論，但不承認心物二元論，以捍衛思想是運動的物質之唯物觀念。持亞里斯多德的觀念來反對笛卡兒的人，多屬經驗論一派，他們認爲感官的經驗是知識形成的要素，他們相信透過感官，人的理性可以認識事物的本質，如此說來，他們與以前所云的經驗論者也有不同。不管怎麼說，笛卡兒的理論，加上經驗論者的推波助瀾，亞里斯多德的經院哲學在十七世紀變得日益衰微。

十七世紀的後期，雖然斯賓諾莎（Benedict Spinoza）和萊卜尼茲接受了笛卡兒以理性處理形上學的方法，他們卻有不同的形而上學的結論。斯賓諾莎相信物質只有一種，而心靈和身體是同一物質的兩面。萊卜尼茲認爲物質有多種，也都有心靈的性質（mind-like），所以當它們形成不論多簡單的事物時，它們都能反應眞實的形象而不需要做任何的擴延。

十八世紀研究笛卡兒科學的熱忱轉弱（唯以結構的進路觀察自然的方式則有增無減），不過他的懷疑精神和置理性於感官之上的理論始終是學術界的焦點。蘇格蘭哲學家雷德（Thomas Reid）責怪笛卡兒助長了柏克萊和休謨的懷疑論（雖然柏克萊和休謨是不是懷疑論者，尚待釐清）。雷德認爲笛卡兒所稱對自己心靈的了解，和眼前所見事物的知識，都不過是心中的「觀念」（ideas），並且在心靈和世界之間拉起了一層「視覺的面紗」。他和其他的哲學家，包括經驗主義者休謨，不能接受笛卡兒以心靈所見即事物本身的觀念。

接近十八世紀的尾聲時，康德總結地說，這段哲學歷史，實是柏拉圖和萊卜尼茲的理性主義跟亞里斯多德和洛克的經驗主義之間的爭伐。他相信兩種立場都互有得失。依照他的看法，理性主義的失敗，是由於理智（intellect）不能超越感官之上而掌握事物的本質（不論那是心、物，還是上帝）。經驗主義者沒有錯，他們看見知識來自經驗，卻不能解釋爲何有些知識，例如數學、自然科學和形而上學，卻需從非經驗的框架中取得。康德認爲，從這種框架中取得的原則，例如因果律，雖也能從感官得到證實，卻不能用於超越感官以外的經驗（有如推斷創造萬物的上帝的存在）。他的批評有效地結束了理性主義的形而上學。

笛卡兒在十九世紀被認爲是對科學和形而上學有極大影響的哲學家。不過他的物質二元論卻被多種的一元論取代了（假定物質只有一種形態），而最常見的一種則是精神與物質的二元理論，其實是同一物質的兩個不同的狀況。英國生物學家赫胥黎讚美笛卡兒在生理學上的貢獻，特別強調他看待動物的身體，包括人類，有如一部複雜而精細的機器。

二十世紀笛卡兒有三個觀點被大肆宣揚：懷疑論、「我思」，和心身判爲二物的議論。在這個世紀的中段，雖然法國和德國學術界還津津樂道他的新物理學，英語世界中已乏人問津。在二十世紀最後的二十五年中，歷史賦予哲學一個全新的使命，即歷史的詮釋和評價，須從歷史的文本中檢驗得來。換句話說，我們只追問作者當時所重視的話題，以及他是否達成了他預期的目標，而不是借他的文墨，來搬弄今天的是非。如此一來，焦點回到了笛卡兒的原意，即用形上學建立他對自然了解的新方法。他心身結合的理論，跟他的生理學和心理學，在心身二元的思想中，具有絕無差異的重要性。今天我們已普遍承認，笛卡兒不是一個懷疑論者，他僅僅把懷疑用作工具，以求達到尋找形而上學知識的目標。

今天讀笛卡兒

笛卡兒的哲學思想影響至鉅，同意他或否定他，都不能改變他的地位。他的懷疑論，他的「我思故我在」的名言，他的心物二元論，在在都是當代哲學界突出的路標。今天雖然很少人接受他的物質二元觀念，他在心靈哲學的領域中仍引起不小的波瀾。他對人類精神狀態的意見，常常招致讚賞，也惹來毀謗。還有人相信他心身分立的學說，是現代人踐踏心身弊病的始作俑者。

在本導讀中，我們必須丟開笛卡兒過去給人刻板的印象和喧赫的名聲，以便重新看見他的面貌。我們都知道他是一個元氣淋漓的科學家、數學家和形而上學家。他曾爲解析幾何學奠定基礎，是結合天體和地球物理學爲一，且創建心靈、身體，以及它們之間互動理論的第一人。這些全新的理論構成了他從感官出發的哲學和心理學，也成就了他人體和情緒的經典學說。這都是我們閱讀笛卡兒《沉思錄》時，該刻刻提醒自己的話題。

今天讀笛卡兒還有許多理由。由於他在哲學中特殊的地位，他的一言一語，於人都不無補益。再者，他的前提或結論，常有難於窮盡的深度，不論你同意與否，總令人折服。《沉思錄》的寫作更能使人在不知不覺中看見他辯難的結論。爲了達成此一效應，笛卡兒採用了十七世紀時特有的一種沉思文體。他把寫作的內容天衣無縫地溶化在形式中，使其本身變成一種藝術，値得欣賞。

當分析笛卡兒的文字和議論時，學生宜從更廣泛的角度學習分析文字和議論的技巧，這種技巧是哲學研究中一個重要的產品，不過若想對這些文字和議論有所詮釋，我們必須對笛卡兒說過的話有深入的了解。這種了解需要熟悉笛卡兒思想的來龍去脈，包括與他同時代的亞里斯多德學派哲學家，他們是笛卡兒最早的敵人，也是最早的讀者。

最後，我們的目的是就笛卡兒的文本，來認識並評論笛卡兒的全盤計畫，觀察他哲學上的影響，以及發現他著作中至今猶迫人注目的地方。

參考書目和進階閱讀

關於笛卡兒的傳記，最近有兩部新作。S. Gaukroger, *Descartes: An Intellectual Biography*（Oxford: Oxford University Press, 1995）和 G. Rodis-Lewis, *Descartes: His Life and Thought*（Ithaca, N.Y.: Cornell University Press, 1998）。本書所述笛卡兒早年事蹟，多取自Rodis-Lewis。她在該書（p.44）中借笛卡兒一六一九年冬收到一冊Pièrre Charon《論智慧》（*Of Wisdom*）書的故事（見前「生命的任務」一節），說明笛卡兒《談談方法》一書有高度（也是極可靠）的自傳成分。笛卡兒認為人必須「服從國家的法律和習俗」的話來自Charon書第二卷第八章（該書偶有片段翻譯，但上世紀中從無完整的譯本）。關於笛卡兒夢境的詮釋，有G. Sebba, *The Dreams of Descates*（Carbondale: Southern Illinois University Press, 1987）。Baillet 詳細的*Vie de Monsieur Des-Cartes*（《笛卡兒先生傳》），只有法文本（出版於一六九一年；一九八七年有New York: Garland的再版；一六九三年曾有節本的英譯本出現）；而有關夢境的記述見於卷一，pp.81-86。笛卡兒哲學所遭遇到的非難，下列諸書有英文的譯文：R. Ariew, J. Cottingham, T. Sorell（eds.）, *Descartes's Meditations: Background Source Materials*（Cambridge: Cambridge University Press, 1998）。

笛卡兒所知道的奧古斯丁以及奧古斯丁跟他的關係，前列書中都有涉獵，見Gaukroger, p.207; Rodis-Lewis, p.69; 亦見 S. Menn, *Descartes and Augustine*（Cambridge: Cambridge University

Press, 1998）。有關Cicero所言Chrysippus論上帝存在的言論，見其*De natura deorum*, III, x。

W.R. Shea所作廣泛調查的笛卡兒科學傳記，*The Magic of Numbers and Motion*（Canton, Mass: Science History Publications, 1991），特別提出《心靈指導守則》中以數學為中心的計畫有其局限性，恐怕也是該書中途被擱置下來的主要原因（pp.140-142）。

一般講述笛卡兒的哲學而偏向科學的書籍為數不少，包含下列數種：A.B. Gibson, *Philosophy of Descartes*（London: Methuen, 1932），N.K. Smith, *New Studies in the Philosophy of Descartes*（London: Macmillan, 1953），以及B. Williams, Descartes, *The Project of Pure Inquiry*（London: Penguin, 1978）。笛卡兒思想在萊頓和烏特雷池所引起的反響，包括宗教的糾葛，是T. Verbeek, *Descartes and the Dutch: Early Reactions to Cartesian Philosophy*, 1637～1650（Carbondale: Southern Illinois University Press, 1992）一書的主題。有關牛頓閱讀笛卡兒（以及其他書籍）的資料，見J.E. McGuire and M. Tamny, *Certain Philosophical Questions: Newton's Trinity Notebook*（Cambridge: Cambridge University Press, 1983）。其他涉及笛卡兒的科學研究和讀者的反應文獻，將在本書第九章中開列。

十七世紀一般哲學狀況的介紹，見M.R. Ayers and D. Garber（eds.），*Cambridge History of Seventeen-Century Philosophy*（Cambridge: Cambridge University Press, 1998），和G.H.R. Parkinson, *The Renaissance and Seventeenth Century Rationalism*（London: Routlege, 1993）。前者含有大量十七世紀著作參考書目，主要與次要的哲學家包攬無遺。S. Emmanuel（ed.），

Blackwell Guide to the Modern Philosophy: From Descartes to Nietzsche（Malden: Basil Blackwell, 2001），提供了十七、十八世紀哲學家入門的介紹，包括笛卡兒、霍布斯、斯賓諾莎、馬勒布郎士（Malebranche）、雷德（Reid），和康德。康德的哲學史節本見其《純理性批判》末章，P. Guyer和 A. Wood 英譯本（Cambridge: Cambridge University Press, 1998）。至於「形而上學」（metaphysics）一詞（儘管眾口鑠金，實非亞里斯多德的編者Andronicus of Rhodes 的杜撰），有關的歷史，請見 T. Ando, *Metaphysics: A Critical Survey of its Meaning*（The Hague: Martinus Nijhoff, 1963）。

第二章　怎樣閱讀《沉思錄》

《沉思錄》這本書，是一篇首尾相貫的文章，我們若把它當作一篇哲學文章來閱讀，意味著我們要認識這篇文章的結論，追蹤它的視野，並尋找它哲學力量的來源。一篇文章從何得到哲學的力量？當然要看這篇文章的用意、使用的方法，以及誰是它的作者和撰寫的年代。今天寫作哲學論文的標準條件是論證（argument）。在它透明的架構中，論證可以編上號碼，排上順序，從前提（premises）開始，用邏輯的推理，一步步走向結論。一個有邏輯性的論證是，假如它的前提爲眞，則緊隨在邏輯推理之後的結論也必當爲眞（有關笛卡兒的邏輯論證，參閱本書附錄）。

笛卡兒採用的方法當然是論證法，下面我們還將提出好些實際的例證。我們對他的論證發生興趣，部分來自他邏輯的結構（儘管如我們第一章中所說，他認爲在有確實證據的結構中，論證的提出與否並不重要）。不過不管邏輯有多完善，在想建立結論的眞實性時，論證的前提必須是眞。然而前提的眞又該怎樣建立呢？有些前提的眞是論證的結果，雖然並不一定都得經過環環相扣的推理，或者無限制的還原，有些前提甚至可以在感官經驗的基礎上得到認同。另外一些則可能是理性上不證自明的眞理。

對笛卡兒來說，尋找前提的堅固基石，或者第一原則，是他首要的關懷。他相信眞實的第一原則一旦掌握在手，它清晰無訛的本身便能導致合理的推論。今天的讀者在回顧笛卡兒的著作時，必須密切注意他怎樣把這種清晰性展現在讀者的面前。我們有時也得設法重新組合他有眞實證據的論證，來體驗他從原則走向結論的這條道路。

在《沉思錄》中，笛卡兒特別注意形而上學的第一原則。但多數他所喜愛的原則卻不爲他同時代的哲學家們所接納。由於當時的哲學家大多是形形色色的經驗論者，他們堅持一切知識來自感官，而笛卡兒卻想建立一個特殊的前提，即現實世界中的知識不一定需要感官的經驗作爲基礎。可想而知，他的第一原則迫使他面對一批滿懷敵意的聽眾，和跟他格格不入的知識論。《沉思錄》的寫作便像是面對這些逆境的挑戰。

《沉思錄》的方法

在第一章中我們曾列出《談談方法》（6：18-19）中的四種方法。精簡地說，它們是1.只接受明白、清晰、一無可疑的知識；2.把問題分解爲最小的單元；3.從簡單進入複雜；4.隨時檢視，不容漏失。這是一個數學家無瑕可指的方法。自從一六一九年以後，就我們所知，笛卡兒便全心全意要把這個數學方法延伸爲哲學的方法。

《沉思錄》所用的懷疑方法是要尋找絕無可疑的知識，一如上面的方法1.。它以方法2.尋找簡單已知的知識，或者把未知的問題簡化爲已知，然後由簡馭繁，有如方法3.。最後用方法

4.回顧，並複覈全體的過程。

十七世紀的思想家們頗被這些新方法所吸引。他們想要知道新知識如何能藉由這種方式催生，而舊有的知識如何能在這種觀念下獲得解釋，並讓與他信念相左的人得到滿意的答覆。在一六二〇年代，笛卡兒雖然還沒有出版過一本書，卻已因他的新方法而名聲大噪。我們可以推斷他對傳遞訊息的藝術有高超的興趣，在他的作品中我們也屢屢見到，例如《談談方法》中插入自傳的素描，《世界論》中寓言的假設，《尋找眞理》中戲劇性的對話情節，還有《哲學原理》中有如教科書一般醒目的編排。

在寫作《沉思錄》時，他還引進了另一批方法學上的技術。他採用了數學上的「分析方法」，把宗教作品的特色改編爲文學的形式來傳達自己的思想，他還以書信的方式樹立起「抗議」和「答辯」的舞臺，來助長他個人學術的聲勢。

(一)分析方法

在他第二度「答辯與抗議」書信的尾端，笛卡兒提出了分析和綜合兩種方法。綜合法是從定義、公理，和假定出發，逐步向前，作一系列而無間斷的證明，以達到一般的定理（theorem）。歐幾里得（Euclid）的幾何學便是典型的例子。讀者在見到每一步驟的證明後，可以無異議地接受定理的成立。分析法則與此完全不同。它不依賴任何前證。它開始於一個特定的問題，向後追蹤，直到一些可以證明或者可以幫助解決問題之簡單而不證自明的眞理出現。應用這種方法的人可以在分析的過程中看見簡單而不證自明的眞理。不過這兩種方法，笛卡兒強調，無論他們的論證或者證明，都必須全然「依靠前已有之的」（7：155）的知識——也就是說，沒有一件事不是經過明確的證實或者緊隨在後的明證；不過在綜合法中，一系列明確的證明可以始於普遍被認定的或者因權威而接受的公理和假設。而在分析法中，讀者只能在自己取得了對此一前提適當的認識或者第一原則後才可能被說服（笛卡兒相信在此方法中，他已重新建構了一個不可思議的方法來了解古代的希臘數學家〔10：373〕）。

笛卡兒認爲由於綜合法所需要的定義、公理和假設都得有事前的認定，因此不是辯論他的新形而上學最有效的方法。對一個初階段的數學家，這個方法也許可用，但歐幾里得卻在他書中開宗明義地認爲這個方法可以適用於任何人——至少它廣泛的接受程度可以讓學生安心採用。在形而上學上，笛卡兒知道這是一個全然不同的狀況。在這裡，即使基本的問題（諸如自然世界能否自我存在或者被創造，物質是否連綿不斷，還是個別組成等等）許多作家都有不同的意見。亞里斯多德的形上學在他眼中充滿了嚴重的弊病。然而他的讀者們正是在這種與他對抗和充滿弊病的形上學觀念中薰陶出來的人，他們無疑都反對他的新原則。

爲了這些理由，笛卡兒知道他必須採用分析方法，俾使他的讀者能在獨立的狀況下思考形而上的第一原則，只是他書中從不明言他的方法是放之四海而皆準的。對一個不甚專注或者懶惰的讀者，這書既不要求他首肯，也不提供給他對前提的論證。相反的，它只幫助讀者開闢新道路，讓他本能地在每一步驟中抓住必須的原則。在使用分析法時，「假如讀者都願意跟隨並注意每一要點，他將會因自己的行動而相信他的每一發現都是自己的功勞」（7：155）。

《沉思錄》中的六個沉思都是用心爲讀者聚焦在這個重點上。它們首先用懷疑的方法清除讀者心中可能的成見，然後帶領他們進入「我思故我在」的第一眞理。這個第一眞理的目的便是「分析地」（見第三沉思）質詢所謂不可懷疑的知識究竟是怎樣的知識。讀者可以根據這個發現繼續搜尋而得到更多的第一眞理。在這基礎上，依賴內在（innate）觀念的思維將開始源源而來（7：51, 68）。

(二)《沉思錄》的沉思

笛卡兒並沒有認爲他的形上學原則會因爲他的讀者有不同的信念而受到阻礙。相反的，他相信許多讀者心目中核心的思想，和他形上學的對立，乃是人類認知發展中尋常而自然的現象。人類自從襁褓時期開始，便與身體密切結合在一起（見8A：35）。他們都依賴感官來維持生命，而在絕大多數的場合中，感官給了他們最佳的服務。這種方便，讓兒童誤以爲感官不唯供給他們外在的資訊，還告訴他們內在眞正的天性（7：83）。成長之後，人們忘記了這些觀念形成的過程，便不假思索地認爲身體含有一切展示屬性的功能，諸如色彩、聲音、味覺，和觸覺，有如冷熱（亞里斯多德所謂的「眞正物質」），以及大小、形狀和動作。

這種事實說明兒童時代的偏見可以很容易左右亞里斯多德的思想家。正宗的亞里斯多德學者相信以感官爲基礎的認識論，因此他們相信非物質的存在（例如上帝）只能在我們的生命中微弱地感覺到，因爲上帝的觀念不屬於感官的範圍。依照他們的看法，這類的感受必須借重創造事物的類比；譬如說，感覺世界中任何一物的改變必須要有一個變因，依此類推，我們推斷世界一定有一個至高無上的造物主。與此相反的，笛卡兒（類似柏拉圖派的哲學家）相信只要我們能走出感官的領域和創造的物質世界，並訴諸純粹的智力思維，上帝的觀念便能從而獲得。

如要吸取亞里斯多德（以及經驗主義者）的聽眾，笛卡兒首先必須破除一切知識來自感官的信念。從本質上說，他必須勸導他的讀者離開感官而走向純粹的理性。若不然，他《沉思錄》中的分析方法將一無施展的空間。爲了確定他勸導的功效，他在分析方法之上又加了第二種方法：他採用沉思的文學形式來處理他的思想。

在笛卡兒時代，沉思的文體在宗教界中稱爲精神鍛鍊（spiritual exercise）的寫作已臻成熟。耶穌會的創始人伊格耐修斯（Ignatius）便寫了一整套這類的文字，而笛卡兒在弗萊士就學時也曾實際參與過這類的沉思和鍛鍊。其用意，不用說，當然在鍛鍊沉思者內在精神的潛力。這種風格的訓練依靠一般標準的儀式進行。首先，參與者必須關閉他俗世的感覺，以便（有如伊格耐修斯）進入宗教圖像的思考，或者清掃自己內心的一切的圖像，並迎接（有如奧古斯丁）與上帝結合的經驗。最後參與者重申自己一心要避免在罪惡中犯錯的意志。在這過程中，參與者連續不斷地聚焦於認知的本能：起初是透過感官，然後經由假想和理智，最終走向意志。

笛卡兒的《沉思錄》不是一本靈知的書，而是有關認知（cognitive）和知識的（epistemic）書（「知識的」即屬於知識或者以知識爲根據的觀念）。它的宗旨在產生形而上學的知識，不在誘導宗教的經驗。在書中，他強調人必須否認感官的重要（「沉思一」），掃清心靈中一切感官的形象，以便認識心靈的眞正形象和找到上帝的觀念（「沉思二」和「沉思三」），然後調整自己的意識，避免判斷的錯誤（「沉思四」）。當沉思者的內心得到了適當的鍛鍊後，笛卡兒會提供在形而上學中基本的觀念和論證，包括物質原理、心物二元，和他的新感官理論（「沉思五」和「沉思六」）。全書的結論則說明笛卡兒肯定他的沉思文體，用以訓練人的意志，把物質的世界假定爲不存在的事實（7：22），給記憶一個假想的結果（7：34），幻想上帝的存在（7：52），然後獲得意志的控制（7：62）。

(三)異議和答辯的爭論

爲了說服背景複雜的讀者群，笛卡兒的新形上學採用了一個極具創造性的文學形式。中世紀的學術工作有時喜歡使用包攬正反雙方意見的爭論。這些爭論常在大學的公開聚會中口頭進行，最終變成文字出版。笛卡兒在弗萊士公學中便曾參與這類爭論。作爲這種方法的延伸，他在《談談方法》中邀請不同讀者的意見而保證一一書面作答。而於《沉思錄》，他則事前準備好了異議和答辯的文字，與原書同步出版面世。得到梅色納的襄助（梅色納替他蒐集了若干異議的文章，也親自撰寫了一些異議），笛卡兒把他的書傳送給當時德高望重的哲學家和神學家們，並把他們相反的意見收錄在書末，加上自己的按語。

笛卡兒的答辯有數層意義。首先他想在逆水中試探自己面對強勁抗議的耐力以及如何疏導這些抗議。在充滿爭論的哲學天地中，這會得到意想不到的效果。他還想表示他有能力避免神學家們的非難，因此毫不遲疑地把神學家們加入異議者的行列中（他最原始的計畫是把神學家引爲他唯一的異議者〔3：127, 183〕，他也曾把這篇原稿給他在烏特雷池大學的追隨者雷吉烏斯讀過〔3：63〕）。也許最重要的一點是，這些答辯讓他能充分使用標準的哲學用語和辯論模式，在不知不覺中把話題導向從未討論過的問題（諸如他永恆眞理的學說）。

總覽和卷首附錄（7：1-16）

《沉思錄》包含一封給索爾博（Sorbonne）神學院院士們的公開信、給讀者的序言、沉思要旨、六篇沉思的本文、異議和答辯，以及（後來加入的）一封給狄奈（Dinet）和克里塞利蒙（Clerselier）的信。六篇沉思原計畫獨立成書，寫作完成於一六四〇年三月。隨後不久，此書開始流傳並徵求相左的意見（起初由笛卡兒主導，後來改爲梅色納）。一六四〇年後期笛卡兒寫成了「卷首」的文字，包含公開信、序言和要旨。

㈠給索爾博院士們的公開信（7：1-6）

在書出版前笛卡兒寫信給梅色納說，他希望此書能得到「諸位〔神學〕博士們的閱讀並首肯」，包括「索爾博的全體人員」（3：126-127*）。同年九月他再度寫信說，他要將此書奉獻給在法國最受尊敬的索爾博學士們（3：184-185）。他希望在預期與耶穌會士的爭鬥中他們能有所幫助。他盼望他們能詳讀此書，不論同意還是反對，都能筆錄下來，讓他一一答覆（3：329-340）。四名院士作了回應，他們於一六四一年八月表示同意，而此一事實則被大書特書地放在第一版的封面上。

在公開信中，笛卡兒暗中希望索爾博能贊助此書，或者願意作它的保護者，因爲下面兩個顯而易見的主題：上帝的存在，和人類靈魂與身體截然的不同（由此也導致靈魂不滅的話題）。這兩件在宗教上有絕大意義的事實，他相信可以從「自然的」理性中得到證明——換句話說，單憑人類心靈的努力即可。他認爲這種重大的問題「應該以哲學的方法來解決，而非訴諸神學的論證」（7：1）。

這封信值得注意的地方，是它申言《沉思錄》需要說服「不信上帝的人」來相信上帝和靈魂。至於有信仰的人，他們早已因爲《聖經》的教導和接受《聖經》來自上帝的事實而深信不疑。然而「這種議論卻不能在無神論者的面前提出，因爲他們會指斥這是一種循環推理」（7：2）（譯者註：本書有關《沉思錄》及《哲學原理》中文引文部分，多取自黎惟東中譯本，志文出版社，臺北，二〇〇四年版）。爲了這個緣故，笛卡兒蒐羅了一切上帝存在的理性證據，並把靈魂和肉體分開，以便爲這個問題作最好的表述（7：3-4）。這便是作爲一個哲學家的笛卡兒能爲宗教所做的事情。

然而假如他提供的都是理性的證據，爲何他還需要索爾博神學家們「權威」下的「保護」呢？他用數學和形上學的比較來答覆這個問題。人人都接受數學的證明爲無可爭論，然而並非人人都能夠了解這些證明。但在形上學中，一般人多半相信問題可以用許多不同的方法來解決。數學中基本的觀念容易了解，形上學則否。要能掌握笛卡兒形上學的爭論，讀者必須具有「一個可以完全不受先入爲主觀念影響和拒絕感官干擾的心態」（7：4*）。倘若他的讀者無法征服這些困難，笛卡兒願意徵募知名之士——特別是與其他組織團體有爭端者，如耶穌會士的——權威。

我們從第一章中看見笛卡兒並無意開門見山地指出本書的宗旨在替不信上帝的人尋找上帝的證據；他只想用他新物理學的基本觀念在暗中說服他的讀者。事實上，從一六二九年起（1：83）他便預料他的物理學或自然哲學會引起耶穌會及其他社會人士的不滿（1：271, 285, 324, 455-456, 564）——包含他的感官和地球運動的觀念——而不是上帝和靈魂（雖然後來的攻擊也有這些成分在內）。那麼他之所以把上帝和靈魂的話題昭彰著明地寫在信中，是否有意轉移敵人的目標，再不然便是招徠索爾博學士們的同情？或許這也不失爲他企圖安撫宗教的一種策略呢？

有些詮釋家相信笛卡兒其實只重視他的物理學，他的訴諸宗教權威全是出於謹慎小心（尤其是在伽利略事件之後），事實上凱同（Hiram Caton）便認爲笛卡兒是個不折不扣的唯物主義者和無神論者，他談論上帝和靈魂不滅都是僞裝。依照凱同的看法，笛卡兒破壞上帝存在的手段是指出上帝的弱點，即在信中暗示上帝和《聖經》之間的循環推論。這個暗示預告了他後來用「明白」（clear）和「清晰」（distinct）的觀念證明上帝的存在，又用上帝存在的同一方法證明眞理的產生（笛卡兒循環推論將在下面討論）。

儘管笛卡兒曾向梅色納承認他無心把《沉思錄》的眞意明白公布（3：233, 298），這並不意味他對證明上帝存在和心身二元的說法有任何虛僞。這些話題在當時的哲學理論中十分流行。它們不僅牽涉到宗信的信仰，它們也是哲學的一部分，應當給予理性的審察。如果我們假定笛卡兒確有宗教的信仰，我們仍得承認他的書並不以增進信仰爲鵠的，而是要建立他物理學的理論。我們認爲他討論上帝和靈魂以達到形而上學的目的是無可厚非的事。

對上帝和靈魂的思考，我們必須分辨其宗教的意義和哲學意義的不同。笛卡兒有意避免純粹神學的問題（1：153, 4：119, 5：176, 7：428），例如世界的創造在六天之內完成（5：168-169）、宗教中的「神祕」如三位一體說（3：274）、奇蹟的出現（2：557-558, 3：214, 11：48），和意志與罪惡的聯繫（7：15）等等。對純粹宗教的事物，他選擇透過「恩寵」的神示，而不取自然的論斷，也就是說，他聽信教會宣揚的啓示或者個別人物的見解（3：426, 4：147-148, 8B：353-354, 9A：208）。他不滿有人把宗教和哲學混爲一談（2：570）或者企圖從《聖經》中索取哲學的理性。有關上帝和靈魂的問題，他只接受能被理性認知的層面。上帝至高無上和靈魂非物質的概念，其實從來便是希臘哲學的一部分，遠遠早於希臘思想在中世紀時與傳統基督教摻合之後的歷史。笛卡兒認爲至高無上的上帝觀念應當屬於「自然」推理的主題，亦即這種推理全然跟神性的啓示無關。單憑我們的「後見之明」（hindsight），我們也許會懷疑，他的上帝定理曾受到周遭宗教環境的影響，然而這仍然不能改變他僅僅處理理性上帝層面的事實。同樣的，靈魂作爲自然世界的一部分，也應當可以在理性的觀念下進行研究。事實上，爲了哲學的目的，他把靈魂（拉丁文作 *anima*）視爲心靈（*mens*）的同義字，而更喜愛使用「心靈」一詞（7：161, 356）。他在必要的情況下也一再企圖顯示他的哲學其實跟天主教（以及荷蘭的喀爾文教派）的教理非常調和（3：349, 5：544）。爲了他私人的安全和著作能被教會和政治界的權威所接納，這種謹慎小心很有必要。即使如此，有時他自認爲十分調和的解釋（例如身體的觀念〔7：250-251, 443-444〕）還是給了他不少麻煩，不過他並不打算爲他的主體哲學立場作任何讓步的行動，以便得到接受（3：59）。假如他擔心受罰，他可以放棄出版（1：271-272）。

一個笛卡兒物理學中，以上帝和靈魂作爲基礎的議論，幸而給了他難得的順利。如眾所周知，他在沉思一中提出了上帝可以騙人的假說，作爲他對理性強烈的懷疑。他相信這個懷疑若能破除，他便有把握找到確鑿的知識。他用這個假設配合他分析的分法來尋找第一原則。就物理學本身而言，他把上帝視爲一切運動律背後的操縱者，以便約束宇宙間運動量的總和。上帝扮演的這個角色，預兆了沉思三將近尾聲時的一段文字。至於靈魂或者心靈（mind），在十七世紀時幾乎每一個哲學家都相信它屬於自然的一部分，因此無條件地符合物理學（這門處理一切自然現象的學問）的原則。自然而然地，當笛卡兒物理學中處理人的問題時，他必須承認心靈和身體間的關係，以及心靈在身體中所扮演的角色，包含感覺（sensation）的部分。

㈡給讀者的序言（7：7-10）

這篇序言預告了笛卡兒全部著作可能的廣度，並有意先聲奪人地提出一些簡短的抗議。它肯定《沉思錄》將不僅討論上帝和靈魂的問題，還包括「第一哲學基礎的全貌」（7：9）。本書中形上學的辯論雖曾在《談談方法》中約略提及，這裡實是一部完備而有系統的版本。不唯如此，它除了包含「一切」形而上學的「基礎」（foundations，拉丁文作 *initia*，意即元素，或最原本的事物，也是第一原則或者基礎意思）外，還同時超越上帝和靈魂的視野。一如他在給梅色納的信中所言，它將探討「在哲學思維中一切可能被發現的最原本的事物」（3：235；亦見3：239）。

笛卡兒用這篇序言討論了他《談談方法》的摘要所收到讀者的反彈。在那本書中，心身二元論雖然看似完美無瑕，笛卡兒卻認爲是個無頭無尾的爭議，直到現在才算有了整體的交代。他的第二個反彈是關於上帝存在的爭議。他藉此機會介紹了上帝在人心目中的形象和觀念上形象的差異——這種差異在第三沉思中是至關重要的論點。至於其他的反彈，他斥之爲「出自無神論者的老生常談」（7：8-9）。

似乎有意點燃一些新的爭端，他重複了公開信中的一個老問題。他謙虛地預言《沉思錄》

中更新、更深刻、更完善的辯論，大概不會引來太多的讀者（雖然事實上他已把書寫成教科書的模樣，準備普及大眾），他提醒小心翼翼的讀者說：「我不是一個大眾型的作者，我著書只是爲那些願意陪同我沉思，並願意捨棄感官和人云亦云的成見的人。」（7：9*）他鼓勵讀者們注重他論說的大體和關聯性，而不要對某一個單獨的句子咬文嚼字。《沉思錄》的宗旨在把它的「核心思想」表達無遺，從而能找到真知，並取得讀者的見證（7：10）。至於對那些意見相左的人，他盼望能詳讀書中「抗議和答辯」的附錄，因爲他相信其中包羅了應有盡有的責難（雖然後來還有出乎意料之外的責難，附錄的確也記錄了笛卡兒在辯論中曾遭遇到的許多重要的難題）。

㈢六篇沉思要旨（7：12-16）

一六四〇年十二月笛卡兒寄給梅色納一篇《沉思錄》的「摘要」或稱「要旨」（3：271）。這篇要旨除了臚列書中六篇沉思的內容，還答覆了梅色納幾個特殊的詢問。

在數週前梅色納曾問笛卡兒，爲什麼心身分立的話題必須等到沉思六才提出來，還有，爲什麼他的靈魂不滅論沒有任何證明（3：266）（不過這些證明在《談談方法》中曾經有過暗示〔6：59-60〕）。要旨中則解釋（7：13）說，身心分立的理論有賴明白而清晰概念的確立（沉思二、四）和「有形物體的本性」（corporeal nature）的發現（沉思二、五、六）。至於靈魂不滅的觀念，笛卡兒解釋說，靈魂和身體既然不是同一件事，靈魂當然不會隨身體而消滅，如果要他證明，他認爲沒有必要。一個恰當的證明應該是，如果人的外貌消滅了，人的身體也就消滅了，即使物質（包括身體）不會消滅（由於上帝的保存，說明見沉思三）；再者，人的心靈是「純粹的物質」，它可以保存一切「偶然事故」（accidents）變化中所產生的種種本質（雖然這個本質也刻刻在變），但其終極是不會消滅的（7：14）。

這些說明幾乎用去了要旨中一半的篇幅（7：12, 14），否則它眞的可說是一份適當的「有關上帝和靈魂」的摘要（對梅色納而言，3：268），包含用懷疑思維的方法來了解智慧（非物質）的存有，有如上帝和靈魂（7：12, 14）。笛卡兒顯然希望他的要旨有助於關心宗教正統思想的讀者。

《沉思錄》的本文（7：17-90）

雖然笛卡兒告訴梅色納他的六篇《沉思錄》只是一篇「論說」（treatise）的文章（3：183），我們可以清楚看見它不是一篇尋常的把爭論和發現一五一十交代給讀者的哲學論說。它具有沉思文體的風格。他在《沉思錄》「第二答辯書」中解釋說，他寫的沉思更像是數學中的「辯論」（disputations）或者「用方程式表明的法則和問題」（theorems and problems）——因爲他使用的是分析方法（7：157）。這種文體決定了他希望讀者用第一人稱（即英文中「我」的代名詞）來詮釋他的六篇沉思。

㈠《沉思錄》中的第一人稱

在卷首和答辯的文字中，第一人稱「我」清楚指明即此書的作者雷內．笛卡兒，但這個第一人稱代名詞在整體書中卻並不明顯。這書旨在呈現笛卡兒一系列的思維，即在「序言」中所謂的能讓他看見形而上學眞理的「思想的本身」（the very thoughts）（7：10）。在這同時，六篇沉思也不是他一六一九年在爐火熊熊的斗室中思維的現場紀錄，而是九年之後才寫定下來的文字。可以肯定的是，他一六二九年在未完成的《沉思錄》初稿之後，思維還延續到一六三七年。這年在《談談方法》和附錄的三篇論文中，他爲他的思想作了一個綱要式的報導。當他正式寫作《沉思錄》時，他已不再相信沉思一中的思考，例如在那時他所相信的感官仍是知識根本的來源（7：18）；確實，在寫《沉思錄》的前期，他對感官的認識已與他的後期有了很大的距離。

不同於《談談方法》，《沉思錄》並沒有自傳的形式。那麼我們該怎樣了解書中的「我」？我們可以把六篇沉思視爲用第一人稱所寫的故事，在其中笛卡兒創造了一個第一人稱的「我」來講述六「天」之內他如何發現形上學連續性的沉思——至少是一系列運用分析方法的思維來說明形上學發現的過程。六篇沉思中的「我」，應是有形上學教訓戲劇中的一個說書人，或者主人翁（臺上還有一、二個配角，例如上帝和魔鬼）。而讀者透過說書人的表演，懂得故事中的「教訓」。

這個虛構的「我」明顯地並不是作者笛卡兒本人。他還可能是一個讀者（或者任何一個人）的替身，因爲這個「我」常常會在不同的情況下搖身一變而成爲複數的「我們」（例如「我們說」、「讓我們」等等〔7 : 21, 30, 32〕）。然而它並不能完全抓住「我」的積極精神。當笛卡兒說他的書是寫給願意陪他「認眞思考」的讀者時，我們似可視此爲形而上學的沉思但帶著宗教的虔誠——把讀者引導深深進入個人的體驗。這也意味著說，作爲讀者的我們，必須全心全意地直接參與他的議論和鍛鍊，以便經歷一種笛卡兒已經先我們而發現的「認知的過程」（cognitive progress）。讀者不能單憑自己的幻想讀書，而必須使用他們所有可能的認知資源，把笛卡兒的疑惑和發現，一一賦予活潑潑的新生命。

當書中的「我」出現時，我們應當知道他是全書的「沉思者」（meditator）而不是作者笛卡兒（爲了確定這中間的分野，我們甚至可把這個沉思者設想爲女性，一如下文所用的「她」）。不過在這同時，作者笛卡兒心目中也確有一套懷有類似勸善教忠的目的。因此每當辯論或計畫中產生了哲學動向的討論時，笛卡兒本人，而非沉思者，仍然要浮上檯面。當全書漸漸接近尾聲時，事實上笛卡兒和沉思者中間的距離已越來越近，而終將會合成爲一個。

㈡形上學論說的要點

六篇沉思的長短不一，沉思一最短，沉思六最長。全書粗略的內容和它們議論的順序可以從全書的篇目以及下面的「表一」中一覽無遺。它們的順序十分清楚。笛卡兒首先讓他的沉思者詳述懷疑的經過（沉思一）。她發現自己的存在和特性好像比其他事物更容易識別（沉思二）。沉思者隨後列舉上帝存在的兩個證明（沉思三），揣摩如何尋找眞理並避免錯誤（沉思四），思考物質的本質，找到再一次證明上帝的存在（沉思五），最終則發現心靈和身體眞正的差異，並證明物質世界的存在（沉思六）。

不過《沉思錄》在篇目中並未詳細列出涉及的議題和結論。沉思二，還有三、五和六，都是一邊書寫，一邊思索，且在收到三份抗議書後才正式完成的（3：297）。它們全都符合求證上帝和靈魂的宗旨，但卻無意要讀者視之爲一篇泛論形上學的論文，亦無意爲科學建立任何「堅固而永恆」的原則（7：17）。一如沉思者在沉思中對懷疑的處理，它們也無意聚集焦點於方法學和知識論上。若干附加的內容將在下面「表一」中分別以知識論和形上學兩類的綱領作一簡明的表示。

表一 《沉思錄》內容一覽表

目次	篇名	知識論的論題	形上學的論題
沉思一	什麼叫作可懷疑的事物	感官的缺失 數學的可疑	

目次	篇名	知識論的論題	形上學的論題
沉思二	論心靈本性比物質更易於了解	可疑的「我」 心靈沒有固定的形象 對物質在理性中的了解	思想物的性質 物質的擴延
沉思三	論上帝的存在	真理的原則：明白、清晰的知覺為真 自然之光與本性的指使 上帝內在的觀念 上帝不是騙子	因果律 觀念的形上學 上帝的存在和上帝的屬性 幾何性質和感官性質的差異
沉思四	論真理和錯誤	判斷的分析：理性和意志 認知錯誤的分析 真理原則的再肯定（上帝不是騙子）	認知的錯誤和邪惡的問題 意志的自由
沉思五	論物質的本質，再論上帝的存在	天賦觀念的本質 上帝的知識無可懷疑	事物的本質是擴延 上帝存在的本體論證

目次	篇名	知識論的論題	形上學的論題
沉思六	論物質事物的存在，和心靈肉體真正的區別	理性與想像 認識物質的感官和理性扮演的角色 感官錯誤的分析	心靈是物質但有思維的本質 外在事物的存在 心靈和肉體的結合 感官的性質 心理生理的交互關係

㈢附加論題：方法論和知識論

在一部表面上佯稱尋求上帝和心靈眞理的書中，作者應該沒有明言達成此種目的的必要。除了邀請讀者專注於他的議論（如〈序言〉所言）外，笛卡兒也很自然地無意公開討論他的方法（事實上，討論方法最認眞的部分在他的〈抗議和答辯書〉中）。

話雖如此說，就我們所見，笛卡兒對他方法學的建構十分重視。更有進者，在沉思一的開端處他還提出了一個知識論的企圖。無疑地，這是對沉思者預先發布的一種批判和破壞（7：17）的訊息。從這些談論和「要旨」裡，沉思者應當知道，即使沉思一和二的篇名都提到「懷疑」和「知道」等字眼，全書實際上是在搜尋另一類的知識。再者，沉思者在「要旨」中已被告知一種以「明白而清晰的知覺」作爲求知的方法，即將在稍後的沉思中展開討論。

沉思一啓用了著名的懷疑方法。沉思者被指導去懷疑一切她過往的信念。爲了達到目的，她提出種種議論來動搖她向有知識的信心。她不信任感官，並由上帝是騙子的假設來懷疑物質的世界。用這同一假設，她甚至懷疑「透明」的數字的眞理（7：20-21）。

笛卡兒並沒有把懷疑的方法視爲一般懷疑論的部分。他只是把它用爲求知的工具。著名的例子是，當沉思者把自己的存在當作一種「思想的事物」（thinking thing）時，她得到「我思故我在」的推理。這個重要的理論變成了她後來一切知識的基礎。這個理論是否能夠成立還需要一點哲學上的解釋，我們將在第四章中探討其中若干的可能性。然而「我思」理論的功用，笛卡兒藉沉思者在沉思三（7：35）中的觀察，是把它變成任何事物可以因此得到認知的佐證。沉思者從這裡出發，以分析的方法，經過一步步的回溯和還原，終於找到了最基本的原則。

用同一手段，笛卡兒也讓他的沉思者擷取了他著名的眞理守則：明白而清晰的知覺便是眞。雖然這條守則是首次在沉思三中出現，「要旨」卻把它歸屬於沉思四（7：12, 14）。嚴格說來，沉思三反覆懷疑上帝騙人的假設，已造成足夠的理由把這個懷疑予以取消。用這條守則作上帝騙人假設的證明和反對，已引起不少讀者對笛卡兒循環推論（circular reasoning）的攻擊。當我們研究笛卡兒的知識論時，我們得密切注意他是否需要提供（或者怎樣提供）沉思三議論之外更多的證明。作爲支援這個守則的有效性，他至少需要找到上帝不可能騙人的擔保。然而他的擔保正是造成他循環爭端的禍首（本章稍後還有討論）。

笛卡兒的知識論和方法論，在六篇沉思中使用的，都是以知識功能爲重的語言。從外觀上看，他大大依賴這些功能，包含感官、幻想、記憶，以及悟力或者推理。在沉思三和四中，當他分析判斷的行爲時，他加上了意志作爲這些功能之外的另一種精神機能（mental faculty）。這種功能的討論在古代認知的分析中其實是司空見慣的，當時的讀者十分明白它們的內涵，只是今天的讀者不甚清楚罷了。

部分笛卡兒知識論的計畫是要說服亞里斯多德和經驗主義的讀者，讓他們知道以認知本能爲主導所取得的知識是不可靠的。正如前面所言，亞里斯多德和經驗主義者都認爲任何認知的行爲（cognitive act）都需要某種感官的襄助，笛卡兒卻相信認知的行爲——取得一切形上學的知識關鍵——都來自人的理性。

他獨樹一幟的論調植根於他堅信「純粹的理性」，可以獨立存在於感官和想像之外。在精神機能的詞彙中，「想像」（imagination）有一個技術上的意義。想像某事，是替某事建構一個圖像，例如當我們把眼睛閉上後，我們仍然能知道我們的寵物貓是什麼模樣。這種圖像是具體的。它們顯示寵物特殊的姿態，通常也附帶一些背景（例如蹲坐的位置，或者求食時的啼叫），牠們的眼睛或張或閉，尾巴或豎或藏，諸如此類。雖然這些圖像可能也帶有思想，但笛卡兒認爲許多思想是根本沒有圖像的。那些沒有圖像的思想便是純粹理性的知覺，它們可以包含上帝、心靈，以及幾何圖形的本質。沉思六對想像和理智的差異有詳細的解說（7：71-73），這便是笛卡兒知識論的基本原理，也是《抗議和答辯》書中提到它時屢屢與霍布斯

（Hobbes）和伽桑狄（Gassendi）交鋒的地方（7：178, 181, 183, 358, 365, 385）。根據笛卡兒理性主義的知識論，即使純粹物質的本質也不是從感官得知，而是從獨立於感官經驗之外的內在理性沉思中取得的。

笛卡兒的知識論還有一個終極的目的：重新評估感官在知識中的角色。在沉思六中，感官恢復了它們的地位，不過它們在哲學知識中的角色卻不同於沉思者在沉思一中所能接受的程度，笛卡兒認爲感官根本的功用，在辨別一個人周圍環境中的物質可能給他的幫助或傷害。它們並不提供用來發現自然事物中本質的資料；這一特殊功能完全屬於理性。不過感官可以提供感官功能以外的知識。在自然哲學中它們可以幫助確定物質世界中的事實，例如太陽實際的大小（7：80）。

㈣附加的論題：形上學的效應

雖然笛卡兒因對方法學有高度的興趣而聞名，自從一六二九年起他在純哲學中開始熱中於形而上學的探討，《沉思錄》中形上學的結論便是他預期中的收穫。一如他給索爾博的信中所說，這些收穫包括上帝、靈魂或心靈，以及它跟肉體之間的關係。這些問題當然需要更多形上學觀念和原則的指導，笛卡兒在討論過程中也時時都有顧及。他的收穫還包含人類身體的概念（人由心身二者合成），以及作爲他一部分物理學基礎的具有感官特性的本體論（「本體論」研究自然的「存有」，亦即現實中一切的事物；具有感官特性的本體論牽涉到物質中這些特性的分析，以及它們與我們知覺之間的關係）。

有關上帝的議論主要出現於沉思三和沉思五。笛卡兒提供了三個不同的證明來說明上帝的存在，並把上帝的形上學特性解釋爲無限、獨立、無所不知，和無所不在。他嘗試用形而上學來建立上帝是萬物的創造者和保存者的觀念（7：45）。這個議論和觀念我們將在第五和第七章中再作說明。

沉思四提出的問題是：爲何一個無瑕的上帝可以創造邪惡和有缺陷的東西。這個問題的答案存在於新柏拉圖（也是奧古斯丁）的善/惡形上學中。笛卡兒認爲「惡」事實上不能存（因爲它不是一種存有，或being）。事實上，有些事物的確比不上另外一些事物的完美。上帝是無比的完美，但其他的事物卻無法與之相比。笛卡兒根據奧古斯丁這種善惡的觀念，解釋完美的上帝可以創造不完美的人。作爲解釋的一部分，他引出人類自由意志（free will）的概念。上帝爲了要給人自由，也就容許人製造錯誤。在這裡我們看見笛卡兒使用了神學的形上學教義來擴延自己的理論。

沉思三和五雖然著力談論有關上帝形上學的問題，但在篇末卻把這些努力轉移到對笛卡兒自己形上學的支持，例如心身的本質、心身二者對人的意義，和物質在感官特性中的了解。這些話題在沉思二和三中都有敘述，但在沉思六中卻變成了全篇的主軸。在這裡一個重要的結論脫穎而出：物質絕不可少的本質是它的延伸性（extension）——也是笛卡兒物理學最重要的發現（詳見第九章）。另一個要點是：心靈是「有思維能力的物質」（intellectual substance）

（7：78），而心靈的本質便是思維。

沉思六的篇目指出心靈和肉體「眞正的區別」，作爲肉體存在的證明。事實上這篇沉思最大的用力處在有關心身的結合、互動，和感官的原理。它鉅細靡遺地觀察了處於人肢體之內的心靈，包含感官的作用和味覺（7：75-77, 80-81, 83-89），它也幾乎用了同等的篇幅來敘述以感官爲重的形而上學（7：74-77, 82-83）。這些內容屬於自然哲學，也屬於形上學，例如在製造感覺時，神經的操作如何得到延伸的效果。這裡有些論點直接訴諸感官（7：80, 86-87）。雖然在以心物爲不同物質的理論中，它們牽涉到感官和神經功用的討論已逐漸把物理學的形上學基礎轉移到自然哲學的效果上。

異議和答辯（7：91-561）

當笛卡兒的《沉思錄》接近完成時，他把書稿展示給他荷蘭的朋友們看，包括他的追隨者雷吉烏斯，和一位天主教神學家卡特魯斯（Johannes Caterus）。雷吉烏斯幫他改正了一些標點和拼音，並給他幾篇異議書，笛卡兒也隨即在書信中作了粗略的答覆（3：63-65）。至於卡特魯斯的異議文字，笛卡兒把它放置在卷末，也附有答辯。一六四〇年十一月，他把六篇《沉思錄》手稿和公開信（可能還有給讀者的序），連同這些早期的異議和答辯書，一併寄給梅色納，隨後並加寫了一篇「要旨」（3：238-239, 271）。

梅色納把這些資料傳遞給法國一些思想家和神學家閱讀，也蒐集了另外一批異議的文章。這些手稿經過一再的傳閱，又相繼徵收到若干篇的評論（有關此一工作進行的過程，或直言或暗示，都見於7：122, 200, 208-211, 213, 348, 414, 417）。最早的六篇異議和答辯由梅色納神父主編，並於一六四一年隨《沉思錄》第一版出版於巴黎。隨後的第七篇，即耶穌會士波爾丹的評論，則連同笛卡兒答覆法國耶穌會領袖狄奈神父的信件，一齊刊載於《沉思錄》第二版（阿姆斯特丹本，一六四二），而由笛卡兒自己負全盤編輯之責（3：448）。

異議書的作者，有革新，也有保守。革新者包括一六四〇年遷居法國的英國唯物主義者霍布斯（第三篇）、法國神父兼伊比鳩魯思想家伽桑狄（第五篇），和梅色納本人（第二和第六篇，篇中也附有其他神學家、哲學家和幾何學家的意見）。神學上的反對者，除了卡特魯斯和一些梅色納的助手外，還包括法國天主教神學家阿諾德（Antoine Arnauld）（第四篇）。最保守的異議者是波爾丹（Bourdin）。一六四四年伽桑狄分別發表了他的第五篇異議書和答辯書，連同一篇「反異議」的文章。笛卡兒旋作回應，也另有一封致克里塞利葉（Clerselier）的信（9A：198-217），發表時還附上了克里塞利葉一六四七年原函的法文譯本（譯文出自呂因公爵〔Duke of Luynes〕之手）。

儘管觀點不同，選擇的主題各異，異議書還是有它們共同的焦點。除了波爾丹之外，所有異議者都質疑上帝存在和心靈、身體有別的說明。霍布斯和伽桑狄力辯有機物質可能會思想，第二、四、六篇的異議書雖未明言這一假設，卻一致懷疑笛卡兒成功的可能性（7：

122, 198, 422）。卡特魯斯和波爾丹很不同意笛卡兒心靈和肉體間有真正區分的說法（7：100, 503-509）。

「異議和答辯」雖只是《沉思錄》的附錄，卻提出了許多意見和爭端，突顯並延伸了原著作的內涵。它們也引進了一個全新的課題，即永恆的眞理是上帝自由的創造（7：380, 432, 435-436；討論見第九章）。其中用語在技術上的釐清也有助於全書的了解。例如「物質」（substance）一詞，笛卡兒只在「要旨」和沉思三（7：12, 40）中草草提及，卻在第二和第三答辯（7：161, 176）中得到完整的解讀；在第一和第四答辯（7：120-121, 219-231）中，它藉由「完全存有」（complete being）的觀念而成爲一種能以自身的條件而存在的事物。第二、三、五，和七的答辯解釋了懷疑論和懷疑方法的運用（7：129-130, 144-146, 171-172, 257-258, 454-482）。接受第二篇異議者的要求，笛卡兒在第二答辯中加上了一篇幾何學的辯難（7：160-170），重申他以幾何學的方法建立的形上學理論，增加了形式定義（formal definitions）、公理（axioms），和假設（postulates）的項目。

辯論的追蹤

本導讀第二編將分別介紹六篇沉思錄，以及其中的爭辯和結論。笛卡兒預先警告說，六篇沉思不得視爲各自獨立的單元，因爲它們先後的排序和銜接至關緊要，一旦我們認識了全書的宗旨，我們會更專注於它每一個辯論的動向。

不少讀者仍然不同意全書重點的布局，和每一辯論的用意。對一部爭論已數百年而其結構和目的仍無定論的著作我們該怎樣處理？誠然，偉大的論著從來便未有定論。對初學者而言，最好留意於全書的目的和組織，而對種種詮釋性的假設，維持開放的心態。當你斟酌或者構想你自己的詮釋時，不妨想想歷來笛卡兒所遭遇到的阻礙。因此當你重讀他的原典時，你也可以衡量比較他人的意見，測驗它們是否經得起考驗。偉大的哲學著作總能回饋你的深思和妙悟，笛卡兒一點也不例外。

(一)慈善原則

哲學家們有時應當心懷「慈善原則」作為閱讀哲學書籍的輔佐。所謂「慈善原則」，是避免把一些愚頑的錯誤硬指派給有如笛卡兒一類作者的名下，而自作聰明地認為這樣做可讓他們的作品看來「更有點哲學趣味」。這種行為是企圖把作者多樣化的陳述變成統一，並為他們書中的議論提供合乎今天的邏輯，和帶來有力的詮釋。這種作為無異是以今易古，再不然便是無謂地自作主張。

但這些忠言能帶我們走多遠呢？至少它的原則相當有用。以笛卡兒為例，雖然他有時會在推理上犯錯，或者自相矛盾，但我們若不假思索地便以他為悖謬或者暴露了弱點，我們只是顯示了自己的褊狹和無知。慈善原則是勸我們不要走捷徑，一口咬定對方的矛盾，或者無可救藥的弱點。當哲學家思想中出現矛盾時，這些矛盾可能有深刻的意義——它們也許顯現了這個哲學家系統建構上某些基層的壓力，如果一口否定它們，我們將失去觀察這些較深問題的機會。再說，有些古代形而上學的理論看來有點脆弱，那是因爲科學發達後時代造成的結果，而且宗教的觀念今天也大有改變。假如我們只因不同意他們的結論便一手推翻他們的理論，我們便失去了理解哲學在不同結構、層面，和歷史中不同的面貌。

不過，慈善原則的運用還得適可而止。若把古人的議論過分發揮，以求謀合今日的思想，我們可能混淆了古今的界線。再說，我們雖想在偉大的哲學著作中找到合乎邏輯而又充滿力量的言詞，這種古人的言詞卻不一定能爲我們「排上用場」。如果我們只問古人的言論是否「正確」，我們將會蒙蔽了古今眞正的差異，也不再能看見哲學中「問題空間」（problem space）的變異。今天我們在一個特定狀況下視爲錯誤但合乎邏輯的辯論，事實上仍能傳遞給我們哲學的思維、爭論和力量，一個武斷地認爲古人之口在說今人之話的慈善原則，未免太狹隘，也太離譜了。

(二)文本閱讀

把過去的哲學家放在他們自己的歷史和哲學天地中閱讀，是認識他們思想的不二法門，哲學上重要的問題常帶有時代的意義，而他們主要的聽眾也多是當時的思想家，他們心之所思，志之所存，無不是當時特有的哲學狀況。要想了解某一哲學家爲什麼老是說些彆彆扭扭的話，我們必須先知道他想攻擊的是什麼，他希望對手接受的又是什麼。這些知識會讓我們恍然大悟，爲何今天看來不值一哂的爭論，當時卻有萬鈞的重量。

我們喜歡觀察過去的哲學，理由之一便是想從中窺見我們從未見過的思想模式。不過這還不是最重要的收穫。哲學的收穫在找到某一特殊時代中某種理性的根本問題。這些問題會隨時代而改變，有時也會靜若止水。例如有關知識產生的問題，例如上帝存在與否的理性思維，又如心靈在自然世界中意義的問題等等，自從古代希臘時代起便曾以種種不同的方式出現過。儘管這些問題的假設和處理因時不同，它們本身卻幾乎一無改變。到了笛卡兒，我們想知道他的看法跟我們有什麼相同，或相異。這樣一來，我們會更了解我們的思想，也會更了解笛卡兒的思想。

其實哲學整體的「問題空間」改變很慢，而個別問題狀況的解答（或者瓦解）卻偶會推陳出新，笛卡兒的思想至今還在影響我們的哲學和科學，例如知覺與知識的關係、心靈和自然的關係、心靈跟身體和大腦的關係，以及生理學和心理學的界線問題。從歷史的角度讀笛卡兒，便能找到這些問題在哲學中的改變和延續。每當我們了解爲什麼某一問題會用某一種特殊方式出現時，我們便可從這個了解中取得線索來獲得這個問題的本身，以及解決它的方法。

解讀線索

從第一章中我們已經看見自從笛卡兒的作品出版後，便成爲各種詮釋的焦點，尤其是他的《沉思錄》。到目前爲止，我們知道解讀《沉思錄》最重要的路線有三：知識論、形而上學，和認知論。

(一)知識論的線索

有些人把《沉思錄》視爲一部知識論。在這個觀點下，笛卡兒最重要的關懷應是一般知識的可能性和它的極限。他的知識論目標則在試探事物是否能取得「確定性」（certainty）。他初步的了解是，直接的知識都只限於自己的精神狀態之內。他下一步的問題則是要知道，假如跳出這個範圍是否還有知識的可能。作爲一個純粹的知識論者，這個問題的答案應當對他無足輕重，假如他能證明精神之外無物，他會立即放棄一切從超越的精神狀態而得來的知識。

笛卡兒所用的懷疑方法和他對「確定性」的強調，完全符合他知識論的了解。因此我們也宜在這種信念中採取與笛卡兒同樣的步調。再說，我們始終相信笛卡兒此書的目的並不在發現知識，從一開始，他便以《沉思錄》作爲他形而上學的舞臺。他似無意發現事物「是否」可知，而是想發現事物「怎樣」才能證明他形上學的第一原則。

㈡形而上學的線索

用形上學的眼光讀《沉思錄》是肯定形上學的目的，因此也宜注意笛卡兒在形上學上的收穫。這些收穫包括「我思」的結論，有關上帝的存在和本質、心與物的本質、心與物的關係，以及感官知覺的本質等問題。笛卡兒用這種觀念探究知識的極限，以便證實形上學理論的確定性及其不可動搖性，只不過在這過程中他所使用的懷疑失去了主導的作用。它變成了檢驗確定性時一個過濾的步驟。

㈢認知論和形上學的線索

第三種閱讀，亦即三種閱讀中最宜注意的一種，實是笛卡兒特有的知識論——或者更確切的說，是他認知論的主軸，且帶有尋求新形上學的企圖。根據這種認識，笛卡兒有意讓他的讀者發現自己心中潛在的認知資源，而從這裡出發，讀者將能自行找到形上學的第一原則。

我們已經在前面說到《沉思錄》一再強調個人內在的力量，亦即種種不同的認知機能，包含感官、想像、記憶、理解力，以及意志。不過絕少二十世紀的學者接受笛卡兒這種觀點，而僅把它們列爲「慈善原則」下討論的項目。這些項目的不合法性近乎十七世紀法國劇作家莫利哀（Molière）的一個笑話：他說醫生認爲鴉片能讓人睡眠是因爲鴉片裡藏有「叫人睡覺」的成分。這個笑話若「解釋」人爲什麼睡覺的話，顯然是句廢話，因爲它並沒有提出人所以會睡覺的理由。不過笛卡兒（包括當時其他的人）倒沒有掉入這個陷阱。他並沒有說過「理解力」（intellect）有讓人理解事物的機能這類笑話。機能（faculties）一詞有許多不同類別的涵義。理解、意志、記憶等等，是一些可以持續作分類的精神狀態，而每一狀態都有它清楚的機能或特性，必須詳加說明，或者作更細密的分類。談論精神的機能，無異是給心的功用作一個分門別類的工作（1：366）。

認眞閱讀《沉思錄》中精神機能的分類，我們可以清楚看見笛卡兒的「知識論」如何突顯了人心中認知機能存在的事實。笛卡兒特別有興趣的是人的感官和純粹的思維能力。亞里斯多德派的學者指派給思維一個重要的辨別事物的「普遍性」，或者共同性的功能（例如馬之成爲馬的共同性）。只是如此做時，亞里斯多德的學者相信觀察者必須先從來自感官的實際幻想（phantasm）開始。已如前述，笛卡兒認爲理解力並不依賴感官。由於這種觀念對亞里斯多德的學者來說是聞所未聞，他必須用心解說以取得他們的心服。沉思二至沉思六便集中全力介紹純粹理性的發現和運用，以及他怎樣利用懷疑的方法得到這個發現（7：130-131）。一旦沉思者熟悉了理性中明白而清晰的知覺，緊跟在沉思三和沉思六中的便是形上學的結論的登場。在這個方式中，笛卡兒改造了他認知論的原理，並準備發現和辯護他的新形而上學。

㈣特殊的問題，不同的途徑

除了上述昭彰著明的大問題外，《沉思錄》中也會出現一些零碎個別的爭端和結論。我們將會討論一些較有代表性的話題，也讓讀者想想它們何者比較具有哲學的份量，以及它們是否切合笛卡兒的宗旨。

其中一個重要的問題是笛卡兒哲學中的自覺意識（consciousness）。沉思二的焦點「我思故我在」，談的便是沉思者個人的自覺性；在別處，笛卡兒也曾肯定每一個思想的行爲都有自覺的意識（7：246）。然而在沉思三中他強調一種富有象徵性的思想特質（representational character of thought），而在其他地方他也提出心靈是一種有思維（或知覺）能力的物質（an intellectual substance）（例如7：12, 78）。如此一來，我們必須追問（詳細討論見第四章和第八章），笛卡兒最基本的自覺概念是哪一種，它是理性的思維呢？還是象徵性的思維？

另外一個有關鍵性的詮釋問題，是關於阿諾德第一次提出來的「笛卡兒循環論」（Cartesian circle）（7：214）。在這個理論中，笛卡兒顯然訴諸於上帝的存在和祂的完美無瑕，作爲明白清晰知覺的標準，他旋而又用這個標準證明上帝的存在和完美無瑕。這是一個周而復始的程序，用一個標準建立了一個眞理，又用這同一眞理建立了眞理的合法性。顯然，笛卡兒明白清晰的知覺是他形而上學重要的條件，然而這個周而復始的理論（circularity），對他卻造成了強烈的傷害。

在本書第五到第七章中我會對這個循環論作適當的解釋。但此刻我只想提出兩個對讀者頗有開放性的考量和頗爲不同的結論。第一，笛卡兒並沒有訴諸上帝以取得知覺的明白而清晰的合法性。相反的，他得到明白而清晰知覺的自信，來自沉思三「我思」的推理。然後他用這個明白而清晰的知覺來審查並否認他在沉思一中「上帝是騙子」這個假定，最後才確立上帝不是騙子的結論。如果他在證明的過程中沒有援用上帝之名，他循環論的指控是應該被排除的。

另一種解讀是笛卡兒希望，也有必要，證明心靈其實能與獨立於心靈之外的現實配合無間。他依賴上帝，亦即人類靈智的創造者，能為他保證人的心智確能在自然的事物之間產生聯繫的作用。上帝的保證當然可以讓他在形而上學中肯定事物有它們自己清楚的特性。這種解讀不一定能豁免笛卡兒循環論的過錯，在「慈善原則」下，我們幾乎可以把它棄置不顧。不過我們還是不想這樣做。我們要認清的是笛卡兒成功和失敗的兩面。假如我們因為這個結論不能否定他犯了循環論的毛病而把它放棄，我們用的不是「慈善原則」。我們將得重新尋找這個理論的哲學意義，以及它是否還能與全書的文字前後呼應。

㈤保持機動

閱讀一部好的哲學著作最能令人滿意的，是你對這書開始有了自己的評價和重要性的確認，不再是人云亦云。我建議你利用這本「導讀」和它的方法來進入自己的天地。當你揣摩笛卡兒的思想時，試圖想想你能否說服正在閱讀另一本書的朋友，你的書確是一本好書。最後，不管你同意笛卡兒與否，他心靈和身體的議題，或者形上學知識可能性的討論，你都會不自覺地提出新的質疑，並嘗試新的答案。

參考書目和進階閱讀

以介紹笛卡兒《沉思錄》為主的導論著作有G. Dicker, *Descartes: An Analytical and Historical Introduction*（New York: Oxford University Press, 1993）, A. Kenney, *Descartes: A Study of His Philosophy*（New York: Random House, 1968），和J. Cottingham, *Descartes*（New York: Basil Blackwell, 1986），Dicker主要以知識論為進路，Kenny以形上學，而Cottingham則以識知論的形上學為重。比較深入的研究有下列數種：M. Guèroult, *Descartes' Philosophy Interpreted According to the Order of Reasons*（Minneapolis: University of Minnesota Press, 1984～1985），和M.D. Wilson, *Descartes*（London: Routledge & Kegan Paul, 1978），二者都追循形上學的路線。E. Curley, *Descartes Against the Skeptics*（Cambridge Mass: Harvard University Press, 1978），則比較偏向知識論的形上學。其餘知識論的著作請見第四章。

A. Rorty（ed）, *Essays on Descartes' meditations*（Berkeley: University of California Press, 1986），蒐集了不少有用的論文；其中前三篇，作者Rorty, Kosman和Hatfield，討論笛卡兒沉思的結構，而Hatfield強調與奧古斯丁的關係。在S. Gaukroger, and J. Schuster, *Descartes' Natural Philosophy*（London: Routledge, 200），pp.736-750中，D. Sepper也評介了“The Texture of Thought: Why Descartes' Meditations Are Meditational, and Why It matters.” R. Ariew, and M. Grene, *Descartes and His Contemporaries: Meditation, Objections, and Replies*（Chicago: University of Chicago Press,

1995），聚焦於當時的異議和答辯。至於論及笛卡兒是無神論者的議論，見H. Caton, *The Origin of Subjectivity: An Essay on Descartes*（New Haven, Conn: Yale University Press, 1973）。

研究笛卡兒方法的書有L.J. Beck, *Metaphysics of Descartes: A Study of the Meditations*（Oxford: Clarendon Press, 1965），和*Method of Descartes: A study of the Regulae*（Oxford: Clarendon Press, 1952）以及 D.E. Flage, and C.A. Bonnen, *Descartes and Method: A Search for a Method in Meditation*（London: Routledge, 1999）。M. Miles 的*Insight and Inference: Descartes's Founding Principle and Modern Philosophy*（Toronto: University of Toronto Press, 1999），以處理笛卡兒研究上帝和靈魂的方法為主，次及他的新科學。

至於有關哲學歷史的方法和運用，見J. Ree, M. Ayers, and A. Westoby, *Philosophy and Its Past*（Sussex: Harvester Press, 1978）, R. Rorty, J.B. Schneewind, and Q. Skinner（eds.）, *Philosphy in History: Essays on the Historiography of Philosophy*（Cambridge: Cambridge University Press, 1984），和A.J. Holland（ed.）, *Philosophy, Its History and Historiogaphy*（Dordrecht: Reidel, 1985）。

第二編　六篇沉思的議論

第三章　讓心靈獨立於感官之外

沉思一：什麼是可疑事物

沉思一首先揭櫫了笛卡兒著名的懷疑論，挑戰感官的準確性、物質世界的存在，乃至數學的眞理。爲了加強此種挑戰，笛卡兒還引進了他另一著名的夢境說，並開啓了上帝和惡魔是騙子的假設。

雖然這些懷疑的議論可以作爲個別研究的話題，但我們的興趣則集中於它們如何一步步走向《沉思錄》全書的大目標；當評價它們時，我們也宜把這大目標時時存放在心中。笛卡兒對它們的運用是在求證知識，並把它們作爲部分《沉思錄》書中的分析方法（詳見第二章）。

本篇篇名有意讓沉思者思考什麼叫作「可疑的事物」。在書中「什麼叫作可疑事物」的問語，暗示著對這些事物的不信任。它並不需要證明這些問話本身的眞僞。

我們在先前已經看到，笛卡兒認爲他的沉思者有若干錯誤的信念，同時也需要修正（正如他曾一度修正自己的信念）。懷疑則是一個去僞存眞開始的過程。根據「要旨」，懷疑的目的有三：1.「可使我們屏除偏見」；2.「提供心靈一條獨立於感官之外的方便之門」；3.當眞理被發現時，還能「令我們深信不疑」（7：12；亦見 7：171-172）。換句話說，懷疑幫助我們放棄舊有不當的信念，並讓心靈不再附屬於感官，而終極取得無可懷疑或者絕對可靠的眞理。

到目前爲止，一切看似沒有問題。但我們不宜太過籠統。笛卡兒是否有意叫他的沉思者修正她全部過往的信念？還是只修正部分，尤其是與哲學和形上學相關的信念？笛卡兒有沒有在這篇沉思中解釋心靈爲什麼必須脫離感官的約束？有沒有足夠的理由認爲懷疑一定會導致無可懷疑的眞理？他是否把一切事物都歸爲「可疑」的範圍，抑或他只懷疑那些「可疑」的事物？在下面的討論中我們必須把這些題問牢記在心。

沉思的計畫（7：17-18）

本篇劈頭第一段話，笛卡兒便交代清楚了爲什麼他需要懷疑。他讓他的沉思者相信她（或者他，或者任何一個人）自從童年以來就把許多虛妄的意見當作眞理而予以接受，並且以這些意見作爲基礎，建立了許多「極爲可疑的」理論。因爲這些童年時的信念繼續影響成年以後的思想，因此一般性的懷疑是大有必要的。

> 我認為自己在生命的過程中，必須至少要有一次，認真地把以往所接受的意見全盤取消，以便當我想在各種科學上建築一個堅固而持久的架構時，可以從基礎上重新做起。（7：17）

笛卡兒做了一個有趣的建議：假如我們有理由相信我們有多不勝數的虛妄信念，我們應當推翻「一切」的信念。這樣的做法合理嗎？那要看他的目的爲何。笛卡兒所承認的目的，是在科學上找到堅固而持久的知識。隨後不久，他又提醒沉思者，說她並沒有追究運用在實際行動上的信念，而只是爲了理論而理論（7：22）。什麼理論？正如他封面上所言，那是一個證明上帝存在，和心物之間有實際區別的形上學理論，也是現實本性的理論（**theory of the nature of reality**）。

仍然，假設我們懷疑我們在形而上學上走錯了路，難道我們便得懷疑我們一切的信念嗎？爲什麼我們不能隔離我們的信念，把它們視爲有待求證，而在不同的時機中，或當有新的證據時，來作重新的考察？笛卡兒沒有選擇這個辦法。挑戰過去的信念對他至爲重要。在第七篇答辯書中他以蘋果爲例：籃中如有一顆壞蘋果，全籃的蘋果都得倒出來接受檢查（7：481）。這個比喻說明壞信念可能隱藏在好信念的背後，也會把好信念掩蓋，正如一籃蘋果好壞混雜在一起。

當笛卡兒寫作《沉思錄》時，他相信童年時因感官帶來的偏見早已把眞實的形上學觀念在人心靈中蒙蔽。他也相信，並讓他的沉思者肯定（7：22），感官確實也是一些有用和可靠的東西——例如廚房裡一定有食物，街頭上難免會有車禍等等。他在意的，並非是感官會給人錯誤的指導，而是它們不能幫助你得到形而上學的眞知。笛卡兒相信形上學的知識只能從哲學家們所謂「先驗」（*a priori*）的推理中獲得——也就是他所說獨立於感官之外的純粹理性。爲了要感受到此種形上學中純粹理性的眞理，我們必須完全捨棄感官，而懷疑的方法不過是使舊有的信念不再阻礙我們的研究。

回到蘋果的比喻，懷疑的操作並不一定爲了找到好的信念而把它們放回籃子裡。相反的，笛卡兒相信挑揀壞蘋果可能會發現一些前所未見的新蘋果。正如他第三封寄給霍布斯的答辯書中說，懷疑能幫助「準備讀者的心靈，令他們專注於自己的思維，也幫助他們畫清理智和肉體感官的界線」（7：171-172）。在沉思一中，笛卡兒尚無意強調這一觀點。但他還是慫恿讀者跟蹤這一發現新形上學認知的途徑，假如他們能「把心智從感官中抽離」。由於在人們能找到新認知的途徑之前，笛卡兒並不能提出心智必須抽離感官的有力證據，他只好請求讀者暫時作點忍耐。

在這同時他高懸了一個科學上最具價值的獎賞：他追求的是一些「堅固而可能持久」的東西。此一承諾應當能補償讀者起步時的艱難。

感官的基礎（7：18）

爲了要淡化舊有的信念，笛卡兒並不指令他的沉思者一一檢驗她的信念，如同檢驗籃中的每一顆蘋果。他相信一旦感官的「基礎」給動搖了，一切都將動搖；因此「我將直接處理那些舊有觀念生根立足的基本原則」。這些基本原則便是感官：「我的所知所見，到目前爲止，都來自感官，或者是藉由感官的介入而得到的」（7：18）。

當笛卡兒寫作《沉思錄》時，他已不再相信基本的眞理是從感官得到。然而其他的哲學家並不如此想。當時標準的亞里斯多德學者（和新經驗主義者）的信念是，「理性中一切的眞理，無不始於感官」。在這種知識論的框架中，理性依賴感官功能的運用，包括對上帝的思考和其他非物質的存有。亞里斯多德的觀點是，「沒有一個思想沒有一個形象」。此一限制也延伸到「共同的自然現象」之中，包括馬之擁有自然的現象，和一切屬於自然現象的事物。雖然人可以抽象地指出馬的「共同性」，但它總是透過心靈中一個具體的形象來下結論。感官的形象（或稱冥想）是每一思想的基石。因此要把思維從感官中抽出，從一開始便跟亞里斯多德的觀念相衝突（不過柏拉圖的學者卻歡迎笛卡兒這個偏激的更新；他與柏拉圖的關係將在下文第七章中詳加討論）。

人們早期的生活集中在感官的身上，是件很正常的事情（7：75, 157），不過除非遭到挑釁，笛卡兒相信，這種習慣的代價便是使形上學的眞理難於出現。

感官的錯誤（7：18-19）；夢境的爭議（7：19）

最早對懷疑表示不信任的念頭，來自感官給我們偶然的欺騙。沉思者說：「我曾一再發現感官是騙人的，因爲對於凡是欺騙過我們一次的事物，最好抱持戒愼的態度，不再完全依賴於它們。」（7：18）這類欺騙的例證之一，見於沉思六（7：76），有如一個方形的塔，從遠處看去，卻像是個圓形。假設一位我們向來信賴的人曾經有一次騙了我們，我們可以從此就不再信賴他了嗎？就目前的情況而言，由於沉思者追求的是堅固的科學知識，而她設定了相當崇高的標準，我們的答覆將是：當然，絕不再信賴他。如此說來，不論多微不足道的蒙騙，都能構成放棄他的理由。然而仔細想想，假如一位朋友被邀請品嘗我們最新的廚藝時，卻錯估了我們的烹飪技術，他不一定會欺騙我們有關生死或者謀生的大事。即使我們要求的是確定性，在不同的情況中，這位朋友應該還有值得信賴的地方。

感官也是如此。對於太小或者太遠的事物，感官可能會欺騙我們，因此感官的確不足信賴。然而沉思者要問，我們能夠無條件接受近距離和最佳照明度的觀察嗎？我們可否懷疑此刻的我正坐在火爐邊，正在閱讀一本書呢？只有一個神經錯亂的人會懷疑這些事實；而懷疑這些事實的人，跟懷疑「自己的頭是泥巴做的，身體是玻璃做的，而身軀是個大南瓜」（7：19）的瘋子又有什麼不一樣？笛卡兒當然無意說他的沉思者爲了懷疑的緣故把自己變成瘋子，把對事物的懷疑跟發瘋畫上等號，笛卡兒無異爲沉思者消除了一切不合理的懷疑。《沉思錄》是一部寫給健康人閱讀的書，相信他們願意接受理性的方式來走過懷疑的路程，以便取得恆常持久的知識。

感官的誤導在此既經說明，感官不足信賴的攻伐仍然是全書每一沉思持續的任務。正如沉思者的回憶，我們有時會感覺實際摸索到一件眼前的東西，雖然這東西當時並不在場，甚至根本便不存在。夢境便會讓我們睡在床上時看見一些似有實無的事物。沉思者可以夢見她坐在火爐旁，燃著一臺她喜愛的燈，正在閱讀一本書。這證明即使在夢中感官也可以給她一種可靠而清晰的形象。沉思者因此下結論道：「睡夢和清醒之間，其實找不到任何清楚的界線。」（7：19）（假如你懷疑這個論點，姑且構想一個特殊個別的形象，然後問自己，你能促使這個形象在夢中發生嗎？）

討論夢境時，笛卡兒必須相信，我們了解他所說的作夢和清醒是不同的兩回事。因此他必須假定，不論睡覺還是清醒，都得有實際的根據，同時也必須相信有些經驗可以考驗清醒，有些則不過是夢幻。當然，如果他眞能把這兩種經驗畫分得一清二楚，夢境說的理論早已沒有必要。然而此刻的要點是，至少在某些實例中，夢和現實的經驗似乎相當糾纏不清。爲了把這一點向讀者交代清楚，他並不需要借重實際清醒的經驗；他只需要讓沉思者坦承她的確不明白何者爲醒，何者爲夢。進一步說，笛卡兒也無需向讀者證明其間有清醒的經驗，正如他也不必表明沉思者常常都在睡夢狀態中；相反的，他只需提醒沉思者，她確實擁有一個清晰的感受機能，可以在任何情況下發揮正常的功用。

假如這個觀念可以接受，它也肯定了我們在某些經驗中可能的錯誤。既然感官的經驗可以誤導，我們還能信任感官嗎？我們能否把夢境的理論加以延伸，而懷疑一切感官的經驗？這種初步的結論一旦被接受，似乎已有可能把一切經驗視爲夢境。也許我們的經驗從來便沒有跟現實的世界「密切吻合」（事實上，在作這個假設時，我們已無形地把現實世界看輕了）。沉思者以爲這無異是說，她不僅沒有搖頭、伸手（因爲她只是在作夢），她可能「連頭和手都根本沒有」（7：19）。這話引出了一個更爲極端的議題：我們不能否認實際的經驗和世界的結構之間可能存在某種矛盾。

圖畫的比喻（7：19-20）

對這個極端的議題，沉思者提出了反擊。笛卡兒讓她質詢夢境的圖像是怎樣產生的。她尋思道，即使我們不能肯定我們所見到任何特殊事物的特殊經驗，「我們至少得承認，夢中所見的事物，就像圖畫一般，必須摹擬某個眞實的原本，才能成立。因此，那些一般的事物，例如眼睛、頭、手和身體等，都不是純粹的幻想，而是實際存在的事物。」（7：19-20）這個繪畫的譬喻說明了夢者必須依賴早已存有的實物作爲夢境的模型，一如畫家必須要有模特兒。

畫家筆底的幻像或者無人見過的妖怪也是有模特兒的。波希（Hieronymus Bosch）的名畫〈人間美味花園〉（作於一五〇五年左右，今藏於馬德里）驚世駭俗的影像都是運用不同的動物組合而成的——例如魚頭或者鼠頭的妖怪而有像人一樣的胴體。這樣看來，夢境中的影像應該也是用夢者過去的經驗，即使夢者自己不能肯定她有過頭和手（或者說她沒有眼睛，因而不知道頭和手會長成什麼樣子——笛卡兒在此未作澄清）。在這一層面上，夢境說確實削弱了世界結構的知識，但也維護了夢境中的形象仍是以現實事物爲藍本的事實。

笛卡兒還進一步說，畫家可以運用巧妙的手法，把「不同動物的肢體湊合在一起」而造成一些「絕頂荒誕而稀奇的」形象（7：20）。波希畫中有些建築物便符合這種描寫。二十世紀的畫家如康定斯基（Wassily Kandinski）和馬則維爾（Robert Motherwell）更是司空見慣。他們的圖形既不像動物，不像建築物，也不像自然界中任何的東西。

假如畫家們可以製造絕頂荒誕的影像，那麼我們的夢境或許也可以，只是我們不能說夢境給了我現實世界的影像。我們無法確定鼠頭妖怪是現實的藍圖，抑或是荒誕的創造。這種影像代表的又是什麼？沉思者唯一能肯定的，只是它的顏色一定是「眞實的」——亦即，如果顏色是眞，則顏料一定存在。也許眞實世界的面貌可以有一些更單純的方式來表達；例如我們可以說，「不論是眞是假，我們思想中還出現了一些眞實事物的顏色」（7：20）。（這裡的顏色並不指顏料或者任何物質的媒介，因爲笛卡兒所言只是繪畫的譬喻，而夢境當然不是由顏色構成！）

這是一些基本的「笛卡兒思想」（Cartesian thoughts），沉思者此時務必要努力尋找什麼是這些「眞實的顏色」。在考慮什麼是形象的基本條件時，她找到了一連串笛卡兒視之爲物質世界特性的名目：「有形物質的本性及其擴延性（extension）、事物的形狀（shape）、量（quantity）、大小（size）、數字（number）、它們所處的場所（place），以及維繫它們存在的時間（time）等等」（7：20）。影像具有內在的空間，因此不論有多荒誕，都得有它們基本的條件，包含擴延性的空間結構（三度空間），其第三度屬於感官或夢境的「深度」、形狀、大小，和相對的時空位置。時間觀念的加入，可以反應夢中或幻想時感官所接收到的時間經驗。沉思者的結論是，空間的擴延和時間的持續是一切以感官爲主的影像所呈現的特色。

根據一種可能，假如他們因爲夢境的理由放棄他們的知識，而接受經驗的感官知覺的話，這些影像的特色其實與經驗論者的觀念相去無幾。即使亞里斯多德學者也會同意此說（如果他們能接受始於這種影像的推理）。在這同時，還有一個十分關鍵的「笛卡兒思維」值得一提：笛卡兒在影像「眞正的顏色」中排除了顏色。也就是說，即使視覺的影像，或者視覺的夢境，常常有顏色的出現（黑色也是顏色的一種），笛卡兒仍然只承認感官的世界只有空間和時間的成分，沒有顏色。這無異預告了他在沉思六中所說，且有異於亞里斯多德的學說，顏色不是物質重要或者原始的特性。在本篇中僅僅只說出影像傳遞時「自然」顯示的結果。他沒有爲這些自然的顯示作任何推論；如果在此層面上，沉思者也認爲它們是「自然」的，則她已經變成了笛卡兒的信徒。如果她不如此想，那麼她還須進一步接受下面連續不斷的懷疑之訓練。

沉思者現在懷疑她是否知道任何特定事物存在的形象。她因此也必須懷疑一切科學在存在時被發現的方法，笛卡兒爲她列出了物理學、天文學，和醫學。他沒有列入「算學、幾何學，以及其他類似的科學：那些研究最單純、最普通的事物，不管在自然界中它們是否眞實存在」（7：20）。幾何學研究形狀的特性，和這些形狀是否在自然中眞實存在。它爲一切可能存在的形狀畫分界線，卻不必說明這些形狀在現實中是否存在。因此在這裡，我們唯一的知識是事物可能呈現的形狀，而包含這些形狀的世界並沒有被否認。在夢境說的極端例子中，假如某些特殊事物的知識都遭到破壞，但物質世界的存在一般說來卻無人懷疑（在7：28和7：77比較夢境的文字中，也有對物質世界所存的懷疑，但這些問題牽涉到的是不同立場的懷疑）。

這些文字中舉出兩個「最單純、最普通」而不被懷疑的例子：2 + 3 = 5，以及方形有四條邊。沉思者認爲這些事情都是眞，「不論我睡著還是清醒」，並且「這類透明而清楚的眞理不可能開啓任何虛妄的疑竇」（7：20）。說到這裡，沉思者可能會相信這便是科學中「堅固而持久」的眞理，也是數學的眞理。天下能有比這更確定的事實嗎？但笛卡兒用盡全力，向這些最基本的眞理挑戰。

騙人的上帝（7：21）；數學的可疑（7：21）

笛卡兒開始讓沉思者回想一些她「一直都堅信不疑的觀念」，作爲對透明眞理有如數學的懷疑——「我心中一直都相信有一位全能的上帝創造了今天的我」。全能上帝信仰的本身不能構成懷疑的理由，然而笛卡兒卻讓沉思者假設如果這位全能的上帝有欺騙她的居心。面對這樣的假設，人間何事可以不被懷疑。

㈠上帝騙人的假設

上帝騙人的假設在後面幾篇沉思中極爲緊要。它是一個有力的懷疑，因此我們必須認眞了解它是怎樣形成和怎樣進入懷疑程序的。爲了達到此一目的，我們宜先打量兩個不同的方案，它們各有自己不同的懷疑立場，然後再看笛卡兒用的是哪一方案。

一個全能的欺騙者要把我們導入歧途，他可以選擇兩條不同的管道。第一，假如上帝想在某一特定事件上騙人，祂可以隨時隨機而動。我把這叫作「干擾假設」（intervention hypothesis，簡稱IH）：

IH：上帝故意搗亂，交付給我們一堆錯誤的念頭。

亦即是說，上帝在某一特定的時刻上誤導我們，把眞變成假，或假變成眞。

第二，假如人是上帝造的，而祂在我們心靈中製造一些疵瑕，使我們產生錯誤的思想。我把這叫作「疵瑕假設」（defective design hypothesis，簡稱DDH）：

DDH：上帝沒有把我們造得完美，故我們會有錯誤的思想。

在這個假設中，上帝應該創造完美的心靈，但祂若給了我們一些疵瑕，我們一定會產生錯誤的思想，不管我們有多謹愼。

兩種假設都適用於感官知覺和純粹的理智。在「干擾假設」中，上帝可以讓我們有一些全沒來由的感官經驗。十八世紀愛爾蘭哲學家柏克萊便同意此一看法（雖然他否認自己是個懷疑論者）。「干擾假設」還有點類似近代「人工大腦」的假設：我們像是懸掛在裝滿養分的瓶內，頭上插有通向感覺神經和運動神經的電線。瘋狂的科學家正在用超級電腦刺激我們的感官，觀察我們對外界複雜世界的反應，他們也不放棄運動神經（它們已與肌肉相連，如果我們有肌肉的話）在配合自由意志的運動下所產生的經驗（不過「人工大腦」的假設，跟「上帝騙人」的假設絕非同一回事，因爲笛卡兒的假設不是一臺電腦；它只偶爾干擾我們，也沒有一定的複雜性，更不曾啓用任何物質的器材）。

另一種選擇是「疵瑕假設」。它之所以成爲推理的障礙，是由於上帝不懂得偶爾的干擾，祂幾乎常常使我們出錯，例如數字的加減，或者方塊邊線的計算。這倒像是一個瘋狂科學家用電棒突然給大腦一個電擊，使我們不能正常思維。

同樣的，「疵瑕假設」也應當用來嚴格檢查我們的感官和推理是否正常。上帝可能會設計一套完全看不見世界眞面貌的感官。它所看見的世界，與色彩、形狀和時間的特性，都不屬於這個世界。再不然我們只看見世界的一部分，卻誤以爲是世界的全部。「疵瑕假設」便是要我們警覺我們是偶一或者常常在推理上犯錯（這些狀況可以比擬爲人工智能的試驗，有些人有不健全的感官，有些人有不健全的邏輯思考，有些則二者全有）。

(二)笛卡兒選擇的假設

在多種假設中，笛卡兒是怎樣運用他上帝騙人的假設？讓我們先讀兩段他所說有關萬能上帝的話。在第一段中他質疑實體或者物質的世界：

> 我怎能知道〔全能的上帝〕也許並不曾創造大地、蒼穹、有擴延的東西、形狀、大小，和場所，然而我所以仍然知覺到這些事物，其實是由於它們的存在，正好與我所見的雷同？（7：21）

這段文字使用「干擾假設」而（至少）質疑了感官的問題。上帝「肯定」我們見到所當見到的事物，然而在這同時卻沒有給我們這些擴延事物的宇宙。在這例子中，作爲第一次的表態，笛卡兒對整體的物質世界提出了毫無保留的懷疑。

至於作爲攻擊騙子上帝爲由的數學「透明眞理」又該怎樣處理呢？在最低限度上，它們在這世界中至少已不再是知識的「眞實顏色」了。因爲在眞實顏色觀念中，算學和幾何學可以描述一些宇宙中並不存在的圖像。如果這個宇宙不存在（在「干擾假設」的情況下），那麼算學和幾何學也無能爲力。如果數學（至少是有空間性的幾何學——因爲算學可能在思想中排上用場！）有不適用於世界的事實，我們能說數學是錯的嗎？上面已經說過，笛卡兒認爲幾何和算學可以爲眞，即使它們沒有「是否確實存在的問題」（7：20）。因此，當用來承諾物質世界可以不存在時，「干擾假設」並不明白指責數學的簡單眞理，而只是懷疑它們對物質世界的描述和應用。

㈢數學的可疑

數學的可疑便是第二段文字的中心思想，緊隨在第一段文字之後：

此外，我有時想到，別人往往在自認為最清楚的事情上犯錯，那麼我又如何知道每次我在加二和三時，在數正方形的邊時，或判斷其他更簡易的事物時，上帝沒有叫我犯錯呢？（7：21*）

在這裡，懷疑上帝會騙人的假說直接應用在對數學透明眞理的懷疑。但屬於哪一類型呢？可能是「疵瑕假設」吧，因爲笛卡兒在這之前已經提到我的一切都是上帝的創造（7：21）。雖然如此，我們怎樣被造成這樣並非重點；相反的，笛卡兒只拿別人在完善的知識指導下仍然犯錯的事實作爲比較（亦見《談談方法》〔6：32〕以及沉思五中個人觀點的介紹〔7：70〕）。

再往下，這段文字開始採取了明確的「疵瑕假說」路線。笛卡兒這時藉沉思者的口說：「不過，上帝也許不願意我受騙，因爲祂是至善的。」這個想法很容易被擱置在一旁，因爲「如果我經常受騙，這實在與祂的善意相違，即使容許我偶然受騙，也與祂的善意矛盾，因此，我不相信上帝容許世人偶爾受騙」（7：21）。上帝的善意和偶然受騙的話題，在沉思三到五中還有繼續的討論。目前最重要的觀點是，笛卡兒已經明白採用了「疵瑕假設」而假定我們會「常常」被騙。在這種假設中我們因爲有推理的缺陷，因此會在簡單的數學中犯錯。雖然這個指責不能廣泛運用於一般的推理，但它仍不失爲一個單刀直入的對數學透明眞理的挑戰。

我把這裡的第二種假設說成是對「理性」的挑戰，其實並非笛卡兒的用語。在這篇沉思中，沉思者把知識原則的焦點放在感官上。那麼我們是否也只應責問那些建立在感受功能上的數學問題？笛卡兒到底有沒有在這裡挑釁人的理解能力或者理性？無可否認地，他有。不管沉思者的數學觀念是什麼（她可以在哲學上一無所知，或者沒有任何哲學派別的思想），她很難認爲「2＋3＝5」的推演屬於感官的行動。在繪畫譬喻中，笛卡兒已經退出了感官是「最單純、最普通」知識來源的信念。他並接受了數學所研究的事物可以不一定存在。當他思考算學中的加減法時，他認爲這便是一般尋常推理的觀念。笛卡兒追問的是，即使在數學中最簡單的問題裡，我們是否還有正確推演的能力。

㈣創造以外的創造

與上帝騙人的假設相銜接，笛卡兒讓沉思者考慮另一種人類誕生和認知功能的問題。沉思者想：「有些人寧願否認全能上帝的存在而不能相信一切事物爲不確定。」（7：21）除了上帝的創造，人類還有什麼其他來源的可能？笛卡兒列出了兩個項目：前者是「命運」或稱「偶然」，亦即人類可能是從物質的變化而生；後者則是「一連串無窮的因果關係」，亦即人類的出現是長期演化的自然結果（可能是代代相傳的意思）。不管哪一種假定，沉思者擔心我們可能來自一個「不很全能」的創造者，而不是我們所知道的這位萬能的上帝。如此一來，由於「欺騙和錯誤都是不完美」，那麼那個賦予我們生命之源的不很全能的創造者一定會讓我們變成不完美，以至於「常常受騙」（7：21）。笛卡兒的意思是說自然的因果或者偶然的事故，因爲無法與全能的上帝相比，一定會讓我們在缺陷纍纍的認知系統中頻頻犯錯。

不論是上帝騙人，還是我們缺陷太多，終極的結論是：我們將會「常常受騙」。因此沉思者終於發現「凡是我從前信以爲眞的事物，沒有一件不是有幾分的可疑」（7：21）。由於她的目標是尋找確定性，她決定不再隨意相信她過去的意見，且把它們全部視爲虛妄（7：22）。

用懷疑修正理論的知識（7：22）

我們曾論及三種爭論作爲沉思一的進退和攻防：質疑身體上一切感官經驗的夢境爭論，上帝騙人和天生疵瑕的兩種假設。這兩種假設，前者挑戰物質世界的存在，而二者皆蓄意動搖數學、眞理，和我們終極的思維——至少包含沉思者過去全部的信念。

沉思者並不以爲這些爭論是無理取鬧。相反的，她認爲它們都是經過強而有力的愼思（7：21-22）。笛卡兒的目的並非爲懷疑而懷疑。他不會因爲沉思者「同意」他的意見去懷疑她一切的過往而感到滿意；他希望她能抓住懷疑的理由。爲何如此？

在沉思一中他解釋懷疑有必要，因爲沉思者（和他自己）舊日習染的思想實在太根深柢固了。事實上，此刻他寧願相信沉思者舊有的思想是對的。在他沉思前，沉思者確實相信巴黎位於法國境內，羅馬位於義大利，以及植物冬死春生等等眞理。然而此時笛卡兒有意要沉思者捨棄這種意見。爲什麼？我們已經看見，笛卡兒深知他的時代相信一切形而上學的知識都毫釐無差地來自感官的知覺，而他卻想建立一個新的（與感官無關的）形上學的認知方法。這個企圖揭櫫了一個非感覺的認知理論，大約這也就是他爲何對感官和以感官爲基礎的一切信念誓不兩立的道理。但爲何還要懷疑數學？答案在「六篇沉思要旨」中：笛卡兒希望《沉思錄》裡的新知識沒有任何懷疑的餘地（7：12），因此假如他的新發現能得到如數學一般的信賴（數學是當時準確性的標準），他便給知識提供了一個顚撲不破的基礎（我們會在下文中探討他的知識基礎究竟有多牢固）。

正如《沉思錄》開宗明義所言，笛卡兒已把懷疑視爲求取「科學」（尤其是形而上的科學）中有系統而又持久的知識工具。這個目標已讓他的懷疑論大別於恩培里克斯（Sextus Empiricus）以及其他古代思想家所談的懷疑。古典的懷疑論者有意從尋找理論知識的欲望中解放出來。他們追求的是放棄意識判斷後所得到的內心的祥和。這些古典懷疑論在笛卡兒時代有復甦的傾向，而笛卡兒對它們有相當密切的關注。笛卡兒在給霍布斯等人的信中（7：171-172, 476-477）曾清楚指明他的懷疑論的用意：除去舊有的思想，「讓心靈不再附屬於感官」，進而取得無可懷疑的眞理。他本人不是懷疑論者，也對懷疑論者的言論一無驚懼。在尋常生活的目的中，他覺得他的懷疑論可能會令人發笑——懷疑自己生活中最尋常的小節簡直像是神經病

（7：16, 350-351）。然而他發現懷疑是他的哲學計畫和求知之道極爲有用的工具，而且即將爲他開啓科學革新的大門。

魔鬼影響意志的假設（7：22-23）

沉思一的末二章對笛卡兒消除沉思者心靈中舊有的思想有極大的重要性。在這倒數第二章裡他指出沉思者的問題，在於讓舊思想一再回到心頭，因爲它們（大體而言，並非每一件事）看來還「十分近乎事實」，因此頗讓她「十分合理」地信任它們而不敢排斥（讀者可能早已想到這一點！）既然有此困難，笛卡兒相信他的沉思者一定會有困難面對舊有的思想，而不能聚精會神地關注她手頭的計畫。即使（他後來解釋道）我們以「意志行爲」終結了我們的判斷，也能「掌握自己的力量」，我們仍然不能「命令」過去的思想不要回來（第五篇答辯書附錄，9A：204）。我們判斷的習慣由於長期的薰染而積習難返。爲了要影響意志，我們必須提出「合理的懷疑」（9A：204）。即便如此，習慣的力量依然會抓住舊有的思想而牢牢不放。相應而生地，笛卡兒想到一個辦法，讓人的思想在形上學的思維中接受精神的鍛鍊，而把舊有的思想強制性地屛除於外。

他運用的策略是讓沉思者把她過往的思想不僅視爲可疑（他全書的重心亦即在此），甚至認爲是「極端的虛妄和不實的幻覺」（7：22）。他既然蓄意尋找確定而牢固的科學知識，那麼一切可疑的思想不妨乾脆列爲虛妄的思想（7：18, 22）。終於他大大跨進了一步。他和沉思者一致認定她所謂可疑的思想，其實便是虛妄。如此一來，他可以平衡「舊有陳見的重擔」，並把一切有「翻江倒海影響力的習慣」一筆勾銷，而讓沉思者（在形而上學中）「正確地看見眞理」。訓練自己看穿實際狀況中的虛妄不會造成危險，因爲沉思者追求的是「知識的認識」，不是「行動」（7：22；亦見9A：204-205, 7：460）。她的目的是改造（形上學的）知識；在這同時，她懷疑論的結論將只運用於沉思者的本人，而不必推廣於日常的生活之中。

作爲一個戲劇性的穿插，讓沉思者肯定她的舊思想都是錯誤，笛卡兒特派她去思考騙她的不是上帝，而是「一些喜歡騙人的惡魔」。這個看似不經心的目標轉移，收到了宏大的效果。在數年後答覆此一惡魔假設時，笛卡兒還認爲它或屬多餘，他唯一的願望是藉此更加強懷疑的必要（Bourman, 5：147）。事實上，在沉思六中只提到惡魔假設一次，而在沉思二（7：26）中，他把它視爲一種「強而有力的」欺騙，如是而已。看來他選用「惡魔」的假設只是希望沉思者不要太注意上帝騙人的假定，因爲他很快便論證此話爲誤，並把它全盤否認了（見5：7-9）。一旦笛卡兒否認了上帝騙人說，他並沒有費心把惡魔騙人的話題刪除，可能因爲在他心目中，這個假設只不過是一種描述欺騙可能的思想（見4：64）（不過波爾丹認爲笛卡兒有意用上帝是善的觀念來承擔我們明白而清晰的感受，而保護我們不受惡魔的影響〔7：455-456〕）。

在列舉惡魔騙人的項目中，笛卡兒只舉出有關外在的物質和個人的身體（7：22-23）。他完全沒有提到數學。難道這意味著他並不眞正懷疑數學嗎？不大可能。比較有可能的是，在沉思一的尾聲中，他提出了下一篇沉思即將進行討論的問題，獨獨不涉及數學。數學的話題要等到沉思三才被他重新拾回（7：35-36）。

一件未被懷疑的事情

沉思一的目的在「摧毀」沉思者舊有的思想。這項任務可謂圓滿達成，因爲在結語中沉思者承認「她經常受騙」，而她「以前信以爲眞的事物」幾乎沒有一件不是可疑的（7：21）。《沉思錄》的讀者從一開始便懷疑笛卡兒是否有意要他的沉思者懷疑她一切的（或者他自己一切的）思想（7：466：77），假如不然，這是否會讓後來的議論產生疑竇？假如笛卡兒眞的要懷疑他和沉思者一切的思想，這些思想是否應當一無遺漏？假如一切都被懷疑，他（或她）難道還有任何合理思想的餘地嗎？既然沉思者沒有掏空她的心思，而笛卡兒也並未挑戰自己全部的思想，這對他們在方法的執行上豈不是一個漏洞嗎？

不過我們早已知道笛卡兒，作爲《沉思錄》的作者，在沉思一中只質問沉思者「以往所接受的一切意見」（7：13, 348, 465），而不包含他自己新近學習到的形而上學的信念。正如他後來給布爾曼的解釋，《沉思錄》的觀點是一個「剛剛開始學習哲學思維」的人的觀點（5：146）。它的懷疑是爲這些人設計的。在沉思的過程中，它帶有教誨的作用。

話雖如此說，笛卡兒還是有意用懷疑作爲篩選的方法以建立不可動搖的形上學的基礎。如果他未經懷疑便草擬這些基礎，他無疑會被指控「以假定爲論據」（begging the question）的罪名（這個罪名指的是以假定作爲眞理的依據）。因此我們如果把這些觀點引入參考，我們勢必要考慮那些在哲學領域中的初學者需求（他們也是笛卡兒有意教導的學生），以及笛卡兒企圖建立識知觀念形上學的終極大目標。

㈠哲學的入門者

沉思一的第一句話便是：「我發現自己從幼年以來，就一直把許多虛妄的意見，當作眞理而加以接受。」（7：17）在《哲學原理》中笛卡兒解釋所謂「自幼以來」的意見（8A：32-37）：這些意見來自兒童長期沉浸在身體的感官中所得來的經驗。兒童無條件接受感官給他的感受——例如我們身體中有「類似」冷、熱、光、色彩等感官的特性（這些是感官次要的特性），或者天上的星星很小（亦見7：82）。當我們逐漸長大後，我們並不認爲它們是偏見，因此相信一切事物都可以被我們的感官偵察到，一切都是有形體的（corporeal）（8A：37）。笛卡兒在第二答辯書中說，「因此一切屬於我們心靈的觀念直到現在還是一團混亂，也跟我們感官所能看見的互動混淆不清」（7：130-131）。懷疑的方法便是爲了解除這類的偏見而設立的。

雖然笛卡兒說他的沉思者作爲一個初學者必須征服童年時代的偏見，他十分明白這些「偏見」還應包括亞里斯多德的形上學和知識論。如前所述，亞里斯多德的學者認爲一切知識來自感官。這種感官特性的「類似理論說」（詳見沉思三和六）惹出了對亞里斯多德眞實物性的論戰。進一步說，縱然亞里斯多德的學者相信上帝具有非物質的特性（也即非肉體的特性），他們仍然相信上帝可以藉由具體物質感受的類比法而得到認識和證明。初學者一定會把心靈混淆爲感官的物質，但這也頗符合亞里斯多德一切思想都有幻象或以感官爲基礎構成的形象原則。雖然許多亞里斯多德的學者認爲理性並不需要有一個肉體的器官，他們仍然堅持理性依賴幻想，而幻想卻有一個清楚的肉體器官；尤有進者，他們還認爲理性是人體生命中一種力量的形式，它與物質自然而又密切地聯繫在一起。

這樣說來，沉思一的目的是審察童年時代的偏見，進而對亞里斯多德的哲學加以批判。笛卡兒在《眞理的探索》（寫作於《沉思錄》的同時）一書中說明了這兩種不同對象的讀者：書中笛卡兒以「著名學者」尤多克蘇士（Eudoxus）的身分自居，而兩位學者，其一則是波里安德（Polyander），亦即未受哲學訓練的一般常人，另一則是愛匹斯德夢（Epistemon），亦即知識份子或亞里斯多德的學者。

在將心靈逐漸從感官世界中抽身時，沉思一攻擊感官經驗的可靠性和物質世界的存在。它也提出對數學嚴厲的批判。這難道不是對一切推理的挑釁，並有意把人的心靈完全掏空嗎？

㈡不被懷疑的事物

「要旨」指出沉思一「到底有什麼理由可以普遍地懷疑一切事物，尤其是那些有關物質的事物，至少就我們現有的科學基礎而言，這些事物是可疑的」（7：12）。這最後的一句話似乎暗示懷疑的爭論是有條件性的，即一切取決於沉思者的知識限度；懷疑只可能出現於尚未找到科學眞正基礎的人們（包含初學者和亞里斯多德信徒）的心中（亦見7：474）。

在許多不同的地方，笛卡兒認爲有些意見、觀念甚至形而上的原則，一旦被正式接受，便不再有懷疑的餘地。當波爾丹（在異議七中）責問爲何沉思一的懷疑不能直接運用在「明白而清晰的上帝觀念」（4：472）上，笛卡兒的答覆是，那時的沉思者尚未擁有一個明白而清晰的上帝概念（4：476）。這無異是說，你不能責難一個你尚未有的概念而認爲那樣做是合理的。然而笛卡兒卻始終以爲，明白而清晰的上帝概念事實上是不容懷疑的，假如懷疑論者「已經清楚地看見了上帝，他們便將停止懷疑，也便不再是懷疑論者了」（7：477）。如此說來，只有那些還沒有足夠清晰概念的人，才是沉思一的言論有意面對的對象。

在他的答辯中，笛卡兒認爲波爾丹有辯論上的困難，因爲他本人似乎缺少清晰的概念（7：477）。只是笛卡兒在這裡未免太草率了。事實上他的沉思者在沉思一中便很少甚或沒有清晰的概念可言，而笛卡兒也沒有因此忘記他的責任，把懷疑的方法延伸到富有理解力的聽眾以及他自己的身上。再者，即便笛卡兒在寫《沉思錄》以前便接受若干他認爲無可懷疑的形上學思想，他的沉思者（以及其他的人）卻處在一個不同的狀況中。對她而言，這種笛卡兒式形上學的無可懷疑論（indubitability）還未正式成立。她只希望在這本書討論的過程中，她能學習到笛卡兒的原則和求證的方法都是不可懷疑的。

暫時不談他自己的形上學原則，笛卡兒普遍地相信他懷疑的過程不難，也不應該牽涉到一切的思想。在給克里塞利葉的信中，他承認沉思一的懷疑不能囊括心靈中的一切（9A：204）；那樣的話等於取消了人的思想。就事論事，他相信，思想的基本結構和理性的原則，不能因爲懷疑而遭到全盤否定，它們不僅在懷疑時扮演理性評價的角色，它們還構成一個不可抹煞的心靈整體。

雖然這個觀點看似合理，我們還是擔心笛卡兒所認爲心靈基本結構眞是如此嗎？而它們眞的能提供事物的知識嗎？在這種結構中，他不僅提供了有如「一言既出，駟馬難追」這一類人的「普通常識」，還包含了什麼是與生俱來的思考和什麼是生存的概念（7：422）。如果他所說與生俱來的思想是確實無誤的，沉思者在她持續的探索中一定會發現這些不可抹煞的事實深藏於她的心靈中（一如笛卡兒在給波爾丹答辯書中的所言，「吃布丁就是證明布丁的存在」，亦即「理論不如證據」的意思〔7：542〕）。

除了剛剛說到的普通觀念，笛卡兒在沉思一中（至少心照不宣地）援用了因果律的觀念（the notion of causation）。蛛絲馬跡曾見於在上帝和魔鬼騙人的辯論中，他假設一個全能的存在變成了我們感覺經驗的主因，而事實上外界並沒有這樣一個物質的存在。而且，在上帝騙人和生而疵瑕的辯論中，他還考量了人類身體和識知功能可能有創造以外的替代來源。好在這種議論在這裡並不需要事先證明因果律爲眞（有如沉思三〔7：40〕的幾何學的辯論〔7：164-166〕）；它們的作用只在爲懷疑提供看來合理（雖然不一定確實）的立場。只要沉思者能了解辯論的內容，並爲懷疑找到充分的理由，它們的目的便達到了。在本文中，笛卡兒使用的是一個普遍爲人接受的因果觀念，來動搖人們日常的信念。這裡的議論並沒有以因果律爲形上學眞理的先決條件，因果律事實上也不能過問形上學的原則問題。

㈢透明的眞理和騙人的上帝

在第二答辯書中笛卡兒正面答覆了許多簡單的觀念和顯而易見的眞理怎麼會被懷疑的問題。他說有些觀念「簡直太透明、太清楚了，我們實在無法對它們質疑」；然而，由於「除非我們想到它們而不會懷疑它們」，因此「我們應該永遠不會懷疑它們」（7：145-146）。假如這個論證無誤，它指的應該是簡單的數學命題如 2+3=5 一樣的無可懷疑（亦見 7：36）。然而沉思一中笛卡兒表示了對這命題的不信任。難道他認爲數學中如此「簡單透明的眞理」（7：20）也有懷疑的必要嗎？

這個難題他在第二答辯書中也有解說：他提出我們對顯而易見的眞理通常有兩種不同的認知方法。第一，我們直接想到這些眞理，它們看來至爲顯然，我們不能懷疑。然而，第二，如果我們不直接想到它們，而僅僅是隱約記得曾經想過它們，那麼上帝騙人的假設便足夠讓我們對它們表示不信任了（7：146；亦見7：246, 460，和9A：205）。這種隱約記得的眞理和直接想到的眞理中間微妙的差異，直到沉思三才得到交代，而要等到沉思五才有詳細的討論。

這個例子讓我們再度質疑究竟有多少事物可能或者應該隸屬笛卡兒懷疑論的範疇？答案有待一個更大問題的解決：什麼是這個更大問題的懷疑方法。在下面兩節中我將討論笛卡兒全盤計畫的目的中兩個不同的概念。第一概念是他在《沉思錄》中致力於一般理性的辯護。在這種概念中他必須用懷疑對理性取得知識的過程作嚴峻的測試。因此這樣的懷疑必須矯枉過正，以達到對理性盡可能嚴峻的要求。在第二種概念中笛卡兒並無意爲理性辯護，他的目的在改造形而上學。他對形而上學的改造有一個重要的企圖，即爲他十七世紀的讀者建立一個新形上學的知識論，訴諸純粹的理性，完全捨棄感官的機能。這樣方式的懷疑才能爲向來遭受到蒙蔽的認知論找到源頭（說見第二章中有關「認知論和形上學」的解讀）。

㈣理性的辯護

我們姑且假設笛卡兒《沉思錄》的計畫是要維護一般性的人類理性（或者純粹的理智）。那麼順理成章地，他應當在沉思一（或者一和三）中設定目標，打造一個堅固不破的懷疑基礎，以便測試它們的功效。他的辯護工作看似有兩個版本。其一，如果一切以理性爲基礎的懷疑有它們內部的不調和，或者邏輯上有疵瑕，那麼這是一種弱式的辯護。理性應當有比較絕對的保證。亦即是說，再好的懷疑也不能動搖它們的確定性。第二個版本我們可以稱之爲強式的辯護：它的任務是證明理性有足夠的力量，根據事物眞實的面貌，而建立形上學的知識。它不僅需要有無人可以向理性挑戰的果斷，還需要保證所求得現實結構中深邃的眞理是絕對的可靠。兩個版本的戰略都說明理性是評估懷疑的挑戰和其他爭論的重要工具，因爲除此以外，沒有任何事物擔當得起評價「懷疑理性」的任務。

強式辯護的戰略在形式上看來有點不堪重荷。假如理性的可靠性一旦受到質疑，它如何才能恢復它的力量？由於在辯論中它必須孤軍奮戰，它會承受不了大量證據的攻伐。但更重要的是，即使它逃過了懷疑的挑戰，它的困境並未結束。爲了表達這種強式的辯護，理性必須「證明」它在現實結構中作爲知識的來源是絕對的可靠。然而不幸的是，理性的可靠性在這裡正好是眾目睽睽懷疑的焦點。我們已經承認了理性有檢驗矛盾以及調和前提和結論之間關係的能力（這個假設恐怕還有爭論的餘地，不過我們不妨暫時略而不論）。即使如此，假如檢驗了一切可疑的可靠性而發現負面的效果，那麼它也就不再是建立形上學眞理可靠的保證了。在證明的過程中，它的可靠性是不容否認的。在這種強式辯護的進路中，證據的負擔會始終重重鎭壓在理性的（而不是懷疑的）肩上。

弱式的辯護正好替這尷尬的局面鋪了一條退路。它尋找一切理性可能被懷疑的立場，在深入調查後，發現一無可疑。一旦一切的挑戰都不存在，理性無異逃避了一場強烈的攻擊。弱式辯護在形式上比強式辯護容易成功，它的弱點則是把理性擱置在戰場上原封不動，沒有在辯論上給予它絲毫正面的救援。

我們必須等待《沉思錄》的後文來爲這兩種策略（連同與它們相關的問題）作更詳細的討論。目前且讓我們考慮一下笛卡計畫中兩種概念的另外一種。

(五)理性的發現

笛卡兒《沉思錄》中懷疑論的第二種目的，是用方法學的功能來改造沉思者心目中形上學的知識論。以這種目的來看，笛卡兒從一開始便確實知道他要走的是純粹理性思維的道路，因爲在這之前他便已經在如此做了（見 7：542）。他相信每人都有純粹的理性，每人都能看見自己心中形上學原則的悟力，假如他們懂得如何運用自己的理智。不過他同時也相信，由於長時期浸淫在感官的世界中，人們的理智也蒙受了塵垢。因此他並不急於要肯定人們的理性或理性思考的能力（這些觀念是一旦親自看見，馬上就能明白的），他只希望讀者意識到純粹悟力的認知是可能的。沉思一對感官的懷疑，不過是希望讀者能暫時甩開感覺的經驗（至於對數學的懷疑，倒不一定有立即見效的功用）。

從這個觀點看來，我們很容易了解爲什麼笛卡兒在他給讀者的〈序言〉中說，他的書只是寫給「願意跟我誠懇而嚴肅思考問題，亦即心靈不局限於感官之內」的人讀的（7：9*）。我們也會了解爲什麼他在第二答辯書中建議說，雖然沉思一的懷疑論不過是些古人的「剩菜殘羹」，他仍希望讀者們能花「幾個月，至少幾個星期的時間」來懷疑某些特殊的事物（7：130-131）。他在第七答辯書中承認沉思一過激的懷疑「只運用在那些還沒有明白而清晰地看見事物的人身上」；但他繼續說，「除非你徹底放棄（感官），沒有人敢說他眞正看清楚了什麼事物」（7：476）。即使他的讀者在不同程度上曾經使用過智力，他們不會經驗到絕不受感官影響所能見到的清澈的理智。只有這種純粹智力的清澈（不受感官的汙染）才是形而上學思維不可或缺的條件。

因此，《沉思錄》的前二篇是要讓沉思者一旦不理睬物質的世界，很快就會發現理性的純粹作用。她不久還會發現，思想可以沒有形象，而不由感官造成的思想也有可能會發生。這一類的事情是笛卡兒猜想他的讀者（尤其是那些初學者）不能明白，或者強烈反對的（包括那些亞里斯多德的學者們）。

在這種閱讀中，笛卡兒無意把《沉思錄》變成以假定爲論據的辯駁，且無條件地認爲理性早已存在。他唯一可能的僭越，也許是盼望讀者能在實際體驗到智力之前便接受他所宣導的純粹理性。他著書最大的目的是給讀者帶來他們前所未有——或者到目前爲止還沒有思考過的——理性的經驗。如果他成功了，讀者會心悅誠服地信任他，同時——假如笛卡兒所言的理性果有驚人的力量——也開始擁有屬於自己眞正的形而上學。如果他的讀者沒有得到智力體驗的話，那麼他們可能沒有認眞思考，再不然便是笛卡兒的純粹理性學說有誤，而形上學並不繫根於理性（一個雖然認眞但卻未被說服的讀者，遲早也會對他認眞的要求失去耐性）。

這樣方式的閱讀，可以幫助了解笛卡兒爲什麼要在這篇沉思中懷疑感官以及一切有形的物質，而不是比較一般性的數學或者推理。假如他的目標是發現純粹理性，他又何必要懷疑理智功能的可靠性？他何不單刀直入，走感官懷疑的沉思路線來發現純粹的理性？也許對數學的懷疑確實能提高悟力知覺的標準，而終能戰勝懷疑。笛卡兒一心要證明形而上學基本的觀念「根本上與幾何學一樣，甚至更加清楚」（7：157）。假如他果能證明理性支援形上學的力量等於甚至超過數學，在以歐幾里得的幾何學爲一切眞理標竿的時代裡，他將是一個莫大的勝利。

這些不同的笛卡兒目標讓我們看見一些有趣也困難的問題，我們將在第五章中再作深入的解說。目前我們宜把「辯護」和「發現」兩種策略記在心中，以便進一步發現在笛卡兒可能的企圖，以及他在建立新形上學的結論時可能需要的辯論或者假定。

參考書目和進階閱讀

沉思一受到比其他一切沉思更多的研究。Frankfurt, *Demons, Dreamers, and Madmen*（Indianapolis: Bobbs-Merrill, 1970）花了半冊書的篇幅談沉思一，並把它視為維護理性的鋪路工作。B. Williams, *Descartes*，第二章介紹懷疑和方法，作為「純理性探討」的進路，也帶有維護理性的意味。Flage and Bonnen, *Descartes and Method*，第四章，討論沉思和笛卡兒所用的分析方法。一般研究《沉思錄》的書，例如 Curley 或者 Wilson，都有一個專章討論沉思一。

有關笛卡兒時代的懷疑論（有別於本書的討論），見R.H. Popkin, *History of Scepticism from Erasmus to Spinoza*, revised edition,（Berkeley: University of California Press, 1979）。更廣泛的懷疑論歷史，有M. Burnyeat（ed）, *The Skeptical Tradition*（Berkeley: University of California Press, 1983）。

談論亞里斯多德的認知理論作為笛卡兒思想背景的著作有 Hatfield, "The Cognitive Faculties", in Ayers, Garber（eds.）*Cambridge History of Seventeenth Century Philosophy*, pp.953-1002。現代哲學前期中有關感官功能的書有P. Easton（ed.）, *Logic and the Working of the Mind: The Logic of Ideas and Faculty Psychology in Early Modern Philosophy*（Atascadero, Calif.: Ridgeview Publishing, 1997），和D. Owen, *Hume's Reason*（Oxford: Oxford University Press, 1999）。

第四章　心靈本性的發現

沉思二：論心靈的本性比物質更易於知道

沉思二出現了著名的「我思故我在」的思維。它很快便促使沉思者察覺到自己存在的事實。全文自此揭開了序幕。但這篇沉思的要點並不在沉思者的存在，而在她的本性。

雖然本篇篇名承諾發現人類心靈的本性，「要旨」卻警告說，這種與人體絕不相同的無形物質，要等到沉思六才會作詳細的介紹。故這篇沉思中有關人類心靈本性的研究將會把它非物質的一面暫付闕如。透過沉思來了解她自己的存在，沉思者勢必要把自己看作一個會思想的物體，然後打量什麼是思想的本質。在出發探討此一問題前，她先爲這套即將展開的大計畫作了一番檢閱。

阿基米德點（7：23-24）

本篇劈頭第一句話便道出沉思者如何沉陷在「昨天沉思」的疑竇中（7：23）（笛卡兒在這裡使用的是一種常見的精神鍛鍊法，把修鍊的功課分成幾個沉思片段，供數天連續性的閱讀）。儘管她深陷在懷疑的泥沼中，她仍然決定自己要「重新振作起來，一探昨天走過的途徑」（7：24）。她回憶她一路走來的遭遇：

> 我把所有稍微可懷疑的事物都置之不理，宛如已發現它們是絕對虛妄似的；但我還是要沿著這條路走下去，直到我能找到一些確實的事物為止，即使一無所獲，我至少要明確地知道世界上有沒有確定的事物，才願罷休。（7：24）

沉思者當頭的任務是藉懷疑爲工具，尋找確定的事物。即使這個目的不能達到，她至少要「確定」知道原來世界上並沒有確定的東西。

這段話把沉思者暫時擱淺在絕望的邊緣上。然而下面緊接的一句話卻預告了確定性可能出現的曙光：

> 阿基米德（Archimedes）只不過要求一個固定不移的點，就可以據此把整個地球搬走；同樣的，我只要能幸運地發現一件確定而不可動搖的事，不管多麼細微，都會讓我抓住無窮的希望。（7：24）

古代數學家阿基米德曾說只要他能得到一條夠長的槓桿和位於地球以外的一個定點，他便能叫地球搬家。笛卡兒用同樣的道理保證說，只要他有一件不能動搖的眞理，他便能製造並左右一個龐大的眞知之庫。

我們並不能立刻明白，爲什麼單憑一件不能動搖的眞理便能創造更多的眞理。假設你知道如此一件事，例如，你的妹妹此刻在家（因爲你跟她在一起），或者$2+3=5$（雖然這個例子已經受到懷疑，它仍然是個相當中性的例子）。但爲何這樣的知識會讓你知道更多？有三個可能。第一，一個已知的知識可以成爲一個簡單的第一原則，因而衍生出更多的知識。亦即是說，第一件知識可以充當一個公理或者條件，根據綜合方法（詳見第二章）來產生新的知識，經由此第一原則的豐富創造力，更多的知識因此得以誕生（姑且叫此爲「基礎答案」吧）。第二，有些知識也許連結了若干「暗藏於內」的其他知識，也就是說，有如$2+3=5$的例子，可能便屬於一個知識的系統，在其中要知其一，必須清楚地知道與它同格的（coordinate）二。這似乎是說，$2+3=5$不一定能夠成立，除非我們相信$1+1+3=5$。這個例子告訴我們有些簡單的眞理只是冰山的一角。當你尋找阿基米德點的時候，你常會找到一個大系列的知識（我們姑且稱此爲「系統答案」吧）。

除了這兩種答案外，沉思者可能還希望在她尋找一件眞理的同時，也能知道「怎樣」找到事物的確定性。換句話說，作爲第一件眞理的知識應該包含恰當的求知「方法」。一旦找到了一個事物的確定性，用這同樣的方法應該一而再、再而三地找到其他事物的確定性（我們姑且稱此爲「方法學的答案」吧；它應當與第二章結合而成爲《沉思錄》認知論的參考）。當討論笛卡兒的「阿基米德點」以及相關的「偉大事物」的追尋時，我們宜記住這三種可能的答案。

懷疑的再檢討（7：24）；「我思」的推理（7：24-25）

在這裡笛卡兒讓沉思者再度檢討懷疑的實況。跟她之前視一切可疑的事物為虛妄的戰略相同，她承認「我的記憶會說謊」，也就是說這些謊言的記憶「所呈現出來的事物都不存在」（7：24）。當懷疑她的記憶時，她可能在否認自己過去對事物的意見（如今她已把一切事物看成記憶），而並未把她的沉思看成是記憶，因此難免承受了沉思中有關懷疑的種種辯論（亦見布爾曼，5：148）。她也懷疑感官的世界：「物體、形狀、擴延、運動和場所，都不過是虛假的」（7：24）。稍後她下結論道，「這世上什麼都沒有，既沒有蒼穹、大地，也沒有心和物體」（7：25）。在這裡她甚至否認了心，卻沒有否認思想。思想跟心靈的存在是否有相互制約的關係，這個問題笛卡兒在好幾頁的文字後才開始面對。

在檢討懷疑時，沉思者質疑，假如她曾經思想過，她是否便眞實存在。假如她確實是自己思想的「製作者」（author）（7：24），那麼「我豈不至少是一件東西嗎？」然而她懷疑身體和心靈的存在，那豈不又是說她並不存在嗎？不會的。「只要我一想到自己是一種東西，我便存在了」（7：25）。「即使有人騙我，我的存在也不會消失」。事實上，

> 無論他怎樣欺騙我，只要我一想到自己是一種東西，他就無法令我化為子虛烏有。所以在深思過後，我必然會得到這個命題：「有我，我存在」（I am, I exist），不論我明白表態，還是心裡默想，它都是絕對地真實。（7：25）

這個結論也以「我思故我在」著名的命題出現在《談談方法》中（6：32*）。這個命題就叫作*cogito*，它是從拉丁文 *cogito, ergo sum* 簡化而來的——雖然在沉思二中它的用字略有不同（它跟《沉思錄》中的用語則完全一致〔7：140〕）。

不少的努力曾投入「我思」的詮釋和其意義的追尋。有關它確實的結論，結論怎樣得到，和它在哲學上的意義，意見十分分歧。我們的導讀將專注於二個問題上：1.它的結論包含怎樣的內容？換句話說，它建立了什麼東西？心靈存在嗎？無形的物質存在嗎？2.在本篇沉思中「有我，我存在」（*sum, existo*）的結論是怎樣下的？它是用演繹法建立的嗎（也許省略了前提），或者其他的方法？3.在笛卡兒哲學中這個結論有什麼功用？它提供前提嗎？或者只提供一套「資料」，用來推理以得到知識？它是否也展示了知識求取的一種方法？要答覆這一連串的問題，我們不僅要考慮沉思二的內容，還要倚重「異議和答辯」以及《哲學原理》中有關「我思」的討論。

㈠結論是什麼？

《沉思錄》最初的結論僅僅只是「我存在」。在這個結論中，「我」的概念沒有得到說明。結論的重點在沉思者的存在，而她的存在已經在她曾經懷疑、被騙和思想過的事實中取得了肯定。既然得到這個結論，笛卡兒開始大力引導她思考「我」是什麼東西，以及此刻的「我」爲何必須「存在」（7：25）。在這緊隨而來的探討中，第一宗發現是一個延伸的結論：我存在只因爲我「是一個思想物」（thinking thing）（7：27）。這個新結論指出「我的存在」是因爲我是一種特殊的事物——一個思想物。

這個最初的和延伸的結論喚起了許多人對它的不滿，紛紛的議論至今未休。不過他們並沒有爲「我思」的問題找到定論。笛卡兒在他全部《沉思錄》中從未放棄對「我」的觀察，而他對「我」的本質也曾有過許多不同的結論。

甚至狹義的「我存在」之結論也備受挑釁。最著稱的一次挑釁來自十八世紀德國思想家李奇騰堡（Georg Lichtenberg）。他認爲沉思者曾經思想過（或者懷疑，或者被騙，或者起過任何的念頭），她都不能被肯定爲「存在」，充其量可以說「思想正在發生」，或者「思想存在」。僅僅依靠思想的存在而斷定「我」的存在，不是一個合理的辯證。李奇騰堡認爲沉思者應該肯定思想，而不是肯定這個有思想的「我」。

這是一個勝負難分的辯論，我們將會在本章中持續討論。在一開端，我們必須先問，「我」可能有多少種詮釋？而他們都應當遭受到李奇騰堡的反對嗎？一種可能，「我」是雷勒．笛卡兒（本人兼沉思者），一五九六年生於法國，受教於弗萊士，住在荷蘭，也是《談談方法》和《沉思錄》的作者。這是一位眞實的歷史人物，生活在這個世界中，與世界有多方面的接觸等。閱讀《沉思錄》的當兒，我們無法認定笛卡兒已經證明了這樣一位歷史性、地理性的人物的存在。而他此刻的一言一動，都假定來自一個簡單的「我」，除此之外，一無他物，甚至也沒有物質世界。

李奇騰堡的反對應當更適合於比最初結論更詳細的延伸結論。沉思者在觀摩她最初對簡單的「我」所得到的結論只是「一個思想物」（7：27）。李奇騰堡不相信思想的自覺能成功地肯定「一個東西」的存在，能把思想視爲物質，或者一種持久的東西（「持久的東西」指它時間性的存在，亦即在時間的延續中它能從一種思想變化爲另一種思想，生生不息）。這裡甚至有可能李奇騰堡（以及其他的讀者，不管笛卡兒同意與否）相信笛卡兒要證明的是一個非物質的「我」，而不是一個身體。假如這是事實，李奇騰堡的反對便用錯了地方。

即使「我」被證明爲一個思想物，笛卡兒的用意仍然不清楚，而李奇騰堡的反對也找不到邊際。「我思」最原始的結論是說「有我，我存在」是一個無可懷疑的命題，「不論我明白道出，還是在心裡默想」（7：25）。這似乎意味說這個「我」不能延伸到當下的思想之外。我們也許可以建議一個比較淺顯的解讀，把思想物當作沉思者整體思想的結構，亦即是說，當沉思者肯定作爲一個思想物而存在的同時，她也肯定了在「我思」觀念中她一系列川流不息的思想。李奇騰堡會接受這種想法。如果他對這種淺顯解讀的「我」有任何異議的話，那更能說明爲什麼這整個系列中任何單一的思想都能被叫作「我」的理由。

這個思想物淺顯的解讀，只能假定一些有意識的思想存在，這些思想只因爲發生在一個單一而有意識的行爲中才得到應有的關聯。這個事實可能會給這種解讀帶來麻煩，由於在假定中這些思想沒有一個明確的來源，因此它們無法提供任何關聯的證據，也不能解釋爲何這些思想都與一個單一的「我」發生關係。不過就沉思二知識論的謹慎態度而言，我們不能要求這個

「我」有更多的實體以及更多連續思想傳達的經驗。說不定這個簡單的「我」，或者自我，就是不折不扣的連續思想的經驗。這個最小限度的觀念，一如本篇的沉思，捨棄了長時期糾纏不清的「我」和記憶的問題，而只在一個固定而連續的時段內討論自我的知識。

這個淺顯的解讀有一個可愛處：它避開了李奇騰堡對沉思者在延伸的結論中走出了當下思想的責難。不過，作爲思想物的詮釋，這個解讀似乎與第三和第五篇答辯存有矛盾。在答覆霍布斯時，笛卡兒說「思想物」是一個「思想」或是一個「物質」（7：174）；他認爲「沒有思想物，我們無法取得思想」（7：175），並更進一步說，「顯然地，沒有一個能思想的物質，思想便不能存在，而一般說來，沒有一個實際的物體，從它身上發生思想的事件或事故也不能存在」（7：175-176）。換句話說，單一的思想必須隸屬於實際存在的某一單一的事故，並有作連續思想的能力。在給伽桑狄的答辯書中他重申了沉思二中「我是一個思想的物質」的結論，並再度肯定這便是「我是思想物」的觀念（7：355）。這些陳述毫不含糊地出現在笛卡兒對《沉思錄》已有全盤的掌控之後。仍然，我們不能不認眞思考，他所說的「有屬性的東西」是「物質」，亦即他似有意把思想物界定爲一種物質（亦見8A：24-25）。

假如沉思者已經認定思想物是一種物質，一如第三和第五答辯書所言，沉思者知道那是什麼樣的物質嗎？她此刻所知道的只是她的思想，她的結論也只是她是一個思想物或者一種物質。這是不是說她知道她本人不是一個身體，而是一種精神？有關這個問題，笛卡兒曾數度宣稱（7：13, 131, 175）要等到沉思六才有答案。因此，即使沉思二不作沉思物是會思想的物質之結論，它是否是一種精神的物質，仍然是個疑案（見7：27）。因此我們必須辨明一個肯定爲非物質的思想物和一個身分不明的思想物——是肉體？還是精神？還是時空交錯之間存在的一種混雜物？

到此爲止，我們找到了沉思二中三種「思想物」不同的解釋：

1.淺顯的解讀：「思想物」是一種川流不息的思想。

2.思想物的解讀：成分不明，不是肉體的一部分。

3.思想物的解讀：是精神的物質，與肉體截然分開。

解讀1.和2.是本篇初步和延伸閱讀所能接受的結論，解讀2.得到答辯三和五的支持，解讀3.則遭到好些反對，縱然笛卡兒相信沉思二幫助了此一結論的鋪路。

㈡結論是怎樣建立的？

首先讓我們考慮「有我，我存在」的初步結論。沉思者相信「這個命題，不論我明白道出，還只是心裡默想，都必定是眞實而可靠的」（7：25）。的確，這個結論看來堅強有力，只要我們思想（不管是懷疑還是別有起念），我們都不能否認自己的存在（假如你不相信這話，且試試說服你自己，作爲一個思想者並把自己的身體忘得一乾二淨，你是否眞的便不存在了）。但這個結論的力量是從哪裡得到的呢？它來自「我思」前提的推理嗎？還是其他的前提？再不然它來自某種思維的自覺，在一剎那之間被領悟到的？

假如說它來自前提的推理，那麼我們至少還需要另外一個前提。然而在《沉思錄》中，除了思想的自覺，「我存在」是全書唯一提供的正面的肯定。我們從來不清楚另外一個前提會從哪裡來。既然如此，我們不妨考慮下一個可能的解釋：它來自思維的自覺，在一剎那間，不經過任何的辯證便得到的領悟。也許這個未經辯證的結論立足於人不能否認自己存在的矛盾上。試想在一個課堂上當老師點名時，沒來上課的學生怎能作「我缺席」的宣布。答覆點名的行動只能讓學生表示他的在場，而不是缺席。

當你宣布缺席，或者否認自己存在時，你的行動豈不是製造了適得其反的效果？這難道不是說明了你的缺席或者不存在不需要任何證明嗎？至少你自己辦不到。如果當時眞的在場，你的同學有必要證明坐在後排的你不是一個僞裝的「假身」（dummy），而點名時當你宣稱「缺席」時說話的不是一捲錄音帶。要證明他們的證據無誤，他們還得指出當時與證據有關的若干細節。同樣情形，要證明「我存在」時，有些認知假設上的細節也一定得拿出來。

一個論據是否有必要，部分取決於什麼是推理的論據和什麼是非推理的知識。現在我們姑且拋開笛卡兒式的懷疑論而設想一個日常生活中的事例，有如此刻你身在廚房的餐桌上正在喝一杯水。你有必要證明你坐在餐桌上，或者有一杯水放在你的面前嗎？這一類的事情只要你睜開眼睛，通常不須論據便能知道。當然，你必須知道什麼是桌子、什麼是茶杯，才能肯定你睜開眼睛時所見到的事情。然而議論仍無必要。再說，假如你認爲你必須借重前提和議論才能下結論，你提出來的桌子和茶杯的前提，難道不仍然是你的感官給你的知覺嗎？回到《沉思錄》，我想「我思」的結論與此極爲相似，它是一個非推理的過程，任何人只要做一個「我思」的動作，便能從他的思想中迅速取得結論。因此我們必須做的事情，只是把思想的自覺移動到「我在」（I exist）的觀念上。

爲了幫助了解，我們不妨考慮一下笛卡兒正面談論推理（inference）是否有必要的文字。這些文字出現在答辯書、《哲學原理》，和與布爾曼的談話中。不過它們也提出了顯然自相矛盾的意見。有些似乎肯定「我思」是邏輯的辯論，不能在「我思」之前沒有另外一個前提，有些則否定了這個想法。雖然在長時期的過程中笛卡兒的思想會有所改變，甚至矛盾，但這個議題的基本立場從他哲學的角度來看，值得我們認眞追究。

這諸種不同的文字有一個共同的認識，爲了要藉自己的思想知道自己的存在，我們必須知道「什麼是思想」和「什麼是存在」（7：422，亦見8A：8）。笛卡兒一再堅持要容納此種觀念（即使在高度的懷疑中也不例外）。在給克里塞利葉的信中他解釋道：「我否定的只是先入爲主的意見——不包含這一類既不需要證實，也不能否認的觀念。」（9A：206）這類的觀念有如思想的基本元素，沒有它們便沒有思想（甚至沒有懷疑的立足點）。因此「思想」和「存在」的觀念無需證明，一如餐桌和茶杯的感覺知識無需證明一樣（其實這兩種假設都沒有問題；詳見第七和第十章）。這些觀念到目前爲止還不能構成肯定或否定（以及是或非）的判斷的前提。因此我們也不需要視「我思」的推理爲一邏輯的爭論。我們該怎麼想還得看下面的文字。

讓我們先看第二答辯書，書中全未涉及推理的問題：

> 當有人說「我思想，因此我存在」時，他並沒有用推理的方法把自己的思維演繹為存在，而只是借重一種簡單的心靈直覺（a simple intuition of the mind）而承認自己的存在是不證自明的事實。這顯然是說，假如他用推理的方法得到存在的事實，他必須要有前知的知識，有如「任何思想的事物都存在」這樣的前提；然而事實上他從經驗中便學到，以他自己而言，只要他能思想，他便不可能不存在。（7：140）

在這裡笛卡兒承認假如「我思」要得到「我存在」的結論，應當有一個「任何思想的事物都存在」的前提。但他否認這個前提的必要性，並且認爲存在的結論可以從「一個簡單的心靈直覺」取得。我們從《心靈指導守則》以及其他的著作中知道，所謂「簡單的直覺」是一種可以「即刻」見到或者想到的單一思維行爲（10：407；亦見5：136-138）。

如果這便是笛卡兒的觀點，我們會要問，一個直覺思維的意識怎樣可以肯定「我」或一個「思想物」的存在？前面淺顯的解讀法可以幫助我們答覆這個問題。假如所謂的「我」和「思想物」不過只是我們思想的本身，那麼在思想的一瞬間，直覺的思維「已經」意識到了思想物的存在。這種連續思維的自覺性不再需要證明，也無須推斷。

不過，假如笛卡兒並不採用我們「淺顯的解讀」而把「我」視爲一種持久的東西或物質

（如前面二種思想物中的第二種），那麼這種非推斷性的觀點便會帶來麻煩。爲了建立思想物的存在，他可以有兩個選擇。他可以認定一旦意識到他的思維，他已經直接意識到了思維天生依附的物質。或者他可以認定思想——甚至任何表態或者行動——都只能在物質中存在。他否認了第一種由直覺知道思想物的選擇，因爲我們從未只能間接透過行動或表態來認識思想物（7：176, 222）。第二種選擇要求額外的前提，才能讓思想以某種行動或表態的方式依存於物質。實際上笛卡兒同意這種看法（7：175-176, 222-223），只是在此時提出額外前提的要求，似乎有違我們之前的議論，相信這種推理式的前提沒有必要。既然如此，不妨讓我們來推敲一番前面笛卡兒所說大前提的需要。

在給克里塞利葉的信中（答覆伽森狄的異議），笛卡兒提出了有關主要前提的假設：

> 本書作者認為當我說「我思想，因此我存在」時，我假設的大前提是「任何思想的事物都存在」，因此我事實上已經採用了一個前知的意見。我也許又誤用了「前知的意見」一詞。因為雖然我們可以把這個早已明白的用語不自覺地用在本命題上，我們仍然不能說它是一個「前知的意見」。當我們仔細觀察它時，它看來一無差錯而我們不得不相信它，即使這是我們有生中第一次想到它。（9A：205）

笛卡兒並沒有質問這個大前提的必要性，他僅僅在思考它作爲一個前知的意見是否恰當。再說，在《哲學原理》中當他重述《沉思錄》的大意時，他清楚明白地肯定了這個前提的需求（一如他所說，是一個「簡單的觀念」）：

> 當說「我思故我在」的命題是任何一個哲學思維的人馬上便能見到它的肯定性時，我並沒有否認這人必須先懂得什麼是思想、存在和肯定，也沒有否認任何思想事物不能存在的不可能性等等。（8A：8）

這個額外加添的「任何思想事物都存在」的前提是讓「我思」的前提得到「我存在」的合理而有效的結論。如果笛卡兒要肯定「我存在有如一個思想的東西」時，他勢必要再提出另一個外加的前提說明什麼是「東西」（thinghood）。事實上他在第三答辯書中的確提供了這樣一個前提：「沒有一個行爲或事故可以獨立存在而不依附於一個物質」（7：175-176）（此處的「行爲」指思想的行爲，「事故」指事物某種應有但不一定擁有的性質或表態，有如在某一特定狀況中某一特定的思想）。利用這個前提，我們得到下列的議論：

1. 我思想。
2. 任何思想的事物都存在。
3. 沒有任何行爲或者事故可以不依附物質而存在。

因此我作爲一個會思想的事物而存在。

根據《哲學原理》和答辯書，前提2.和前提3.是理所當然的條件（我們甚至還可加上前提4.，「思想是一種行爲或者事故」，如果我們想把議論說得更清楚）。前提2.支持有關存在的初步結論，而前提3.鞏固了有關思想物的延伸閱讀。

在「我思」推理中，這些外加的前提可以引起對沉思者自認爲一無所知的異議（9A：205）。無可懷疑的，「我存在」應當是她首屈一指的知識。假如她眞的把心中一切意見都掃空了，試問這些前提從何而來？在上面第二段引文中，笛卡兒所宣稱「思想事物都存在」的前提「看來一無差錯，而我們不得不相信它，即使這是我們有生中第一次想到它」，然而在沉思二中他並沒有爲這個前提作任何辯護，甚至一字不提。他也沒有爲沉思者視爲當然的事物作任何解釋。事實上，他還讓她對千眞萬確的數學提出質疑。這樣說來，如果他眞的需要爲「我思」的推理找到前提，他的推理恐怕是寸步難行。好在我們信任「我思」初步的結論。他所需要的不必是推理，再不然他可以依賴另一個合理的前提，或者說前面所羅列的幾種前提早已合理地進入了他的議論。

有些讀者抗議笛卡兒的矛盾，說他時而認爲「我思」是一個邏輯的推理，時而認爲它是一個心照不宣的大前提（9A：205；布爾曼，5：147）。在答辯書中他澄清了思想中（心照不宣的）推理的結構不同於發現或表達這種結構的方法。在本質上，他相信「我思故我在」的判斷有其複雜的推理性，也包含了一個隱藏的大前提，只是在這裡唯一需要的不過是一個簡單而本能的思想行爲（參閱在《心靈指導守則》中笛卡兒承認思想本能的行爲可以包含推理的結構

〔10：408〕）。「我在」的結論便是最早從這個本能的方式中得到的；同樣情形，在回想這個結論的出現時，我們都清楚察覺到其中含有前提2.的成分。在延伸的結論中，我們看見了前提3.所給予的肯定的支持。

笛卡兒對這些觀點的解說並不清楚。最簡明的一次解說大約記錄在布爾曼的書中（5：147），當他注意到第一篇答辯書（我思的結論並不來自邏輯的推理）和《哲學原理》中上文引文（8A：8）一個顯然的矛盾，爲此笛卡兒作了下面的答覆：

> 在「我思故我在」的推理前，「任何思想的事物都存在」的大前提已經為我們所知；因為它是先於推理的現實，而我的推理完全有賴於它。這便是為何《哲學原理》的作者說這個大前提早已存在，換句話說，它始終是一個明白而優先的假設，雖然我不一定意識到它的優先性，也不一定在推理前知道它的存在。這是因為我要經驗的是我自己——例如「我思故我在」，我並無意去注意一般的原則，有如「任何思想的事物都存在」。我前面曾經說過，我們並不分辨一般的假設和特殊事件間的關係；相反的，我們想到這些問題純粹是把它們當作特殊的事件來看待。（5：147）

這個思想之物必然存在的大前提在邏輯中會「首先出現」，但它在意識自覺的次序或者合理推論的過程中並不如此（因為笛卡兒並不要求合理推論中邏輯的結構要充分表明）。它毫不含糊地包含在推理之中。在分析我們的結論時，我們看見了這個大前提是前定的，在直接打量了這個前提之後，我們便接受了它。事實上，如果我們看見它是為「我思」的推理而設的話，我們會無條件地接受它，因為它強勁有力，且無可懷疑，笛卡兒從「我思」到「我在」的單純推理中感到一種恰到好處的力量，先於我們對一般前提費盡唇舌的解說。

現在我們不妨再來看看第二篇答辯書中認為邏輯推理沒有必要的話。它說一個不經過邏輯的演繹便得到「我思」結論的人，是因為「他早已有了前定的大前提知識」。它繼續說，「事實上他（大前提知識）的學習來自他個人的經驗，亦即他絕不可能思想假如他不存在」（7：140）。在這裡大前提「前知」的知識相當曖昧不清。它可能在責問沉思者如何能在沒有任何其他知識之前便擁有一個普遍的大前提知識，它或者也可能要問什麼是她學習的方法（例如第二章中所說的分析法和綜合法）。

首先讓我們斟酌一下「任何思想的東西都存在」的問題。也許我們個人的經驗便能解答這個問題。一種可能性是，我們自己的經驗便是證據之一，可以用歸納的列舉法來建立一個一般的原則，從眾多的兔子中逐一地認識兔子（例如兔子在進食前一定要抽動牠們的鼻子），這也就是亞里斯多德方式認識普遍推理方法的大前提（有時他們也認為普遍的大前提不一定要經過一切個案的列舉）。

笛卡兒大概沒有可能認為我們可用自己個別特殊的經驗去了解一般性的命題（尤其是他

曾比較過數學原則的方法）。但他極有可能認爲他的大前提不是個別經驗的普及化，而是思想和存在間（唯一一種可能的）概念的要點，他的意思是說如果任何一件事物會思想或者執行某種行爲，這事物便一定會存在，而且即使它不思想或者不採取行動時，它的效果亦然（有關這個前提和邏輯大前提的差異，請見本書附錄）。事實上在前面幾處討論中，他把這種前提叫作「一般的」（或「簡單」的）觀念，並在另一案例中他還爲這種觀念加上了「並不提供事物存在與否」的按語（8A：8）。沉思者必須透過她自己的經驗來認識這個在「我思」推理中顯而易見的眞理之前提。

在給克里塞利葉的信中，笛卡兒肯定了學習或表達的方法，也視這種大前提爲一種觀念上的眞理。在信中他否認了在「我思」中「特殊命題的認識必須從一般的命題演繹而來，並必須遵守一切辯證法中演繹的程序」（9A：205）。這裡的演繹法等同於一種發現或學習的過程，先有一般性前提的出現，隨後才有因推理而得到的特殊事故。在布爾曼的書中，笛卡兒否認了「我思」思維中（以及其他種類的知識）學習的程序。給克里塞利葉的信中笛卡兒繼續批判伽森狄：

> 在這裡他看來不甚明白我們求取真理的方法。我們十分肯定，如果我們要發現真理，我們必須始於一個特殊的觀念以便達到一般性的原則（雖然有時我們也會背道而馳，在發現一般性原則後，推論到某些特殊的真理）。因此當我們教兒童學

> 習幾何學時我們不可能要他了解普遍性的命題，例如，「等量加等量，結果完全相等」，或者「整體大於部分」等，除非我們告訴他一些特殊的案例。（9A：206）

我們知道笛卡兒認爲這些公理——它們是歐幾里得幾何學的一部分，並爲人人所接受——並不需要訴諸感官的經驗。他也並不建議兒童須從眾多的案例中演繹地學習。相反的，當兒童研究個別的案例時他會懂得一般性的命題。我們（從沉思五）也知道笛卡兒相信從數學一般性的陳述中，我們也可以了解觀念上的眞理，超越於這些個別案例的存在。因此一旦兒童了解了一般的命題，他將視它爲不證自明的眞理，而無須訴諸特殊事件演繹的支持。這便是笛卡兒給「任何思想的東西都存在」的解釋：「它看來一無差錯，而我們不得不相信它，即使這是我們有生中第一次想到它」（9A：205）。

理性主義者懷疑心靈可以不依賴事物的歸納（甚至無涉事物的存在）而知道某些命題。然而目前這不是問題。目前我們只想了解個別案件的證明和由個別案件而達到一般原則的不證自明的方式有什麼不同。笛卡兒相信普遍的前提有助於「我思」推理中的邏輯運用（已如上文所述），然而它們只能透過本能特殊事故的反思才能取得我們的知覺。它們並不一開始便把自己呈現出來，然後用演繹的方法被正式運用在「我思」的推理中。相反地，這個推理是（正確地）被直覺所接受，經過分析後發現了它邏輯的結構，包含心照不宣的一般前提。在這種觀點下，「我思」的推理是一種沒有明白的前提，也沒有邏輯的方案，卻達成了可以合理接受的結論之議論。

㈢「我思」的目的是什麼？

「我思」的初步結論首先給了沉思者一種肯定感，亦即她自己的存在（至少當她思想的時候）。但肯定感的取得只是短暫性的。它的功能並不在說服沉思者眞實的存在，因爲她的存在不是問題的核心。問題的核心，事實上是要尋找其他的眞理，「一些舉足輕重的東西」。

有些舉足輕重的東西已在沉思二的首頁上作了預告：「心靈的本性和它爲何比物質更易於知道」（7：23*）的事情。「我思」的目的之一便是要協助尋找這種保證的知識。六篇「要旨」也揚言，用這種極端的懷疑來發現自己是一個思想物而存在的「做法」，「實有絕大的好處，因爲心靈可以很容易地分辨出什麼是屬於自己的——即智慧的本性（intellectual nature）——什麼是屬於物體（body）的」（7：12*）。由於「我思」的刺激，發現心靈本性的工作遂在《沉思錄》書中隆重地展開了序幕。

不過，在「我思」中阿基米德點的思維實有更高的企圖。在別處，笛卡兒曾清楚地交代說這便是他哲學的第一原則（6：32, 8A：6-7），其他的一切知識都以此爲源頭（10：526）。他的詮釋者也常感覺驚訝，爲什麼一套完整的知識系統能從如此謙遜樸實的地方開始。但這也得看笛卡兒把「我思」的推理用在什麼相關的結論上。從上面的敘述中我們可以看見三種不同的關聯：基礎的、系統的，和方法學的。

在基礎的關聯中，「我思」可以作爲笛卡兒演繹全部形而上學的第一原則。在它最單純的形式中，這種方法可以把「我思故我在」的結論運用在一個單一的前提上而取得更多的知識。要想知道「我思」不假其他或明或暗的獨立原則便能達到這個目的並非易事。基本關聯的另一解說則是放棄「我思」推理中自我存在的信念，而採取沉思者對自己思想即時的覺醒。這樣的思維將可成爲一切其他知識的基礎。笛卡兒要讓他的沉思者走出她心靈中根深柢固的舊知識，而走向世界上一般的知識。這幅畫面有點像二十世紀初期時一些以感官爲主的基層主義（foundationalism）之所爲。他們相信當下知覺中感官的經驗（與其他所有經驗無關的經驗）是一切知識的來源。要想理解笛卡兒的做法，我們必須先了解一個人對自己思想的自覺性，以及如何可以不依賴其他原則而走出自己的天地並創造更多的知識。

從系統關聯來看，「我思」的結論應該已經暗中包含了其他的知識。有些詮釋者認爲「我思」推理中隱藏的前提，是從人對自己存在本能的肯定中得到，一如假定是演繹的必經之途。也許還有其他與「我思」不相關的結論，也會在考慮自己心靈中的思維時便能得到。在沉思三中我們即將討論上帝存在的問題，這種始於心靈有限的知覺而得到的知識，正是系統理論最恰當的運用。

最後，說到方法學的關聯，我們可以從「我思」的結論中看到，沉思者已經從某種實際的知識中發現了尋找知識的正確方法。這種發現（在原則上）已無困難說明爲什麼「舉足輕重的東西」會從「我思」開始而源源湧現。其他的知識則不再需要從「我思」開始，也無需爲它們找到任何特定的關係。事實上，一旦求知的一般方法已經從「我思」得到，這個方法可以運用在其他的事物上，並且衍生出許多不同的形而上學的原則。在沉思三的前段我們便能看見笛卡兒如何用「我思」建立此種方法。

作為思想物的「我」的本質（7：25-27）

緊接著在得到「我思故我在」的初步結論後，笛卡兒讓沉思者作了以下的宣言：

> 雖然已確知自己是存在的，但我還是不十分明白這個「我」到底是什麼，因此我必須慎加提防，以免隨便找一些別的事物來代替自己，也免得以前認為最確定、最明顯的知識誤入歧路，遠離了真理。（7：25）

既有此覺悟，沉思者決定「要對過去所相信的自己重新思索一番」。她以前相信自己是一個人（human being，笛卡兒作 a man）。亞里斯多德給人的定義是一個「理性的動物」，然而我們不能接受這個定義，除非我們知道什麼是「理性」和「動物」，因此需要更多的交代（至少「動物」的觀念會使沉思者很快想到她剛剛才拋棄的物質世界）。沉思者隨後即開始斟酌什麼是一個「自然」的（natural or spontaneous）人，亦即一個有身體，受過養育，會走路，能知覺，能思想的人。在這種自然或普遍的觀念中，靈魂被認爲是一種物質的東西，有如「風、火焰，或者以太（ether）」（7：26，笛卡兒早期靈魂的觀念見10：217）。在極端的懷疑中，身體、養育、四肢的運動和感官的行爲，都視爲是肉體的一部分而被否決了。

剩下來的是什麼呢？只有思想。只有它「不能與我分離」（7：27）。笛卡兒領導他的沉思者走出了單純存在的初步結論而走向延伸的「我思」結論：

> 我現在既然一律不承認任何虛妄的事物，因此嚴格說來，我只是一個會思想的東西（a thing that thinks）；也就是說，我是一個心靈（mind），或者智力（intelligence），或者悟力（intellect），或者理性（reason），這些名詞的意義都是我前所不知道的。無論如何，我是一個真實的東西，而且實際存在。可是到底是什麼「東西」呢？我已經說過了：我是一個思想的東西。（7：22）

作爲思想物的「我」在這裡等同於「心靈、智力、悟力，或理性」。

延伸的結論道出了心靈本性最初的意涵。在走向這個結論的途中，沉思者做了兩件事：第一，她把自己的身體或身體的一切附屬物跟她自己的觀念分開。沉思一給她對身體的懷疑使她能把自己的存在清楚地和身體的行爲，如養育、感官刺激、肌肉運動等分家。第二，如此做時，她發現自己此刻的思想其實在某種程度上是十分統一的。她也發現她的思想，雖然在懷疑的過程中遭受分解，仍然能在思想的（或者精神的）名分下獲得統一。

這個發現在笛卡兒理智的世界中不是一件小事。它無異把亞里斯多德的靈魂觀念——包括生長、感受和理智的力量——和笛卡兒式的心靈觀念結合爲一了。在亞里斯多德的靈魂觀念中，精神功能只是靈魂本性的一部分。甚至人的靈魂，雖然認定爲、並擁有理性的力量，仍然把生長、養育、運動和神經感受的力量歸功於它。笛卡兒現在聲稱要尋找一個合乎邏輯的意念或者心靈的概念，能排除一切身體的活動，除了思想（不久我們將會見到，它仍包含經驗中的感覺，只是除卻了神經系統的活動）。爲了這個理由，他在給伽森狄的信中說心靈（mind）就是靈魂（soul），但爲了避免混淆，他選擇用心靈這個字眼（7：356）。

我們必須仔細辨認在心靈本性的尋找中笛卡兒肯定和否定了什麼。他肯定沉思者此刻對她自己的了解只限於思想，而這些思想獨立於一切外界的物質世界。但從下文可以見到，他沒有肯定她是否知道人的思想或者心靈可以脫離外物而獨立存在。因此她應該無法肯定心靈是否能指導消化的過程，或者提供肌肉運動的力量。這些問題超越了沉思二的知識範圍。

笛卡兒繼續追蹤她的思想。一旦脫離了物質的關係，沉思者很快便發現了心靈或理智的新世界，「而這些名詞的意義都是我以前所不知道的」（7：27）。可以這麼說，她大約從來沒有注意到心靈的存在，因爲她從來便以爲心靈的思維附屬於身體。現在才知道原來她可以思維而不牽動身體。其他的問題，諸如心靈的發現，和它與身體的關係，也源源而來。

心靈與未知的身體（7：27）；心靈的不可知（7：27-28）

在繼續了解「我」時，笛卡兒讓沉思者藉著識知的功能而找到已知的我。首先他讓她幻想自己是一個思想的「我」。她開始排除以往她以爲是思想之物的「風、火、空氣和呼吸」（7：27）。她現在假想物質根本不存在，包括空氣和極微妙的東西，仍然她知道自己是一個思想之物，這個事實說明她不能用幻想了解自己；正如她回憶說，「幻想只是給實際的物質一個形狀或者一個影像」（7：28）。她不能用幻想構成的，是「我」的影像，因爲一切有圖像的東西一定有一個實體，或者一些「有固定形狀和位置的」東西（7：26）。她下結論道：

> 我現在開始明白，沒有一件幻想所能為我抓住的事物屬於我的自身，因此我的心也必須分外小心，假如它要認清自己的本性，就必得把這些幻想排除，把事情搞得明明白白。（7：28）

心靈可以察覺自己的狀況，但幻想卻辦不到。

笛卡兒說的並不是幻想的個別案件，而是它們的經驗，在了解心靈的本質上一無補益。幻想的經驗，一如作夢或者幻想睡眠，有時被當作是思想或者是一個「思想物」的心靈活動。但在目前的例子中，當沉思者要辨明誰是「我」時（7：25, 27），她把自己當作思想物的本身

（而不是從內觀察自己的思想）。她企圖把自己放在第三者的立場來觀察這個思想物，而不再用第一人稱的經驗。但這個試驗失敗了（試試看你能否從外在觀看自己而不包含大腦和部分的身體，因爲這些東西都被懷疑排除了）。在本文中，幻想（或者感官）是被視爲無助於思想物本性的了解之東西。

前面已經說過，笛卡兒並不認爲沉思者明白心靈是否就是身體。他的假定是，她沒有借重身體而仍能用心靈「思考」，並不說明心靈與身體有一定相連的關係。笛卡兒讓沉思者反躬自問：「在這裡有沒有可能，由於我看來什麼也沒有，因爲這些事物對我全然陌生，在現實世界中它們是不是就是我所知道的『我』呢？」對這個問題她答覆道：「我不知道，此時此刻我也不想爭論這個問題，因爲我只能判斷我所知道的事情。」（7：27*）

思想的多元和統一（7：28-29）

既然決定「我」是一個思想物，沉思者現在要問什麼是這個「會思想的東西」（7：28）。答案包含了一長串的事物：「它就是一個能懷疑、理解、肯定、否定、意欲、拒絕、想像，和能感覺的東西」（7：28）。思想包含許多的活動，如理解、意欲、想像和感受（笛卡兒的用語「思想」用意十分廣泛，它指一切精神的狀態或活動）。

我們想要知道這麼多元的思想有沒有一個統一性的存在。它們有一個共通點嗎？如眾所周知，笛卡兒認爲一切思想都與意識（consciousness）有關。他也曾把思想的本質解釋爲意識，不過到目前爲止，他從未動用意識這個字來介紹思想。在沉思二中他也絕口不提。事實上在沉思三中（7：49）他只用了此字一次，而且與思想無涉。

仍然，與意識相連的觀念把上面一長串的思想活動打破了界線。例如感官的知覺從來便被排除在沉思者的思想之外（7：27）。感官的知覺，一如幻想，在這裡被視爲獨立於身體或者神經系統的活動；它也是沉思者在自覺性中發現的一種經驗。即使沉思者假定她沒有身體或者感受的器官，而一切幻想的事物也都不存在，她仍然會有感覺或幻覺的意識，而她認爲這也是她思想的一種。

意識的可能性也提供了思想物在其他思想行爲中的立足點：

我豈不是一個這樣的東西嗎？我現在幾乎懷疑一切，可是又在理解和設想某些事物；我肯定只有一件事物是真實的，而否定其他的一切，我既想多知道這些事物，欲又不願意受騙；我有時會情不自禁地想像出許多事物；我也能感覺許多事物，一如它們是透過身體各器官而來的，縱然我每天都要睡覺，縱然我的創造者費盡了心機來欺騙我，難道這一切不都跟我存在一樣的真實嗎？在這些活動中，有沒有一種能與我的思想分開呢？或者可以說與我自己分開呢？但是事情本身就很清楚明瞭：是我在懷疑，是我在理解，是我在意欲，沒有事情比這個更清楚了。（7：28-29*）

沉思者認爲這些不能「更清楚」的行爲都屬於思想的範圍，而作爲一個思想物，這些思想應該完全都歸屬於她的。爲何歸屬於她？顯然的，由於她直接意識到這種種不同思想型態的事實。

在「我思」的調查中，多種不同型態思想的統一是一件新鮮而額外擴張的工作。它的出現是由於要解答前面淺顯閱讀時遭逢到的問題。在前面我們曾懷疑，我們怎麼能從個別不同的「思想的進行」中找到一個「我」。我們也曾建議思想的自覺性是一切的關聯，或者這些連續性的思想都來自同一個意識，如此則能在最低的限度下支持沉思者「我」和「我存在」的訴求。現在思想統一的觀念明白地肯定了此種訴求。

現在且讓我們承認沉思者視她諸種不同的思想都來自自己的意識，難道我們也有理由相信她能直接進入她的每一思想嗎？看來不大可能。亦即是說，她最多不過能直接進入她意識之內的若干思想。這些思想也許是全部，但也可能只是部分。更廣泛一點說，我們（目前）尚無理由相信沉思者所開列的思想清單是完整的。易言之，我們不知道她的清單只是她一時的經驗，或者只是她到目前爲止在自己身上發現的幾種思想形式，再不然便是她在盼望給思想的本質作一個更深入的理論歸類。這些問題都有待解答。在此同時，我們也已從別處知道，笛卡兒並無意採用剛剛談到的這些匪夷所思的思想（5：220-221）；思想與行爲有時既快速又富習慣性，每次它出現時不一定都會被人察覺（7：438）。

雖然沉思者毫無困難地發現諸種型態的思想以及每一個別的思想都來自她自己，這個發現仍不能說明什麼構成這些「思想」的型態，而它們一律都屬於「精神」。事實上，我們還可以再問，是否一切思想除了它們都來自同一個意識，還有什麼其他共同的特性。

在幾何學辯論中笛卡兒提供了一個訴諸意識而爲「思想」下的定義：

> 思想：我用這個術語來包括一切我們的意識所能立刻察覺到的事物。因此只要是意志、理性、幻想，和感官導致的行為都是思想。（7：160*）

假如我們把這定義視爲是思想的本質——因此也就是思想物的本質——那麼它心照不宣地解說了沉思二所列出思想種類的架構。但我們必須十分小心，引文中他只說這是爲「思想」所下的定義，沒有說是爲思想物的本質所下的定義。我們都明白「定義」是劃清界線，或者劃清使用的範圍（我們有時稱之爲「延伸」），而不是規範這一名詞的本質。這裡的「定義」可能只不過是把沉思二中所說的思想作一個知識論的隔離；換句話說，它只是根據我們「立刻能察覺到的事物」（例如意志、理性等）劃定一個精神活動的範圍。

假定我們承認此刻意識能夠達到的思想是沉思者所知道的一切，我們仍須問，什麼構成這種種個別的思想。它們僅僅只是一些單一的思想嗎？意識能爲它們提供統一的本質嗎？再不然，它們還有其他的屬性足以構成這些思想的本質嗎？

解答這些問題的一種辦法是考慮後期某些哲學家對笛卡兒的攻擊。他們認爲笛卡兒武斷地抓住意識的觀念，而把「思想」或者「精神」的活動攪成一堆混淆不清的雜燴。根據這種批評、感覺、幻想、理解，以及意志並不眞正含有任何共通性。它們不過是人們可以經由自覺而觀察到的四種活動而已。

然而笛卡兒保證的是揭示人類的心靈或者思想物的「本性」。在本篇沉思中他把「思想物」看成是一個擁有「心靈，或者智力，或者悟力，或者理性」的東西（7：27）。這爲我們的問題作了一個全新的答案。悟力（或者理性）即是思想物基本的特點，它爲我們提供思想。事實上，在答覆霍布斯的信中，笛卡兒顯然有此意念。他在信中說，「種種不同的思想行爲，例如了解、意願、幻想，和感官的知覺……都屬於思想、知覺，或者意識的觀念」（7：176）。也許這些不同的行爲，只要它們來自知覺，都應算是思想（因此也是智力的行爲）（見7：78；亦見8A：17）。在此笛卡兒沒有特別認爲意識是思想的本質，相反地，卻認爲只要它屬於智力的行爲，它便是思想內在固有的成分。不論怎麼講，我們在閱讀《沉思錄》時，這個可能性不宜忘記。

蜜蠟的辯論——物體的知識（7：29-33）

既然談到了思想物擴延的觀念，笛卡兒讓他的沉思者慢下腳步，改變視野。到目前爲止，她接受心靈的狀態是可以知曉的，即使物體的存在仍然可疑，她承認了思想物的「存在」比物體的存在更易了解，但笛卡兒保證的是，心的本質比物體的本質更易了解。

爲了要使沉思者聚精會神於身心二者的本質，笛卡兒爲她設計了一個糾纏不清的問題：

> 可是我仍然覺得，而且禁不住地認為，那些由思想構成且經感官證實的有形物體的影像，應該比「我」自己那個不能想像、不知為何物的部分有更清晰的認識。（7：29）

事實上，在沉思的過程中，沉思者並沒有爲身體的部分表示過反抗，而只是盡忠職守地懷疑它們的存在。這個爲讀者設想而新形成的質疑有兩個作用。第一，它提出詢問身心間相互關係的問題。第二，它設計了一個心物二者識知關係的疑問。

在本篇沉思的前段笛卡兒說服了沉思者，心靈不靠影像或者幻想來作認識。現在他增添了一項小小的聲明，他把「我」描繪成「那個不能想像、不知爲何物的」東西。回想一下，不論沉思者曾服膺亞里斯多德的思想，還是作爲一個未經訓練但有絕佳感受能力的人，她早年無疑都是透過幻想來認識心靈和身體的。更廣泛地說，她有可能認定感官和幻想就是一切知識的來源。笛卡兒現在打算把這種先入爲主的偏見收拾乾淨。

笛卡兒現在重回沉思一所說「手能觸摸、眼睛能看見的物體」的知識。沉思者並不質問這種物體能否存在，相反地，她只問她如何或者能否「了解」它們。在這裡，了解一個物體是要知道它是什麼——亦即了解它的特性。笛卡兒把種種個別的事物介紹爲「一般認爲他們最瞭如指掌的東西」（7：30）。沒錯，經過沉思一的思維，沉思者現在開始認爲事物「對我都是可疑、未知，和全然陌生的」（7：29）。然而爲了這個新的認識，她取回她舊有的意見，認爲事物都是瞭如指掌，並假設它們可以被看見，也能被觸摸。

假設事物能被看見和觸摸，對這項調查並無傷害或者有矛盾之處。此刻的重點不在事物的存在，而在沉思者想試探了解事物的本質。

說明心的本質比物體更易了解的議論其實就是一種間接的證明。笛卡兒有意讓沉思者反對這個議論，認爲物體更易了解，是因爲物體能製造影像。這時笛卡兒作出了兩項說明：1.物體不能靠影像而得到了解；2.這個發現說明心的本質比物的本質更易掌握。

(一)認識蜜蠟

要想清楚辨認什麼是事物中最突出的特色，最好從一個特殊的事物，有如一塊剛從蜂巢取得的蜜蠟著手（雖然笛卡兒的目光集中在這塊蠟上，別忘了他的目的是要了解一般的事物，而蜜蠟只是一個特例）。這塊蜜蠟還保有 蜜中的甜味和花的芳香，它給人清涼和堅硬的感覺，如果用手指彈它，還會發出聲音，它也有自己的顏色、形狀和大小（7：30）。不過如果把它放置在火旁，這些屬性都會消失：它失去了它的甜味和香氣，顏色也因而改變，並由固體變爲液體，由冷變爲熱，形狀和大小也都不再存其舊，而變成了一灘泥漿。

從這些改變中我們應當相信我們看見的都是同一塊蜜蠟。

這同一塊蜜蠟還存在嗎？我們必須承認它存在；沒有人會懷疑這一點，也沒有人會提出異議。那麼，我在這塊蜜蠟中最清楚知道的是什麼呢？當然不是我憑感官而覺察到的任何東西；因為凡是屬於味覺、視覺、觸覺和聽覺的一切東西都改變了，不過該蜜蠟仍然存在。（7：30）

沉思者同意了我們對這塊蜜蠟的了解，它的特性不論在熔化前或者熔化後都是完全相同的。這塊蠟在熔化前有一種特殊的顏色、氣味和形狀，而熔化後又有一種顏色、氣味和形狀，仍然我們相信改變沒有改變它的本質。因此我們所看見的蠟（一如其他物質經過種種的改變）不能代表這個特殊事物的特性。沉思者現在又當出發，尋找變化之後的這塊蠟究竟是什麼東西了。

(二)尋找蜜蠟的答案

在了解和調查物體的本質時，沉思者就一塊蜜蠟的先後變化而作了許多冥想。現在她細心地察看在種種變化後蠟中有沒有什麼不變的東西：

也許這塊蜜蠟正和我現在所想的一樣，就是說，它原來並不是那種蜜的甜味，怡人的花香，獨特的白色、形狀和聲音，而不過是一個形體，它剛才以那些形式呈現給我的知覺，現在又以別的形式顯示給我的知覺。但是嚴格說來，當我如此這般設想這塊蜜蠟時，我能想像到什麼呢？現在且讓我們細心思考一下，如果把所有不屬於蠟的東西全部抽取掉，看看還剩下什麼？當然，那只是一個有擴延、能伸屈、可改變的東西而已。（7：30-31）

蠟的本性應該永遠存在，不能因爲受熱或者改變形狀而丟失。而且實在說，雖然感官的性質有所改變，它作爲「物體」本身的特色則始終如一。因此也許我們所了解的物體比任何感官知覺所告訴我們的物體更爲基本。當沉思者把一切對蜜蠟的了解都清除後，發現只有一個「有擴延、能伸縮、可改變的東西」的結論。「擴延」（extension）指的是空間的範圍，而「伸縮」（flexible）和「可改變」（changeable）指的是體積的容量（capacities）如形狀、大小等特性，蜜蠟的體積在經歷多種變化後，從來沒有改變。

對蠟的用心觀察用意在說明它可決定的空間特性——包含擴延、容量——都不改變，縱然其他的特質如形狀、大小都起了變化（「可決定」（determinable）一詞意謂事物可以有種種不同的面貌，卻不認爲必須屬於某一面貌，「一定」（determinate）一詞意謂某種事物所擁有的固定的大小和形狀）。

蜜蠟的例子顯然告訴我們它擁有一種時間和空間相配合的延續性。它有空間的擴延，可以在不同的時間中改變位置、大小和形狀。當笛卡兒說它是一個「有擴延、能伸縮、可改變的東西」時，後面的兩個用語說明這個蜜蠟可以改變形狀，而改變前後其本質一無改變。不過，一個亞里斯多德的學者，或者一個沒有受到訓練但有絕佳感官知覺的人，可能也會發現這塊蜜蠟未嘗不能改變顏色、氣味和溫度，當它熔解時，它並不完全失去原有的顏色和氣味；它只是變成了一種半透明的白色物質而帶有蠟的氣味。那麼為什麼笛卡兒不認為它是在顏色、氣味和溫度上「可以改變」的物質？為什麼他只專注在它作為物體的空間特性上？

我們姑且自己來做做笛卡兒思想的實驗。如此做時，我們必須拋開笛卡兒以後才出現的科學知識：認為質量（mass）是一切物體的特性，認為不同的物類有不同的重力和不同的化學成分，認為蜜蠟是一種複雜的碳化氫，並含有其他的化合物等。現在且觀察蜜蠟熔解時的情況。它看來沒錯，即使在熔解時，它仍舊保有它改變後的形狀和大小。它部分的結論是肯定的。但我們不是也看見了它有關顏色和溫度的「可決定」性嗎？我們不能排除這一事實。這些特性不是也極為「清楚」嗎（7：30）？我們了解蠟有關顏色的可決定性，不是跟了解蠟有關形體分解的可決定性同樣的清楚嗎？

單憑這個思想實驗很難答覆這個問題。我們對它且保留開放的態度。但是我們必須考慮笛卡兒時代的讀者，他們不論是服膺亞里斯多德的思想，或者是一些有極佳感官知覺且受過幾何學訓練的人，一定都熟悉歐幾里得的幾何學。那是當時數學教育的基石，也是智力的標竿。當笛卡兒說蜜蠟「可以改變形狀」時，他大概是依據本能的直覺認為這與「可以改變顏色」的觀念不盡相同。他這樣做會招來許多非議。然而事實上他隨即又作了一個令人訝異的爭議：他認爲這塊蠟的感官形象（可以給人最清晰認知的形象）此刻卻根本無法說明它的本性。

㈢蜜蠟了解的發現

沉思者給蜜蠟的思考讓她得到一個結論：它的本質會有可以決定的擴延性，並可以在時間中改變它任何一種固定的空間形狀。這種蜜蠟的擴延特性是怎樣發現的呢？靠眼睛看，還是靠手觸摸？借重了幻想，還是抓住了變化中一連串不同的影像？笛卡兒給這兩個問題的答覆都是「不」。他的否定宣稱了一個對蠟也是對了解蠟的心靈的新發現。

他讓沉思者先用淘汰的方法，去除了蠟的擴延性在幻想的功能中可以得到分解的答案。這個議論需要進一步觀看蠟的可分解性：

> 可是，能伸縮和可改變是什麼意思呢？是否我想像的這塊圓蜜蠟可以變成正方形，再由正方形變成三角形呢？不，當然不是這樣。因為儘管可以想像它能接受無窮類似的變化，卻不能以自己想像來窮盡這些變化。因此，我對談蜜蠟的所有概念是不能藉由想像力來完成的。（7：31）

一個重要的前提是「它能接受無窮類似的變化」。這爲沉思者確定了她能從自己的理解中發現蜜蠟驚人的彈性。第二個重要的前提是，她不能以自己的想像「來窮盡」這些琳瑯滿目的變化。另外一個暗含於其中的前提則是，想像既具影像製作的功能，它也許可讓某些蜜蠟的概念個別地顯現出來。只是它辦不到。因此想像不可能成爲我們了解蜜蠟本性的工具（蜜蠟此時不過只是一種可以分解的物體）。

至現在爲止，這個議論排除了想像可以了解蜜蠟的話題。剩下的是什麼？我們此刻還得用淘汰法。想像既不能代表蜜蠟的改變，感官又只能呈現更少的形象（只有它現有的形象）。但我們仍然有辦法去經歷蜜蠟層出不窮的變化。怎樣辦到呢？答案在這裡：「用心靈就夠了」（7：31）。

這個答案需要一點解釋。在做準備時，讓我們先把這個議論當作亞里斯多德的學者想要評判的對象。這個議論可以重新用公式表列如下：

1. 我承認這塊熔化後的蜜蠟可以伸縮、變形，也可以作無數次形狀上的改變。
2. 想像只能讓我透過影像看見這些形狀變化中的一部分。
3. 我的想像不能窮盡它應該有的一切變化。
4. 故讓我看見蠟有變化的功能不來自想像。
5. 但我的確看見了蠟的變化，因此此一功能一定來自（感官或者）想像以外的東西：把它叫作心靈吧。

雖然沉思者應當能接受蜜蠟熔解後呈現的前提1.，但這個感官所能見到的呈現不能構成它全盤的支持。沉思二並沒清楚交代前提1.是多種觀察後的結論，還是延伸物體經過純粹智力知覺的了解後所得到的結果。亞里斯多德的學者一定會相信前提1.中理智發現蜜蠟變化的多元性，使用的仍然是過去已有的經驗。他可能也會同意前提2.到4.，不過他會認爲持續出現的種種影像應當可以提供足夠的基礎，讓理性發現蜜蠟抽象理解的延伸性。他還可能再加上幾條他自訂的前提（有關一切思想必須依賴影像），並把結論5.改寫成：「因此借重想像中的影像我的理智明白了蜜蠟的變動性」。

亞里斯多德的學者可能還會找到其他的過錯。根據他們的理論，了解蜜蠟的本性，必須了解它作爲物質的形態，而擴延、伸縮，和不定等性質，並不包含在內（因爲他們認爲擴延性在物體中是必然會發生的例外，不是物體的本質），必須包含在內的，是蜜蠟的品質（如冷、熱、乾、溼以及其他的要素）。並且他們相信在蠟中會找到一種本性，在其他物體中會找到另外一種本性。然而笛卡兒已經明白表示，「凡是能令人清晰地辨認一個物體的必備條件，無不包含在這塊蜜蠟中」（7：30）。只要蜜蠟的例子能證明蜜蠟最清晰的特色是它的擴延性，笛卡兒已經開始找到了一切物體或事物的本質，是它們的擴延性。只不過這個例子尚不夠成爲此一結論的基礎。笛卡兒也避免了此一聲稱（7：175）。

回到結論的話題，「只靠一個心靈」便能了解蠟的本性，乍聽之下有點離奇。笛卡兒馬上便用心提供細節。他說我們對蜜蠟的知覺「並非由於視覺、觸覺和想像的作用，雖然它以前似乎是這樣，但實際上絕非如此。它只是心靈一種純粹的觀察」（purely mental inspection）（7：

31*）。這種觀察「是可以有缺陷和像從前一樣混淆的」——可能指的是把心視爲感官和想像來了解蜜蠟的事實——「或者可以像現在這樣明白而清晰，這一切都要看我們對該蜜蠟所含有的成分能投下多少注意力而定」（7：31）。對那些始終認爲感官和想像與事物思想有關的亞里斯多德學者或者感官敏銳的人來說，這眞是一個天大的訊息。正如笛卡兒所說，即使當我們用感官來觀察這塊蜜蠟，我們仍然會發現我們對蜜蠟所含成分的了解仍然是透過心靈而得到的。

在本篇沉思的結尾處，笛卡兒爲沉思者提供了這個具有心靈觀察功能事物的名字：理智（intellect）（7：34），它才是「一切所依賴的心靈」（the mind alone）。不過在這同時，他也表示了對感官和判斷行爲之間牽涉到理智的駁斥。

感官判斷分析（穿上外衣的人）（7：32）

通常我們都以爲哲學靠語言存在，不論是書寫的，還是口頭的語言。近年來有些哲學家和思想家還相信思想（至少在科學和形上學中發現的理論思想）只能經由語言得到表達。不管一般人對這觀念持什麼態度，笛卡兒是不相信它的。他同意語言可以表達思想，但思想仍有它自己的精神存在，超越於文字之上。一如他所說，思想的行爲可以沒有間斷，因爲「在我自己的心中，一言不發地，我仍然在思索這一切」（7：31-32*）。

雖然如此，笛卡兒看見了一個問題：「文字偶爾會阻礙我的進步，使我幾乎被日常語言中的名詞所騙」（7：32*）。此一問題的出現是由於沉思者發現看見蜜蠟和了解蜜蠟的本性不是透過眼睛，而是「只靠一個心靈」，這與我們所說似有相左：

> 就如當一塊蜜蠟在我面前時，我只會說「看見」一塊蜜蠟，卻不會說自己根據顏色、形狀，判斷出它是同一塊蜜蠟。因此我會輕率地推斷說，我用眼睛看見了這塊蜜蠟，而不是只靠一個心靈。（7：32）

這就是我們通常所說的，經由視覺（或者感官）我們發現周遭的事物，不論它是一塊蠟、一張桌子，或者一位打斷我們沉思的朋友。這種看見蠟、桌子和朋友的經驗，難道不就是純粹感官的反應嗎？

但笛卡兒說不對。要認識一塊蠟、一張桌子、一位朋友，我們說還要屬於這些事物感官影響以外的經驗。下面是他的理由：

> 當我從窗外看到路上的行人時，自然會說，我看見的人就像看到蜜蠟一樣。但是我所看到的，會不會只是一些穿戴衣帽的機器人呢？不過我仍然「判斷」他們是人。因此當我用眼睛看見一些事物時，我事實上是依賴我心靈中判斷的功能得到的結

論。（7：32）

這種事情是可能發生的，尤其是在冷天，當人背你而行時，你只看見他的衣服、帽子和外套。然而我們仍然說我「看見」這個人。感官的影像有時可以與機械的結構相像，有如穿衣戴帽一如常人的機器人。由於感官的影像可能告訴我們二者看來完全相同，那麼我該依賴什麼經驗來決定是非呢？笛卡兒在簡單的影像之外加上了判斷（judgment）。我們可以不假思索地判斷走在我們面前的是人。事實上，在第九章中，我們將見到笛卡兒認為大多數人認為感官的辨識，其實都得歸功於沉默無語的判斷。

在蜜蠟的例子中，笛卡兒相信人們抓住物體的知覺「純粹來自判斷的功能」，而不是眼睛的觀察。因此他似乎在說，即使我們用眼睛看見了蜜蠟，或者一個在廣場上的人，我們的眼睛（或者視覺的經驗，僅僅作為經驗的一種影像）並沒有參與這項了解的工作。這聽來未免神奇，因為它很像在說，當我們看見一塊蠟或者一個在廣場上的人時，我們的感官沒有提供任何相關的資訊！這不是笛卡兒的意思。他只是說，純粹由感官構成的影像，一如由經驗得到的事物的影像（充滿實地空間中色彩的安排），並不構成這塊蜜蠟或者這個人的本性。為要得到更圓滿的理解，我們須得在簡單的影像外，加上有判斷能力的心靈或者理智的運用（我們將在第六章中見到，判斷必須加上意志才有發生的可能，但這並不影響目前理智所扮演的角色。並且在第六篇答辯書中笛卡兒精鍊了他「純粹感官影像」的定義，他把它規劃為「第二等的感官」，亦即感官的自身，以別於自然形成的感官經驗，有如未經察覺的或習慣性的判斷〔7：437-438〕）。

此外，笛卡兒還告訴我們，理智的能力正是人類與一般動物截然分野的地方。他把單純的感官和想像的表徵置放在非人類動物的水平上；要看見蜜蠟的本質，「一個沒有固定形象」的蜜蠟，還只有擁有心靈的人類才能辦到（7：32）。這個對比在他的讀者中不會沒有發生作用。人類與一般動物的差異正在理性或者推理的能力。這是一個標準的答案。我們在第九章中甚至還會看到笛卡兒否定一般動物有感官的自覺性。依照他的理論，感官的自覺性只能在有理智的時刻可以發生。這個感官和理智的話題，沉思六還有更多的討論。

心靈比物質更易了解（7：33-34）

笛卡兒現在開始運用這些方法回到尋找「我」的任務上。在蜜蠟的例子中，心靈比物質更容易了解的分析說明了至少兩個要點。首先，蜜蠟的存在不容否認。如他自己所說，「假如我因爲看見蜜蠟便說蜜蠟存在，一個更清楚的事實應該是我自己也存在」（7：33）。任何看見物質的行爲便是心靈存在的明證，因爲感官的知覺有賴心靈（在此刻我們還不清楚心物是否有別；但由於有心靈才知道有蠟的存在，故心存在）。不過難以理解的是，爲何此一觀點的成立需要蜜蠟的論證，因爲他較早已經說明了假想中見到事物的例子，也能證明心靈的存在（7：

28-29，亦見伽森狄異議，7：274-276）。

然而在蜜蠟的討論中我們發現了第二個而且更深刻的要點，它超越了心靈存在的事實，落實了心靈的特殊而有規範性意義。這個新發現出現在蜜蠟討論的文字中，也是沉思二調查「我」的最末兩段。第一段是延續心靈因知覺行爲而存在的討論，包含對蠟的觸覺和幻想。兩種知覺都能自然地達到「我思故我在」的結論。笛卡兒建議這個結論還進一步揭示了心靈的本性：

> 再者，視覺、觸覺，以及別的許多原因把蜜蠟明顯地呈現給我之後，既然都能使我對它的看法或知覺有更明白而清晰的了解，那麼，我不是更明顯地知道自己嗎？因為能使我得到蜜蠟本性的知識，不正是更能使我知道心靈的本性嗎？而且心靈中還有許多別的事物可以說明其本性，因此，我剛才提到有關物體方面的證明，就幾乎不值一提了。（7：33）

這個宣稱有兩個關鍵的發現。第一，笛卡兒說看見蜜蠟的每一個案例，不管用什麼方法，都能「更有力地顯示我心靈的本性」。我們並不清楚什麼是這些不同方法的案例。有可能的，是諸種看見蜜蠟的案例都呈現一個共通點。那麼什麼是這個共通點呢，是視覺、觸覺、想像，還是那個「獨一無二的」心靈？意識（consciousness）有可能也是因素之一，然而笛卡兒沒有提到它。在稍早前他曾指出理性的判斷。事實上他用了不少力氣說明心靈固有的本性，就蜜蠟的議論所見，就是理性的判斷。

這些文字中第二個關鍵的發現是，除了感官和想像，「心靈中還有許多別的事物」也可以被清晰的說明。感官的知覺和想像需要依附某種實體。心靈中許多的事物可能不需要有任何的依附，或者與身體的感官有任何的牽聯。在本篇沉思中，心靈不可由影像而了解的話已經說了兩遍：第一次他說心靈不能想像（7：27-28），第二次他說心靈沒有影像，它比物體更易了解（7：29-30）。心靈只能在沒有影像的狀況下了解。因此這些「心靈本身的」許多其他重要的事物應當都牽涉到知覺行爲的理智判斷。我們此種判斷的知識，或者有判斷能力的心靈知識，應當都超越了影像，也應當都在影像之外。

第二段文字總括了「我」的調查：

> 我發現自己在不知不覺中又回到了原來的論調。我現在已明顯地看出，即使是物體，真正說來，並不是感官或想像力所認識，而只是被理智（intellect）所認識；它們之所以被認識也不是由於被看見，或被摸到，而只是由於被理解了。因此我明白地看到，沒有什麼東西比心靈更易於認識了。

事實上任何一種依賴理智觀察到的眞正的視覺，需要有它自己一套心靈的視覺。怎樣的視覺？一個「存在」的視覺？這個觀念在沉思二中早已建立了。它的標題便清楚地揭示了「心靈的本性」。雖然笛卡兒並不十分清楚什麼是心靈的本性，我們的調查說明了判斷和理智是最主要的成分，至少是人類的心靈必須要具備的東西。在「要旨」中他也保證了沉思二將著手釐清心靈「理智的本性」有別於物質的事物（雖然並未明言理智的本性有否可能也是物質的一種）。在《沉思錄》後面的文字中，由於我們看見人的理智愈來愈重的瀰漫性，笛卡兒相信他已發現了人類心靈中最普通的重要元素。

「我思」的調查

沉思二似可視爲一篇「我」的本性較長的調查報告。它的調查在得到「我存在」的結論後立刻就開始了。它考量「我」和藉以構成「我」的一切因素。起初，「我」似可以獨立於身體的思想過程之外（例如消化、移動，或者感官的活動）。調查隨即包括了精神和身體的機能。這個新的方向結合了沉思二的主流，把「我」所涵蓋的理智緊密地結合在一起，而成爲「我」的了解中最爲基本的特色。

「我思」的調查可以簡明包括在下列的四個結論中。每一個結論開始於一個初步的結論，而得到一個擴延的結論。初步的結論是從沉思者的自覺心開始的：

初步結論：我存在。

擴延結論：我作為一個思想物而存在。

擴大後的結論：思想物是一個能懷疑、了解、肯定、否定、願意，或者不願意、能想像，也能有感官感受的人。

最後的結論：理智是作為我自己心靈和一切精神活動的重要角色。

「我思」的推理只能在最後的結論中得以完成。

笛卡兒擔心他的最後結論，亦即理智功能的自覺性可以不依賴影像而了解事物，不容易爲初學者所接受。故他在第二篇答辯書中申言，「爲了要把積重難返的壞習慣在理智中連根剷除，更多甚至一再重複的解說恐怕在所難免。我的目的，只是要把舊的習慣完全被新思想取代」。這種努力通常會需要「至少好幾天的時間」，但時間是值得的，因爲如此才能把「心靈中的特性」和「身體中的特性」徹底分開（7：131）。這種分野，始於沉思二對身體特質的懷疑和心靈的肯定，終於把心物二元的基本觀念建立起來。不過沉思二並未打算深入此一話題。他只有意讓沉思者得到心靈的自覺，以及在沉思時不必借重外物的影像而達到理性的思維。沉思三不唯將討論心靈或者靈魂，它還將討論因理性而引出的上帝的話題。沉思六還將討論這一切的延伸，包括它們的特質和認識的方法，以及它們與感官影像之間的關係。

參考書目與進階閱讀

「我思」的思維一般限於初階和延伸的結論，包括「思想物」和蜜蠟的詮釋，著作甚夥：見Curley, Dicker, 和Wilson 諸書。最近有關「我思」的新著有 P. Markie, "The Cogito and Its Importance,"見Cottingham（ed.）, *Cambridge Companion to Descartes*, pp.40-73。

B. William重論李奇騰堡對笛卡兒的挑戰：*Descartes: The Project of Pure*, ch.3; 他也試圖說明一般前提和演繹法的大前提。李奇騰堡有關我思的雋語有英譯本：J.P. Stern, *Lichtenberg: A Doctrine of Scattered Opinions*（Bloomington: Indiana University, Press, 1960）, pp.270, 314。J. Carriero, "The Second Meditation and the Essence of Mind,"見 Rorty（ed.）, *Essays on Descartes' Meditations*, pp.199-221，係以亞里斯多德的觀點閱讀沉思二。

感官「定義」的界線畫分，見J.J.E. Garcia, "Glossary", appended to F. Suarez, *On Individuation*（Milwaukee: Marguette University Press, 1982）, pp.200-201。Glossary（語彙）解說了許多亞里斯多德的思想，曾多次為笛卡兒所引用。舉例言之，亞里斯多德哲學用語中「自然」一詞可能意味一個動作的原則，而在其他文獻中，則指主要或者一般的本性。笛卡兒在說明心靈的本性時，可能兩種意義都曾採用，雖然他直到沉思六時才全盤抓住它的要點（雖然有如在沉思五中他常常把「重要」（essence）和「本質」（nature）二語互相交換使用）。

笛卡兒哲學用語中「意識」（consciousness）一詞，對閱讀英語的讀者造成許多困擾。E.

Anscombe and P. Geach, *Descartes: Philosophical Writing*（Indianapolis: Botts Mesill, 1971）援用拉丁文的*cogitatio*（思想）而釋之為「意識」或「經驗」。CSM本中無consciousness一字，亦無拉丁文的*conscius*。取而代之的是「aware」（察覺）（7：49），以及其他類似的字眼，如*animadvertere*（注意、照顧）或者*cognoscere*（認識、知道）。我引用CSM版本時曾把文字略為改動使更近於拉丁文。總之，個別文字的訓詁並不能解決笛卡兒意識和思想本質的問題。讀者必須潛心於笛卡兒形而上學的系統了解，不能避重就輕，見其小而略其大。

第五章　眞理、上帝，和循環推理

沉思三：論上帝的存在

沉思三承諾要建立一個形而上學的結論，即「上帝的存在」。笛卡兒爲這個結論提供了兩個從感覺中得來的證據，而這些證據都指稱這個已知的感覺源於一個至高無上的存在。他所提出來的感覺，便是沉思者心目中上帝的觀念，和她有限生命的存在。

不過沉思三的內容絕不局限於上帝的存在。它始於對「我思」思維的再檢討，希望能從這個旗開得勝的論證中，找到更多求取眞理的確實辦法。其次它重新考量上帝是騙子的假設，不過根據上帝的完美性，這個假設已不攻自破地被推翻。爲了準備從結論推斷證據，本篇沉思首先分析一個概念的想法，提出該概念的理論、內容，以及它的內容和心靈的關係。它也提出「本性的指使」（teachings of nature）和「自然之光」（natural light，即指理性）之間重大的差異。笛卡兒把這個差異用來判斷沉思者原始的概念和後來（在沉思六中）在人心靈的認知中所喚起的感官反應。

在證明上帝的聯繫中，笛卡兒引入了許多形而上的術語和概念，它們事後都變成了他物理學的基礎（討論見第九章）。本章的焦點則在尋求認知的方法，它與自然之光原則之間的關係，和利用自然之光的原則以求取上帝存在的證明。

懷疑物體，了解心靈（7：34-35）

笛卡兒的每一沉思都始於回顧他前一章中得到的結論。沉思三也不例外。他首先重述沉思者對自己的思想和存在的認識，然後肯定她能在思想中「拋開一切有形物體的影像」（7：34）。由於影像的拋棄「幾乎是不可能的」事情（影像會連綿呈現，揮之不去），她只能改而相信這些影像都是「空洞、虛妄，且無意義的」。她重複「我是一個思想物」的結論；並再度一一列舉她心中思想的內容（7：34-35）。對沉思者而言，她是作一個思想物而存在，而她思想的內容「包含一切我知道至少我相信我知道的事物」（7：35）。現在她開始要在她自身內尋找「其他」迄今還沒有知覺到的知識。第一件這類的知識，正是尋求一切知識時必不可少的方法。

精簡的真理原則：明白而清晰的知覺（7：35）

沉思者在思索什麼是她「能確信一切事物爲眞」的問題（7：35）。她責問環繞著「我思」的結論和求證的方法，能否便是眞知的保證，或者取得更多的知識。這一段經常被忽略的文字其實十分重要，因爲笛卡兒很可以把它精簡而成爲一個全新的「方法」，而在沉思三一開端時便宣布找到了阿基米德點的「舉足輕重的東西」，亦即新知即將源源而來的保證，他因此也發現了沉思一所預言的「堅固而持久的」知識架構。

仔細研讀這段文字應該大有必要。它始於肯定「我思」的結論，隨即直指認明眞理的原則：

> 我已確知自己是一個思想物，然而，我不是因而也知道必須具備什麼條件，才可使我確信一個真理嗎？在這個第一種知識（this first item of knowledge）中，我之所以確信它是真理，當然是由於我對自己所說的事物有明白（clear）而清晰（distinct）的知覺。如果我如此明白而清晰地知覺到的事物也一樣是虛妄的，那麼這種知覺就不足以保證我所說的事物是真確的了。因此我似乎可以建立一個概括的規則，那就是：凡是我極明白而清晰地知覺到的事物，都是真確的。（7：35）

在這裡，沉思者重新提起她對知識的疑問。不過這個疑問已無關「我思」的前提或結論；相反的，它單刀直入地追問眞理的標準或原則。她得到的初步原則，「凡是我極明白而清晰地知覺到的事物都是眞確的」，足夠領導她進入往下的形而上學的探討。話雖如此說，沉思者目前並沒有完全接受這個原則。在下一節中我們將討論她遲疑的是什麼。

到目前爲止，這項議論可以簡約爲下列三個前提，這個簡約只說明笛卡兒談到的是「我思」的確定性和有關取得新知識的結論：

1. 我確知我是一個思想物。
2. 因爲明白而清晰的知覺告訴我這個事實。
3. 明白而清晰的知覺不可能告訴我這個事實，假如這個知覺有可能是一種騙局。
4. 故明白而清晰的知覺給了我足夠的知識；我的知識是眞確的。

這裡有些前提一目了然。假如沉思者已經接受了「我思」的推理，她應當以前提1.爲理所當然。前提3.重複申明了沉思一接受的欺騙假設（也是哲學中慣見的假設），故在本文中它不會製造麻煩。但我們不能不懷疑，僅僅只採用一個單純的例證（如前提1.），便足夠在求知時構成明白而清晰的可靠性嗎？在原則上這個過程無懈可擊，只要其他條件都能符合這個原則，而問題方法的提出也都合情合理。這個狀況經由前提2.得到了肯定。它是全部議論的主軸，因此宜多加注意。

前提2.回應了前提1.所提出的認知基礎。它並不回應前提1.結論中可能特有的前提——例如「我有如此如此的思想」——而只過問如此的前提所造成知識的方法。這個方法便是假定爲「既明白又清晰的知覺」。前提2.相信「我思」的結論有賴於這個明白而清晰的知覺。有關這個信任，沉思者只能觀察她自己內在的心靈來尋找「我思」突出的特色，亦即事物的眞實性，甚至眞理的本身。

上面的推理是合乎邏輯的。只要它沒有差錯，前提2.便必須肯定沉思者所建立「我思」的擴延結論。假如沉思者被騙了，而她也不能依賴明白而清晰的知覺，那麼這個議論便不健全（因爲它的前提錯誤）。不過假如前提2.確實援用了前提1.所建立的方法，那麼，考慮前提3.的思維，結論4.是可以合理成立的。

這個議論的結論是：明白而清晰的知覺可以產生眞理。不過根據上面引文所說，只有「我思」的結論是眞確的。那麼，眞確和眞理之間又有什麼差別呢？一般言之，差別是有的。我們可以眞確相信某一件事（例如我們的朋友會贏得棋賽）但結果卻沒有。相信的眞確性和相信者的誤差永遠存在。解讀笛卡兒時，我們宜把「眞確性」指向「某一種眞理的知識」，因此在他的著作中我們不再爲眞實和眞理作術語上的交鋒（他仍然相信眞理性的辯論就是爲某種眞理的辯論，而不僅僅是一般感官上的眞確的感受）。

不過即使我們接受上面的議論，眞理的追求還是有它的疑問存在。假定我們都承認「我思」的議論，我們在什麼時候才會知道我們的知覺是明白而清晰的？而且在接受這種信念的同時，我們知不知道我們的心靈狀況也有清明和含混的不同品質，因此對眞理也會有不同的運用？伽森狄在第五異議書（7：318）中曾不只一次提到這個問題。如果我們無法辨別明白而清晰的知覺不同於其他非明白而清晰的知覺，那麼眞理的原則仍然不能發揮它的功能。

有趣的是，笛卡兒在他的《沉思錄》中，從來便沒有爲明白而清晰的知覺下一界說，或者定一個標準。我們可能盼望他在幾何學論文中有點交代。可是在那本書中他只在接近尾聲時才約提到「明白而清晰的知覺」一語，而且也完全不作解釋（7：164）。笛卡兒曾在一系列的相關方法觀念的介紹上，向他的讀者指出許多事物的確很容易發現其中明白而清晰的地方，首先他教導讀者把感官關閉而一心專注於自己的心靈，直到他們可以「習慣性地、清晰地看見了事物的本身」（7：162）；然後他要求他們考量一些「不證自明的命題」（拉丁文 *per se nota*）以便展開「理智的視線」（intellectual vision）或者「簡明扼要的思維」（perspicuity）（7：163*）。他隨後並在多種的沉思中，要求他們考慮自然的觀念或種種事物的本質，包括上帝以及許多其他模糊不清的感覺（7：164）。事實上，他有意依賴讀者自己在例證中去發現明白而清晰的知覺（在《哲學原理》中他解釋了「明白」和「清晰」〔8A：21-22〕，但小心翼翼地避免不與讀者發現自我的能力有所衝突）。

在其餘的沉思篇幅中，明白而清晰觀念或知覺的新例證常常都會出現，包括本篇沉思三中「極端明白而清晰的」上帝觀念（7：46）。如此說來，他幾何學論文中一語帶過的言論，實是他全部著作中誠心誠意的寄望。不過在沉思四中雖無實際的例證，笛卡兒還是提供了一個額外而有用的方法來理解明白而清晰的知覺，我們將在第六章中談到。

懷疑的辯證（7：35-36）

當真理原則提出後，沉思者並沒有馬上接受這個原則。她想到若干的理由，而作了合理的遲疑。她發現以前接受而且「非常確定、非常明顯」（7：35）的許多事物，到後來都變得可疑而含糊。這些事物包括一切藉由感官而知覺到的事物。她開始懷疑她早期習慣使然的「那些外在於我的事物，我一直以爲它們的觀念不僅是從這些外界事物來的，而且與它們一模一樣」（7：35）。這裡「一模一樣的理論」笛卡兒將在沉思六中討論並且否決。在此刻，這個理論只代表一種習慣使然的意見，而沉思者誤以爲是明白而清晰的知覺。事實上她舊有的知覺並不是挑戰新的標準；相反的，新的明白而清晰的標準讓她重新肯定了她早年思想的可疑。

最嚴重的挑戰來自尚未完全解答的上帝是騙子的假設。這個沉思一提出來的假設甚至懷疑透明如2+3=5的數字眞理。如此一個「最容易和最簡單的道理」（7：35），必須要能通過明白而清晰的眞理檢驗。然而沉思者有以下的思維：

> 它們不是如此明白地呈現於我的心中，迫使我不能不肯定其為真實嗎？如果我認為這些我過去的判斷也有懷疑的餘地，那只有一個理由，就是我想起，也許上帝賦予我的本性，本來就是易於受騙的，甚至在最明顯的道理方面也不例外。但是我們如果經常對上帝至高無上的權柄懷有先入為主的觀念，那麼我不得不說，只要祂願意，就能輕易地使我犯錯，縱然在我自以為最明確的事物上亦復如是。（7：36）

這段文字替「容易」、「簡單」、「最明確」如數學的事物和我值得懷疑的「過去的判斷」鋪設了反對的意見。但有趣的是，在這裡懷疑的立場竟是一個全能上帝的「舊觀念」。這段文字無疑把以清晰知覺爲基礎的新觀念，作爲對付一切舊觀念的反抗。

笛卡兒現在讓沉思者在懷疑和確定之間展開辯證。已如前敘，數學的眞理可以被懷疑，「一旦我舊有觀念中上帝是無所不能的話來到我的心中」。但這裡還有新的一面：

> 而且，每當我注意自己所能十分明白地知覺到的事物時，又會對它們的真實性深信不疑，以致衝口而出地說：不論是誰欺騙我，反正只要我意識到自己是存在的，祂就絕不能使我不存在，也不能在未來說，我不曾存在過，因為我現在是確實存在的，而祂也不能使二加三少於五或多於五，亦不能製造任何我一眼就看出其中含有明顯矛盾的事物。（7：36）

在這裡2＋3＝5的數學恆等式取得了與「我思」結論等同的地位。在言語間，當人們直接思索它們時都不應有任何懷疑，懷疑只能發生在上帝騙人的假設中（笛卡兒在第二答辯書中再度肯定了這個立場〔7：144-146〕）。因此上帝騙人假設的效應，只能發生在人們沒有在明白清晰的知覺中直接思考某一思想的時候。再者——作爲一種驚人的暗示——每當人想到這種假設時，人們似可任意汙蔑任何明白而清晰的知覺的感受（因此也包含「我思」的結論）。如此一來，沉思者陷入了兩難：當想到某些思想，她不能不承認其爲眞實；但當想到上帝騙人的假設，她又不得不懷疑一切（不過我們不妨注意：這個懷疑其實也幫助肯定了隨後的「我思」辯論，有如一張懷疑的毛氈保護住了「我思」的架構，這是數學眞理中懷疑的毛氈所不能做到的事情。「我思」的立場不爲所動〔見7：145-146〕）。

雖然如此，我們即使專注於明白清晰的知覺，上帝騙人的假設依然不會動搖。有兩個理由，一爲實際的，一爲理論的。笛卡兒曾在別處解釋，我們實際上無法始終專注於明白而清晰的知覺，因爲這是心理上辦不到的事情（7：26，亦見4：116）。第二，沉思者涉入的是尋找牢固而持久的眞理。只要上帝騙人的假設存在，沉思者無路可遁地只好懷疑她明白而清晰的知覺。當她有明白而清晰的知覺時，她不一定在思考可疑的負面問題；或者在某一特定時間和思想上，上帝騙人並無實際的效應，這對她尋找「牢固」而「持久」的眞理都無影響。可能的是，她也許並不希望自己只是偶爾地逃開了懷疑；她的希望是把懷疑一掃而空。

事實上，這正是笛卡兒給沉思者設計的環境。在上面的引文之後，他繼續強調爲什麼上帝騙人的假設必須用心調查，而且如有可能，必須完全剷除：

> 其實，我並沒有理由相信上帝是騙人的，況且我對上帝是否存在的問題亦沒有充分的了解。因此我在這些意見上所建立的懷疑根據是脆弱而且玄而又玄的。為了完全屏除這個懷疑，我必須盡快探究上帝是否存在，或者是否有上帝，甚至祂到底是不是一騙子的問題。因為假如或對此一無所知，我將不能確知任何其他的事情。（7：36）

這段文字把上帝騙人的假設說成了「脆弱」（slight）和「玄而又玄」（metaphysical）（運用玄而又玄一詞，笛卡兒可能是想利用日常生活中的聯想把它剷除，且與「夠確實了」這種一般的「道德」標準和不切實際的「玄而又玄」的確定性作一尖銳的對比〔6：37-38〕）。即使如此，此一假設還是有足夠的力量破壞沉思者所尋求的高水準、不能被懷疑的知識——不是隨意無心的懷疑，而是認眞的理性懷疑。因此不管這個假設有多「脆弱」，都必須認眞處理。沉思三剩下的篇幅便完全致力於這件工作上。

觀念來源的檢討（7：36-40）

在準備考慮上帝騙人的假設前，笛卡兒讓他的沉思者研究與觀念和判斷有關的思想結構。其目的在尋到「可以恰當指認爲含有眞實或虛妄」思想的類型（7：37）。這個研究可能形成了本篇大部分眞僞辨別的理論，包含上帝是騙子的假設。沉思者研究的基礎只限於她個人心靈的內容和活動，但笛卡兒卻想從中取得根據以找到他觀念的理論，思想所扮演的角色，甚至終極地證明上帝的存在。

㈠觀念、意志，和判斷

笛卡兒心目中的觀念，恰當來說，「即是事物的影像」。這種「影像」的例子包含「一個人、一隻吐火獸、穹蒼、大地、天使，甚至上帝」（7：37），這些在沉思者的心目中都能找到的思想。她在沉思二中還清楚記得廣場上一個人的影像。人類的「觀念」應當至少如同他的內容一樣，在視覺經驗上有一定的形狀、色彩，和運動的方向。若只說那個觀念「即是事物的影像」，無異承認了我們的經驗只是許多視覺經驗中的一種，而且還受空間和時間變化的限制。

然而並非一切的觀念都有形象可言，且可以指名列舉，因此並非一切觀念都有眞實的形象。笛卡兒，一如在他之前的亞里斯多德學者，相信非感官、非物質的存在有如上帝，是不能有感官的影像的（7：136-138, 181）。然而把上帝以及一些非物質的存在（例如天使）包含在這個「有如影像一般」的行列中，他無異在說即使沒有空間的結構（因此也沒有形象可言），但仍然可以跟有形象的事物相提並論。上面影像的列舉有兩個要點可以作爲比較。觀念一如影像，「代表」事物的本身（見7：373）；而在本表列中，觀念一如影像，代表「各個不同的事物」。各個不同事物的觀念有它們各自不同的特性，一如人的影像一定要顯示他的頭顱、雙手、雙腿、或坐或立的姿態等。至於上帝的影像，雖然並非完全的想像，仍然擁有祂特定的性質（如我們即將看到）。笛卡兒在沉思六中甚至還將說明一些物質的觀念也並不需要影像的支持（7：72-73）。

笛卡兒解釋說，「最主要和最常見的錯誤，是我們往往以爲自己心中的思想跟外界的事物相似或互相契合」（7：37）。這話說明一切具有代表性或者代表某一事物的思想，都是相似的影像所造成的。屬於這一類思想的，包括意志、情感，以及判斷。情感牽涉到此一觀念的感受，而意志和判斷則附加一些心靈中與此觀念有關的行動。例如，假如有人想要一顆蘋果（一分情感），而欲望的感受（額外加上的形式）則促使他感覺到一顆蘋果的形象，因而製造了欲望對象的實體內容。如果他此時決心要吃那顆蘋果，那便是意志的行動。

我們欲望的對象有時不一定存在。觀念可以代表一個不存在的實物。你可能想吃一顆你看在眼前的蘋果，你也可能想吃一顆櫥櫃裡並沒有的蘋果。如此看來，你想吃的蘋果只是一個觀念的代表，是意志的對象，而實際上此刻的櫥櫃裡空無一物。

笛卡兒承認人有對不存在事物的欲求，但在沉思者的案例中他並沒有把它作爲「會有眞僞性質」的分類。依照他的解說，「即使我欲求的事物是邪惡的，甚至是絕對不存在的，可是我對這些事物的欲求仍不失爲眞實」（7：37）。因此僅僅因爲欲求一件不存在的事物，並不構成思想的虛妄。虛妄（以及眞實）是判斷的產品（7：37, 43）。我想吃櫥櫃裡不存在的蘋果並非虛妄，但如果我認爲空無一物的櫥櫃裡有一顆蘋果那才是虛妄。我們相信櫥櫃裡有蘋果，因此想吃這顆蘋果是一回事，櫥櫃裡是否有蘋果，對笛卡兒而言卻是另一回事。

判斷能肯定，也能否定。至於在人們的意志和欲求中，觀念會提供判斷的內容。只是在判斷的過程中，我們必須表明對此一觀念是非的立場，亦即此一觀念是眞實，還是虛妄。假設我們說桌上放了一顆蘋果，判斷必須能肯定或者否定這一事實。如果蘋果眞的在桌上，則判斷爲眞；如果不在，則僞。當桌上眞有這顆蘋果而判斷說沒有的，這便是虛妄的判斷。

(二)判斷和觀念

《沉思錄》蓄意要顯示什麼是眞正的判斷，因此我們勢必要對判斷的理論加以注意。當我們設想（至少在某些案例中）一個眞正的影像觀念是否會有全部判斷的內容時，我們可能便遭遇到了困難。我們通常用一個語句傳遞判斷，例如「桌子上有一顆蘋果」。這個句子看似具體，其實相當抽象。桌上蘋果視覺的影像應當不外乎顯示蘋果是紅色、黃色，還是綠色，桌子或者有桌布，也可能沒有桌布，而桌布可能有格子，也可能沒有格子等等。一個眞正的影像應當包含更多的資訊，而這個「抽象」的句子卻只提供了沒有細節的判斷。再者，例如面對一個充滿細節的男孩影像（他在院子中，長著黑色頭髮等等），我們該注意什麼事項才能答覆「這張影像代表的是什麼」的問題。我們能說「這只是一張孩子在院子裡玩耍的生活照片」嗎？假如這孩子正好是你的表弟呢？這張照片能提供他的身分嗎？顯然不可能。你當然可以毅然判斷，「這個孩子是我的表弟」——但單從影像的內容來說，這個判斷是很難獲得解釋的。

不過笛卡兒不相信他有必要從照片或影像中吸取判斷的內容。他完全不必如此做。如前所說，他相信一切觀念都是眞實的影像，而例證之一（上帝的觀念）即將成爲本篇沉思的焦點。即如沉思二中穿著外套的男人也被他認爲是代表某一概念的形象，是一個不折不扣的人類形象（笛卡兒用 concept 一詞來代表一般性的概念而從未作過正式的說明；在第四章中我們也已見到他混用 concept 和 notion 二字，正如他常把 thought 和 thing 同樣視爲思想的一種。他也沒有說明這種思想能有多少種類）。此種觀念的內容並不只限於個別、實際的事物（雖然它們已可用來做分類的工作）。而且複雜的觀念有時可以擁有多種簡單的內容。也許非影像的觀念可以與有影像的觀念結合。在有影像的觀念中，笛卡兒也會關注不同的層面，例如當我們觀察一個影像的形狀時，我們可以只專注於它的體積（7：72）。

這些事物的層面，跟前面那位男孩是我的表弟的說法是完全一致的。看見男孩在院子裡玩，並認出他是我的表弟，當然也說明了他有黑色的頭髮。這個非影像的「表弟身分」必須添加在我視覺的影像中，也就是說頭髮（包括頭髮的觀念和頭髮的顏色——黑色）也應該接受我們的關注，從而肯定了我的表弟有黑色頭髮的複雜結論。

雖然笛卡兒在書中並沒有清楚交代他判斷的理論和判斷的內容，這裡的討論足夠讓我們取得了解他的條件。沉思三中沒有答覆的一個問題：尋找觀念和判斷的虛妄，是我們心靈中一個反思判斷（reflexive judgments）的問題，例如我們判斷有一顆蘋果，或者判斷我們是否需要這顆蘋果（見5：220-221）。如此的判斷並未超越我們的心靈範圍，但作為一種判斷，它們可以顯示真實或者虛妄（真理的標準在我們此刻是否真有一顆蘋果！）。

㈢觀念的來源

沉思者現在開始發現，原來觀念根據它們的來源，有三個不同的類別。有些是「天生的」（innate），有些是「外來的」（adventitious），有些是自己「捏造的」（invented）（7：

38）。天生的觀念包含「我的能力所理解的一切事物、眞理，或者思想」。在這裡笛卡兒肯定了「我思」的推理，亦即心靈內早已存在的許多觀念，包含上列的種種事物，或者思想。外來的觀念包含那些不請自來的思想，那些沉思者始終認為存在於她自身之外的事物，例如她現在聽到的聲音，或感到坐在火邊的溫暖。捏造的觀念則有如「海妖」（siren）或者「鷲頭馬」（hippogryph，一種神話中的怪獸，有鷹的頭和翅膀，以及馬的身體）。

雖然本篇沉思的主題在質詢上帝的存在和可能的欺騙，笛卡兒還是讓沉思者著重她自己心中的觀念。她在這一階段上，仍然並不完全信任上面三種分類法；不過她承認她的觀念若不是天生，便是外來，否則便是捏造（7：38）。她開始檢驗她心中從感官部分不請自來的觀念。這個策略是合理的，因爲她過去曾經相信感官的觀念能提供外界事物的眞實性。笛卡兒也即將考問她是否任何觀念都能證明外界事物的存在。把焦點一旦放在感官的觀念是否能代表外界的事物時，她開始重新檢討早年的思維（一如亞里斯多德的學者，或者一個未經訓練但擁有良好感官感受的人），她發現她曾相信如此的觀念在她心中會造成與外界事物「一模一樣」的感覺（7：38）。

㈣外界事物和「類似性」

已如前述，「類似」（resemblance）的理論相信「那些外在於我的事物，不僅其觀念是從外來的，它們與外界的事物簡直就一模一樣」（7：35）。因此我們相信外界事物存在，而我們的觀念說明了它們身體的屬性。這種信念便曾誤導沉思者，以爲一件她「清清楚楚看見」過的東西原來並非屬實。沉思者相信這個信念的產生有三個理由：一、本性（nature）「叫我如此想」；二、感官體驗到的觀念，「並不依照我的意志而轉移，因此它們也不依賴我」；三、最顯而易見的理由，「這些事物都是與其原版或肖像（likeness）印入我的心中，而不是以別的東西印入我的心中」（7：38）。她現在發現這些理由都不足以支持「類似」理論的成立。

第一個「本性叫我如此想」的理由，意味著「自然的衝動導致我如此相信」（7：38）。我們經驗中的事物有許多屬性，其中之一便是顏色。我們「自然地」相信某些特殊的事物都有它特殊的色彩：它們的色彩與我們經驗中的「一模一樣」。你所看見的應該就是眞實的（除非由於其他的色彩理論，例如一種物理上的微細結構〔physical microstructure〕妨害了光波的反射）。笛卡兒在沉思六中解釋了這種自然的衝動：沉思者回想當她建構「類似」理論時，她外界知識的來源只限於感官，因此「它們無條件地看來與外物一模一樣」（7：75）。她天眞地認爲她的感官觀念一定代表事物的本質。這種「自然衝動」的理論被謬誤的議論不攻自破。沉思者記得她過去曾經步入歧途，因此此刻不再有理由信賴它（7：39）。

第二種理由把感官的觀念歸功於外界不招自來的事物。笛卡兒提出兩個例子，證明即使這些影像並不受制於沉思者的意志，它們仍然可能來自沉思者某種未知的官能中，而不必是外界的因素。第一，自然的衝動，不論是否有關我們的感官物體，或者我們自己的欲望和選擇，即使看似叛逆我們的「意志」，其實仍然可能是我們內在衝動的一種。第二，夢境中的觀念可以

「根本不需透過任何外物之助」而出現（7：39）。因此感官的觀念也可能像夢境一樣出現在我們的眼前。爲了這個緣故，沉思者心目中的影像有可能屬於這一類型，而她感官中的影像因此也不能證明超越於自己的心靈之外（即使她可以事後承認她的大腦正在思想一個夢境）。

至於有關這個「最顯而易見的理由」，亦即「一切事物都以其原版或肖像印入我的心中」，沉思者肯定地說，「即使我承認這些觀念是由那些異於我的對象來的，但不能據此必然推論它們與那些對象相似」（7：39）。爲了支持此一議論，她提出兩種太陽形象的例子。我們感官中的太陽在天空中看來很小。但根據天文學的推理，太陽要遠比地球爲大。她的結論是「當然，這兩種觀念都不可能符合太陽的眞相，而且理性令我相信，由直接經驗太陽得來的觀念，是兩者間最不符合眞相的一種」（7：39*）。因此即使我們感官的觀念來自外物的本身，那些觀念仍然不能直接指出事物眞正的屬性。

自然之光（7：38-39）

在討論「類似性」理論時，笛卡兒提出「自然的衝動」（Spontaneous impulse）一詞，相信它與「自然之光」（natural light）的顯示有所不同。他解釋道：

這兩種說法有天壤之別。因為自然之光使我信以為真的事物，是不容置疑的——例

> 如「我懷疑故我存在」這類的真理。因為我沒有別的能力分辨真假，可以和自然之光一樣值得信任，而我的能力也不足以推翻它所認定為真的事物。（7：38-39）

在十七世紀期間，「自然之光」的用語是跟恩寵之光或者直接來自上帝的超自然光芒的一種對比（7：148）。自然之光是自然的但屬於個人心靈內在的認知的力量。這段文字，安插在討論自然的衝動之間，含有兩個重要的意義。第一，它認爲「我思」的結論便屬於自然之光的功效。第二，它認爲「我思」的結論「不容置疑」。這是否也就是說自然之光無條件破解了上帝騙人的假設？如果我們假定沉思者的企圖在尋找堅固的知識，那麼上帝騙人的假設必須予以破解；而不能單單空口說自然之光不容許人們的懷疑。這是一個類似明白而清晰知覺品質的問題，我們在前面已經接觸到了。

這段文字的作用之一，可能是想把「自然之光」引薦爲一種功能的名目，以便繼續進行上帝騙人的調查。這種解讀是可能的，因爲本篇沉思不厭其煩地一再提到自然之光（7：40, 42, 44, 47, 49, 52）。然而它卻製造了一個新的問題，即自然之光和眞理原則（亦即明白清楚的理性感覺即是眞）的衝突。上面的引文明言「我思」的推理是透過自然之光。而較早時這個結論曾歸功於明白而清晰的知覺。如此看來，自然之光可能就是明白而清晰的知覺，只是在敘述時用了兩種不同的語詞（在幾何學論文中這個解讀也得到肯定，因爲笛卡兒把「理智的清晰」解釋爲「明白而清晰的知覺」〔7：163*, 164〕，而從未提及自然之光）。

無可否認地，這裡笛卡兒介紹了一個新的觀念，因爲他說自然之光是「不容置疑的」，同時也因爲「我沒有別的能力分辨眞假，可以和自然之光一樣値得信任，而我的能力也不是以推翻它所認定爲眞的事物」（7：38-39）。這種說法清除了我們在明白而清晰的知覺中可能帶有的疑慮：它爲我們肯定了自然之光便是一切眞理無可指責的根源。這個話題在本章結束時我們會再度回顧。

沉思者現在繼續揣摩她的心思來評價上帝騙人的假設，並且尋找立場來推論她超越自己思想的存在。她因此把我們深入地帶進了形而上學的觀念，以及它們的因果關係。

觀念中現實的層次（論客觀與形式的存在）（7：40）

笛卡兒讓沉思者從兩個角度考察她的觀念：第一，僅從她自己心靈中個人的狀況而言，而不顧及其中的內容；第二，只看她心靈中所代表的外物形象（至少看來像是外物的代表）。作爲純粹而簡單的心靈（不顧及其中的內容），她所有的觀念看來都是平等的。但這些觀念卻有不同的代表，或者看來似乎在代表什麼東西。有些觀念對她而言代表馬，有些代表房舍，有些則代表樹木、人類、上帝，或者天使。由於她目前的目的在決定是否有任何事物，包含上帝，可以存在於她之外（7：40），現在她想了解她有沒有任何一個含有內容的觀念卻不存在，除非這個事物所代表的內容可以製造一個形象。換句話說，當我知道馬的觀念時，馬一定便存在嗎？或者當我知道上帝的觀念時，上帝一定存在嗎？那麼我爲何不能爲自己捏造一些觀念？

笛卡兒藉沉思者在回想自己的心靈狀態時，設想到這種問題的出現：

> 如果只是把這些觀念當作一些意識模態來看，我認為它們之間並沒有不同或不相等的地方，反而覺得它們都是以同樣的模態從我內心發出來。可是，如果把它們當作影像看，其中有些表徵一種東西，另一些表徵另一種東西，則它們之間有著很大的差別。我可以肯定地說，那些向我表徵實在的觀念一定含有較多的客觀實在性（objective reality），而那些只向我表徵模態或偶有性（modes or accidents）的觀念，它們的客觀實在性自然較少。此外，當我想像一位至高無上的、永恆的、無限的、不變的、無所不知的、無所不能的上帝時，或是想像一位能創造祂自身以外一切事物的造物主時，我這種觀念，亦比表徵各種有限實體的那些觀念，含有較多的實在性。（7：40）

這段引文可能有，也可能沒有，爲觀念的內容作出明確的現實程度的分野（討論見下）。但我們首先必須用心觀察一下笛卡兒放在沉思者口中的一套技術語言。雖然沒有任何具體的說明，物質和模態的技術概念首先出現在沉思六（但亦見7：13）。在本篇的稍後（7：44），幾乎像是無意地，笛卡兒解釋了一種物質「可以獨立地存在」或者自去自來（除了神的特別保留

（divine preservation），有如下述）。這些例子包括石頭、馬、心靈，或者思想物，根據幾何學論文的定義，一切物質的屬性必須寓屬於該物質之內，作爲該物質的實體（7：161）。本篇中的「模態」（modes）看似是《沉思錄》中比較少見的用語（例如7：78, 165），它也沒有跟其他許多相關的用語如屬性、本質，以及偶有性等加以區分（這些用語在《哲學原理》中都有詳細而明白的定義）（8A：25-28）。爲了我們的目的，我們不能視模態爲一種物質的「分類」（例如馬的形狀、大小，以及心靈中各種的思想或者觀念）。

上面的引文還介紹了一個「客觀現實性」（objective reality）的觀念，這是笛卡兒從當時的學術界中針對「形式現實性」（formal reality）取得的用語。我們姑且先不談客觀現實性的層次，我們宜先看看它與形式現實性中間的差異。照笛卡兒的說法，形式現實性即是某物實際存在的事實（7：41, 161）。心靈中一切觀念都有它們的形式現實性，只不過都是一種心靈的狀況或模態。相對之下，一個觀念的客觀現實性則是這個物體所代表的眞實的「現實」。以馬來說，這匹馬並非奔馳在原野上的馬，而是沉思者思想中代表馬的觀念（與原野上奔馳的馬不能混爲一談）（這種用語有點含混，因爲我們今天都認爲一個「物體」一定是一種外界的存在。但若我們思考欲望的「物體」時——例如我們預測一個會奪得冠軍的球隊，事情便不同了。這個物體可能不存在，甚至可能根本是子虛烏有。在笛卡兒的語彙中，「客觀現實性」有時只存在於該事物的精神狀態中，因此也可用今天的語言說，它是「客觀的」）。

把話題收回到觀念影像或圖像的比擬。觀念的形式現實性也就有如畫布或者圖片上的現實，而客觀的現實則像是繪畫的布局，使房舍和樹木都有一個固定的表徵。雖然事實上不可能，我們不妨假設一切笛卡兒的觀念都可以用繪畫來呈現。在這個比擬中，我們再假設一切觀察都來自同一心靈，而一切影像都用同一種油彩，繪製在同一種畫布上。這樣的話，它們應該都有同一種形式現實性，因爲構成它們的物質都是相同的。只是當我們聯想到畫中房舍或樹木時，我們才知道畫布上有不同的布局。這些不同的花樣讓我們了解到觀念上客觀現實的差異。

現在讓我們再加添一個現實層次（degree of reality），或者存在層次的觀念。笛卡兒相信一切人類的觀念都有相等的形式現實性——它們都是人類心靈的狀態。形狀的觀念，以及有限的物質觀念，例如樹木和無限的上帝觀念，各有相同層次的形式現實性，因爲每一觀念都只是一個觀念，或者有限的心靈狀態。但它們各自都有一個不同層次的客觀現實性，視其代表該物或多或少的「現實」而定。笛卡兒依據他的物質／模態本體論，提出一個三階段的現實或存在的結構。在這種結構中，模態的現實性較一個有限物質的現實性爲少（作爲物質分類的模態必須依賴物質而生存），而一個有限物質的現實性，也會比一個無限物質的現實性爲少。同樣情形，模態的觀念，例如形狀的觀念，其客觀現實性會少於有限的物質，而有限物質的觀念其客觀性也一定會少於無限的物質觀念。

在沉思者沉緬於她自己心中的觀念時，這種客觀現實性層次的形而上學便是她粗淺的發現。在這同時，這種形而上學也不過只能運用在觀念和觀念的內容上；它並不意謂著物質中有無限的物質，或者除了沉思者自身之外有限的東西或物質，而除了觀念之外，也沒有任何物質的模態或狀況。我們事實上應把這種形上學針對沉思者所接受的另外一種哲學——因果定律——作一個比較。

因果定律（7：40-42）

沉思者現在把她的注意轉移到因果的關係上，她相信這個關係是由於自然之光的效應而產生的；「藉著自然之光，就可以明顯地看出，在有效而整體的動因中，至少該有其結果中同樣多的實在性」（7：40）。這裡「有效的動因」（efficient cause）即是實際產生的效果，而「整體的動因」（total cause）則包含一切造成這些效果的因素。這裡宣稱的因果律只指明動因中存在的程度或現實性，必須等於或大於效果中的存在或現實性。粗淺來說，你不可能無中生有。從存在的結構來看，較少的存在不能製造較大的存在；動因必須等於或大於效果。

假如我們有意推廣這個原則的運用，這個不能無中生有的原則其實十分契合一般哲學的原則，而它事實上也廣泛地爲哲學家所接受（在異議書中只有一個對笛卡兒一般形式運用的抗議〔7：123〕，對他特殊形式運用的抗議，也只有兩個〔7：92-94, 288-289〕）。在幾何學論文中笛卡兒曾數度把因果律視爲一種公理或普通概念（7：165），易言之，他盼待他的讀者能以「自然之光」的理由接受它們（稍後我們會討論沉思者能否在懷疑的理論，包含上帝騙人的假設、被取消前便接受自然之光的論調）。

笛卡兒不加解說地便把因果律運用在形式現實性和客觀現實性上：

> 一個觀念所包含的客觀現實性既然參差不齊，因此這種現實性一定是從一些原因來的，而這些原因中的形式現實性至少不亞於觀念中的客觀現實性。因為如果我們在一個觀念中發現有原因中沒有的事物，那麼這種事物一定是從子虛烏有來的。不過無論一種事物的存在模態如何不完美，它在我們的理解中既然能產生客觀的表徵，則我們絕不能說這種存在的模態是子虛烏有的，更不能說那觀念源自虛無。（7：41）

一件在我的理解中能存在的「東西」，對笛卡兒而言，也就是緊帶著那個東西內容的一種觀念。他所強調的只是觀念的內容，必須要有一個相等於代表該物存在程度的原因，而這個內容所需要的原因，可以獨立於該觀念的形式現實性之外（例如一種心靈的狀態）。

再回到繪畫的比擬，畫面的形式現實性說明了繪畫或畫布上的形式現實性。但這幅畫必須在畫布上安排足以表徵這些房舍或者樹木的物體。笛卡兒實際上說的，應是繪畫的組織必須包含那些能代表現實程度的複雜影像（亦見 7：14, 103-104）。我們可以這樣說，使用一種顏色，繪製一種花樣的畫，要比畫多種彩色的高山景象要容易多了。從繪製一個觀念的圖像所需要的複雜性來看，姑且拋開繪畫的比喻，笛卡兒建構了他上帝存在的證明。

上帝存在第一證明：從上帝的觀念說起（7：42-47）

上帝觀念的存在是笛卡兒第一證明的基礎。這個證明說明沉思者上帝的觀念可能存在的唯一理由，是上帝創造了祂自己。下面是他的解釋：

> 我任何觀念的客觀現實性，如果使我十分明白地認識到，這一種實在性既不是形式地，又不是超越地存在於我之中，則我自己不能是它的原因。因此必然可以推論出：我並不是世界上唯一存在的東西，一定還有別的東西存在，以作為那個觀念的原因。反過來說，我心中如果沒有那種觀念，則我沒有什麼充分的理由相信除了我之外，還有別的東西存在。（7：42）

一個可以「超越地」存在於沉思者心中的現實，她應當也能複製這個現實（在此處，亦即一個觀念的內容），即使她此刻並不實際擁有這個現實。例如：假如上帝存在，祂應當能夠創造事物，即使祂自身並不是物質的；物質的現實性應當「超越地」而不是形式地存在於上帝的身上。沉思者搜索她的觀念，希望找到一個她既非形式也非超越擁有的客觀現實性，因而說明她不可能成爲存在的原因。她把她心中的觀念分類爲有形體而無生命的東西、她自己、動物、其他的人類、天使，還有上帝。

沉思者相信有形體的東西可以從她自己的觀念中取得形狀，即使她只是用她的心靈在思想。她相信心靈（一個思想物，而無擴延的涵義）和身體（一個有擴延而不是思想之物）二者都是物質（7：43-44）。在兩種情況中，「物質」僅是一種「可以獨立存在」的東西（7：44）或者（下面即將解釋）需要一點上帝的保存才能存在（一個個別的事物可以單獨存在，即使整個世界都毀滅了）。由於心靈和身體都被視爲有限的物質，故身體的觀念應當比心靈包含較多的現實。由於沉思者可以用她有限的心靈製造她自己的觀念，她也應當可以製造一個身體的觀念，因爲身體會有比她自己更多的客觀現實性。

這個議論雖然完全符合因果的定律，卻充滿了疵瑕。因爲它假設沉思者可以利用自己的資源而創造一個身體的觀念。但假如根本沒有身體，（用今天的口語來說，）她「打哪兒找來這個念頭」，她可以創造一個擴延的觀念？面對這個問題，她無能作答。同樣的情形，她如果只能肯定一個身體的觀念，那並不足以成爲創造那個觀念的外在原因。由於她此刻不能確信任何事，她只好放棄那種想法。

上帝存在的議論便不必像沉思者那樣，必須先證明她就是身體觀念的來源。這個議論需要一個無限原因的觀念。人類和天使的觀念都不過是有限的物質，這也說明了沉思者對自己應有的警覺。然而上帝的觀念，不同於其他一切的觀念，卻有待一個無限的原因。

笛卡兒的議論要求沉思者在她自己身上找到上帝的觀念，或者「一個無限的、獨立的、有最高智慧、最高權力的、創造自己又創造萬物的存在」的東西（7：45）。此種要求面臨兩種挑戰：首先，沉思者可以坦承她沒有此種觀念；其次，即使她有，我們還可追問，一個無限的原因是否有必要。也許無限原因的物質可以從思想有限的物質得來，然後供稱上帝即是如此，除非沒有任何的限制（7：186）。

笛卡兒爲了答覆這兩種挑戰，他讓沉思者去思考有限和無限的關係。她現在肯定「我無限的知覺，亦即上帝，其實是先於我有限的知覺，亦即我自己」（7：45）。她把有限的概念預設爲肯定的無限觀念的條件，因爲她有限的觀念來自界定永恆的界限（亦見 3：547, 5：355-356）。試比較一個有限或無限空間和範圍。試想有形的區域正好是一個決定性的區域。要想把這個區域取消，你必得從思想上著手。而且我們可以爭論，區域的存在，其實只是有限空間跟它附近空間之間畫下的界限。不管這個空間有多大，它仍然只是一個假設的範圍。廣泛言之，無限的存在，只是有限存在思想中的一種暗示，它的出現只是把範圍的觀念引進前所已有的概念中，如是而已。

不過我們的兩個挑戰尚未解決。即使我有限的觀念可以成爲無限的條件，我們仍然懷疑它是否也能成爲上帝觀念的條件（以及對於有最高智慧、最高權力、能創造萬物以外的東西）。難道任何無限存在的觀念不能成爲有無限存在觀念的背景嗎？再說，即使我們承認無限存在的觀念需要一個無限的原因，這個原因必須是上帝嗎？假如一個有限的心靈可以作爲有限身體觀念的模型，也許有限身體的觀念也可以作爲上帝觀念的模型吧。

笛卡兒給這些挑戰的答覆，要求了對眞正無限存在事物屬性間的一種特殊統一性。他現在採用「最高完美的存在」（supreme perfect being）一詞來形容上帝的觀念（7：46）。在他那一時代哲學的用語中，完美暗示現實或者存在的完整性（completeness）。也許任何眞正無限的存在必須包含一切的完美，因此上帝也必須如此。這個假設我們將在下節作爲上帝存在的第二證明加以討論。

第二證明：從上帝保存的觀念說起（7：47-51）

在第一證明結尾處，沉思者因爲已漸漸得到更多的知識，開始思考她是否可能在自己的體內包含（至少潛在地）一切上帝的完美。假如有可能，她也許會在不經意之間成爲她自己上帝觀念的原因。不過笛卡兒要讓她思考的上帝觀念不是一個發展爲無限完美的觀念，而是一個永恆、至高無上的存在觀念。上帝在知識中不生長，也不發展。沉思者經驗到她自身的無知和知識的生長，只進一步證明了她不像是上帝（7：46-47）。

沉思者現在懷疑，「我雖然具有上帝的觀念，可是宇宙間如果沒有上帝，我是否還會存在」（7：48）。這個懷疑揭開了上帝存在的第二個證明：任何有限的存在可以獲得理解，只要宇宙間有一個無限創造力量的存在。

這個證明可由淘汰的程序進行。笛卡兒分析沉思者存在的原因有四：她是自己存在的原因，她的父母生了她，她來自其他不盡完美的原因，她來自上帝。他最後淘汰了前面三種原因，而保留了上帝的最後一種。沉思者不可能創造她自己，因爲假如她可以把自己從無中生有，她已經是上帝了（因爲只有無限的力量才能創造有限的存在）。沉思者還推理說，如果她有創造的力量，她將不會否認她有其他的屬性（比較容易創造的屬性），例如無限的知識，因而也能讓她感覺到她就是上帝（7：48）。

如何使一些事物創造另外一些事物的觀念，是扮演上帝時最主要的角色。但笛卡兒爲她增加一些困難。他讓沉思者思考的不是創造自己的問題，而是思考她是否早就存在了，一如她此刻的模樣（亦即是說，作爲一個思想物而存在）。但他站在形上學的立場上把這可能性淘汰了。笛卡兒爭論說，人一生的時間（即使是無限的長），

> 可以畫分為無數的部分，而且各部分並不層層相因，它們各自獨立，因此我們不能根據「我剛才是存在的」這一個事實，推論出「我現在一定存在」，除非當下有一個原因重新創造我、保存我。（7：49）

這個相信時間可以分割爲無數的片段，同時相信在任何時間的片段內，有限物質的存在並不給予它隨後的時間任何額外的力量。換句話說，事物一剎那一剎那間存在的力量，事實上也就是當它初創造時所獲得的力量。沉思者確信「保存和創造的差異，只是一種觀念上的差異，而這即是自然之光所顯示的例證之一」（7：49）。

有關保留的論點，假如把它與無限的存在才有能力創造的論點結合在一起，便能很恰當地淘汰掉其他存在原因的假設，包含父母生我，和另外一些次於上帝的因素。即使父母（一如沉思者曾一度相信）生了她的身體，上帝保存她存在（剎那與剎那間）的條件仍不可少，因爲她物質的成分和她父母物質的成分是完全相同的。任何不及全能上帝原因的存在都得依賴上帝無限力量的支持。上帝的力量是唯一可以解釋有限生命能持續存在的原因。

笛卡兒展示了另一個無限存在必須是上帝的議論。他重申一切能藉自己的力量而存在的物體，「它本身必然擁有上帝的觀念，和我歸諸上帝的一切完美性」（7：49-50）。因此，任何可以創造和保存沉思者的存在，或者創造和保存任何事物的存在，都必須是上帝。有如其他的議論一樣，這個議論把重點轉移到沉思者自己心中的完美、無限，和上帝的觀念上。現在讓我們來看看這些觀念的意義。

上帝內在的觀念（7：51-52）

第二證明開始時提出的問題不僅有關沉思者存在的原因，也有關她心中上帝觀念的來源。沉思者在本篇沉思中把這來源分類爲三種：感官的（外來的）、捏造的，和天生的（內在的）。

她淘汰了感官的說法，「因爲我不是透過感官獲得此觀念，而且它也不是意外地呈現出來的，就如可感覺的事物呈現於外在的感覺器官時，我們所獲得的觀念那樣」（7：51）。樹木、房舍、桌子、椅子的觀念可以不招自來。而上帝的觀念，顯然地，則必須要有我們的誘導才能清晰經驗到。不過想要淘汰「外來的」來源，笛卡兒還須進一步說明上帝的觀念如何可以模仿感官的事物，或者從宇宙中種種不同的事物，不管是物質的（無限的）或者非物質的（除了邪惡或魔鬼的力量），拼湊而來。

第一證明相信只有無限的存在可以創造上帝的觀念，但它也不保證無限的存在可以變成原因，或者爲沉思者心目中的上帝提供模型。在第三答辯書中，笛卡兒堅信「在外界有形的世界中絕對找不到跟上帝形象相似的東西」（7：188），這話如果可信，無限物質能作爲上帝模型的可能性也被淘汰了。不過我們還可以懷疑，假如宇宙是無限的，難道這不也是一種與上帝形象相似的東西嗎？笛卡兒似乎想給上帝觀念的無限性找到一個特定的力量和完美的形象，而無意借用很不相稱（也毫不相像）的宇宙無限觀念的延伸（笛卡兒在第一答辯書中曾爲這一觀點作過說明：宇宙並非無條件地「沒有極限」（limitless），它的「沒有邊際」（unboundedness）應該稱爲「找不到限境」（indefinite），而不是「無限」（infinite）〔7：113〕）。在沉思三將結束時，他補充地說，上帝的觀念在各種屬性中包含一種特殊的統一性（無限、無所不能、無所不知等等）；他不僅要求每一屬性有一個原因，他還要求沉思者能夠「了解」統一性的原因（7：50）。統一性的原因（依照第一證明，當然是無限的）一定也包含其他一切無限屬性的原因。但是否一切也能給她無限屬性的原因之事物擁有統一性呢？根據剛才的議論，這個答覆是肯定的。假如一個無限的原因，亦即以給沉思者上帝的觀念並且創造了沉思者本人的原因，能夠給它自己一切的完美，那麼任何無限的原因都可以成爲上帝，也可以在笛卡兒所尋找的上帝屬性中得到完全的統一（假如這一切屬性都能前後一貫地依附在這同一事物的身上）。

沉思者其次淘汰了上帝的觀念是捏造的，「因爲在這個虛構的事物中，我並沒有能力使它有所增減」（7：51）。當我們玩弄自己的幻想時，我們大可以按照自己的喜好給它加油添醋，或者任何裁割。但內在的觀念則完全不同。它是一個天生的，不可改變的觀念。在他後期的作品中，笛卡兒解釋內在的觀念在人心靈中不一定有固定的形象，而只是一種潛在的「思想力量」（8B：358）。而思想的力量，亦即理智，卻有一個固定的結構。一如他在第五答辯書中所言，「我們可以發現理智中不爲自己所知的新天地，卻不可能給它作任何的增減」（7：371）。不過這個上帝觀念需要一個特別條款。它的內容不能從我們自然有限的思想力量中產生（根據第一證明的理論），因此上帝一定得在我們的理智中形成一個無限完美存在的觀念。這個內在的（潛存的）上帝觀念有點像是「一個精巧的工匠在自己的作品上打下印章似的」（7：51）。

一如「我思」的推理需要若干內在觀念的支持，笛卡兒認爲上帝的存在也需要上帝以外（或者從上帝觀念中釋放出來的）一些內在的觀念，包含有限所賴以存在的無限觀念，統一、單純、完美的觀念，以及物質和非物質等作爲其因果原則的觀念。這些觀念必須是天生的，因爲它們不能借著感官或者想像（例如上帝和上帝的屬性）而得到表徵。至少，笛卡兒不相信無限上帝的觀念可以從有限存在的模型中得來。

在笛卡兒沉思的過程中，內在觀念是始終存在的事實。假如認知的功能不能獨立於感官和想像之外，單單把感官和想像關閉掉，他的沉思將無路可走。在形而上學的概念中，笛卡兒還沒有找到任何其他的源頭。這個局限性給了沉思三一個很大的壓力。內在的觀念不僅需要有縝密的邏輯形式，它們還在促使讀者從自己內心中找到各種內在的觀念，並可與形而上學的原則以及「自然之光」的展示相提並論。如果讀者用心讀了笛卡兒的書卻不能發現他所描述上帝內在觀念的蹤影，他的議論將失去全部的意義。若干笛卡兒的反對者，包括某些與他有相同宗教信仰的人，便否認他們擁有一如沉思者所承認的上帝內在的觀念（7：96-97, 123-124, 186-187, 307）。

上帝不是騙子（7：52）

最後，沉思者回到上帝騙人的假設。從上帝是一位無限和完美的觀念出發，她下結論說，「上帝沒有任何的缺憾」，因此自然地想到「上帝不能是一個騙子，因爲自然之光指示我們，一切詭詐和欺騙，都是由某些缺點來的」（7：52）。上帝的完美性排除了欺騙的可能。完美與善良相連結，而欺騙顯然與善良和完美背道而馳。

假如上帝不是騙子，那麼沉思一中所說「脆弱的」和「玄而又玄的」懷疑便可以消除了。這個上帝非騙子的議論在沉思四中還會再度提起，但在繼續探討前，我們不妨研究一下《沉思錄》的讀者始終耿耿於懷的一個問題。

笛卡兒循環論

笛卡兒在沉思三中引進了自然之光的觀念，或者明白而清晰的知覺，來證明非騙子的上帝之存在（7：40-50）。上帝存在和不是騙子的論證把沉思者從對明白而清晰知覺的懷疑中釋放了出來（7：35, 52）。

這個推論看來有點循環的毛病。一個肯定眞理的方法（明白而清晰的知覺）是爲了證明上帝的存在，不是騙子，可是這個證明卻依靠在這個方法上（請注意，不論笛卡兒怎樣維護明白而清晰的知覺，這個問題還是會產生；他的循環推論只是讓人看見在一般問題中，推理方法是否正確無誤）。

給循環推理首先發動攻擊的是第四答辯書中的阿爾諾：

> 我有一個擔憂，作者怎能逃過循環的指責，當他說我們看見的都是真實無妄只因為有上帝的存在。但我們肯定上帝的存在正是因為我們有明白而清晰的知覺。因此當

> 我們要肯定上帝存在時，我們最好先肯定我們有明白而清晰的知覺，而我們所見者為真。（7：214）

這篇議論的第一句話套用了沉思五中沉思者的用語，如「上帝存在」，如「一切都依賴祂」，以及「祂不是騙子」等等，還有她的結論「我們有明白而清晰的知覺而一切爲眞」（7：30）。它也重複敘述了沉思三的結論，即明白清晰知覺的重要性在它可以質疑上帝存在的調查。其次它假定「自然之光」的意義，即等同於明白而清晰的知覺，最後它指出在求證上帝存在時，明白而清晰的知覺卻沒有道出任何的功用，好像它已經證明了上帝的存在和善良。

笛卡兒對這番攻擊的回應出現在第四答辯書中（亦見於第二異議書）：

> 我在第二異議書中對這一論點已經有了恰當的解說，即列於「第三點」和「第四點」的條目之下。我在那裡清楚交代了清晰地看見和清晰地記得我看見的差異。從來我們便確定上帝存在，因為我們一再的辯論都有如是的證明；但我們隨後也牢牢記得我們清晰地看見而足以證明其為真實。當然假如我們不知道上帝存在，和不是一個騙子，這樣的議論是不夠的。（7：246）

這個答覆看似從未把明白而清晰知覺的問題列爲可疑，而當我們發現自己並沒有這種知覺時，都被視為我們可靠性出了問題。看來笛卡兒並不承認循環理論是一個問題，因為上帝的存在（依賴明白而清晰的知覺）給了沉思者一種自由，可以靠明白而清晰的記憶信賴她擁有一件她沒有擁有的東西（一切得歸功於「脆弱」和「玄而又玄」的對上帝的懷疑已經解除了）。不過這個答覆也暗示了明白而清晰的知覺並不需要正當化，即使作為調查懷疑力量的立場亦然。

這是一個避重就輕的答覆。阿爾諾責問的是明白清晰知覺的立場是否可信。我們有沒有這種知覺，與我們是否懷疑這種知覺，是兩件不同的事。他擔心的不是在面對明白而清晰的知覺時，我們在心理上是否有能力去懷疑，而是這種知覺是否真實可信。阿爾諾似乎在問，不管我們是否對它懷疑，它仍有可能是虛妄的。假如真是如此，則我們應當有理由要求在明白清晰知覺的理由之外再給我們一個有效的證明。笛卡兒沒有提供這個理由，因此阿爾諾的攻擊是正確的。

阿爾諾辯難的用意，顯示他追求的是心理上的確定性和真理之間的差異。較早我們曾經注意到笛卡兒對心理上的確定性並無特殊興趣，他把確定性看成與真理相等的事情。但即使笛卡兒相信確定性可以產生真理，阿爾諾仍然可以不予接受。笛卡兒有必要為人類的確定性（即使是明白而清晰的知覺）提供它是成為真理的準則。因此笛卡兒沒對阿爾諾循環推理的攻擊作出應有的回應。

要為循環推理找到真正的評價，應當回歸笛卡兒《沉思錄》全書的本意。在前面數章中，我們已經辨別了對理性的維護（亦即此時的明白而清晰的理性知覺），和改革形而上學時所面臨的更高目的。我們也辨別了發現理性的計畫不同於理性可靠的證明。追尋不同的目的和怎樣解讀笛卡兒的書，會使這個循環推理出現不同的用意，並且發現笛卡兒全盤計畫的成功與否。我們對笛卡兒的言論和他計畫的有無達成，到目前爲止都得到不同的看法（阿爾諾的意見便是例證之一，而他提出的問題，也正是我們的關心）。

循環推理的詮釋應當包含多方面的問題，這些問題我們都已先後提及。它們包括眞理的法則、自然之光的運用，以及上帝存在和不是騙子的證明。作爲一種輔導，我們不妨從下面四種比較突出的地方開始著手，而徐徐加入其他的因素。

㈠確定性，非眞理

我們早已知道笛卡兒《沉思錄》的目的不僅僅是尋找一個他的讀者能接受的形而上學，而是要證明給他們看，他的形而上學是眞實的。不過在第二答辯書中他有一段話聽來不像是他有一套眞理需要宣布；初讀之下，他似乎在說，他的形而上學是爲尋找人類最大的確定性。這段文字如下：

> 每當我們正確地看見某些事物時，我們自然會相信那便是真的。這種自信如果過分發展，我們將不再有機會懷疑我們的發現，也不可能發出任何疑問：因為我們已經得到了一切推理之所需。試想有這樣一個人能把我們堅信不疑的事物攪亂成上帝或天使眼中認為錯誤的東西，這個東西會不會也就變成了絕對的虛妄呢？為什麼這個

> 頗有嫌疑的「絕對虛妄」如此干擾我們，當我們既不相信它，又對它從來沒有過猜疑？至於我們這裡所作的假設，則是一個非常堅強而又很難摧毀的信念；這個信念明白說來，便是一個無懈可擊的確定性。（7：144-145）

堅強的信念等於是一個「無懈可擊的確定性」，它顯然跟「絕對的」眞和假有所不同。

如果我們接受這個差異性，那麼笛卡兒給阿爾諾循環理論的指責可以得到一個緩衝。我們姑且假設他的目的有一個完美而不可動搖的確定性（不是眞理）。明白而清晰的知覺也讓我們感受到它的確定性。假如我們沒有明白而清晰的知覺，那麼上帝騙人的假設一定會破壞這個確定性，因爲我們必須懷疑這個知覺是否可以被接受。現在我們用明白而清晰的知覺證明了非騙子上帝的存在，而我們也肯定了這項證明；那麼上帝騙人的假設不再能動搖我們。我們雖尚未證明明白而清晰的知覺爲眞，也尚未顯示上帝的證明爲眞，但我們有人類最大的確定性，因此我們達到了不可動搖的信念目標。

如果這個解讀正確，那麼笛卡兒眞的有意爲他的讀者在形而上學上帶來一分心理上的安穩，一如古代的懷疑論者尋求心靈的平安。不過不同於眞正的懷疑論者，此處心靈的平安來自讀者對形上學高度的肯定（而不是故意放過判斷）。假如惱人的懷疑還會升起，笛卡兒給他們準備好的安定劑則是沉思三中明白而清晰的知覺。

「確定性，非眞理」（certainty, not truth）的解讀，是笛卡兒循環推論非難的脫身符，因爲他放棄了矢志求眞理的誓言（7：69-70, 577-578）。代價如此之高，我們忍不住要問，這句引文眞的在判別確定性和眞理的差異嗎？請注意笛卡兒始終沒有說即使我們的結論是「絕對虛妄」，我們也不必介意。相反地，他關心的是爲何我們總是念念不忘這個「頗有嫌疑的」絕對虛妄，「因爲我們既不相信它，又對它從來沒有過猜疑」（7：145）。幾段文字後他繼續堅持說，我們清晰的知覺「並不容許我們聽信這個把我們堅信不疑的事物攪亂成上帝或天使眼中認爲錯誤的東西的人」（7：146）。隨後在回應人類的概念是否符合現實時，他認爲如果我們不相信這種概念，不唯「沒有道理」，而且毀棄了人類的知識（7：151）。也許笛卡兒目的確是追求眞正的知識，只是他不能接受這種頗有嫌疑的「絕對虛妄」作爲判斷事物的武斷的標準。

如果我們合理假設笛卡兒的用意在尋找形而上學的眞理，那麼他「確定性，非眞理」的口號其實不符合他的宗旨，也不能爲他達成求眞的任務。下面是第二個解脫的辦法，我們宜從他不必爲「絕對的虛妄」擔心的話開始。他有意重提沉思一武斷的懷疑並不敷用的話；如果沒有健全的懷疑立場，可疑的「絕對虛妄」也得不到任何力量。下面便是避免循環推理責難的第二個策略。

㈡排除懷疑

在排除懷疑的策略中，笛卡兒無意要證明明白而清晰的知覺爲眞，他只是要證明在懷疑的場所中這種知覺會經不起考驗。當笛卡兒爲自己循環推理解套時，他認眞地分辨了「有」明白而清晰的知覺，和「記得」有明白而清晰知覺的不同。他提醒阿爾諾，上帝騙人的假設起初看來十分強勁有力，只是因爲我們「記得」有此一說，而不是透過直接理性的經驗（亦見7：473-4）。文中在詳細研究上帝騙人的假設前，他指出這個懷疑的假設有「極爲詳盡」的推理，和顯然的知覺感受（7：21）。但經過調查後，我們發現這個假設有內部的矛盾：完美無缺的上帝不可能是個騙子；如此一來，懷疑的思考可以立即解除，而循環推論也（聲稱）失去效用（以第三章所用的術語來說，這種推理應稱爲「弱勢的辯護」）。

「排除懷疑」的計畫很符合笛卡兒答覆阿爾諾信件中的意圖。無疑地，笛卡兒在懷疑中不接受武斷的立場。不過我們不甚清楚上帝騙人的假設——或者其他的懷疑，例如來源的疵瑕——是否已得到共識，認爲明白而清晰的上帝觀念可以成爲足夠的理由，而把這些懷疑予以移除。要想把「完美無缺」的上帝視爲是一個蓄意騙人的人，然後再來排除上帝騙人的假設，在邏輯上是說不通的。不過這個「矛盾」要看我們怎樣看待上帝觀念中的完全無缺。我們怎能確定我們上帝觀念中的屬性確實無誤地代表上帝？我們又怎能確定欺騙和完美是針鋒相對的兩極？更廣泛地說，我們是否可以僅因爲找到了上帝騙人假設內部的毛病，便率爾把沉思一所談到的懷疑一筆勾銷。要想排除來源疵瑕的問題，我們似乎得訴諸明白而清晰的知覺，以證明創造我們的確是上帝，而不是其他充滿疑竇的來源。如此的話，爲了排除懷疑，用來證明上帝存在且不是騙子的形上學原則，必須借重明白而清晰的知覺而肯定它爲眞。看來明白而清晰知覺的可靠性又回到了桌面，而循環的推論並未告終。

(三)有利於理性的假設

假如笛卡兒相信沉思者從一開始時，或在某一階段上，便接受人類理性的假設，事情會怎麼樣發展？換句話說，假如把求證的負擔轉移在懷疑者的身上，會有怎樣的結果？若真如此，「排除懷疑」的策略再加上理性的假設，便足夠應付他的困境了。為了研究此事的可能性，我們不妨退一步，先考慮笛卡兒《沉思錄》的旨趣。

在第三章中我們談到《沉思錄》無意為理性作強勢的辯護，而只是想發現純粹理性以方便他對形而上學的改造。姑且相信這是事實。那麼笛卡兒的意圖應當不在求證理性的可靠性，而是在發掘它形上學中真正的力量。在這上面我們可以添一句話，即他之不急於為理性作強勢的辯護，是由於他相信我們能妥善利用認知的能力來找到真理，除非我們有足夠的理由不如此想。一旦懷疑的立場沒有了，那麼這樣的推理也失去了意義，所剩下來的便只有我們的假設。

在這種解讀中，笛卡兒能讓沉思者透過「我思」及其延伸的辯論，而了解明白清晰知覺的存在和顯然的力量。這個辯論現在已不僅是明白清晰知覺的證明，它已成為「我思」推論之得以成立的方法。既已發現了純粹的理性或自然之光，沉思者現在開始出發，運用這種認知的能力來評價上帝騙人的形上學基礎。用心查看之後，她發現此處並無懷疑的餘地。明白而清晰的知覺告訴我們上帝存在，並且不是騙子。如果我們認為這個議論可以成立，我們便得追問，「自然之光」的理論是否真的可以成為一般的原則，以及我們是否真的可以在自身之內找到上帝的觀念。

這個策略讓沉思三擺脫了循環推理的指責，因爲它免除了沉思者必須證明明白清晰知覺爲眞的負擔。但麻煩的是，我們得自問：一旦接受這個觀念，我們是否須要放棄人類認知本能的觀念。

在第四答辯書中笛卡兒堅信我們通常確實有此觀念，他向阿爾諾解釋爲何身心差異的證明不能在沉思二中解答，而必須等到沉思六。

> 為了證明心靈和身體之間真正的差異，我說的已經夠多了，因為我們在一般情況下都相信事物在我們知覺中相聯繫的關係，跟事物在現實中相聯繫的秩序是完全相對應的。然而我在沉思一中所提出來相當誇張的懷疑論調卻有點使我在此刻很難確定此一觀念（亦即現實中的事物與知覺中的事物是否完全相對應），除非我不知道自己便是思想的主人。（7：226）

暫時不談身心的觀點，這段文字說到「在一般的情況下」現實和知覺可以彼此相互呼應。這無異承認了理性的重要。

這段引文暗示要證明身心的差異，上帝存在和是善的觀念爲它的前提。難道笛卡兒在說他證明上帝的存在只是爲了得到明白而清晰知覺的天意保證嗎？再不然他在說他探求上帝的知識是爲了證明沉思一中「相當誇張的懷疑論調」時，事實上是可笑而且必須剷除？若是第一種情況，他已走出了自己預設的策略，但第二種情況更符合他的假想策略，值得進一步說明。

回想在談自然之光的文字中，笛卡兒說自然之光所能顯現的事物「我是不能置疑的」，因爲「我並沒有別的能力可以分辨眞假，可以和自然之光一樣値得信任，而且我的能力也不足以推翻它所認定爲眞的事物」（7：38-39）。看來自然之光値得完全信任和它不能有差錯的觀念，並沒有得到全盤的支持。它的背後一定還有其他的前提或者假設。

這段文字並沒有明言自然之光不能有差錯，它只說它的結果不容懷疑。如果說我們沒有能力指出自然之光可以有差錯，這話難道還有什麼道理嗎？它可能只是說我們不能懷疑自然之光，因爲自然之光是我們最能信賴的功能，因此必須拿來用作給懷疑的評價。粗淺言之，這即是說，理性不能把自己掩蓋。作爲懷疑的裁判，它應該超越了此衝突（不過附帶聲明，一種與笛卡兒相對的懷疑論稱爲皮浪主義（Pyrrhonian）的懷疑論，則認爲理性是不足爲恃的）。

我們在第三章中曾說，懷疑的過程必須依賴理性的功能，因爲它總是以辯論的方式出現。不過對它本身而言，它不過給我們提供了若干理由不要輕易放棄自然之光作爲懷疑理性的裁判者。它並沒有給我們任何信賴自然之光能建立肯定的形而上結論的理由。爲此之故，我們還有進一步的需求；我們也許可以把這段文字當作一種假定來重新閱讀。笛卡兒在這裡似乎在說，無緣無故地懷疑我們最佳的認知行爲是不應該的。依理而言，雖然上帝騙人的假設在起初聽來也不合理，但經過「我思」推理的明朗化後，我們已能更容易地接納它。用我們最佳的認知能力，我們知道了上帝的存在和上帝不是騙子。一旦懷疑被排除，人類理性的假設則躍然目前。

這個結論沒有循環論的弊病，雖然它仍有疵瑕，即以未經肯定的人類理性作爲證據。我們會在第七章中回到這個話題。

(四)強勢的辯護

笛卡兒最後一個目的的解讀，也暗含在阿爾諾的攻擊中。他指控笛卡兒依賴明白而清晰的知覺不僅只爲建立「確定性而非眞理」的口號，或者「排除懷疑」以便確定理性的「假設」，而是想證明上帝的存在來保障他明白清晰知覺的眞理。這便是笛卡兒「強勢辯護」的內容。

雖然在他的答辯書中，笛卡兒並沒有接受這個詮釋上的解讀，但我們知道他很清楚人類的理性是否眞實代表事物本身的問題。他提出這個假設，旋而又擱置一旁，但他在別處作了答覆（例如 7：150-151）。我們也會在沉思四至六中找到這一系列的議論。笛卡兒是否有意作出這種強勢的辯論，其實尙有待我們觀察他在形而上學計畫中所作的規範。

沉思三有幾個極爲顯著的強勢辯論的根源。「我思」延伸的辯論，如果是正確的話，將能提供獨立而毫無依傍的立場，讓我們信任明白清晰的知覺可以找到眞理的力量。這個辯論仍然是以「我思」爲理論的基礎。雖然眞理原則產生效果有待上帝騙人的假設被排除之後，我們還是可以相信，延伸辯論有足夠合理的方法來討論並取消此一懷疑的假設。沉思者可以借這個合理的方法證明上帝的存在，但上帝存在和上帝是善的觀念並不能成爲證明的條件，充其量只指出用上帝騙人這一類的假設來作爲懷疑的基礎，是空虛而不切實際的。

至於自然之光這段文字，假如按字面來推敲，它所說自然之光不能被懷疑是因爲沒有旁的機能可以擔當複覈的工作。也許笛卡兒想要說明的，正是自然之光這種「至高無上」的地位成就了它無可懷疑和絕對的眞理。只是像這樣的辯論很難讓人心悅誠服。一個能判決眞僞的機能，不一定同時也是眞理的製造者，或者一如笛卡兒一再主張，也能爲一切事物承擔其形而上學的意義。這段文字預示了另一爭論：在沉思六中，笛卡兒宣稱上帝是我們各種機能的提供者，也認爲由於我們沒有複覈自己的功能，因此我們必須信賴上帝的賜予，因爲上帝不是一個騙子（7：79, 80）。如此看來，這些文字也預告了他後來明白清晰知覺的神聖保證。根據這個策略，上帝存在和是善的證明，也是自然之光和明白清晰知覺能製造眞理的保證。

這個強勢辯護的議論，肯定了人類尋找理性並證實形而上學第一原則的絕對的能力。這些原則不僅包含上帝和祂屬性的存在，同時也包含一切事物的本質。這都是笛卡兒瞄準的目標。不過話說回來，這些支持強勢辯護的理論，不論是訴諸上帝，還是依賴我思的延伸觀念，都還是一種循環推理。尤其是延伸議論，它幾乎可以跳出傳統的笛卡兒循環，並無睹於上帝的保證，便能獨自建立明白而清晰知覺的眞理。畢竟，除了用明白清晰的知覺作爲理由，我們還有其他的辦法來看待這個延伸的議論嗎？任何評估都不能只包含懷疑的因素，而宜建立一個辯論的眞理來支持對此議論全面性的審查。

沉思四和五還有與循環論相關的討論。在進入討論前，我們宜把上述的四種策略牢記心中（尤其是後三種）。我們還宜考慮除此之外，笛卡兒對此問題是否還有其他的意見。

參考書目和進階閱讀

沉思三有許多論點著重於證明上帝存在的形而上學的機制——正式和客觀現實的觀念，以及因果定律——當然還有喧囂入雲的笛卡兒循環論。較好的研究成果有 Curley, Flage/Bonnen, B.Williams，以及Wilson的書。在 Dicker 鞭劈入裡也平易近人的著作中，還包含了「我思」的延伸議論。笛卡兒「從結果」證明上帝的存在一般說來，應該屬於阿奎那斯的方法。對阿奎那斯而言，「結果」包含世界的改變、偶發事件的存在，和世界秩序的存在；此種議論見 E. Gilson, *Philosophy of St. Thomas Aquinas*, E. Bullough 英譯本（Cambridge: Heffer, 1929），chs.4-5。笛卡兒的第一證明，不同於阿奎那斯的自然和自然秩序為中心的方法，是採用人類心靈中的上帝觀念。他的第二證明立足於有限的存在，則較接近於阿奎那斯。兩種證明都反應了奧古斯丁的理論，即以人類不完美的心靈而跨進人類無限的心靈天地，作為了解我們有限性和不完美性的藍本（亦見 7：53）。有關笛卡兒思想和奧古斯丁的關係，見Menn, *Descartes or Augustine*。存在結構的觀念在第一證明中可以看見柏拉圖和亞里斯多德的影響；談論亞里斯多德背景的文字，請參考 E. J. Ashworth, "Petrus Fonseca on Objective Concepts and the Analogy of Being," in Easton（ed.）, *Logic and the Workings of the Mind*, pp.47-63。笛卡兒的形上學和經院派形上學系統的研究，見 J. Secada, *Cartesian Metaphysics: The Scholastic Origin of Modern Philosophy*（Cambridge: Cambridge University Press, 2000）。

討論笛卡兒循環論的文獻甚多，且參差不齊。W. Doney（ed.）, *Eternal Truths and the Cartesian Circle: A Collection of Studies*（New York, Garland, 1987），蒐集了不少精粹的論文。L. Loeb, "The Cartesian Circle", in, pp.200-235，是研究確定性和真理問題的入門之作。Frankfurt, *Demons, Dreamers, and Madman*, 相信笛卡兒追求的不是古典的「一模一樣」觀念下的真理，而是真理的相關性（放棄了相似性而接受事物間彼此相互照應的觀念）。一個較早對循環論的回應叫作「記憶的防禦」是一個不甚能立足的理論：評論的文字請見 Frankfurt, "Memory and the Cartesian Circle"，刊登於 *Philosophical Review* 71（1962）, pp.504-511。

第六章　判斷、錯誤，和自由

沉思四：眞理和錯誤

在沉思三的結尾處，沉思者曾說上帝的完美性和欺騙性互有矛盾，因此上帝不可能是騙子。沉思四將深入追蹤此一結論。除此之外，「要旨」也保證在本篇沉思中將證明「我們明白而清晰地思想到的一切事物，都確實是存在的」（7：15）。這話無疑暗示了眞理原則的眞正辯論將出現在本篇之中。果不出所料，本篇沉思察看了遠遠超出上帝的完美性和欺騙性的問題。也相信作爲造物者的上帝，加上完美無缺的屬性，一定能創造我們，使我們避免犯錯，而且認識眞理。本篇沉思除了拋棄上帝是騙子的可能性外，還相信上帝保證給了我們一種判斷的官能，並讓我們找到眞理。

非物質事物無形象的檢討（7：52-53）

沉思四劈頭便回顧了沉思者著稱的認知能力的狀態。她正式宣布她知識論上的成就：「過去幾天來，我已慣於使自己的心靈超脫於感官之外，結果我精確地觀察到，我們對於有形事物方面所知甚少，但是在心靈方面，所知的就比較多，而且在上帝自身方面，所知則更多」（7：52-53）。

她不僅獲得了許多有關上帝和心靈的新知識，她還找到了求知的認知過程新方法。她現在還「可以輕而易舉地使自己不把心思放在可感覺、或可想像的對象上，而是自然然地思考那些超越物質純屬智慧的對象」（7：53）。雖然此刻她尚不能清楚把人類心靈和物質分開，她心靈的觀念已屬於非物質（immaterial）的一種。她已能把心靈「看作是一個思想物，並沒有長、寬、深的擴延，也沒有物體的任何性質」（7：53）。

從沉思三開始，她也自信得到了肯定上帝存在的信念。她並說「從思考真正的上帝」，她現在可以「進而獲得天地間其他事物的知識」（7：53）。

上帝不是騙子（7：53）

她首先重複敘述了沉思三簡短的結尾，不相信上帝會騙人：

首先我就發現祂從來沒有騙過我，因為凡是欺詐的伎倆，都必然會有一種不完美性：儘管騙人似乎也可表示一種巧智和權力，可是想要騙人，卻分明是有缺點、有惡意的證據。（7：53）

上帝不會騙人；而且即使有機會而祂也願意，祂也不會用行動來欺騙我們。這樣的說法當然排除了上帝可能用正面的干涉而擾亂我們知覺的假定（見第三章）。不過假如眞有其事，那麼上帝不是騙子的事實也不能提供正面的證據，來說明明白而清晰的知覺是眞實的事實。它最多只能說，萬一我們眞的靠自己的能力找到了眞理，上帝大概不會乍然出現，而把我們加以蒙騙。

精神力量的涵義（7：53-56）

在進一步思考上帝的完美和人類的錯誤時，沉思者回顧了沉思一的話題，即她心靈原本的狀態和認知的機能。她聲稱上帝是人類心靈的創造者，同時堅持上帝完美和欺騙爲南轅北轍的信念，她發現了人類認知能力完全値得信賴的理由。

笛卡兒讓她作出以下的聲明：

> 其次，我知道自己具有一種判斷的能力，而且深信這種能力是從上帝來的，就像我所具有的其他一切性質一樣。既然祂不可能有騙我的意圖，因此毫無疑問的，祂所賦予我的能力，如果運用得宜，就絕不會使我犯錯。（7：53-54）

這已不再是蓄意干擾的問題，而是對認知能力的形成和結構的了解。上帝創造了我們，一如沉思者在沉思一中所接受的證明。但上帝不騙人，因此祂也不會交給我們一些足以導致錯誤的機能。這無異是說，假如祂給了我們足以導致錯誤的機能，祂應該爲這些機能負起責任，因爲祂是我們的創造者。

到目前爲止，這個議論還沒有指出我們的機能可以找到眞理，不過由於我們有本領避免錯誤，這樣找到眞理的構想，很可能會在別處實現。例如上帝給我們的機能即使有其局限性，祂還可以給我們一種動力，讓我們在眾多的可能性中選擇中立。如此的話，我們尙能在緊要的關頭作合理的磋商；只是我們不宜肯定任何事物的眞僞，以便避免錯誤的判斷。不過沉思者在她的分析中堅信，這恐怕還是因爲她想發現上帝和求眞精神力量之間的關係。

她現在開始考慮的問題有點接近神學中罪惡的問題。假如上帝是完美的而又無所不能，世界上爲何還有罪惡？假如上帝不是騙子而又無所不能，爲何祂不讓我們永不陷入錯誤？不幸世界有罪惡，而我們也充滿錯誤。

爲了答覆這個問題，笛卡兒引述了兩個有關罪惡的標準看法，二者都來自奧古斯丁的新柏拉圖神學理論。第一種看法不以爲罪惡是一件眞實存在的事物。它只是善良的缺乏；它沒有什麼確定的品質，它有的只是「虛無」（nothingness）或者「非存在」（non being）的形式（7：54）。因此嚴格說來，上帝沒有創造罪惡（因爲罪惡並不實際存在）。再說，即使祂眞的要創造罪惡，祂將無可避免地也會創造擁有虛無的事物，因爲任何不完美的事物都擁有非存在的特質。只有上帝擁有全部的完美，因此任何祂創造的事物一定遠遠不及祂的至美和至善。

爲什麼一位至美至善的造物者會創造出不夠美也不夠善的事物來呢？下面便是笛卡兒第二種的看法：宇宙間充滿了各式各樣的事物，有些距離完美較近，有些較遠。這樣的宇宙其實比只有清一色完美的事物爲好。正如沉思者在本篇將結束時所說，「宇宙萬物參差不齊，有些能免於錯誤，有些則不能倖免，那正是宇宙之所以如此完美的原因，而且這總比萬物千篇一律更爲完美」（7：61）。種類繁多是創造的特色。而繁多的種類中包含時時犯錯的事物也比千篇一律的世界更好（假如這個辯論不能成立，笛卡兒大概會訴諸我們的無知論，而認爲上帝的計畫不是我們的知識領域所能理解的〔7：55〕）。

這兩種看法並沒有解答全部有關錯誤的分析。笛卡兒解釋說，所謂的錯誤是在我們不該犯錯時所犯的錯。錯誤並不牽涉對與不對；它是當我們可以避免犯錯時卻沒有避免：「錯誤並不是一種純粹的否定（pure negation），而是缺少一些我該有的知識（privation）」〔7：55*〕。這裡提出來的「錯誤」並不等於錯誤的判斷。錯誤的判斷是認知錯誤上必要但非充分的條件。與道德上的錯誤相比，我們只在判斷錯誤時犯錯，雖然這種錯誤應當都是可以避免的。在這樣的觀念下，當我們的錯誤判斷無法避免時，我們的錯誤不算是錯誤。我們不能盼望一個有限的存有知道一切。而且，在繁多種類的世界中，我們不能相信上帝應該給我們多於我們擁有的知識。依照笛卡兒的看法，這個問題不是我們應該知道更多；他所謂的「缺少我們該有的知識」所造成的錯誤，應該作超越尋常（超越是與非）的觀念來了解，亦即當下判斷時我們「應該」做些什麼，俾使我們不違反其中的原則而犯下錯誤。

笛卡兒相信全能的上帝一定可以幫助我們使我們永不判斷錯誤，因此在認知的功能上給我們保障（例如祂可以爲我們事先設計好一套正確的答案）。那麼爲何祂還是讓我們在判斷上一錯再錯呢？笛卡兒的答覆還是套用了奧古斯丁的思想，錯誤的判斷來自一件上帝賜予我們的恩寵：意志的自由（freedom of will）。既然我們有時運用自由來裁判一些我們並不很明白清楚的事物，我們當然會出錯。這個論調容許笛卡兒肯定上帝給了我們一個完全清明的理智，只要我們使用得法，我們永不犯錯。他把一切錯誤判斷的責任推卸到我們的身上，亦即我們的自由意志。這些導致錯誤的知識缺乏，源於我們作了一些不該作的判斷，而所依賴的只是我們的自由，加上有限的理智。

判斷分析：理性和意志（7：56-57）

下一步對錯誤的了解需要先對判斷的出現作一解釋。判斷依賴兩種功能，「理解」或「認知的能力」，和「選擇能力」即「自由的意志」（7：56*）。理性是一種認知的能力或其代表；它能發現觀念（並能覺察觀念中客觀的現實性或內涵）。意志則可以肯定或否定這些觀念中所代表的意義。唯有當意志採取行動之後，判斷才會發生。因爲技術上說，虛妄只出現在判斷中，而虛妄實是意志對理性所代表的眞實性作肯定或否定的表示。理性不能犯錯，因爲它不能斷言虛實。

沉思四提供的僅是理性和意志在判斷時所發生的互動。理性扮演的角色是「使我看見觀念受制於判斷；而如果用這個角度來觀察，則它不會犯下過失」（7：56）。意志則反應理性所代表的思想。它可以從判斷中肯定、否定，或者保留這些思想（7：57, 59）。

笛卡兒的判斷論述可與亞里斯多德的經院派思想作一比較，也可與《沉思錄》其他部分作一對照。在標準的經院觀念中，理性是判斷的工具。它能肯定，也能否定。它還能預見並充當邏輯的聯繫，例如演繹法中的推理。在笛卡兒的論述中，意志，而非理性，才是判斷的工具。只不過他賦予理性一個觀察和觀念之間聯繫的工作，一如當我們觀察一個三角形時，我們會發現這個三角形種種的屬性（7：64）。唯有當意志肯定或者接受這些聯繫時，我們才能判斷。

依照笛卡兒的看法，我們對事物的觀念即代表事物的屬性。我們看見的三角形本質上有三個邊、三個角，是一個封閉而平面的圖形等等。那麼這種有限物質明白而清晰的觀念，有如三角形，代表它們可能存在；當我們觀察這些觀念時，我們則可以肯定它們的存在（7：263）。其他的事物，例如有著獅頭、羊身、蛇尾的噴火怪獸（chimeras）我們會認爲不可能存在（7：383）。而且，理性可以看見觀念與觀念之間的關係。例如它能看見上帝的完美和不會騙人，因此相信上帝不是騙子。

意志的角色是當理性看見這些觀念時予以肯定、否定，或者保留。因此對一個三角形和兩個角的觀念，意志可以肯定，也可以否定，除非它認爲這兩個角是兩個直角。當噴火獸的觀念出現時，意志也可以肯定或者否定，假如它相信噴火獸確實存在，或者根本不可能存在。當一系列的觀念得到上帝不是騙子的結論時，意志當然也可以肯定或否定這些觀念有沒有達到預想結果的可能。但意志不能在「見到」這些觀念之後才來作評議，笛卡兒認爲只有理性才有「見到」事物的知覺。因此當我們追究意志如何與理性的知覺互動，以及如何犯下錯誤之前，最好先了解一下眞和僞的概念。

錯誤不牽涉（也不等於）錯誤的判斷，那麼什麼是眞與僞所包含的因素呢？笛卡兒的答案是從亞里斯多德到康德以來都認爲最標準的答案。在一六三九年寫給梅色納的信中他說，「嚴格說來，眞理便是事物與它的思想密合無間的表態」（2：597）。對一件實際存在而有某些特殊屬性的事物而言，眞理包含這些事物的存在和在存在時所具一切屬性的表徵，而虛假則是事物的非存在性，或者即使存在，卻不會有這些事物應有的屬性。我們即將在沉思五中談到，笛卡兒相信我們可以對事物的本質作正確或錯誤的判斷（7：64），而不一定要肯定或否定該事物存在與否的事實（暫時排開上帝的問題）。幾何學的事物都有其本質，但對這些本質的誤解或者否認它們擁有這些本質，都可以造成錯誤的判斷——有如我們肯定兩隻小角之和一定等於第三隻角，或者否定畢達哥拉斯定理（即勾股絃定理）（7：244）（笛卡兒認爲我們對某一事物有明白而清晰的知覺時，我們不會犯錯。不過那是另一個問題了）。

錯誤與「上帝是善」不相違背論（7：56-62）

笛卡兒的責任在提供一種人類錯誤的分析而無傷於上帝是善的信念。沉思者因此也需要在上帝至美至善的觀念中肯定人類的機能仍然「有它完善的地方」（7：55）。人類的理性和意志，從它們的本身來看，應當沒有疵瑕。她現在需要尋找的是理性和意志互動時的狀況，而不是錯誤的本身。她想找到一種「我該有」但卻沒有的知識（7：55*）。

沉思者相信理性的自身是完善的，亦即是說，它在我們的身上該有多好便有多好。由於理性是有限的，因此它也不可能包含一切事物，何況有些事物的觀念，尤其是與感官相關的，常都是混淆而模糊。事實上，誠如沉思三所說，有些感官的觀念被稱爲是「物質上的虛妄」，意謂它們會從物質的一面導致我們錯誤的判斷（7：43）（此種判斷發生在「相似性」的議題中——即當我們看見外貌有顏色、聲音等次要條件相似時所下的結論）。然而無論怎樣說，這不能算是理性有缺憾的證明，它只不過是受制於本身的有限性（7：60）。這種有限性，按照沉思者的推理，不應當造成判斷的錯誤，假如我們懂得怎樣正確運用理性，亦即理性所擁有的明白而清晰的知覺的話。

意志也有它的完美性。換句話說，我們是絕對地自由。沉思者肯定地認爲我們能有多自由便有多自由，「在我的一方面，唯有意志或者自由選擇（freedom of choice）是我經驗過最廣大、最不受限制的，以至不能再設想另一個更廣大而更無限的意志觀念。因此，只有我的意志能令我領悟自己與上帝有某種相似的地方」（7：57）。意志包含「我們的能力選擇做某件事，或選擇不做某件事（有能力確認它或否認它；追求它或避免它）」（7：57）。只要外界的力量不來約束我們，我們是自由的。我們的判斷，由於是由意志決定，因此都是我們自己決定的（這並非意謂是由我們的天性所決定——笛卡兒特殊的自由概念將在下節討論）。

在笛卡兒的觀念中，錯誤的罪魁不是理性，也不是意志。正確地說，錯誤源於它們之間關係的差失。意志的自由太大，它氾濫了理性明白而清晰的知覺範圍；我們的判斷便是在不夠明白、不夠清晰的狀態中作成的。

> 那麼錯誤從哪裡來呢？究其實，這只是由於我沒有把意志限制在理解能力的範圍之內，而把它擴展到我所不了解的事物上。意志本身既然對此漠不關心，於是就會把假的當作是真的，把惡的當作是美的，結果很容易使我犯錯和犯罪。（7：58）

完美的上帝給我們的官能，如果運用得當，應該能使我們免於犯錯。一旦我們越軌於明白而清晰的知覺之外，我們便會犯錯。這是我們自己應該負責任的地方，因爲判斷是我們的選擇。當我們缺乏明白而清晰的知覺時，爲了避免犯錯，我們不應該作任何判斷。有一種錯誤卻不是單純的錯誤判斷：那是我們在錯誤蔓延的狀況下作判斷而犯下的錯。

這是我們的責任，因爲我們太隨便了。即使我們的官能是上帝設計的，上帝並不會爲我們過分的隨便而擔負起我們錯誤的責任。在談到這些細節時，笛卡兒認爲意志不可能是絕對的完美，因爲它只有有限的知識，除非它可以使我們得到明白而清晰的知識（7：60）。看來我們並不眞正自由，除非我們從不犯錯！然而困難來了。上帝並不贊同我們爲了避免犯錯而不作判斷。因此我們不能明白爲何上帝能容忍我們犯錯而仍能希望我們找到眞理。

在沒有明白而清晰的知覺中，上帝的譴責來自理性和意志間相互的關係。笛卡兒不唯相信我們的自由意志可以在知覺不甚明白清晰時不作判斷，也認爲即使知覺清明，意志仍然可以不予肯定。

> 我在近日探究世界上是否確有事物存在時，發現有我這個人來探究這個問題，故此很明顯的，我必然存在。我所以能如此明白地判斷自以為真實的事理，並非由於外在任何原因迫使我，乃是因為我在極明白地理解後，就會產生強烈的意志，而且我對此事理越不中立，就越能自由、自發地相信它。（7：58-59）

由於理性的導引，意志總是傾向於眞和善（意志之傾向眞和善，有點像食欲的傾向美食）。在明白而清晰的知覺中，它幾乎無可避免地選擇眞。如果我們「不得不判斷」某些知覺是否爲眞，我們一定會誤以它爲眞，雖然它實際上非眞。由於理性和意志都是上帝的創造，而且把它們緊緊形影相隨，祂應當爲我們把假知覺視爲眞知覺的過錯承擔責任，因爲這是一種設計上的弊病。

這個答案解釋了上帝爲何有責任給我們明白而清晰知覺的眞實性。祂把我們做成這樣，我們「不得不」肯定它。不過這卻衍生了一個新的問題。假如我們不得不（有充分理由地）肯定明白而清晰的知覺，我們還有多少自由可言？下面是笛卡兒自由意志的理論。

意志的自由（7：57-59）

在討論判斷和錯誤時，笛卡兒給意志和意志的自由作了一段描述：

> 所謂的意志，只是說我們有能力選擇做某件事，或者選擇不做某件事（有能力確認它或否認它；追求它或避免它）。或者只是說，在確認或否認，追求或避免理解所提出的任何事情時，我們只是自由行動，並沒有意識到有任何外在的壓力，決定我們趨向某種特殊的行動。（7：57）

許多讀者在這段文字中找到笛卡兒兩種不同的自由概念。第一種是「不關心（或「中立」）」（indifference）的自由，這種自由讓我們隨心所欲地作任何決定，亦即在一個特定的事理中我們可以選擇走任何一條路。第二種概念的自由，不同於被迫或受外界事物的約束，是只根據自己的意志而作下的選擇。這也叫作自發的自由（freedom of spontaneity）（「自發」意謂自我的行動，不待外求）。按照笛卡兒的敘述，這種自發的選擇可以完全由我們的天性來決定。一如他在第二答辯書中所言，「思想物的意志看來是自願和自由的（那也是意志的本質），但它仍然無可避免地來自一個清晰已知的善良」（7：166）。無可避免意即不得不選擇。因此這第二種概念的自由是即使我們不得不選擇，只要這個選擇發自我們內在意志的天性，我們仍然是自由的。

㈠相容性和不相容性

如果我們分別考慮這兩種自由的概念，我們難免會面對現代人愛問的相容性（compatibilism）的問題。主張相容的人會認為意志的自由和決定論（determinism）並不互相矛盾。這便是笛卡兒所說的第二種概念。但一個主張不相容的人則說，即使發自我們的天性，自由仍然可以接受也可以不接受外界的干擾。自由意謂我們可以選擇與我們的選擇背道而馳的東西。笛卡兒看似二者都同意，因此相容性和不相容性變成了他自相互盾的概念。

不過我們應當注意的是，上述兩種自由的概念，只有在當我們把第一種概念視為自由的一般定義，或者相信它是自由必要的條件時，才會產生矛盾的感覺。但我們無需如此做。笛卡兒始終相信自由和內心的選擇是不相悖的，他也相信在某種情況下，我們可以不依照內在的決定而作選擇（即不依照清明知覺或其他因素的決定）。他可能也肯定了自由和內在決定的相容性，而我們也並非總是用一種方式決定事情。

無疑地，笛卡兒相信自由能與內在的決定性相容，下面的引文便是證明：

> 因為自由的成立，並不需要我們對於兩種矛盾採取中立的態度，不僅如此，我愈偏向一邊——不論我之偏向是由於我明白其中含有真和善，抑或由於上帝內在地決定我不思想——就愈自由地選擇和接受這一邊，況且神聖的恩典和自然的知識不僅沒有削減自由，反而增加和強固了自由。雖然我因缺乏理由而不偏向任何一邊時，就會意識到一種中立的狀態，可是這種狀態只是自由最低的程度，只是以表示我的缺點和知識的否定，不足以表示意志的完美。因為假如我經常明白地知道什麼是真的、善的，我應該能很輕易地決定自己應該下什麼判斷，作什麼選擇，我因此仍是完全自由的，斷不會陷於中立的地步。（7：57-8）

用這種角度來看，當我們有自己的選擇，我們便是自由的。這個選擇可能完全決定於眞或美的明白的知覺。運用自己的意志便是自由，雖然這種意志並非全無內在的結構。事實上，笛卡兒相信人類意志的本質是傾向於眞和善的。正如他在第六答辯書中說（辨別人類的自由和神的自由），「至於人呢，由於人的善良和眞實早已被上帝決定，而他不能把這些功能轉移在任何其他的事物上，因此顯而易見地他一定會全心全意，也可說是更自由地，抓住他的善和眞，毫釐不爽，一如他清明的知覺所能察覺」（7：432）。我們當然會自然而然地選擇眞和善，別無他途，尤其是有明白而清晰知覺的指引。

在這同時笛卡兒也承認，當人中立於兩種概念之間時仍然是自由的。在上面的引文中，這種中立的狀態被稱爲「是自由最低的程度」。

在一六四五年給耶穌會士麥朗（Jesuit Mesland）的信中，笛卡兒介紹了「中立」（indifference）的兩種意義（4：173）。第一種強調我們的知覺並無偏頗；由於外在事物並不誘惑我們的意志，因此我們是中立的（這種中立並無不同於意志在選擇時被其他因素的干擾，例如習慣）。他告訴麥朗上面的引文便是他的心聲。在同一信中他道出「中立」的又一種意義，即「在兩種互相矛盾的事理中，個人選擇其中之一的絕對的功能」。在某種情形下，這是意志在絕無外界干擾時導致意志去作選擇的能力。在第五答辯書中他肯定意志有時還「有自由在選擇時不受理性的影響而自作主張」（7：378）。的確，在給麥朗的信中，他允許我們在明白而清晰的眞和善中「不發一語」，「假如我們如此做只是相信這是一件好事，並且證明我們意志的自由」（4：173）。在前一封信中，笛卡兒已經說過我們可以偶爾保留判斷。既然他承認意志在明白而清晰的知覺中不可能不受到影響，他主張一旦我們清白的知覺漸漸模糊時（或者，在目前的案例中，當知覺尚未完全清醒時），我們可以保留判斷，而讓理性出面處理（4：115-116）。這種說法可能會構成懷疑的理由（例如在數學的命題中），或者我們的自由尚有缺失的證明。

(二)自由的選擇力量

看來笛卡兒接受兩種辦法：在中立的狀態中，我們可以不作抉擇；在明白而清晰的知覺中，我們選擇自己內在的決定。那麼笛卡兒豈不是有雙重的自由概念嗎？完全沒有。正如他對麥朗的解釋，這兩種狀態都說明自由擁有自我決定的力量——因爲即使是內在的決定，也都是各人自己所作的決定！

因此，由於你並不單單認為自由可以中立，而且還是一種真正和絕對的自我決定的力量，那麼這二者之間的差異應當只是語言，因為我同意意志有此力量。不過我倒看不出這會造成什麼不同：中立的力量（你認為不夠完美的力量），或者不中立的力量（當這人的理性空無一物，除非他充滿了自然之光，一如備受祝福、享盡恩寵的人）。因此我用一般的概念來稱謂任何的自動自發便是自由，而你卻只把自由限制在中立時自我決定的一種力量。（4：116）

對笛卡兒而言，內在的決定來自意志對「充滿了自然之光」的理性反應（7：59），或者來自面對中立時自我的決定（上述第二種全無約束的概念），結果都是一樣。二者皆是自由。主張不相容的人所關心的事，不是笛卡兒的關心。但二者皆不否認有不作選擇的力量。

笛卡兒給麥朗的信頗爲有趣。他認爲選擇的力量不一定牽涉到每一案例中個別選擇的方法和能力。要了解這話怎麼講，我們姑且斟酌一番下面的一句話：「我們要什麼，我們就選什麼。」這話相當詭異而含糊。它可以說：我們可以選擇任何事物，選用任何方法，它暗含的意思是，我們的意志是自由的，唯一的限制是我們究竟能看見多少我們想要的東西。但這話也可能說：我們可以選擇實際上我們想要的東西（即使這個需求是我們的天性決定的）。它暗藏的意思是，誰也阻擋不了我們的選擇，即使我們的意志有意要選擇另外一些它自己想要的東西。對笛卡兒而言，我們要的（肯定的或追求的）是眞和善。在他眼中，意志的自由只是在不超越意志天性的範圍之外，沒有外在的約束可以阻止我們取得我們實際所想要的東西。不過前一種自由的選擇，選擇任何我們想要的東西，只限於意志不受約束的狀況。

㈢造成錯誤的自由和知識欠缺

假如我們相信，我們給笛卡兒自由概念的解讀是正確的話，那麼在沉思四中他既採用中立的立場，又不排斥決定論的立場，顯得有點複雜而古怪。不過他這樣做不是沒有道理的。他需要雙方的立場來幫助達成他形而上學的目的。他需要上帝負擔我們明白而清晰知覺的責任，而在這同時則把我們犯錯的責任交還給我們自己。要做到第一點，人類不能在任何情況中利用保留判斷的行爲而臻於不犯過失的地步。如果我們（在自由的意志下）想肯定上帝明白而清晰的知覺爲眞，則上帝難免要負起欺騙的責任，因爲祂把明白而清晰的知覺變成虛妄。然而爲了維持上帝完美的形象，上帝替我們的過失負責任的觀念必須解除。中立的自由便能做到這一點——雖然我們難免要問，在本篇上面的引文中所談到的弱勢中立態度是否能恰當地支援責任的觀念。不論怎樣說，笛卡兒的立場是，我們必須爲我們在肯定或否定條件事物時所作的錯誤判斷負起責任來，即使我們的意志還未被「拖」進明白而清晰的知覺中。

笛卡兒知道在某些案例中，意志並非被迫而採取中立（上述的第一種意義）。如此的中立也根本不需要任何理由來「拖」意志走上某一方向，更恰當地說，它還包含「在每一案例中當理性還沒有得到充分的知識時，意志便已開始行動了」（7：57）。意志有時可能使用猜想，但對猜想置疑的「有限知識」應該會促使人們保留判斷（一如沉思者「在過去幾天來」所得到的經驗）。

我們現在必須面對私人行爲或者知識欠缺時犯下的錯誤。我所指的不是錯誤判斷中所呈現的「知識欠缺」（privation）；相反的，我指的是沒有肯定並依循明白而清晰知覺的原則而犯下的錯。

> 不過，如果我對任何沒有明白而清晰地了解的事物不保留判斷，乃是正確無誤的，而且亦不會犯錯，可是如果我在這時決心要確認或否認，那麼我就沒有正確地運用自由意志，因為萬一我把錯誤的反認為是正確的，那很明顯的，我是犯錯了。此外，即使我的判斷合乎真理，但如果只是碰到運氣，則我仍免不了因誤用自由而受

> 責難，因為按照自然之光的指示說來，理解的知識往往應該在意志的決定之前。因此，誤用這種自由意志，就會產生知識欠缺的現象。（7：59-60）

我們這裡的「知識欠缺」肇因於意志不能遵循明白、清晰知覺的原則而下判斷。在面對不確定時，我們理應保留判斷，而不宜使用錯亂的知覺、習慣，或者過去的意見。因此我們最要緊的事便是肯定我們明白而清晰的知覺（這個原則在我們的每日行事中幾乎是很難辦到的〔7：149, 248〕）。

這種立場並不是沒有困難。笛卡兒承認一個萬能的上帝可以給我們自由而仍然不讓我們犯錯。上帝可以「至少使我有能力牢牢記得，在未確實知道眞相時，絕不要下判斷」（7：61）。爲了解答此一難題，笛卡兒有兩個辦法。回歸上帝囊括一切我們的無知論（此即上帝的神祕論，7：55），或者肯定完美來自複雜的創造，而我們無權抱怨爲何上帝不把最完美的性質授予我們（7：61）。雖然如此，笛卡兒運用兩種自由的概念把上帝的完美作成眞理的保證，同時還讓我們自己負起錯誤的責任，他的微妙和技巧，可謂巧奪天工，令人讚嘆。

明白而清晰的知覺為真（7：62）

在沉思四的結尾處，笛卡兒回到了明白而清晰知覺的眞實性，並且毫不遲疑地透露他將爲我們取得神聖眞理的保證：

> 因為凡是明白而清晰的概念都無疑是一種東西（something），所以它不能從虛無（nothing）中產生，而必然的上帝是它的創造者，這個創造者，我已說過，是最完美的，所以如果我們說上帝會騙人，那當然是一個矛盾。因此我們的知覺是無可懷疑的真實。故此我今天不僅學到要怎樣地小心才能避免犯錯，我還懂得要怎樣做才能找到真理的知識。（7：62）

明白而清晰的知覺是上帝的擔保。這項擔保不唯排除了上帝會突然從中插入來詐騙我們，還指陳了上帝創造人類清明知覺的責任，以及意志不得不唯命是從的狀態。

真理原則和意志

在沉思四的異議書中，伽桑狄堅持笛卡兒必須提供一個方法來爲我們在沒有明白清晰的知覺時找到明白而清晰的知覺（7：318）——這個異議是當他在沉思三中辯驗眞理原則（7：277-9）時同時提出來的。笛卡兒反擊說，他已經提供了「當我們清楚看見一些事物時我們能決定是否被騙」（7：361）的方法。他認爲他提供這個方法是在「一個恰當的地方，排除了一切過去的意見，並在事後列舉了一切我的重要觀點，把清晰的事物和不清晰或混淆的事物加以釐清了」（7：362）。

這段文字說明當我們知覺清明時，我們判斷的方法是經由懷疑，然後發現一個思想物以及上帝的觀念。什麼是這中間的共同因素來證明這個「方法」有效呢？在第五章中，我們已經談到笛卡兒可能只想要他的讀者從個別的例證中找到清明知覺的共同因素；那事實上便是他給伽桑狄的答覆。不過在沉思四中，我們倒可建議一個更確定的答案，即意志中的中立性或者確定性的缺乏。他在「我思」的推理中曾說意志是在理性的「自然之光」中被迫決定的（7：58-59）。這裡並無中立選擇這回事（7：59）。在沉思三的上帝觀念及其他議論的案例中，理性的「自然之光」是導航的先鋒（7：42, 44, 47, 49）；這些描述爲有「極端明白而清晰」觀念的牽引（7：46），大約不可能有讓中立立足的餘地。只是用他「過去的信念」來看，懷疑仍然是可能的，而這就是中立的形象（7：59）。「無可懷疑」是一個明白而清晰知覺最重要的條件（意志只是受迫）；中立性和不確定性是造成懷疑的主因，它們也明確地說明了明白知覺尚未出現。

然而，難道我們不會錯怪意志是被強迫的嗎？我們難道不會把強烈的習慣的力量，或者頑強不化的信仰，誤以爲是純正的強迫嗎？伽桑狄在他的異議書中提出類似的反駁，他觀察到對這種正面的爭執有人寧死不屈，而對它負面的爭執，也有人寧死不屈（7：278）。可能雙方都不對吧，那麼至少有一方會爲虛妄而打破腦袋。笛卡兒接受這個事實，但答覆說，「我們永遠不能證明他們明白而清晰地看見了他們寧死不屈的事物」（7：361）。不過從另一方面言，我們也永遠不能證明，在任何一個特定的案例中，我們沒有把明白而清晰的知覺，誤認爲是個人的習慣或者固執。在另外一些情況下，我們可能擁有明白而清晰的觀念，但因爲沒有太被重視因而沒有造成強迫意志採取行動的力量。笛卡兒在這事上並沒有多作推論，只是提出小心的警告，或者勸人多作思考。

神明保證和循環論

在第五章中我們爲笛卡兒循環推理的問題提出了四種答案。它們分別是「確定性非眞理」、「排除懷疑」、「有利於理想的假設」和「強勢的辯護」。沉思四結尾處上帝給眞理的保證，顯然與這裡的前三項都背道而馳。明白而清晰的知覺可以找到眞理的宣稱，也與笛卡兒只求心理上眞實性的意念相矛盾。他訴諸上帝爲明白而清晰的知覺作擔保，要比「排除懷疑」這類擔心上帝騙人的憂慮有用多了。當笛卡兒用盡心思爲理性鋪路來接受理性，其實他在沉思四中已提出了一個強而有力的理性外在證明。本篇沉思完全支持笛卡兒強勢辯護的策略。

這個策略付出了代價。作爲造物者上帝實際的存在，本篇沉思作了最大的努力，因此阿爾諾最早對循環論的攻擊再度浮上檯面。沉思者曾用明白而清晰的知覺在沉思三中證明上帝的存在和完美性，現在她又要在沉思四中訴諸上帝的存在和完美性，來擔保明白而清晰的知覺便是眞理。

雖然沉思四的目的在作強勢的辯護，我們可能要從閱讀「排除懷疑」和「理性假設」的策略中來了解它。也許一位非騙子的上帝創造了我們的理性和意志的觀念，便有足夠的力量來解脫上帝騙人的假設了。因此他「強勢的辯護」事實上已無必要——充其量不過是支持一個上帝騙人的假設可能還有內在問題的結論。在這種臆測中，我們可能相信笛卡兒並不想在這篇沉思中眞正證明明白而清晰的知覺，而只是想解釋人類犯錯的現實其實是與明白而清晰的知覺全無矛盾的：亦即是說，上帝是存在的，上帝也不是騙子。這個問題作如此的詮釋是「要旨」的安排，因爲笛卡兒說過，「明白而清晰」眞理的原則便建立在沉思四中。如果我們在閱讀沉思四時來爲這個原則尋找證據，我們很難避免強勢辯護的話題。

不過《沉思錄》並未到此止步，因此對他的循環推論解讀也應有更深入的追究。他給阿爾諾的答覆強調明白而清晰的知覺和記憶中的知覺不同，這點將會在沉思五中有更多的討論。笛卡兒對眞理原則的接受，還有多種不同的進路，我們也宜拭目以待。如此看來，笛卡兒循環論的攻防戰，鹿死誰手，尚未揭曉。

參考書目和進階閱讀

沉思四在一般詮釋本中有時多被省略（例如Dicker）。Kenny的第八章，Wilson的第四章，和B, Williams的第六章，對意志和判斷略有涉獵。

Menn, *Descartes and Augustine*, ch.7, 尋找沉思四中奧古斯丁的思想。A. Kenny, "Descartes on the Will," in J. Cottingham（ed.）, *Descartes, Oxford Readings in Philosophy*（Oxford: Oxford University Press, 1998）, pp.132-159，對沉思四中意志的學說和其他的笛卡兒思想多所解說。V. Chappell, "Descartes's Compatibilism", in Cottingham（ed.）, *Reason, Will, and Sensation: Studies in Descartes's Metaphysics*（Oxford: Clarendon Press, 1994）, pp.77, 90，是一篇與耶穌會士麥朗（有亞里斯多德思想傾向的學者）以及巴黎小教堂的Gibieuf（傾向奧古斯丁和新柏拉圖的思想）討論自由概念中的中立和自然的論文，D. Rosenthal, "Will and the Theory of Judgment", in Rorty（ed.）, *Essays on Descartes' Meditations*, pp.405-434, 則詳細分析了笛卡兒的判斷理論。

第七章　物質、上帝，和二論循環推理

沉思五：論物質事物的本質，復論上帝的存在

沉思者在沉思五一開端時便下定決心，要盡力從自己過去這幾天陷入的懷疑中超脫出來，看看是否能從物質事物方面得到一些可靠的知識（7：63）。她承認她已找到若干自己作爲一個思想物的思想心靈，以及有關上帝的事物。現在她要更上一層樓。本篇的篇名便保證了要對「物質事物的本質」加以探究。

討論來得快，也結束得早，它的發現引導沉思者（依照分析的方法）去思索知識出現的原因。她相信知識的出現有賴先天內在的觀念（7：64-68）。在沉思三中她也已發現了上帝的觀念是內在的。現在她打算從這個內在的觀念得到更多的發現，至少是更多的要求。首先她肯定這種觀念能展現事物「眞實和不變的本性」。接下來，這種發現也能導向上帝存在新證明，而這個新證明還能提供早期懷疑立場的終極省思，以及明白的知覺是眞理的一種來源。因此，雖然本篇沉思取得了新而確實的結果，它用了同等的力量爲方法學作了一番工夫。實在說，在六篇沉思中，本篇對形上學知識起源的追究，最爲明確爽快。

物質的本質是擴延（7：63, 71）

沉思三和沉思四皆有意爲眞理的發現建立一個「明白而清晰的」理性知覺。這個企圖在下面沉思者所說有關物質事物的話中，變得饒有意味：「當我探究是否有這種事物在我以外存在之前，必須就我意識中所發現的這一些事物觀念，看看哪一些是清晰的，哪一些是雜亂的」（7：63）。這即是說，沉思者想不藉由需要感官了解的外界物質的存在來「超脫」她早期的懷疑，以爲只要觀察她心中的物質觀念就夠了，她認爲這些觀念足以顯示物質事物的本性。

我們現在似乎有必要先看看本質的觀念是什麼，因爲在沉思二中，笛卡兒讓沉思者體驗她作爲一個思想物的天性，然後在沉思三中體驗上帝的觀念。對有亞里斯多德思想的讀者來說，這種想法太具叛逆性了，因爲他們都相信知識的存在先於本質的存在。在他們的方法論中，本質是從思考存在的感官形象以及它們共同享有的一般抽象性質中得來的，不管這些事物是一隻兔子，還是有擴延性的物質，只要它們有一個實體，它們便會有一些實體的特性。

事實上，笛卡兒已經爲他的讀者準備好了一套思考自我和上帝的程序。一個亞里斯多德思想的人大約也會相信，沉思一定會牽涉到感官的形象。然而笛卡兒卻指導沉思者「把心靈從感官中抽身出來」。我們姑且假定沉思者已能完全聽命於笛卡兒，也找到了笛卡兒所盼望她找到的東西（舉足輕重的假定！），那麼這套方法也應當爲調查物質事物做好了準備工作（的確，沉思六便清楚地聲稱物質事物的本質可以完全不依賴感官或想像的觀念而取得（7：

23-23〕）。

面對物質的觀念時，沉思者發現：

> 首先我清晰地想像到一些哲學家通常稱之為「有連續性的」（continuous）那種量（quantity），或者有長、寬、高三種量向的擴延，此擴延就在這個量裡，也可以說就在人們認為具有量的事物裡。其實，我可以在這個連續量中列舉出許多不同的部分，並把各種體積、形狀、位置和運動加給這些部分，最後，我還可以想像這些運動有各種程度的持續性（durations）。〔7：63〕

這段短短的文字包含了物質的本質可以形成或依循的種種特性（或者種種有限物質，包括數字和持續性）。「擴延性」，或稱「有連續性的量」（continuous quantity），便是物質的本質。擴延性應當視爲即是具有三度空間的範圍。笛卡兒稱之爲「量」，避免了把它叫作空間的事物，但笛卡兒的擴延物都是三度空間的事物。這些擴延物擁有體積、形狀、位置和局部的運動。這些部門的分類使得事物可以被列舉、計算，而其運動的一部分，作爲分類的一種，也可以在時間的持續性中得以存在。

沒有作特別的聲明，笛卡兒在這裡逕自寫出了他物質事物形上學的大綱。在《哲學原理》中他解釋說這種物質有一種「重要的品質」亦即「屬性」，可以構成它的天性或本質，而它其餘的屬性都以此爲本（8A：25），也包括該物質所有不同的模式。在討論上述的特性種類中，他確認物質事物的屬性（有時也是精神物質的屬性）便是擴延性，並視事物的體積、形狀、位置和運動爲一種模式（mode），或者它們的重要品質爲一種經過改變的模式（modifications）。這些模式必須透過重要的品質來作了解（8A：25-26；亦見 7：120-121）。要「透過」品質來了解一種模式，即是要把這些模式視爲該事物特性的範圍或者改變。雖然我們可以了解一種特性而不聯想到它特殊的模式，我們卻無法想像一個特殊的模式而不聯想到它的特性。如此的話，即使我們能想到沒有運動的擴延性，我們仍不能想到運動而沒有給予該事物運動的空間。同樣情形，每當我們看見體積、形狀、位置的事物作爲擴延物的變化模式時，我們總得爲它們在擴延的範圍內構想一個空間（因此構想一些類別）。不過我們也可以了解，在一個擴延無限大的範圍中，我們卻不會聯想到體積、形狀，和位置等特殊的類別（因爲在這個無限大的擴延範圍中，笛卡兒有意避免給它們一個極限，因此也沒有體積、形狀等等，由於他認爲擴延的範圍沒有「外界」的空間，因此也就沒有位置的問題。事實上，位置必須發生在擴延的範圍之內，而且係由物質類別的相對關係而取得）。

當笛卡兒主張物質事物的本質是擴延性時，他不僅違反了亞里斯多德的知識論，因爲他相信他可以不顧存在的問題而獨力認識事物的本質，他還頂撞了亞里斯多德物理學中基本的有形物質觀念。一切亞里斯多德的有形物質都擁有決定它們運動方向的主動特性（在這裡，運動被廣義地定爲質的改變，例如由冷到熱、礦物的轉變、磁性的產生，以及生理和心理上的改變，例如生長和知識的學習）。過分簡單而不含活動性或者生長和改變觀念的擴延物，不能被視爲具有事物本質的屬性（或者物質的形態）。擴延性被認爲是一切有形事物的「普遍偶發現象」（universal accident）。一切有形物體都需要空間和擴延性，沒有任何有形的事物可以存在，如果擴延性是它唯一的特性（例如沒有物質的形態或者活躍的改變原則）。

雖然沉思五的標題中出現了「物質事物的本質」的字樣，在本文中當談到本質的問題時，卻從不再提此用語。事實上，沉思者在沉思五和沉思六結尾時都清楚地把擴延的觀念歸於一種可能存在的「有形事物的本性」（corporeal nature）（7：71）。爲何如此的直截了當？也許這便是他透露給梅色納的一個暗中策略，他希望讀者「能在不經意中熟悉我的原則，並知道我的眞意，而不要看到我破壞了亞里斯多德的原則」（3：298*）。他矢志要取代亞里斯多德有形物質的概念，卻不願意把這事實早早傳布開來，引起人們的注意。

本質的內在觀念（7：63-65）

既然得到了清楚的擴延觀念，沉思者開始反思這個知識的意義：

> 我不僅在概括地思考這些事物時對它們有清晰的認識，而且只要稍微用心，還可以發現形狀、數目、運動方面的無數特性，以及其他一些這類事物。這些事物都是如

此真實，而且如此與我的本性相契合，以至當我現在發現它們時，並不覺得領會了什麼嶄新的事物，只好像是記起以前已經知道的事物，或好像這些事物早已存在心中，只是一直未加注意，現在才特別注意到而已。（7：63-64）

笛卡兒從沉思者對擴延事物「清晰的認識」，並轉用爲尋求基本形上學知識模式的沉思中，提出了下面四個要點：首先他讓沉思者看見擴延的形狀、體積等觀念非常容易認識而且透明。第二，他讓她發現其餘「形狀、數目，和運動」這些幾何和算學特性的知識都來自她清楚的擴延、類別，和模式的觀念。她的觀念有知識論上的複雜性，可以支援一個更寬廣的知識系統，它們還擁有豐富的認知能力。第三，跟記憶中的知識相提並論，他暗中引進了柏拉圖一切知識是內在記憶的原則（柏拉圖《斐多篇》認爲這種知識是先天的，因爲人的靈魂在出生之前便已接受了它們。笛卡兒的不同，在他把這種知識認爲是上帝放在人們心中的東西，因此不承認人的心靈可以直接看見柏拉圖的形式，或者單憑自己的力量便看見上帝永恆的本質）。第四，除了這些知識是透明、「開放」之外，沉思者最近還發現它們跟她的本性還「相當契合」（**in harmony**）。不唯無此，笛卡兒一則以這些觀念爲「明白」（7：64-65）和「清晰」（7：63），再則他給了它們一些強勁的知識論的力量。這無異承認沉思者有了理性觀念的自覺，或一種尋求形而上學和物理知識時必備的基本經驗。

這四種擴延物觀念的特性——透明、豐富、先天，和與人性本性的契合——讓沉思者知道什麼是當她察覺到內在觀念時的感受。笛卡兒曾在別處解釋說，這些內在觀念不應當被視爲一些靜態的實體，可以像葡萄乾一樣撒落在蛋糕上面；更確切地說，它們是我們潛在的理性結構，只有在思想時才會顯露出來。沉思五將致力於探討這種「透明」、發自內心的知識，來揭示它對形而上學應有的意義。

在隨後的三個段落裡，笛卡兒介紹了一種三個步驟的程序，從認識固有的天性和認知的各種觀念，到尋找現實和眞理的觀念，進而肯定這些觀念之間的溝通，和我們世界中可能或實際事物的存在。笛卡兒要讓沉思者發現她的觀念可以顯示事物的本質，以及上帝存在的內在條件。這幾段文字發揮了他形上學知識中理性主義認識論的精神。

沉思者現在下結論說，擴延觀念說明事物有「眞實和不變的本性」，不論這些事物是否存在於她的心內或者她的思想之外（7：64）。她「眞實和不變的本性」觀念的證據並不來自心靈。相反的，她有自由「去思考它們，或不去思考它們」（7：64），因爲它們具有一種明確的本質，而不是她捏造出來的。此一觀點的證據來自她考量「三角形的本性、本質，或者形式」：

> 我們可以證明此三角形的各種特性，例如，它的三隻角等於兩直角，最大的邊對著最大的角等等，而現在不論我願意與否，我都十分明白地看到這些特性存在於此三角形之中，雖然我以前初次想像三角形時根本沒注意到這些。因此不能說是我杜撰了。（7：64）

從三角形的觀念裡，我們還能「讀到」許多其他種類的特性。這些特性都包含在三角形觀念裡，或者是根據三角形的觀念而得到的「發現」，不是沉思者心中的「杜撰」。

如果我們把感官的觀念拿來和三角形內在的觀念作比較，笛卡兒的觀點會變得更加清楚，較早時笛卡兒曾認爲感官的觀念不需要依賴沉思者的意志，它們會自動地來到她的心中。因此不論她願不願意，坐在火爐邊她就會有熱的感覺（7：38）。顯然地，觀念和實際的情況（坐在火爐邊，或冷或熱）不是沉思者可以控制的。

但三角形觀念的到來卻在她的掌握之中。此時她可以想一些別的事情，例如一個圓形，或者一匹馬，再不然她可以選擇感官的經驗，例如坐在有火爐的室內。一旦想到三角形，三角形的一切，包括尚未發掘出來的屬性，都不由分說地來到她的心中。它們並不塡補她的經驗，有如火之給她熱力；它們只要求她的辨識和接受，一如她所說，「不論我願意與否，我都十分明白地看到這些特性，雖然當我初次見到三角形時，我根本沒有注意到這些」（7：64）。三角形的觀念有一個無可避免的內在結構，顯示它與許多其他物質的關係而「迫使」沉思者承認（說不定這是一種在明白清晰知覺的觀念中，我們可以稱之爲「它看來很像什麼」的現象）。

在這三段文字的第二段裡，笛卡兒試探三角形的觀念是否有透過三角物體感官經驗而進入心靈的可能性（一如亞里斯多德抽取本質或一般共通性的過程）。但沉思者否決了此一猜想。證據仍然來自她發現事物屬性的能力，「我可以在心中構成無數個其他不同的形狀，而我並不能假設它們都是感官的對象」（7：64）。不過，雖然她把這種能力當作事物形狀觀念的證據，亞里斯多德的學者仍然會認爲是抽象思考的力量，亦即從共同感官形體的實例中推演出幾何學上的理想形體，以及其他的新的形體。在西方哲學史中曾有一個爲人熟知的抽象主義者和先天論學者對幾何學知識的辯論，這個辯論再度搬演在笛卡兒的答辯書中。作爲一個新經驗主義者的伽桑狄拿出抽象主義者的姿態（7：320-321）迫使笛卡兒出招還擊（7：381-382），他還在沉思六中回顧幾何圖形非感官的觀念作爲證據（7：72-73）。

沉思者從各種幾何圖形特性的精神視覺（mental perception）中，作出了下面強烈的結論：

> 所有這些特性自然都是真的，因為我可以明白地理解它們；因此它們確乎是一種東西（something），並非純粹的虛妄（nothing）；因為很明顯地，凡是真的分明都是一種東西，我已經充分地證明過這個真理的原則：凡是我明白而清晰地認識到的事物都是真的。即使我不曾證明過這一點，心靈的本性仍舊會迫使承認這一點，至少在當我清楚地看見它們的時候。（7：65*）

笛卡兒在引文的第一句裡說：他能「明白的理解」事物眞實而非虛無的特性。第二句則顯然作了一個讓步，「即使我不曾證明過」每一件清晰認識的事物都是眞，沉思者卻不得不被迫接受她對三角形特性的知覺（再一度地，被迫的同意和眞理之間的關係變成了一個問題）。

然而我們同意了什麼?同時，眞理和「確乎是一件東西」（不同於一般的東西）的特性又是什麼？我們必須記住在《沉思錄》的此一階段，物質事物的存在仍然還停留在可疑的階段。因而此處所謂的眞理，應該是指三角形以及其他幾何圖形的本質是否存在的問題。既然這些問題代表我們的心靈，也能被我們的心靈所理解，那麼它們本質的本身便應當被視爲是「一些東西」。進一步說，這些清楚看見的眞理都是有關物質的事物；本篇沉思的標題指出我們研究的是「物質事物的本質」（7：63），而其結尾在論及知識時則說是「有形事物的本性，亦即純粹數學的對象」（7：71）。這些眞理所介定的物質本質（在沉思者的認識論中）只能說有初步的可能性。但它們給沉思者的印象是，假如這些物質都存在的話，這些特性將爲一切物質（擴延的物質）所「必」有，也爲一切形體（各種有形物質）所「能」有。物質可以有擴延性或者純粹的量的特質，而幾何學可以提供它們種種不同形體的知識。因此一切眞正圓形的物體，它們的半徑一定等長；如果圓形有任何不規律，則其半徑一定參差不齊，以此類推。

笛卡兒認爲他能認識物質的本質先於物質的存在，也就是說，他認識一切事物可能的特性（見7：71）。這種可能性的形上學相當複雜。一如與他同時代的人，笛卡兒把這種可能性交付給上帝創造的力量。不過他的可能性的理論更爲複雜，因爲他特別強調幾何學的恆常眞理是上帝自由的創造（7：380, 432, 435-436，討論見第九章）。目前我們姑且假定沉思五中幾何本質的知識是關於上帝創造的實際的恆常眞理，如果世界存在的話，它們便是決定這個世界中一切創造物可能性的因素。

在他三個段落的最後一個段落裡，笛卡兒第一次提出了他後來稱爲上帝存在的「本質論的議論」。作爲這個議論的一種推薦，他描述了形而上的認識論的原則。沉思者問道：

> 那麼，現在如果根據我自己的思想中得到一個事物的觀念，就可以推斷說：凡是我明白而清晰地認識到屬於這個事物的性質，實際上正屬於這個事物，我豈不是可以根據同樣的理論證明上帝存在嗎？（7：65）

我們下面即將討論這個本體論的問題，但現在不妨觀察一下笛卡兒強力認定的人類心靈和事物屬性中間的關係。沉思者相信她對事物屬性明白而清晰的觀念，「交付」給了她那些事物確有這些屬性的知識。如果她明白而清晰地看見一個圓球的半徑都相等，或者一個直角三角形三邊的方塊都符合畢達哥拉斯原理，那麼這些屬性一定符合一切圓球和一切直角三角形的描述。人類心靈在一個事物中明白而清晰看見的東西，確實便是那個事物所擁有的屬性。

假如笛卡兒談的是感官知覺，我們也應當了解人類的思想可以配合事物的屬性。換句話說，假如感官知覺可靠的話（這是一個笛卡兒頗表懷疑的假設），我們對事物從感官中接觸到的觀念也應當與該事物相配合。然而笛卡兒在這裡談的是人類心靈中與物質存在無關的內在觀念（例如圓球或者三角形）。笛卡兒的此一信念非常強烈，因爲一般說來，並非一切內在的觀念都是眞實的。如果一個人心中存有內在的觀念，而這些觀念有時虛妄或者不正確，或者至少產生了一些「錯誤的東西」一如沉思三所說的感官觀念（7：43-44），這並沒有什麼矛盾或者不合理的地方。因此笛卡兒有必要解釋爲何他的內在觀念是眞實的。到目前爲止，他始終用明白而清晰的知覺作爲眞理的靶的。我們得再度追問他，爲什麼明白而清晰的知覺便是眞理可靠的指南。

笛卡兒在下文中說，人類的思想「不一定給予外界事物任何必然性」（7：66）。但他還是相信心靈的內在觀念告訴他（也告知沉思者）這個世界是什麼，或者看來像什麼，以及事物的屬性是什麼，或者應該有些什麼。爲什麼人類心靈中的觀念會符合以及確實代表實際或者與心靈無關事物的屬性呢？

這類問題的答案得依賴他對人類觀念的神明擔保持有何種看法。他可能訴諸上帝溝通人類觀念和事物的眞實不變特性之間深沉的肯定；再不然他並不需要上帝深沉的肯定，他只要一個理性觀念正確無誤的保證。不論哪一種看法，他的立場十分堅定：人類的心靈先天裝備好了認知事物本質的觀念。

本體論的辯論（7：65-68）

笛卡兒的本體論是這樣開其端的：

> 的確，我發現心中有上帝的觀念，也就是說，一個極完美的神明（a supremely perfect

being）的觀念，正如我發現任何形狀或數目的觀念一樣。而且我亦明白而清晰地知道上帝的本質具有一個實質的、永恆的存在，與明白而清晰的程度，就像我知道任何形狀或數目方面所能推論出來的性質，都確實屬於這個形狀或數目的本性一樣。因此，縱然前幾天我所獲得的結論都不是真實的，但在我看來，上帝的存在至少與任何數字的真理同樣確實。（7：65-6*）

這段文字斷言了沉思者在上帝的「天性」和他的存在之間擁有一個「明白而清晰的知覺」。這種知覺的聯繫便是上帝存在的證明。這一初步的證明未免太倉促了一點。它隨後重申了他方法學上的讓步，把這一確定性的證明歸化爲數學確定性的同類證明。

本沉思篇剩下來的篇幅，是追蹤此一推論而平均分割爲本體論的證明，和方法學的檢討兩個單元。證明的部分回應上述信念所招來的異議（7：66-68）；這項努力也延伸進入了答辯書的範圍。笛卡兒然後蓄意要消除他「過去幾天來」在沉思中對明白清晰知覺所取得上帝存在眞理的懷疑。

㈠本體辯論的辯護

「本體論辯論」（ontological argument）一詞源於要用上帝的「本質」或祂「存在」的必要屬性來證明上帝的存在。本體論（ontology）的希臘語字根 *ontos* 便是「存在」（being）的意思。拉丁語的本體則寫作*esse*，也是「本質」（essence）一詞的字根。因此一件事物的「本質」指這件事物「是什麼」，亦即它存在時不可分割的屬性。任何本體論討論的重心，因此都離不開可能與上帝本質和存在有必然關聯的內涵。最早的本體論辯論始於十一世紀的坎特貝雷本篤教派僧人安神（Benedictine monk Anselm of Canterbury）。多種不同的版本（包括對它們的反駁）在笛卡兒的時代相當流行（雖然「本體論辯論」的稱謂要到康德的手中才開始出現）。這種辯論與宇宙論的辯論，即上帝是宇宙中一切有限或偶發事件存在的原因完全不同。沉思三所談論的「原因」和「結果」便是一種宇宙論的形式。

笛卡兒在上文的引介中把本體辯論簡化爲一個簡單的信念，即「它屬於（上帝）天然的本性，因此永恆地存在」（7：65）。存在是上帝不可分割的屬性，也即是一個「極完美的神明的存在」。直截了當地說，這個辯論是個人對上帝觀念的思維，並把它當作必然存在的表徵。一如幾何學中事物的觀念，沉思者也可因爲這種觀念而注意到上帝的觀念，以及她過去從未注意到的一些事情。然則這個假想且空洞的語言並沒有給沉思者一個明確的震撼。爲了讓她更理解這個辯論，笛卡兒爲她提出了三個反駁的意見。

她首先需要考慮從亞里斯多德經院派產生的異議：存在分離在本質之外。亦即是說，存在的問題和本質的問題必須作分別的答覆（7：66）（當亞里斯多德的學者習慣性地認爲本質的知識來自事物存在的知識時，他們同時也認爲事物是否存在的問題不同於這些事物，或這些事物的本質是什麼的問題），事實上沉思者在此時已經在她幾何學本質的觀念中發現了本質和存在的差異，因爲她已經毫不遲疑地假想實際的存在並不是該事物本質的一部分（7：64）。如果實際的存在總是分離在本質之外，那麼根據上帝的本質，我們不能得到上帝存在的結論。

笛卡兒回答說，只要我們悉心考量一下上帝的觀念，這個反駁便能頓時瓦解：

> 可是，當我更仔細地思考上帝的問題時，卻明白地發現，存在絕不能與上帝的本質分開，正如三角形的三個角之和等於兩直角，或者山的觀念絕不能與谷的觀念分開一樣。因此設想一個並不存在的上帝，亦即想像一個最完美的「存在」缺乏完美性，這和想像一座沒有谷的山同樣悖謬。（7：66）

在這裡，他要求沉思者嚴密思考她的上帝觀念，他盼待中的結果是：她將發現存在包含在上帝內在特性的觀念裡。這些插入的按語，其實不過是上帝乃極完美的存在以及存在便是完美這種信念的擴充。只是這兩種信念都將遭到挑戰。然而，在笛卡兒第一次的回應中，他把此一辯論透過完美的概念，爲上帝的本質找到了存在的相關性。一個不存在的事物一定缺乏完美性，但上帝是絕對的完美，因此祂當然擁有絕對的完美性。至少上帝的觀念可以由此顯示出來。

如果沉思者對上帝觀念的觀察達到了預期的效果，笛卡兒提出來的第二反駁，是責問這些結果有什麼意義。即使在沉思者的心目中，存在不能和上帝的本質分離，那麼千眞萬確地，她的「思想無法賦予外物以任何的必然性」（7：66）。因此眞正的存在不能從觀念產生，「儘管我可以設想上帝是存在的，可是不能據此就說上帝存在」，正如「我雖然可以設想一匹有翅膀的馬，但是實際上，天下沒有這種馬；同樣地，我雖然可以設想上帝存在，但祂可以是不存在的」（7：66）。這個反對的意見顯然有兩個層面。第一，它追究沉思者如果上帝必須存在，因此他一定存在的信念是否合理；其次是這異議背後隱藏的問題：如果上帝的本質和存在只是沉思者心中的假設，或者虛構的故事，像一匹有翅膀的馬，那麼這個觀念就現實來說，將無意義。

笛卡兒的答覆，承認人類的思想不能產生上帝存在的事實，並且否認沉思者處理的只是一個虛擬的故事：

> 因為我所以說自己不能設想一個無谷的山，並不意謂真有一個山或一個谷的存在，我只是說，不論山或谷是否存在，兩者的關係都是不可分開的。在另一方面，我既然只能設想上帝是存在的，因此存在不能與上帝分離，也因為如此，上帝一定存在。這並不是我的思想要祂存在，或者我能給予外界事物任何必然性；我只是說，事物本身的必然性，就是上帝存在的必然性，而我就是決定以此方式來思考。因為我雖然可以自由設想一匹馬有翅膀或沒有翅膀，可是並沒有能力設想一個不存在的上帝（亦即一個至高無上而完美的上帝），卻一面又設想祂沒有那種絕對完美性而仍然存在。（7：66-67）

這段文字答覆了兩個層面的疑問（或者把兩個問題當作是一個）。沉思者表白當她觀察上帝觀念是否可以從存在分開時，她清楚看見了一個眞實而不變的本性。至此，笛卡兒再度訴諸此一較早曾運用在幾何觀念上的原則，認爲虛構的故事可以純粹來自沉思者的意志。一個武斷取來的東西，她可以快速拋開，正如這匹有翅膀的馬。然而內在的聯繫卻需要有觀念構成的事物才能加以排除，因此必然性（necessity）變成了關鍵。她發現上帝的本質（包含祂至高無上的完美）和祂的存在不能分開，一如山和谷的關係不能分開一樣（假設谷便是山中較低的地方：有意思的是，這個例子有點像是從經驗論中得來的），這兩種疑問都有其必然性。不過笛卡兒堅持這種必然性不是強加於沉思者的身上，而是她在自己的觀念中發現的。

第三種反駁，質問這種尙未證實的必然性是否應當給予一個特別名稱叫作「假設的必然性」（hypothetical necessity）。在假設的必然性中，我們可以假設，如果一切三角形都是直角三角形，那麼這些三角形必須都符合畢達哥拉斯定理（事實上該定理只適用於直角三角形）。我們的結論是，如果三角形都是畢達哥拉斯的三角形，則這些假想中的三角形都是直角三角形。但這是與事實違背的，因爲一切三角形並非都是直角三角形（假如它們是，則這個結論必須加上一個未經限制的必然性）。既然這個假設不眞，因此也非必然。雖然我們可以合理地假設一切畢達哥拉斯的三角形都是直角三角形，這個假設並不能建立眞實的知識。

下面是關於第三種反駁的論調：

當我有必要假設上帝存在時，一旦我假設上帝具有了一切的完美性（因為存在便是完美的一種），這種最原始的假設已經不再有必要了。（7：67）

在這個反駁中，笛卡兒仍然認爲沉思者的觀念是一種虛構。亦即是說，沉思者僅僅在假想上帝具有一切完美，卻沒有任何必然的根據或理由。因此順理成章地說，假如我們接受這個假想，那麼上帝便存在了，因爲我們假設上帝具有一切完美性。然而這個必然只是一個假想。依照這個反駁的說法，我們並沒有理由相信上帝具有一切完美性的構想是眞，因此我們也沒有理由相信這個必然性是沒有受到限制的。

笛卡兒的答覆再次把沉思者帶回上帝內在的觀念中，亦即她把一切完美性必然地歸之於上帝，是透過內在的思考，而非依靠一個假設。

我雖然不必在任何時候都懷著上帝的觀念，可是每當我想到一個至高無上的「存在」，並且在心靈裡得到祂的觀念時，雖然不必一一列數祂的完美性，也不必分別思考祂的各種特性，可是我仍不得不把一切完美性都歸之於祂。（7：67）

上帝觀念的內在涵義向來便認爲一切完美必屬上帝。如此說來，它絕非虛構的觀念，完全不同於一切三角形都是直角三角形的觀念，或者用笛卡兒自己的例子，一切四方形都能納於圓形之中（雖然有些不能）。這些虛構的觀念可以被視爲是假設的必然性，但這些假設的聯繫卻不必含有內在的必然。與之相對照，上帝觀念則有內在的必然性，一如三角形的觀念，以及這三個角應有的屬性。

到此爲止，笛卡兒給第三種反駁的答覆並沒有超越他給第二種反駁答覆的範圍。他始終一貫地認爲上帝的觀念不是虛構的。不過他在這裡添加了一點新鮮的東西。他說這是一個「眞實的觀念」，並且是一個「眞實不變之本性的肖像（image）」（7：68）。這個眞實觀念的說法，印證了明白而清晰知覺中所必然見到的上帝之完美和存在的屬性。在較早物質本質的討論中，明白而清晰知覺的必然關聯也曾被用爲它的證據，再說，在幾何學觀念中，他也讓沉思者聯想到上帝的觀念是豐富而充滿創造力的。上帝其他的特質，例如祂的獨一無二性，有如幾何學，都是內在的觀念（7：68）。如果沉思者發現這些種種特質都來自她自己的思想，即使她在過去從來沒有想到過，它們仍可證明是她觀念中的發現，而不能對她有所非難。既然這些觀念都與沉思者個人的意志無關，那麼它們顯然不是捏造的。

說到這裡，我們還有從第二個反駁中餘留下來的問題需要作一點說明，即人類的上帝觀念如何能顯示與現實無關的本質問題。到目前爲止，笛卡兒把這一部分的議論放在兩個重點上：第一，沉思者對上帝觀念的明白而清晰的知覺，包含了上帝必然存在的事實；第二，她發現這個內在觀念眞實不變，因此不是任何人的虛構（這個發現有賴她明白而清晰的知覺之屬性，例如完美性和存在的觀察）。

假如這個議論有賴明白而清晰的知覺，那麼觀念內在性的假設又扮演了怎樣一個角色呢？一個快速的答覆是，既非笛卡兒，也非亞里斯多德（或者經驗論）的反對者可以相信明白而清晰地知覺來自感官的功能。上帝，正如人人都同意的事實，是一個非物質的存在。非物質的存在不占有空間，不屬於感官，因此非物質存在的觀念也不能透過感官得到認識。一個畫家也許可以把上帝畫成一個白髮蒼蒼的老人，但這個畫像完全不能代表上帝無限和非物質的存在。

一個比較廣義的答覆牽涉到沉思者所提出來的內在理性觀念，以及人類的理性是眞理的工具。此一眞理和理性相結合的深入探討，變成了笛卡兒方法論思考的主題，並延伸到他後面本體論的議論。

㈡其他反駁和答覆

在進入這些思考之前，我們且先看看笛卡兒異議書和答辯書中談到的另一些有關本體辯論的反駁。

伽桑狄提到幾個涉及本質和存在的問題，一開始他便拒絕承認本質和存在可以分開。他的推理是，假如一個事物不存在，它也不會有本質，因爲本質不能存在於該事物之外（7：319：20, 324）（事實上他考慮的本質概念是一種相似事物間經驗論者的一般法則〔7：320-321〕）。因此他否認笛卡兒的說法，認爲實際的事物只有該事物的特性，不會有任何其他的特性。他也爭辯說，在一個非存在事物的本質中，存在不靠完美性的有無來決定，因爲一個事物既然不存在，便不能有完美性，因此他結論說，一切存在的事物都同時享有存在的完美；因此如果上帝存在，上帝也不應該與此原則相違背（7：323）。這個反駁是對眞實不變的本質可以從事物以外取得否定；它也是對形而上學和認識論大力的否定，與本體論的辯論並無特異之處。

伽桑狄最著稱的反駁是他不承認「存在」一詞，可以作爲上帝以及任何其他事物的述詞（predicate）。存在既不是一個述詞，也不能包含在任何事物的概念中（7：322-323）。他勉爲其難的說法是，當一切事物存在時，我們充其量只能說它們「存在」。他接納了笛卡兒山谷和有翅膀的馬之例子。假如我們無法想像一匹有翅膀的馬，或者一個沒有坡地的山，我們也不能想像一個上帝而沒有我們歸屬給祂的知識和力量。然而存在卻是一個另類的問題。伽桑狄對笛卡兒的不滿，是他「不能解釋爲何我們可以想像一個沒有坡地的山和有翅膀的馬，當這些事物並不存在時，而無法想像一個智慧而無所不能的上帝，如果上帝不存在」（7：324）。

作爲這個問題的一種解答，我們不妨視一件事物的表徵即是該事物眞實存在時的代表。對一個無坡的山或者有翅膀的馬，即使我們認爲它們存在，我們也不能增添或者減少任何東西。因此在上帝或者山和馬的例子中，我們最單純的觀念可以代表它們存在。假想這個想法適用於一般的事物，它也應當適用於上帝；因爲我們既然不能單憑想像便說某一三角形或者有翅膀的馬存在，那麼我們也不能單憑想像上帝的觀念便認爲上帝存在。用這種方式辯論，伽桑狄很像後來的休謨和康德，他們都不以爲存在可以被視爲是一種述詞，或者屬性。簡單來說，他們認爲想像一件事物的存在，無異便是想像該事物實際的形象，因爲這二者「看來十分相像」。因此想像一種事物的存在，並不會替該事物增添任何更多的東西；因此存在不是述詞，也不是屬性，想像某事物「便是」想像它的存在。

事實上，現在笛卡兒已經承認了伽桑狄（因此也包含休謨和康德）的觀點，即當我們想像或描繪某些事物時，我們已視這些事物爲存在。只是他不同意他們的結論。笛卡兒不同於伽桑狄，在異議書中認爲思想不能還原爲形象。他堅決相信思想可以抓住事物中抽象的關係和屬性，包含可能性和必然性，這些都是當意志作判斷時所依賴的因素。說到存在，他宣稱我們可以清楚看見一件事物可能的存在，跟一件事物必然存在的不同。因爲在兩種情況中，我們想像一件事物的形象都把它當作可能存在來看待。但在另一情況中（例如幾何的圖形），我們相信它有存在的可能，而於上帝我們則相信祂必然存在。

下面是他在第一答辯書中的論點：

> 我們必須注意，可能的存在只包含在我們有明白而清晰了解的概念或觀念的事物中；除了上帝的觀念，它們絕不包含必然的存在。凡是認真關心上帝觀念和其他種種觀念的人，一定會注意到，即使我們理解某些事物好像有存在的可能，它們不一定便存在，充其量，它們只能說是有存在的條件。（7：116-117）

他承認我們的觀念可以代表事物的存在，卻不承認伽桑狄的考量包含了多種相關的思想（7：383）。接照笛卡兒的說法，這些相關的思想包含代表事物的觀念和存在：一種看來有可能的存在，或者必然的存在，或者不可能的存在，例如噴火獸或其他莫須有的動物。

我們無意調停笛卡兒和伽桑狄對思想內容和現實涵義的爭辯。不過我們應當注意他們當時誰也不是贏家。伽桑狄在本體論中對存在是一種述詞的否定，因爲只是一種假設，無異質疑了我們對思想的結構、內容，和意涵不實的論據。

一個更有力的反駁來自卡特魯（Johannes Caterus）的第一異議書：

> 即使我們同意一個憑著他至高無上完美的存在之頭銜擁有一切存在的意涵，我們不能就據此說它在現實的世界真實存在；它最多不過是說，存在的觀念不能跟他至高無上的觀念分離。因此你不能判斷上帝的存在是一件真實無妄的事情，除非你相信祂真實存在；因為如此的話，祂才擁有一切完美性，包括真實存在的完美。（7：99）

卡特魯不承認上帝存在的必然性與上帝實際的存在有任何相干。他眞正責問的是，我們人類的概念是否能正確地揭示超越精神之外的現實（extramental reality）。他承認假如上帝（這個至高無上完美的存在）存在的話，祂的存在是必然的。然而這不過只是說，在我們概念的認知中，如果某一事物存在，這件事物當然有我們在觀念中所賦予它的屬性（那只是用我們的觀念來描繪該事物相對的存在）。如果其中的某一屬性必然存在（例如至高無上的完美），那麼該事物便無條件地存在。然而有待決定的更重要的事，是世界上是否有一件與我們的觀念相對應而存在的東西。這不是單靠我們的觀念便能決定的。至少卡特魯的疑慮便在此。

笛卡兒用了很大的篇幅回應這個問題，並且提出了幾個有趣的論點（7：115-120）。最有意思的是，笛卡兒把卡特魯的問題歸納爲上述第二種的反駁，即視上帝的觀念是人類心靈一種愚蠢的杜撰（7：116-119）。易言之，他認爲卡特魯追問的是上帝存在的觀念是否必須嫁禍於上帝存在的必然性。上面的引文已清楚看見卡特魯所說「存在的觀念不能跟至高無上的觀念分離」，對卡特魯而言，上帝的觀念與其說是人的心靈編織出來的神話（比較人類內在系統中先天的發現），毋寧說是此種觀念是否能在我們心靈之外實際地告訴我們上帝因爲至高無上的完美而成就了存在的必然性。這是一件攸關人類先天性的理性能否適當並正確反應超越精神現象之外的現實結構（笛卡兒暗中有此意識〔7：150-151, 226〕，也曾明言人類的概念可以揭露事物的眞象〔7：162, 定義IX〕）。

爲了說明目前遭逢的困境，我們且回到幾何學。笛卡兒相信人類心靈先天會含有幾何的形象，而這些觀念決定眞正的物質事物可能性。換句話說，他相信人類思想所了解的任何結構，決定了事物能有怎樣的空間特質。我們不妨先承認人類心靈對事物的確有他所描述的幾何觀念。但我們的「後見之明」（hindsight）讓我們知道這並不能構成物質或空間必然的結構。物質空間的結構在歐幾里得的幾何學中並沒有詳細的交代（不論從宏觀還是微觀的角度）；相反的，許多非歐幾何填補了他的空隙。即使人類心靈對物質空間有先天的形象，一如歐幾里得的幾何學，這也不能證明物質的空間一定便有那種結構。事實上，一個先天的觀念也許可說並非人類心靈東拼西湊的揑造，但我們需要知道的是，它並非虛構，因爲它沒有虛妄的成分。

至此我們又被帶回到笛卡兒形而上學認識論的基本原理：人類理性的先天觀念，只要它們提供明白而清晰的知覺，便能揭示超越精神現實特性的眞理。但這原則的眞實性尚待合理的證明。

明白而清晰的知覺是獨一無二的方法（7：68-69）

在本體論議論的結尾處，笛卡兒作了一個總括的方法學宣言：

> 不論我結果持用什麼理論或證明方法，到頭來亦不過是說唯有我明白而清晰地了解之事物，才有令我完全信服的力量。在我所能明白而清晰地了解的事物中，雖然有些確是人人皆知的，有些則要專注而細心地探究之後才能知道，不過後者在一經了解之後，就可確定它們跟前者是一樣的明確。（7：68）

這個宣言著重在明白而清晰知覺所給予的「信服的力量」和「明確性」，只是自頭至尾不言眞理；笛卡兒在隨後不久便再度斷言，在討論上帝的問題時，此種知覺有杜絕懷疑的作用。這段引文也爲接受（或不接受）《沉思錄》認識論洗禮的讀者提供了一個重要的方法學。它說有些不能一看便明白的眞理，必須要專注而細心探究之後才能明白。對畢達哥拉斯定理的信任便需要經過此一用心，但一旦了解了，你便會「堅定地信任它」（7：69），像你信任任何最單純的數學一樣。笛卡兒終於肯定地說，本體的辯論也擁有這樣清晰性，縱然在一開始時我們都不免會被先入爲主的成見蒙蔽（7：69）。

本體辯論與幾何學證明之間的比較研究，成爲沉思五全篇的主題。在此關鍵上，讀者被一再提醒，如果想了解這個辯論，一是要避免「先入爲主的成見」和「感官所見到的事物的形象」（7：69）。不過這個比較的方法在較早前已經出現過（7：65-66），比較數字所獲得的明確性——也是《沉思錄》中沉思者視爲明確性模範的方法（7：65）——來支援本體的辯論。

這種比較本體辯論和幾何證明間的關係有實際的效果嗎？如果沉思者不顧早期沉思中的懷疑而仍然傾向於接受數學的求眞證明，正如笛卡兒較早的預期（7：65-66），那麼這個比較方法可以說是明白而清晰知覺最佳的辯護手段。這種辯護手段將援用廣爲人接受的數學地位，而授予明白清晰知覺在其他地方運用的合法性。我們不難想像，沉思者在此時可以承認數學自身的認知力量。假如本體辯論也成就了同一標準的信服力，那麼沉思者也會承認本體辯論自身的認知力量，笛卡兒將會得到她的同意，認爲數學的證明應當與形上學的證明在認知的步調上是完全一致的。至少在表面上看來，這個策略幫助避免了循環推理的責難，因爲它替上帝存在的證明提供了一個從數學的比較中得到的合法性，而不是經由明白清晰知覺的神明的肯定。

在後面談到循環推理時我們會再回到這個話題。當前，在與沉思五的關聯中，我們必須注意笛卡兒顯然採用了一個反向的機智，認爲假如我們不能預先知道上帝的存在，我們恐怕連數字的眞理也不能知道。

上帝的知識可以排除懷疑（7：69-71）

儘管他口口聲聲談論數學的明確性和證據，笛卡兒現在明白地表態，一切知識，甚至包括幾何學，都要憑藉上帝存在的眞理才能知道（7：69）。當我們處理幾何學的問題時，這些幾何學中的證明足夠令我們信服（或者如沉思四所言，「我們不得不同意」），然而如果我們處理的不是幾何學，我們試回想一下沉思一給我們的告誡，即我們在一般的情況中必須懷疑自己認知的官能。而這種對一般事物的懷疑甚至破壞了我們對幾何學解證時的自信。

我們可能會想，在作幾何學的解證時，一旦我們了解也同意這些解證的話，只要說「我們知道」這些幾何的眞理便夠了。然而笛卡兒認爲，這種未經分析的懷疑原則和不直接面對解證的態度，會破壞幾何學的知識，即使我們能正確無誤地抓緊每一個歐幾里得的證明。如果我們打量一下他的知識概念，我們會了解他的辯論。在沉思一中他曾說要尋找一種「堅固而持久」的知識（7：17）。而在沉思五中他則說，如果不知道上帝的存在，我們將「得不到確定而眞實的知識，只能得到含糊而游移不定的意見」（7：69）。在第二答辯書中他交代得很清楚，他一點也不否認即使一個無神論者也能「認識」或者了解畢達哥拉斯定理，並且可以有完全的信服（7：141*）。然而一個沒有上帝概念的無神論者將會受制於懷疑論的挑戰，正如沉思一所言；他沒有「堅固」的知識，因爲他的意見游移不定。用笛卡兒的話來說，「沒有任何可疑的認知行爲可以產生知識的東西」（7：141*）。有上帝概念的人則能面對懷疑，因此可能擁有「堅固而持久」的知識。

笛卡兒辯論的基本形式十分清楚，在他的知識概念中每一件表達的事物必須是眞，必須有正當的理由可以接受，必須要能承擔可能的反駁。他建議在認識上帝的存在和上帝不是騙子之前，我們最好先對自己認知力的可靠性加以懷疑，然後甚至不惜破壞幾何學的知識。一旦上帝的存在和祂的善良得到了證明，我們可以移除懷疑，而我們相信任何解證的「正當理由」（即我們明白而清晰知覺看見事物的理由）也能作爲堅固基礎的知識而得到保存（即使懷疑再度出現，只要我們有上帝存在和是善的證明，我們會很容易地把懷疑推開）。

上帝和循環論

笛卡兒訴諸明白而清晰的知覺來證明上帝存在（7：69），又訴諸上帝的存在來證明明白而清晰的知覺（7：69-70），造成了阿爾諾循環論的攻擊（7：214）。在第五章中我們曾考量過「排除懷疑」和「有利於理智的假設」的策略，來閃避循環論的爭議，尤其是因爲「強勢的理性辯護」策略似乎把這循環論更推到了極端。在本篇沉思中，我們需要了解的是，笛卡兒之訴諸上帝的存在和上帝是善的事實，是否只是爲了要排除懷疑而使理性更具積極的效用，或者他的訴諸上帝只是想直截了當地證實理性（如沉思四的主張）。假如屬於前者，那麼一切知識「依賴上帝」的觀念相對地變得更脆弱了：因爲如此則必須仰賴上帝騙人假設的調查，肯定其爲虛妄之後才能排除懷疑，並接受早已假定爲眞的明白而清晰的知覺。假如強勢的辯護發生作用，那麼一切知識「依賴上帝」的觀念將會十分強烈：因爲我們必須知道上帝存在和上帝是善的眞理來信任我們明白而清晰的知覺爲眞。

這兩種策略何者更適合沉思五的主旨，要看笛卡兒挑選哪一部分作爲對理性的攻擊之答辯。如果他只想答覆那些「長久以來便存在的意見」，即全能的上帝可能是騙子的「脆弱」而屬於「玄而又玄」的懷疑，那麼，「排除懷疑」，再加上「有利於理智的假設」，似乎足夠應付循環論了。笛卡兒可以輕鬆地說，除非你沒有認眞考量上帝騙人的假設，你就會受困於懷疑的領域（說眞的，這便是無神論者無可逃避的窘狀）。任何一個人如果認眞追隨了沉思一和二的過程，並且接受明白而清晰知覺的觀念，他便能相對於沒有這種知覺的人，而用這種知覺，排除所謂「脆弱」而屬於「玄而又玄」的懷疑。如果採用的是「有利於理性的假設」，則排除懷疑之後，我們將會重新獲得認知官能偵察知識的力量（如果運用得當的話）。

如果我們贊成笛卡兒訴諸此一假設，那麼讓我們回想一下他爲本體辯論和幾何證明所作的幾種比較。在上面的討論中，這些比較看來都有點初步讓步的趨勢。易言之，笛卡兒似乎在說，即使沉思三和沉思四所言關於上帝和上帝騙人的假設都沒有成功，本體辯論仍然能達到認知功能的效果，一如幾何學的解證。不過假如沉思者使用的是「有利於理性的假設」，認爲理性透明的知覺爲眞，那麼這些比較，只要把它們連同數學的知識一併放在認知功用的系統裡，便足以支持本體辯論的眞理了（但這個問題還不能決定本體辯論是否有利於此一比較）。

不過這裡有一個白璧微瑕。在懷疑論中除了上帝騙人的假設，尚有另外一個假設。那便是沉思一提出來的「生而疵瑕」（defective origins）（亦即「疵瑕設計假設」（defective-design hypothesis）的另一版本）。這一挑釁顯然無法從明白而清晰的知覺中驅趕出去，來證明上帝存在和上帝不會騙人，因爲這個挑釁來自上帝不存在的假想，以及人類的心靈只是因果律湊合在一起時的產品，因此這些疵瑕是自然生成的。爲了這個挑戰，我們宜尋找一個答案而沒有以假定爲論據的嫌疑，也不會自蹈循環推理的覆轍。

(一)生而疵瑕

在沉思五的結尾部分笛卡兒提出了兩個懷疑的論點有關幾何學中顯而易見的解證，即三角形中的三個角等於二直角：

> 只要我偶一疏忽解證的過程，雖然我仍然記得自己曾明白地了解過它，可是假如我

不知道有一位上帝存在，則我馬上會懷疑所解證的那個真理。因為我相信，即使在我最明確而明顯地了解事物上，我的本性常常也會犯錯，尤其是當我記得自己屢屢認為許多事物是真實而確定的，事後都有其他理由，令我不得不判定它們是虛妄。（7：70*）

沉思者屏除了第二種論點，即她起初承認某些事物是眞，但後來則判斷是妄，她的解說是她從前不知道明白而清晰知覺的原則是眞實的，「並且相信這些事情直到後來才發現它們並不可靠」（7：70）。在《沉思錄》中較早的紀錄是，年輕的沉思者（一如笛卡兒的早年）並不知道怎樣認識明白而清晰的知覺，因此只得用其他的方法來呈現她的信念（例如感官的經驗，或者長者的權威）。

在第一論點中，她所說她的「本性常常會（至少在明白而清晰的知覺中）犯錯」，無異重新召回了「生而疵瑕」的假設作爲本問題眞正的挑戰。這便是沉思者矢志要排除對上帝存在的懷疑論，而不是上帝騙人的假設（那個假設早已在沉思三和四中被否定了）。下面是她的解說：

但是現在我知道上帝是存在的，一切事物都依靠祂，以及祂並不會騙人；然後我可以推斷說，我所明白的而清晰知覺到的一切事物都必然是真實的。雖然我不記得某個判斷有根據或理由，可是只要我記得以前曾明白而清晰地了解過它，就沒有相反的理由足以使我懷疑它的真理。因此我對於這種判所有的知識就成為真實而確定的。（7：70）

上帝存在的本身不會造成與「天生疵瑕」假設的衝突。下面兩種觀念都有必要再深入研究：上帝是善（即不騙人的本性）和上文所說「一切都依靠祂」的事實。笛卡兒好像在重新編寫沉思四中的一句話，我們明白而清晰的知覺是眞，因爲這是上帝的賜予，特別是理性（和意志），也是祂的賜予。假如我們都只是「不得不」同意，那麼祂一定是個騙子，因爲這個明白而清晰的知覺根本是虛妄的。在這種思考中，上帝爲祂給我們創造的認知功能提供了強固的證明。

天生疵瑕的假設攸關沉思者認知功能的本原：它們是在上帝不存的宇宙中偶然形成的呢？還是經由上帝的設計然後製作而成？上面的辯解，說明它們是不騙人的上帝之設計。然而一個熟悉的問題出現了。我們相信上帝存在並創造我們的心靈唯一的理由，是因爲我們接受明白而清晰知覺的事實。但天生疵瑕的假定挑戰此種知覺的可靠性。我們有以假定爲論證的嫌疑嗎？再不然這個循環論是不是又開始啓動了？

讓我們看看沉思者在這處境中有沒有一個脫困之方，或者至少有一個緩衝的可能。爲了評價天生疵瑕的假定，沉思者可能需要比較一番她理性原始的解說。這兩種解說如果她證明其中之一爲眞，那麼她肯定是沉陷在循環論的泥淖中了。不過姑且假想她實際只是想用天生疵瑕的假設來爲上帝騙人的假設提供一個「脆弱」但「玄而又玄」的懷疑立場。她可能相信基本的「有利理智的假設」會給她合法地來用理智的功能批判天生疵瑕（至今尚未建立）的可能性。她也有可能訴諸眞理的精簡議論（見第五章）來支持明白而清晰的知覺，然後運用她的理性尋找理性功能原始的最佳解釋。在沉思三至五的過程中，她宣稱已經爲上帝的存在找到三個理由，其中之一便是上帝的善良。她發現天生疵瑕說純粹是一個想像，她事實上不能設想人類自覺的心靈會從物質偶然性的機遇中產生。因此她接受創造的假設是認知功能本原的最佳解釋。

笛卡兒無疑會認爲天生疵瑕說有相對性的軟弱。在他的時代裡，純粹物質有感受和思想的觀念遭到普遍的否定。並且極少人同意，一個思想的存在可以在不經由造物主的引導，而與物質偶然的互動中出現。當笛卡兒述說他沉思一中由於不知道上帝的存在造成懷疑而用「太誇張了」（7：226）的話時，他很有可能相信這個假設有點想入非非（這個假設需要包含疵瑕設計的兩個版本）。無可懷疑地，他會擔心物質在偶然的事件中有產生思想的可能性。當然，爲了使行文顯得有力，他不能單靠意見而不找到事情眞正發生時合理的推論。今天我們猜想意識和思想可以在自然的過程中演變（evolve）（雖然到目前爲止我們仍然不能了解心靈能怎樣「演變」），因此我們很難同意笛卡兒認爲創造假設一定比其他替代的假設更爲強固。

不管怎麼說，即使依據笛卡兒自己的意見，如果他的創造假設可以拒絕承認其他替代的假設，理性知覺的形而上方法必須要能建立一個強固的形上學結論，即上帝存在，上帝不是騙子，而是人類心靈的創造者。爲了避免一開始便聲言上帝和創造，笛卡兒首先求助於精簡眞理的議論來支持明白而清晰的知覺，隨後他又用這同一方法來決定創造論而捨棄自然的起源。這一措施便是在尋找明白清晰的知覺是否可靠的答案中，錯把假定當作了證據。我們在第五章中已經說過，這些知覺實是評估眞理精簡原則的條件。這個精簡議論可能牽涉到，舉例來說，在「我思」眞確性過於概括化時的一個錯誤的行動。如果明白而清晰的知覺不可靠，我們又該怎樣決定我們的行動？「有利於理性的假設」在這裡也排不上用場；因爲它在尋找理性是否可以揭露事物的眞性，包括上帝的存在和上帝造物的趨向時，犯了同樣的錯誤。

更廣泛地說，我們並不需要抓緊天生疵瑕的假設來責問人類心靈是否有能力描畫事物的本質、建立上帝存在的觀念，以及給我們足夠的理性來處理先驗的形上學。天生疵瑕的假設只不過是一種逆向但自然的思想起源說。我們幾乎可以斷言人類的心靈來自自然，一般說來不應當有疵瑕，除非如笛卡兒在沉思一中所言，缺乏上帝內在的觀念或者理性的知覺。或者我們也可說，我們的心靈具有上帝和事物本質的觀念，只是我們要問，這些觀念眞的能揭露事物的本質嗎？

這些對笛卡兒理性知覺存在和可信度的挑戰暫時拋開了循環論，而更廣泛地指向整個思想系統。我們會在第七章中回到這個議題。

(二)循環論和《沉思錄》的宗旨

一個根本的問題構成了我們對循環論的考量。這個問題便是，在《沉思錄》中笛卡兒是否有意，或者需要，爲人類認知的可靠性提出一個深沉的挑戰，再不然他僅僅只是要以懷疑的方法把讀者導向明白而清晰的知覺，然後發現形而上學和物理學的第一原理（這問題已經在第二和第三章中提過了）。

兩者都有證據。《沉思錄》出版後不到兩年，笛卡兒在給依麗莎白公主的信中曾說，他希望自己「絕不要每天浪費幾個小時的時間來讓幻想占據自己的思想，也不能每年浪費幾個小時的時間打量理性的問題」（3：692-693），以便能跟幻想和感官分離。這封信給人的感覺（將在第十章詳談）是，我們應當盡力專注於形上學來認識上帝的存在，和心靈與物質的本質，然後致力研討自然哲學（用沉思六所述最新獲得的對感官的了解）。

假如笛卡兒有意要介紹了解事物的方法和明白而清晰的知覺，那麼他用假設的方式來開啓談話是有必要的。他用心靈發現眞理，不是有關人類的心靈是否能夠認識眞理，而是有關形而上學主要的話題（上帝和無限的存在）。他要幫助讀者看見什麼是選擇形上學課題時最佳的理由，然後帶他去直接面對這些最佳理由所造成的一些結論。他並不想引起非常深奧的問題，有如人類的心靈是否眞能了解眞理。他要人們看見他自己已經看見的明白而清晰的知覺。他沒有在循環中論理，因爲他根本便沒有意思要提出一個強勁有力的論證。在這一點上，有趣的是，他在幾何學論文中便無意爲明白清晰的知覺作證，而只是輕描淡寫地說這些命題和議論都是「不證自明」的（7：162-163）。

從另一方面看，明白了笛卡兒在形而上學上的雄心，他既有必要，也應該勇往直前地找到人類理性和事物秩序之間眞正的關係。他畢竟不是只想造就一個「包攬一切」的世界理論。他追求的是一個眞正的形而上學。

我們已經看見，笛卡兒早已知道他可以提出一個深邃的形上學的挑戰。在第五章中我們引用了他第四答辯書中的話，他相信「事物在我們知覺中相聯繫的秩序，跟事物在現實中相聯繫的秩序，是完全相對應的」（7：226）。在這裡他建議，只要把沉思一所說「太誇張了的懷疑」予以排除，這個問題便能迎刃而解。不過我們很難說，一個問題既經提出，是否能輕鬆地排除。在另外一個地方，第二批的反駁者重申了卡特魯的懷疑（7：99），即人類的概念或者觀念有無能力顯露事物的本質和存在，一如本體論的辯論所言；他們認爲上帝的存在依賴眞正本質的可能性，不是靠人的概念。在答覆中，笛卡兒分辨兩種不同的可能性。第一種同意「只要不與人類的概念相衝突」（7：150）。他認爲這是最常見的意義，他甚至把它在幾何學論文中當作一項定義來使用：「當我們說一件事物中包含了某種性質或概念，這就無異在說這件事物是眞實的，或者可以因此肯定這件事物」（7：162）。不過他也不是不知道這種人類概念可以揭露眞正可能性的宣言（或者在本體辯論中所謂眞正的現實）會引起爭端。他相信這第二批反駁者指的是「與此事物本身相關」的一種可能性（7：150）。在答辯中他嚴肅地拒絕承認人類的概念不能與事物本身相對應，否則的話「所有人類的知識將會毫無理由地被破壞」（7：151）。他主張觀念和現實定能相應配合的信念，可以在沉思四和五中找到許多證明，他不但小心翼翼地處理這些質問，還用上帝作爲人類（形而上的）認知能力的保證。

這第二個用深入推理和提供深刻基礎的答辯，跟前面一個以方法學爲獨立的目標其實沒有絲毫的差異：他要讀者發現並運用自己純粹理性的官能。不過第一個目標並不需要第二個目標的輔佐，它有足夠力量判斷讀者是否能找到預告中的清明。第一個目標完全地運用了早期十七世紀的方法學。第二個目標則專注於形而上學的傳統。早年的形上學家曾經試圖解釋人類的認知能力可以取得本質的知識——透過柏拉圖的對個別形式直接的了解，或者亞里斯多德的理性，把事物的本質從感官的接觸中提煉出來。笛卡兒永恆眞理的創造原則提出了他自己的說法，解釋人類的概念怎樣能先天地配合事物的本性。很可能，笛卡兒是被困在這兩種目標之間了：爲他的新科學作最好的辯論（即使沒有循環論也行，只是因此便不能保證終極的眞理），和提出一個終極的解釋，爲什麼他最好的辯論一定要揭露眞理的眞正原理（他以假設爲證據和循環推理的弊病就出在這裡）。

這裡所敘述笛卡兒多種的目標和策略，旨在幫助讀者在未來閱讀相關文獻時，找到自己的觀點來處理循環論的問題。這個觀點可能是上面所說的某一種，可能是全體，也可能是讀者自己全新的觀點。閱讀哲學文獻最令人興奮的是，它如人叩鐘，用力愈大，用心愈多，反應也愈多彩多姿。圍繞循環論和笛卡兒形上學的方法學問題非常豐富而且複雜，但最後的評斷，還在讀者。

參考書目和進階閱讀

笛卡兒先天觀念的入門討論見Kenny第五章，和Cottingham第六章。Flage和Bonnen的第二章，他們都用笛卡兒的方法研究先天觀念。Gaukroger和Marion收在*Cambridge Companion*中的論文，觀察笛卡兒處理數學和物質本質的辯論。Menn, *Descartes and Augustine*, ch.8, sec. B, 也討論物質的本質。好幾篇研討笛卡兒數學和物理學關係的論文收在 S. Gaukroger（ed.）, *Descartes: Philosophy, Mathematics and Physics*（Brighton, UK: Harvester, 1980）。

如欲取得更多笛卡兒本體論的討論，參閱 Kenny, ch.7, B. Williams, ch.5, 和Dicker, ch.4。J. Barnes, *The Ontological Argument*（London: Macmillan, 1972），探索辯論的邏輯結構，還有 G. R. Oppy, *Ontological Arguments and Belief in God*（Cambridge: Cambridge University Press, 1995）調查辯論的歷史。

有關循環論的參考文獻已見第五章末。

第八章　自然世界和心身的關係

沉思六：論物質事物存在，兼論心靈和肉體的真正區別

沉思五把沉思者接引回到了物質的世界。沉思者既然在沉思一中放棄了物質和感官，沉思五卻開始指導她考慮物質事物的本質——雖然仍把感官排斥在外。現在在這篇（篇幅最長的）沉思六中，她將拾回感官的功能和感官的對象。這篇沉思恢復了感官的地位，但額外加添了一個沉思者在她最早以感官爲基礎的認識論中所沒有被承認的限制。物質的世界雖然回來了，卻籠罩在一個全然不同的概念之中。

本篇沉思的前半段（7：71-80）大力追究「物質事物是否存在」的問題（7：71）。它起初的辯論只是一個「或許」存在的問題，然後開始回顧對感官的懷疑，終至於提出物質事物存在的證明。本篇後半段（7：80-90）專注於被身體包圍住的心（embodied mind），包括從人體內部發放出來的感覺、情緒，以及原本的欲念和功用。沉思者必須考慮感官和味覺怎樣在人整個身體中（心身雙方面的）運轉，來維繫身體的健康和福利，以及神經和大腦怎樣操作來製造感覺和感情。

這篇沉思有許多的哲學討論集中在標題所示的第二部分：「心靈和肉體的眞正區別」。在

笛卡兒（從學術上得來）的技術術語中，「眞正的區別」是兩種物質間的差異（7：13, 162；亦見8A：28-29），亦指兩種物質間不能互相共有的特殊本質（如思想和擴延）。討論此項差異的文字只在一長篇論物質事物存在的結束處，倒數第二段落中才出現（7：78）。本篇滔滔不絕的文字，讀來有點像是爲這即將出場的物質存在的結論鋪設道路。雖然如此，差異性在笛卡兒的形而上學中占據一個極爲重要的位置，它也是證明身心交融和互動時產生感覺和欲念理論的樞紐。

沉思六完成了笛卡兒人類認知官能的分析。它把感官、想像，和記憶置放於官能的理論中，並把它們描述爲理性的模式或者行動（7：78）。然而這些行動與「純粹理性」不同，它們依賴身體的過程（雖然笛卡兒在別處曾經肯定過一種純粹理性的記憶〔3：48, 84〕）。這種依賴性，在兩種身體存在的論證中扮演一個重要的角色。

理解vs.想像（7：71-73）

物質事物存在的初步（也是僅僅可能的）論證，得依靠想像某一件事物和實際理解該事物現象間的差別（7：71-72）。訴諸這兩種行爲中（設想的）經驗差異時，這種現象最好解釋爲想像和心靈在我們的身體內產生互動。在這種關係中，沉思二所使用的「想像」（imagining）和「想像力」（imagination）是笛卡兒和亞里斯多德學者在認知能力標準的分類中共同接受的觀念。已如我們所知，想像某件事物，是不折不扣地形成或經驗該事物在精神中的形象。「形象」（image）一詞無疑指的是視覺上的影像，但任何一種記憶中或者自己建構出來的感官象徵，都可以視爲一種形象，不管是視覺的、聽覺的、味覺的、嗅覺的，還是觸覺的。

笛卡兒試圖讓沉思者思考想像某種幾何圖形和單用理性想像它們而沒有一個圖像時，她心中所得到的不同的感受。他讓她構想一個千邊形（chiliagon）。我們可以理解如此一個形象和它的特性，但我們無法清楚的想像出這個圖形的一千條邊來。事實上，他認爲當我們努力去想像一個千邊形時，其結果不會與我們努力去想一個萬邊形（myriagon）有什麼不一樣。然而我們清楚地知道，也是理性地知覺，萬邊形與千邊形是不同的。這樣說來，當形象無補於事時，理解還能繼續操作（這便是純粹的理性）。若要簡單的圖形，例如三角形或五角形，我們會得到一個十全十美的形象，然而此處沉思者所注意到的，卻是想像一個圖形而了解一個沒圖形的圖形會有多大的差別（亦見7：387, 389）。

笛卡兒用五角形的例子來說明這個重要現象中的區別：

> 如果是五邊形，我不僅可以不必藉想像的幫助來設想它的形狀，一如我設想千邊形的形狀一樣，還可以把心靈的注意力集中在它的五條邊上，來想像這個五邊形的同時還注意它們所包含的面積。因此我明白地認識到，想像作用需要一種心靈的特殊注意力，至於設想或理解，則沒有這個必要；這種心靈對特性的注意力，明白地顯

示出想像和純粹理解之間的區別。(7：72-3)

想像五邊形需要一個「特殊的注意力」來造成五邊形的形象，以及它的五條邊來決定它所包含的面積。形象的純粹理解（或純粹理性）也可以包含任何一種形象嗎？例如沒有感官品質的色彩？笛卡兒沒有明言，但從上面的引文中可以看見，理解圖像和想像圖像是不同的。這意謂著五邊形理性的知覺，並不牽涉到任何圖像。這中間確切的意義並不清楚，它可能涉及五角形種種性質中非想像的認知觀念，包括空間結構和與它各部門相對的關係。

沉思者推斷身體可能存在的議論分爲兩個步驟。首先，她注意到想像對心靈或純粹理解並非必要。從這裡出發，她又注意到想像的官能需要有心靈以外的幫助（例如一個身體）才能運作。她的推理如下：

我還可以說，我所具有的這種想像能力，就其異於理解能力而言，並不是我本質所必須，即不是我的心靈本質所需的。因為我縱然沒有這種能力，我仍舊和現在的我一模一樣。我們似乎就可藉此推斷說，想像能力依靠某些異於心靈的東西。我很容易了解，如果有某些物體存在，而我的心靈與它非常緊密地連結在一起，以至不論在什麼時候，都可以隨意思考它，則心靈就可藉此想像到有形的物體。因此這種思考方法和純粹理解的區別，僅於心靈在理解的時候往往會反觀自身，以探究自身所

> 具有的一些觀念，至於在想像的時候，心靈轉向物體，思考物體中與觀念契合的一些對象，而此觀念若不是由它自身所構成，就是由感官所得來的。（7：73）

這裡的第一點，純粹理解對自己或思想物的重要性，已在沉思二中提到過。該篇沉思也列出了想像和感覺的經驗作爲心靈的一種行動。但這裡想像卻被歸劃爲心靈中不重要的東西。這個結論可能是在沉思三和四中，沉思者全盤放棄了感官和想像（7：34-35）卻保留了思想物（和思想的能力）的結果。事實上，這裡的思想物——雖然被認爲是一種不明型態的物質——卻是非擴延的心靈（non-extended mind）（7：53）用（純粹）理性和意志所構成的東西。

這裡的第二點，想像對心靈並不重要，它所需要的是一些別的東西，倒是前所未聞。它顯然依賴一種假定，即思想物自身所擁有的特性必須能完整地應用在本質的特性上，亦即純粹的理解上。跟亞里斯多德物質和本質的觀念相比，這確是一個奇特的論點。一個亞里斯多德的學者通常相信物質所有的屬性就是它們本性或本質的實例，而其他的屬性則當屬於「偶然」。例如理性對人類十分重要，而個人的理性行爲便是這種重要屬性的實例。但皮膚的顏色則被認爲「偶然」或者不重要，縱然人類一定有不同的顏色或者其他的東西。雖然如此，上面引文顯然的結論是，由於想像對思想物並不重要，它因此一定需要依賴思想物的自身和一些別的東西。

一件事物所擁有的屬性都依賴本質屬性的假設，在第五和第七章中論及笛卡兒的物質觀念時已有討論。在那裡我們談到（《哲學原理》中的文字〔8A：25〕和本沉思篇〔7：78〕

實屬一致）一切物質的模式或屬性都有待或者得假定一個主要的象徵，再不然便是它們在實質上所形成的特殊本質。爲了省事，我們不妨把這種立場叫作「結構本質論」（constitutive essentialism）。因爲在此處我們還不清楚思想物是否只有一個主要的象徵，在目前案例中的準則，只說思想物的每一模式和屬性都必須要有一個本質的象徵模式。這種模式必須能讓人透過它本質的象徵而看見或了解這個事物。不相衝突地，既然想像是思想的一種模式（沉思二已作肯定，下文會再作說明〔7：78〕），它應當也能透過思想的特徵而得到理解。

上面這段話增加了「結構本質論」的麻煩。我們了解，如果某些特殊類型模式並不代表思想物最重要的東西，那麼我們勢必要乞靈於思想物的本身（它們作爲模式的東西），或者一些其他的事物來解釋它們的出現。純粹理解的行爲，作爲一種類型，是心靈的要件，但想像的行爲則否。也許可以說，凡是不能透過它自身的行爲而了解的事物，必須要用兩種或兩種以上事物互動的結果來解釋。純粹理解的行爲只要心靈自身的運作，使用它潛在的結構（也是上帝的創造），包含純理性的上帝觀念和事物的本質。不過想像的形象既然不重要，它們需要另類的東西來幫助解說。

沉思者設想，假如心靈是與身體「結合」在一起的，那麼想像應該當作是心身交會後產生的東西來理解。爲了製作形象，心靈需要借重身體。這種「傾向」身體的需求，大概可以算是牽涉到想像時的一種特殊努力。上面引文中的語言，描寫心靈能「反觀自身」，也能像眼睛一樣「轉向物體」，確是語出驚人，但我們不宜用這種方式解讀它們（詳見第九章）。我們可以設想在這些案例中，心靈可以跟身體內部的結構彼此呼應，一如它眞的擁有一個想像的形象：例如想像一個三角形時，心靈可以在大腦中產生一個三角形的形狀（雖然不是眞正用「眼睛」去看）。這樣的話，非本質的模式是從身體和不同於身體的心靈間偶然的互動而出現的。

笛卡兒讓沉思者作下結論，說想像的功能需要心身的互動是「或然」的，因此身體的存在也就是「或然」的了。這裡的辯論只是「或然」，大概是因爲其他爲想像而作的解釋尚未被排除。由於沉思者需要一個身體存在的「必然的斷定」（7：73），所以她設法搜索一個「確定的議論」。現在她開始考慮一些從未被她忽視的觀念，諸如形狀、大小、位置和運動的觀念，以及「顏色、聲音、味道、痛苦等」的觀念（7：74）。

有關感官懷疑的檢討（7：74-78）

笛卡兒採取了一個策略，讓沉思者在決定是否相信感官之前檢討她過去對感官的信任和後來據理認爲可疑的過程（7：74）。雖然這個檢討對她追求物質事物存在的證明並無必要，但笛卡兒還是花費了兩個長長的段落來描述它（7：74-77）。這兩個段落有雙重的作用，它們比較沉思者早年對感官的信任，以及若干後來才被屏除的信念。它們解釋了那些尚未被屏除的信念，如何會妨礙沉思者找到《沉思錄》中的眞理，如果她不經歷一番懷疑的過程。

下列事項是沉思者（在沉思一和三中）所提出來的應當懷疑的感官問題，其中有些部分將會被再度接受：

1. 外界事物的存在和特性；
2. 外界事物在經驗中「看來相似」的性質（例如顏色）；
3. 「本性的指使」，例如你應當避免痛苦，或感覺飢餓時應當進食。

關於第一項，笛卡兒只是重複敘述了沉思一中斷言對感官懷疑的立場。它們包括感官欺騙的實例，例如一座方形的塔從遠處看來像是圓的；還有夢境的理論，以及先天疵瑕的假設。後二種的懷疑也在暗中破壞了上列第二項的提案，因爲感覺不能跟外界的事物「看來相似」，假如該事物根本不存在的話，第三項所言「本性的指使」是企圖解釋爲什麼痛苦使我們感到悲傷，以及當我們有一種叫作飢餓的感覺時，會有意進食。笛卡兒想要說明的是，這種簡單的痛苦和飢餓的感覺，並沒有內在地跟悲傷和食物相關聯。事實上，本性指使我們「判斷」痛苦需要避免，而感覺飢餓時我們會產生吃東西的念頭（7：76）。沉思二爲這個指使所給的推論（7：39）在這裡再度呈現：「因爲本性使我傾向許多事物，既然爲理性所反對，所以我認爲不該太過於相信本性的指使」（7：77）。如果本性的指使常常誤導我們，我們還能信任它們嗎？（參考沉思一與此平行的感官謬誤討論。）

上列的一至三項，只有第二項「看來相似」的主題需要在修正後對感官的態度中予以刪除。笛卡兒即將爲外界事物的存在和本性給身體有益和有害的雙重指示的可靠性加以討論（7：83）。他不久也會再度肯定感官可以爲外界事物的本質提供訊息。在本沉思篇中，沉思者報告她「知覺到光、顏色、氣味、滋味、聲音等等，憑著這些不同的東西，我才能直接地分辨穹蒼、大地、海洋和一般別的物體」（7：75）。不過第五沉思曾揭示了一個與我們身體觀念的感官不同類型的來源：即幾何事物特性中明白而清晰的觀念。在獲得這種觀念之前，沉思者（也和早期的笛卡兒一樣）屬於一個經驗論者：

> 又因為我曾經記得自己一向信任感官，懷疑理性，而且認為我自身所構成的觀念，比不上以感官所知覺到的觀念那麼清晰，況且它們甚至多半是由後一種觀念所構成的。故此，我就輕信自己心靈所有的觀念，都是以前透過感官來的。（7：75-76）

這段引文中的知識論完全符合霍布斯和伽桑狄在他們異議書中的意見，也被後來的經驗論者如洛克和休謨所承襲。笛卡兒辨別「生動的」（vivid）感覺觀念，和「不甚生動」（less vivid）由理性造成的觀念。不過這些不甚生動的部分，他說仍然是由感官構成的。這種等級的評定，倒頗有點創意的想像（一如畫家的創造），也爲感官觀念的理想化，有如插補技術（extrapolation），再不然便是爲了情感和意志（他並不認爲屬於感官的一類），提供了一個空間。然而沉思者在過去從來便沒有想到理性思考的本身會有任何屬於它自己的東西（例如先天的觀念），因爲她從來便接受亞里斯多德的學說，相信理性空無一物，除了「前所感受到」的某些事物。

笛卡兒把沉思者介紹成一個自然傾向於經驗論和相信「看來相似」理論的人。這種描繪與一般人由於童年長期浸潤在感官之中所帶來的偏見頗相一致，一如《哲學原理》（8A：35-37）和本書第三章的討論。它在方法學上也頗融入《沉思錄》沉思的過程，來協助把心靈從感官中抽取出來，然後發現純粹的理性。這個最新發現的認知來源現在足以證明身體確實存在了，雖然它也許並沒有沉思者早年認定它所擁有的屬性。

這個議論在一開端時便把剛剛審查過需要剷除的懷疑作了交代：「我現在開始更了解自己，也更明白地發現自己是我今天存在的創造者，因此，我實在不該隨便承認感官所教我的一切事物，但是另一方面，我也不該普遍地懷疑一切事物」（7：77-78）。她清楚了解自己和上帝的知識，但怎麼會跟懷疑的觀念發生對立的關係呢？她發現自己有明白而清晰感受的能力，而這能力供給了她此一證明的基礎。至於上帝，沉思四已經證明，祂不會給我們一種天性當我們犯了過錯時而不能自我修正。

這個證明的第一步驟是有關心身的區分。心靈和身體一旦能顯示它們分離的狀態，處於外界的身體便能假定作爲心靈感官觀念因果的來源。

心身的區分（7：78）

心身區分的初步證明在本沉思篇中只占據一個小小的段落（雖然隨後不久〔7：86〕還有

第二個議論）。笛卡兒在《談談方法》中也提供了另一個證明，我們得在此作一嚴密的探討（7：8）。他在後來的《哲學原理》中雖也曾談論此二者間的差異，但由於過分的簡化，只剩下一個粗略的大綱。

(一)《談談方法》裡的議論

《談談方法》一書中，心身區別的論證出現在「我思」推理之後，在眞理精簡原則和上帝存在的證明之前。該論證行文如下：

> 其次我專心一致地考察我是什麼。我可以假裝我沒有身體，世界不存在，而我實際上也無地容身，但我不能據此便認為我不存在。相反的，當我看見我在思維中懷疑其他事物的真理時，我可以合理地推論我一定存在；而假如一旦我停止思維，即使其他一切我想像中的事物都是真實，我也不能找到理由相信我存在。從這裡我開始領悟到自己在本質或本性上是一個思想的物質，也不需要任何空間，或者依賴任何物質的事物來得到存在。（6：32-3）

心靈乃分離在身體之外的一種物質，是可以在假想中「理解」（或者「認可」，recognized 一字，從法文的 *connaire* 變來）的，因爲物質世界的存在可以被懷疑，而我們自己作爲思想物的存在則不容懷疑（至少在當我們思想的那一刹那）。

這個論點曾被評論家當場指出是謬誤的（那批給笛卡兒的書信已經遺失）。那是一個以「無知」（ignorance）爲中心思想構成的辯論。當我們懷疑身體的存在而不能懷疑自己作爲思想物的存在時，這並不能證明心和身是分離的。因爲一個思想的自我和自我的身體可能根本是一回事，只是推理者對這個事實一無知曉。假若眞是如此，那麼他大可懷疑身體的存在（包括他自己的身體）而藉著他對眞實身分的無知，同時也肯定了心靈的存在。

要看見此一議論的謬誤，我們不妨打量一個帶著面具的逃犯被警官追捕的畫面。假想這位警官作以下的聲言：

1. 我一點也不懷疑這個帶著面具的人便是嗦囉（Zorro）。嗦囉就站在我的面前。
2. 我懷疑這位年輕貴族唐狄雅哥（Don Diego）的存在：因爲就我所知，他已突然去世了。
3. 因此，嗦囉不可能是唐狄雅哥。

警官的思考不一定正確，因爲從認知論來說，嗦囉有可能便是唐狄雅哥。這個思考僅僅顯示了警官對嗦囉身分的無知——因爲事實上他就是唐狄雅哥。如果他知道嗦囉的身分，恰當地盤查後，他便應當知道站在他面前的正是唐狄雅哥。當然，即使他驗明嗦囉的眞實姓名是唐亞歷山卓（Don Alexandro），上面的推理仍然不能排除唐狄雅哥戴上了面具的可能性，因爲這並不能證實嗦囉的身分。因此，心靈是否眞的與身體分解爲二，《談談方法》並沒有作一個解答。

笛卡兒《沉思錄・序言》中對這宗評論有一個回應。他承認這個論點有謬誤，如果它只依賴「心靈在反省自身時，雖然只認知自己是一種能思想的東西，但這並不意謂著心靈的本性或本質只在於能思想，它說不定還包含其他東西」（7：7-8）。不過他否認曾實際上肯定過《談談方法》中眞正的區分——雖然上面的引文讓我很難不相信「眞的」有這個結論。

笛卡兒不肯認錯並不重要，重要的是，他不願意證實《談談方法》中的議論爲有效，假如把這議論當作身心區分的嘗試的話。他答應找到一個有效的方法——亦即，「我以後會指出，我們既然知道只有思想屬於心靈的本質，結果當然是：除此以外再沒有別的東西確實是屬於它的了」（7：8*）。當他說「再沒有別的東西」屬於思想的本質，這何異於說他不能懷疑自己的思想，但仍不得不懷疑身體的存在？用沉思二和六（7：13）中沉思者對認知的立場來作比較，「要旨」答覆了這個問題。沉思者在沉思二中不能懷疑她是一個沉思物，卻懷疑身體的存在。從這裡她得到結論：在概念中她分開了心靈和身體，但不能排除心身在未知的情況下仍然有合而爲一的可能（見7：27）。一旦得到了證明（在沉思四中），那麼「我們所能明白而清晰地知覺的事物都是眞的，也都能符合我們的理解」（7：13），這時沉思者便能（在沉思六中）把心身概然的區分，正式辯解爲它們眞正的差異。她可以宣言這不再是一個無知的辯論，因爲她的概念現在可以清清楚楚地描繪心靈和身體的本性。

㈡沉思六的辯論

我們已經看見，沉思者在沉思二中作了多於僅僅發現她能懷疑身體而不能懷疑自己作爲思想物而存在的觀念。她聲稱發現了她本質上是一個思想物，其中包含理解的能力，並承認思想可能是一種身體的行爲。現在她要設法證明她可以像物質一樣地存在，而完全與身體和身體的行爲脫離關係（這意謂著她是一種「非物質的事物」，但此種語言都是笛卡兒所罕用的〔例如，9A：207〕）。

試回想這句話：物質是「一種可以獨立存在的東西」〔7：44〕，或者獨立於一切事物之外（除了護衛一切事物存在的上帝〔7：49，亦見8A：24-25〕）。從這個定義看，我們可以設想笛卡兒建立心身分離的理論可能有兩個不同的目的。在一種情況下，他可能只是要顯示自己和身體是兩種不同的事物，有如桌子和椅子的區分；自己和身體可以分開獨自存在，一如椅子可以從桌子旁邊移開（這種在個別事物以數字表達的差異是學術上「眞正差異」〔見8A：29〕用語全部的條件）。在這種解讀中，他訴諸心身本質的區分（亦即思想和擴延）恐怕只是要把自己和身體分辨爲兩種可用數字表達的不同的東西——但他沒有意圖要證明心靈和身體屬於兩種不同類型的物質。它們之間不同的本質，是個別差異性的結論中一些次要的前提。笛卡兒第二個目的大約是想大力證明心靈和身體是兩種不同類別的東西。它們不單在物質種類上不同（有如我們認爲油和水的不同），它們也沒有任何共通的屬性（除了泛泛而言的存在、時間性，和數字）。這一類強烈的區分很配合笛卡兒的概念，即每一種物質的類型是由它們個別主要讓人能構想其模式的特性所造成（這是一個在《沉思錄》中始終沒有明言的概念，雖然在本沉思篇〔7：78〕和第一答辯書中〔120-121〕略有涉及）。的確，笛卡兒在別處也曾提到，這類的特性必須要有邏輯上的相對性和彼此獨一無二的內涵（9A：349）。

由於笛卡兒議論的程序常會順著他的開場白之意見展開，我們不妨採用他第一目標的看法來建構他心靈和身體在類別上的區分。他需要一個類別的區分來幫助他說明書信集中（7：13-14）所描繪靈魂不朽的言論。更重要的，這個類別的區分是他形而上學中非常核心的結論。雖然從字面上來說，他的議論確實有上述第一目標的意思——他的結論也在文字中作了心身截然不同的結論——他的言外之意卻很自然地指向二種物質種類的差別，以及它們之間沒有任何共通的特性，這與他後來主張的看法（8A：28; 9B：348）也完全一致。

在沉思六發展的過程中（以及答辯書中的解釋），這個目標需要三個結論，它們也可以當作是眞正類別區分的條件。它必須證明心靈是一種物質，而思想是它唯一的本質；身體也是一種物質，而擴延則是它唯一的本質。兩者各有其獨一無二的內涵，彼此也能清楚地畫分界線。如果我們採用笛卡兒自己的用語，我們可以稱呼這最初的兩個觀點爲「完全存在」（complete-being）的結論，而稱呼它第三個觀點爲「彼此排斥」（mutual-exclusion）的結論。

這三個結論可解讀如下：

1.完全存在：一個思想物可以像一種物質般地存在，而它唯一的本質是思想。

2.完全存在：身體可以存在有如物質，而其唯一的本質是擴延。

3.彼此排斥：精神的物質沒有身體的模式，而身體的物質也沒有精神模式。

乍看起來，第一與第二種的條件並不暗含第三種的條件，除非給它們一點特殊的假設或者增加一些前提。在亞里斯多德的物質觀念中，思想有可能成爲一個沒有身體事物的本質（例如天使），但這並不必須要排除有些思想物（例如人類）自然或本性地便與身體結合在一起，而不能自然存在或者操作思想於身體之中。因此若要讓有亞里斯多德思想的讀者接受此種觀點，他必須肯定第一和第三兩點。再說，即使是爲了笛卡兒自己物質「建構本質」（constitutive-essence）的概念，上列三種條件都必須具備。根據這種概念，物質的模式必須要能透過它的本質而得到了解。這個假設，加上第一和第二種條件，可以產生第三種的條件，如果我們已經證實了思想本質上並不包含擴延的模式。否則，心靈和身體可能各自爲一種物質，但各自都展現了一點彼此的模式（若干或者全部的心靈可能有擴延性；若干或者全部的身體可能會思想）。因此，爲了要證明企圖中眞正的類別區分，「彼此排斥」的條件十分緊要。

把這些觀點存放在心中，且讓我們來讀讀笛卡兒的原文。爲了閱讀的方便，我把這些相關的文字分爲三個部分：

〔A〕首先我知道，凡是我明白而清晰地了解的事物，都能由上帝按照我的了解的樣子創造出來。因此，只要我能明白而清晰地單獨了解一物，而不受另一物的影響，就可以確知這兩個事物之間的區別，因為它們至少可憑藉上帝的全能而分別獨立地存在，不論是哪種能力使它們分離，使我非得判斷它們之間互有差異，則無關重要。

〔B〕而且由於我確知自己的存在，同時認識到，除了我是一個思想物之外，根本沒有任何別的東西必然地屬於我的本性或本質。因此我可以正確地下結論：我的本質只在於我是一個思想物。

〔C〕雖然我馬上會說，我確實有（或者盼望有）一個身體與我緊密地連地一起，可是因為一方面，我既然有一個明白而清晰的「自我」觀念，而且我只是一個有思想的而無擴延的事物；另一方面，我對物體又有清晰的觀念，知道物體只有擴延而沒有思想。因此我是完完全全地與我的身體分開的，互相獨立的，沒有身體我仍然可以存在。（7：78）

我們得了解這三個部分個別的問題和它們相互的關係。A段中對上帝的訴求擔任了什麼職分？B段能代表類別區分的基本辯論嗎？抑或它的效用只能在C段中產生？至於C段，它是不是B段的延伸，來否定C段中第一句話所提出來的問題？我們將一一作答。

(三)上帝和可能性

A段似乎在說，由於上帝無所不能，所以他能使心靈從身體上分開，因此它們一定是有區別的。但這是一個相當脆弱的辯論，因爲這只是訴諸於上帝不可理解的力量來證明有關祂創造世界的事實。假如上帝分離心靈和身體需要用奇蹟的力量，我們無法了解在日常情況中他們

「自然」的關係。

A段所言絕非奇蹟的運用，而是有關自然（創造的）世界「眞正的可能性」。笛卡兒對可能性的觀念十分複雜，在原理上他相信上帝自由地創造了所謂的永恆的眞理——包括數學和事物的本質——祂還可以把世界造成任何其他祂所想要創造的樣子。然而笛卡兒沒有認定在這個原理中，人類的心靈不能理解創造這個世界的眞正可能性。正如我們將在第九章中看到，上帝創造了許多不可改變的永恆眞理，同時也讓我們的心靈獲得對它們適當的調節。因此，一如沉思五的討論，我們明白而清晰的理性知覺可以顯示事物眞正的可能性。在這裡，沒有必要去提上帝的名；我們只要回想一下明白而清晰的知覺可以告知我們這一切的可能性便足夠了。事實上，引文清楚指出，「不論是哪種力量」使它們分離，對我們眞正區分的判斷一點也不重要（亦見7：170）。笛卡兒事實上相信當身體失去功用時，心靈便會從身體中走出來（7：153）。因此在死亡的自然情況中，這二者當然就分開了。只不過這個特殊情況還不能在此處提出，因爲人類身體萬全的功能要在沉思六的後半部才會談到。

在A段中我們能夠看見的事情有兩件。第一，它肯定明白而清晰的知覺是眞正可能性的嚮導。第二，它提供了眞正區分的標準。如果這兩件事可以分別存在，那麼它們是眞正有差異的。然而這個可能性的標準告訴我們，這兩件事情可以分別存在，假如「我可以明白而清晰地了解這兩件作爲不同事物而存在的東西」。對這些條件的了解，已經羅列在上述第一至第三種的條件當中。實際上，笛卡兒也已把這一系列的條件包括「彼此排斥」的結論，寫在給卡特魯的信件中作爲他辯論的支持〔7：120-121，引文見下〕。

㈣明白而清晰的理解

B段和C段信賴明白而清晰的知覺，前者隱喻，後者明言。B段說出了兩件事實：我們知道自己的存在（「我思」推理的初步結論）；我們「看到」（或者「注意到」，即拉丁語的*animadvertere*），「除了我是一個思想物之外，根本沒有任何別的東西必然屬於我的本性或本質」。從這些事實便得到下面的結論：「我的本質只在於我是一個思想物」（這裡的「我」只限於前面沉思〔7：78, 81〕所述敘的自我；但在後來他把這個「我」，在加上了身體之後，並把這個與本質相結合的身體，擴大變成了全體的人類〔7：88, 228；亦見8B：351〕）。

B段排除了自我本質中「我」的一切成分，只保留了思想。這是否意謂著「我」被排除於身體行爲之外，或者在一切有形物質的特性之外？這個答案得要看自我的「本質」是否在思想，並與身體有別，以及它是否缺少身體的特性。在這裡，假想的組織本質論可能有幫助。如果思想是自我的本質，如果思想和概念不包括身體的模式，那麼結構本質論便會有自我缺少身體特性的意思（笛卡兒從未解說過結構本質論的觀念，但當我們詳細分析他「模式」的概念作爲本質或事物存在的限性時，他可能會相信這是一種明顯的「自然之光」，因此一件事物的本質應當提供它所有模式的基礎〔7：79；亦見8A：25，8B：348-9，和S：404-5〕）。

當然，我們必須先確定沉思者作爲一個思想物有她自己明白而清晰的知覺。在此處我們宜記取她早期所獲得的知識。在沉思二中，她學習運用懷疑一切物體存在的試驗來觀看她獨立於身體之外的自己，結果她發現自己是一個思想物，也能了解她自己，如果她眞正能夠拋開一切身體的屬性。笛卡兒現在要沉思者肯定，這種視自己爲思想物的觀念，就是一種本質的明白清晰的知覺——這與沉思五中所得到擴延的明白清晰的知覺並無兩樣。在沉思六較早的文字中，她也曾肯定過感官和想像，雖然它們需要身體的幫助，對心靈卻全然不重要。她可以擁有一個心靈，即使她缺少感官和想像，以及它們跟身體之間應有的一切關係。最後，B段聲言，沉思者可以看見她，除了思想，「根本沒有任何別的東西」屬於她的本性或本質。這似乎也意謂著說身體的屬性已經被完全排除了。如果她認爲這些觀點便是她對自我的概念，那麼在明白而清晰的知覺可以顯示事物眞正可能性的假設上（加上結構本質論），她應當知道純粹的思想物可以存在，而且不需要有身體的屬性。

即使B段文字的解讀正確無誤，它仍然依賴一個假設（即結構的本質論），並且還有在暗中肯定了「根本沒有任何別的東西」（即指物體的屬性）的話還沒有交代清楚。笛卡兒可能會感到有必要詳加說明，再不然也得另添一段論證。

㈤ C段文字的理論

C段文字的中心思想是申言自我擁有明白而清晰的知覺時，可以成爲一個思想物而沒有擴延的特性，也可以成爲一個有擴延性卻不能思想的東西。這些觀念可以合理地得到「我」或心

「眞正分離」在身體之外的結論。

C段中下列的觀念十分明白而清晰：

i自我僅是一個思想而無擴延性的事物。

ii身體僅是一個有擴延性而非思想的事物。

這些論點說明心靈和身體有不同的構成方式，也彼此相互排斥。如果我們同意這些論點，它們便能支持彼此排斥的結論。只是這些言論的本身並不能斷言心靈和身體是顯然不同的物質。因爲如要接受這個結論，我們先得證明它們各自都是一種物質。若要使i和ii二者都能推出物質間眞正差異的議論，則我們必須知道心能脫離身體而存在（或者身體亦能脫離心）。至此，我們需要「完全存在」的結論。

現在我們需要把B段再拿回來，只是這一次無需結構本質論的幫忙。B段文字斷言我們都知道自己作爲存在物而存在，而其唯一的本質是思想。它肯定了心靈完全存在的條件；笛卡兒可能也相信這個結論能同樣被身體接受。若然，則我們得到了足夠的理由，相信它們能作爲一個完全的存在而存在，這樣的話，配合上面的i和ii的兩種觀點，我們得到了上列1.到3.的全部條件。

把這三段文字放在一起，A段爲物質間眞正的區分（可以分別存在）提供標準；它也提出明白而清晰的知覺作爲判定標準是否合宜的方法。B段肯定思想物可以獨立存在。C段則肯定思想物並無屬於身體的任何特性。不過假如思想物能作爲一個沒有任何身體特性的物質而存在，則它當能脫離身體而存在。這一點，用A段的標準來說，意謂心確實是一種有異於身體的物質。

㈥形上學觀點的辯論

用如此的方法作爲進路，笛卡兒無異凝聚了形而上學的洞察力來考察心靈和身體的區分。沉思二讓沉思者思考心靈而不涉及身體，換言之，讓她心靈中有一個明白而清晰的知覺，但不與身體的觀念相連結。沉思三至沉思五對明白而清晰知覺的肯定，給了沉思者一個特權，來肯定世界即是她在明白而清晰知覺所見到的世界。沉思五提出一個身體本質上明白而清晰的知覺。最後沉思六把前面種種觀察放在一起，而肯定了心靈和身體是含有彼此相互排斥的本質的物質。它們之間沒有任何共通的特性，它們當然便是眞正互異的物質。

笛卡兒在「要旨」中早已預告了《沉思錄》的推演將走向此一途徑。他把每一沉思都掛上了特殊的任務：

沉思二：「靈魂（或心靈）可以由此分辨出什麼屬於它自己，什麼屬於物體」。

沉思三：說明「我們所能明白而清晰地知覺的事物都是眞的，且都符合我們的理解」。

沉思二、五、六：「清楚說明一般有形物體本性的概念」。

從這些地方，沉思六推論說，「心靈雖然和身體有差異，但這兩者息息相關，且密切地連結在一起，形成兩種截然不同的物質」（7：13）。

沉思六的辯論沒有爲這份摘要增添多少新意。第一答辯書把物質的觀念詮釋爲一個「完全的存在」（7：120-121）。《哲學原理》爲這個術語做了一份進一步的工作，把思想解釋爲思想物的「主要特性」，透過它，一切的「模式」都得以了解（8A：24-30）。在這些解釋之外，笛卡兒在重申他的幾何學立場（7：169-170），或者《哲學原理》（8A：28-29）時，並沒有另闢蹊徑。這個辯論包含形上學對心身相互排斥的眞正性質，和它們作爲眞正不同物質而存在的可能性作了深刻的觀察（他的另一辯論〔7：85-86〕，相信心可以分割而身體不能，並且也作出它們眞正不同的結論，大約是因爲它們各自擁有一種屬性而對方卻不能擁有）。

㈦揮之不去的異議

好幾個異議糾纏著笛卡兒：他怎樣知道一個思想物或者心靈不是與身體的「有形物質的運動」結合在一起的（7：100, 122-123, 200, 9A：207）。他們實際上要問的是，他怎樣才能確定思想的眞實身分，和身體的互動不是一種屬於無知的辯論。

在第一答辯書中，笛卡兒乞靈於「完全存在」的觀念，然後落實於「相互排斥」的特質上：

> 當我想到身體只是一種有擴延、形狀，和運動的物質時，我完全了解身體是什麼東西；我不承認它含有任何屬於心靈本性的東西。
>
> 相反地，我認為心靈是一個完全的東西，它能懷疑、理解、意欲等等，即使我否認

它擁有包含在身體觀念中的任何一種屬性。

如果說心靈和身體之間沒有一個天淵之別，那真是匪夷所思了。（7：121）

這個答覆造成卡特魯（和他後來的一批抗議者）的不滿，他們想要知道，笛卡兒怎樣排除了獨立存在於身體之外的心靈事實上是一個不完全的東西之可能性（雖然它看起來像是完全）（不完全，指的是心靈與身體之間應當會有互動的可能性——這正是這場辯論的重點）。阿爾諾在他詳細的辯駁中（7：198-204）也陳述了他的看法。他提出一個相反的例證（雖然聲稱跟笛卡兒的議論互相平行，卻得到一個顯然錯誤的結論）：

我明白而清楚地理解這是一個直角三角形，但不曾注意到它斜邊上的平方等於直角兩旁的平方。我們如果以此推理說，至少上帝也會創造一個直角三角形而它斜邊上的平方可以不等於直角兩旁的平方。（7：202）

我們可以有一個直角三角形明白而清晰的知覺，卻不一定認識它一切的屬性，包括畢達哥拉斯定理。但按照阿爾諾的觀察，我們對這些未明的屬性，例如畢達哥拉斯斜邊平方等於其他二邊平方的性質，並不能確定是這個三角形的屬性。因此我們也許可以說，思想事實上在跟身體互動，即使我們只能察覺到心，而不會連想到身體。

爲此一辯駁，笛卡兒指出了幾個問題（7：224-227）。第一，即使三角形可以被視爲一種物質，但「斜邊的平方等於其他二邊的平方」卻不是物質（7：224）。說得過去，阿爾諾的反駁並不平行於心身的辯論，亦即心靈和身體可以獨立存在。第二，笛卡兒相信，如果我們明白而清晰地理解畢達哥拉斯定律所指稱的屬性，我們一定會理解那個屬性只適用於直角三角形。不過他強調說，假如我們明白而清晰地理解擴延的屬性，則我們會知道思想不包含在內。第三，我們不能否認畢達哥拉斯定律只能應用在直角三角形上，雖然我們對二者都有明白而清晰的知覺。不過他相信，我們也可用同樣的態度來看心靈和身體。因此，他的結論是，如果心靈和身體不是截然不同的物質，我們將無法將二者用明白而清晰的知覺，把它們從各自不同的屬性中分開。

最後，這些回應都回歸到兩個主張：我們對心靈明白而清晰的知覺與身體物質的類別截然不同（反之亦然），以及我們明白而清晰的知覺讓我們看見世界的眞象（或者可能的形象）。如果兩種主張都被否認，這個辯駁也就失敗了。這個辯駁也可以是眞，假如我們具有心身清晰的觀念，以及心身各自（有時）有它們「完全」的概念。不過如果我們的概念不能顯示世界結構的眞相，這個辯駁也會失敗。再者，如果我們誤以爲心身的觀念明白而清晰地顯示它們可以獨立存在，辯駁也會失效。這兩種主張必須皆眞，這個辯駁才能成立。

心靈是思想的物質（7：78-79）

爲了要向外界物質存在的結論推進，笛卡兒進一步考察心靈本身的屬性問題。他讓沉思者思考種種精神功能和思想模式對她作爲思想物而存在的事情是否有必要：

> 我發現自己擁有想像和知覺的種種能力。沒有這兩種能力，我雖然也可以明白而清晰地認識自己是完整的，卻不能沒有我，即在離開了它們所依附的理性實體情況之下，來單獨想像這兩種能力。因為在它們形式的概念（formal concept）中，都是一種理性思考的行為。（7：78*）

笛卡兒在這裡指明思想物是一種「理性的實體」（intellectual substance）（亦見7：12，9A：207）。這頗符合我們在沉思二的發現，即理性是思想最重要的成分。這段文字還認爲想像和知覺的能力對心靈並不重要。這二點並不是想像和知覺不屬於心中思想模式的一種；相反的，它認爲各自都需要一點「理性的實體」來作爲依附。感官的知覺和想像是知覺的一種，它們也屬於理性的行爲（有如《哲學原理》的解說，知覺只不過是理性的運用〔8A：17〕，因此任何一種知覺都是理性的行爲）。然而沉思者的結論是，她可以沒有這些行爲而仍然是一個存在的思想者。這恐怕是說，她可以把自己看作是一個純粹的理性，即使沒有感官或意欲，仍然能理解上帝、自己，以及幾何的物質。笛卡兒大約已把這三件認知上的事物從心靈分離了，一如沉思者的自視。

在第四章中，我們曾考慮過思想或者思想物是否有一個核心的本質特徵。有些哲學家相信笛卡兒把意識（consciousness）當作思想的本質。不過他從來沒有如此說過，而在這裡他把心描述爲一種「理性的實體」（intellectual substance）。他也把一切理性的實體歸劃爲知覺；感官的知覺和想像只有在屬於知覺的範圍內時，才能成爲理性的一部分。在第五章中，我們發現他對觀念和想像的比擬，說明了觀念永遠只是一種表徵。事實上在沉思三中他曾說，「沒有任何一種觀念不能表徵事物的實體」（7：44）。如果它的意思是說，一切事物觀念都表徵「個別的事物」，那麼這句話很難跟笛卡兒的認知事物屬性或本質的「概念」和「簡單的概念」（第四、五章）取得調和（假設這種概念看來也自然地屬於一種觀念的型態）。不過《沉思錄》自首至尾都肯定一切觀念都有表徵事物的特性（除了8A：15）。因此我們幾乎可以說，對笛卡兒而言，理性（知覺或者表徵）便是思想核心的特徵。

在第六章中我們看見意志是心靈的特徵，顯然不同於理智，而理智和意志二者都是判斷不可或缺的條件。在《哲學原理》（8A：17）中，笛卡兒說一切思想模式可以分解爲理智（知覺）或意志（意欲）的行爲。此種意志不同於心靈功能的論調，看來與理性是思想核心本質的特徵有點牴觸。

如果搜索笛卡兒的著作，我們會找到極少直截了當的宣稱，認爲理性和意志二者是精神的功能，以及它們的運作都是思想的實際表現。不過在第六答辯書中有一段耐人尋味的文字，言及它們之間的關係。在這裡，笛卡兒解釋說，理解和意志有一種特殊的「親密和連鎖」（affinity and connection），而「能思考的事物和能意欲的事物，憑藉它們本性的統一，其實是一而二，二而一的」（7：423）。什麼是「本性的統一」（unity of nature）？意志和理性都是一種功能，它們的運作便是思想的實例。如果它們都能產生思想，它們應當也能提供統一，縱然這種說法並不能說清楚「親密」是什麼意思。意志和理性的行爲都與「意識」發生關係，假如意識是思想的本質，那麼它似乎可以提供一種「本性的統一」。然而如果兩種型態的行爲都是意識的一部分，這件事實也不能造成它們之間特殊親密的關係。不過如果我們認定理性是思想核心的要件，這倒提供了本性統一的解釋。我們在第五章中看到，意志的行爲需要觀念或者對象。但有表徵性質的觀念都是理性的運作；如此一來，意志在概念中變成了理性的先決條件。這種轉換其實並無必要；理性和表徵可以沒有意志而被理解。也許由於理性或表徵比意志更爲緊要，它遂被視爲思想物的本質特徵，這也解釋了爲什麼心靈被稱爲「理性的實體」（我們將在第十章中再回到這個話題）。

外在事物的存在（7：78-80）

由於想像和感官的行爲對作爲思想物的自我並不重要，沉思者想找到一個答案，解釋爲什麼這些行爲仍然在她心中發生。在本沉思篇較早的地方，她注意到一個感官知覺有異於想像行爲的特徵。想像被意志控制；她可以選擇，也可以不選擇，去想像一個五角形。然而她感官的觀念卻「常常在沒有甚至與她的意志相違背的情況下產生」（7：79）。因此她推斷說，這些觀念一定是「另外一些與我不同的實體所產生的」（7：79）。由於我們都有感覺，這個問題無異在問，「什麼東西製造了我們心中的觀念」。

沉思者想到三種情況：我們的感覺是客觀實體造成的，是上帝造成的，或是某種「其他較實體更爲高貴的生物」（例如天使）造成的。她推想如果感覺是客觀實體的物質造成的，那麼這個原因「將會在觀念中含有形式上和事實上所表徵該物的一切」（7：79）。如果感覺是上帝或天使造成的，那麼，那些觀念中所表徵的一切，就以上帝（或天使）爲其「超越」的原因。超越（eminent）的觀念已經在沉思三中介紹過，隨後在幾何論文中也有解釋（7：41, 161）；在本篇沉思中它意謂上帝或者天使可以作爲我們知覺的原因，即使祂們沒有一個實體，也不擁有任何形象。沉思五曾經確定有形實體的觀念，在這裡則認爲如果客觀的實體可以造成感官，這個實體事實上也就是造成我們感官觀念形式和實體的原因，它對這個觀念一定有「客觀的」或「表徵的」性質。

觀念和實體間的因果關係，若與觀念和上帝（天使）的關係相比較，我們會找到這個辯論的樞紐。我們感官的觀念，看來可以表徵有形的物體。我們也自然地相信這種觀念代表眞正物體的屬性。我們一切的官能都無法告訴我們上帝或天使是我們觀念的製造者。沉思者因此推理說：「我將很難不相信上帝不是一個騙子，如果那些觀念不是由有形事物引起的。」由於上帝被證明不是騙子，所以，「我們必須推斷說，有形事物是存在的」（7：80）。

這是一個相當濃縮的辯論，而其中提起的若干問題並沒有馬上的答覆，它強調如果一個實體在我們心中造成感官的觀念，這個觀念可以眞實顯示物質的屬性；但如果這觀念是由上帝或天使造成的，則沒有這種特質。然而我們爲什麼會相信，如果實體是原因，我們的觀念便能有確實的表徵？爲什麼它的結果又能表徵，或精確地描繪這個原因的屬性？這個問題是伽桑狄提出來的，他相信「一個有效的原因必須處於結果之外，且常常有十分不相似的性質」（7：288）。原因並不需要有相似性，也不需要含有在結果中常見的相同的形式（見7：39）（事實上，笛卡兒相信上帝雖然創造外在的事物，祂自己卻沒有擴延性）。雖然伽桑狄的抗議在詮釋笛卡兒的立場時有些錯誤（也只得到笛卡兒敷衍草率的答覆，7：366）。但這裡的質問的確正中要害。他不能同意實體之所以具有某種屬性，只是因爲當它影響我們的心靈時，它們是這些屬性觀念的創造者。

笛卡兒知道他在這裡需要一點解釋，他開始尖銳地區分在心靈中產生形狀和幾何屬性等感官觀念的實體物質，和能產生顏色、聲音等觀念的物質；關於後者，我們會自然地傾向於接受「看來相似」的理論，雖然這個理論是不足爲憑的。至於這場辯論認爲有形物質是存在的結論，笛卡兒對這兩種原因之間的差異還是不很肯定：

> 它們的外形也許並不完全像感官所知覺的那樣，因為在許多例證中，感官只能曖昧而紛亂地知覺它們。可是我們至少得承認，凡是我在它們方面能明白而清晰地理解的，換言之，即凡是能在純粹數學的對象中所理解的事物，都確實是在我以外存在的。（7：80）

雖然沉思五已經建立了物質實體屬於擴延模式的觀念，本篇議論卻不牽涉任何可能物質純粹的思想觀念，而只注意它們感官的部分。它要求感官的觀念能顯現物質實體客觀的實在性，否則上帝便是騙子。就沉思四所言，它似乎也要求，如果有些感官引導我們承認某種不存在物質的屬性（例如顏色一類的特質），我們也應該能糾正自己的錯誤。這些要求到目前爲止尚未得到說明。

我們看來有點失去了前提。不過在後面幾段文字中，一般感官的可靠性還是得到了補充的說明。

笛卡兒直截了當地肯定，感官能告訴我們「太陽有多大，形狀是如何等等」的事實（7：80）。感官的觀念的確能說明物質客觀的實在性，但他也肯定感官所給我們其他「眞實」的感受，「例如光、聲音，或者痛苦」。他把兩種感受，形狀和光（或者顏色），視爲是一種「本性的指使」。而就「一般意義的所謂本性」，其實「就是上帝自己」（7：80）。我們一切感官的機能都是上帝所設定的。祂讓我們趨向於相信事物具有它們所顯現的形象。每件事物的本身都可以讓我們想到它是如此塑造和著色的（它的顏色是它「眞實的本性」或者「相似的」色彩）。不過祂也同時給了我們對事物本質純粹的理性感受。因此我們應當能夠信賴我們的感官，至少在某些時候，來認識事物特殊的本質，有如大小和形狀（有關色彩或痛苦的「眞實」感受，將在下文討論）。

此一外加的前提，是感官功能爲我們提供事物在大環境中的特性。因此感官的觀念也會爲我們提供事物實際擁有的屬性。進一步說，假如某些感官因事物的大小、形狀或者顏色而爲我們顯示事物眞實的存在，我們應當有能力糾正我們由此而誤導的認識（例如「看來相似的」議題）——至少暫時保留在不利情況下所作的判斷。然而由於純粹理性的思考宣稱可以告訴我們物質實際的形象和大小，因此我們相信感官也可以在有利的情況下，告訴我們某些特殊物質應有的形象和大小。

本沉思篇剩下來的篇幅，大部分致力於感官功能如何運用在告知觀察者對環境觀察的報告。感官所扮演的角色，在這裡時時與理性觀察事物本質時所扮演的角色相對照。此一討論從笛卡兒感官理論的基本特性開始，即身心結合和互動時感官觀念和欲望是怎樣產生的。

心身合一（7：80-81）

本性的指使是心物結合時產生的一種判斷。這些判斷牽涉到感官，包括身體的狀況，諸如痛苦、飢餓、口渴，以及與外界事物有關的狀況。這方面所作判斷的例子，在回顧懷疑的問題時已經提到，有如悲傷時會感到痛苦，飢餓時會生出找東西吃的欲望（7：76）。

㈠身體的感官和心身的結合

笛卡兒首先談到感官與身體相結合時所得到屬於本性的經驗。他讓沉思者作以下的推理：

> 這個本性最明顯地指示給我的，莫過於我的一個身體，當我感覺痛苦時，它就會不舒服，感到飢餓和口渴時，它就需要吃和喝等。因此我確信其中必定會有一些真理。（7：80）

我的本性是無意欺騙我的上帝賜予我的，因此我應當能夠信賴。但怎樣知道什麼時候該信賴，什麼時候不能信賴呢？笛卡兒建議（至少在某種情況下）我們活潑而鮮明的感覺所造成的判斷是可以信賴的。痛苦、飢餓、口渴，以及其他的身體的欲望是強烈的經驗事實，它們能帶引我們很快地作下判斷。在這同時，笛卡兒警告說，我們本性的判斷雖然也有強烈的經驗事實，例如色彩看來很像某一事物，卻是不可靠的。因此在這所謂活潑而鮮明的感覺之外，一定還另有條件。也許有可能，我們理性的判斷讓我們想到的痛苦、飢餓等事實，會不會誤導我們對自己身體狀況的認識。

內在的感覺不單單教導沉思者有一個身體，她還（用心靈的身分來說）與她的身體緊緊聯繫成爲一個單元（一個完整的個人的整體）：

本性又透過這些痛苦、飢餓、口渴等等的感覺指示我，我不僅依附於自己的身體裡，就像舵手在船上一樣，而且我和此身體緊密地連結在一起，使心靈和身體組成了一個整體。如果不是這樣，則我的身體受傷時，就不會感到痛苦，因為我只是一個思想物，只能藉著理解力知覺這個傷處，就像一個舵手，藉著視覺來察看船上是否有哪個部分損壞一樣。（7：81）

身心結合的證明來自飢餓、口渴感覺的存在。這種結合的議論使用一種與假設相反的形式，即不論在身心眞實的結合中是否有經驗感受的事實。如果沒有眞實的結合，則當心靈得知身體的種種狀況變化時，知覺者只能像舵手一樣，憑著視覺來看他的船隻是否有所損傷。舵手看見了船隻的損傷，卻沒有直接的感覺（或者，即使他富有同情心，他也不會感覺痛楚）。與此不同的是，當我們的身體受損時，我們會感覺痛苦。這種痛苦並不像是冷眼旁觀手指被刀割破，也不像舵手發現他的船隻受損，我們會經歷到一種「混亂的感覺」（7：81）。痛苦中混亂的感覺很可能是因爲一時之間還不清楚受損的性質和範圍，即使我們已經有所觀察。要不然，醫藥科學將不再是件難事，因爲我們能依賴自己內在的感覺，直接且詳細地報告我們的損傷或者病痛。

㈡外界的事物和本性的指示

既然較早已經證明了物質的存在，現在笛卡兒要讓沉思者思考本性對這外界的物質有什麼指示：

> 此外，本性還向我指示，我身體的四周有許多別的物體，其中有一些是我追求的，有些則是我迴避的。由於我確實感覺到各種不同的顏色、聲音、氣味、味道、熱度、硬度等等，所以可以安心地推斷說，在那些產生這一切感官知覺的物體中，必定有一些與這些知覺相應的性質，雖然這些性質也許實際上與它們不同。（7：81）

第一個本性的指示，即有其他的事物存在，早已有明言的交代。第二個指示，即在我們的四周有值得追求和需要迴避的物體，現在也被視爲是本性之所爲，亦即上帝的創造，因此必須信賴無疑。第三個指示，即物體有不同的屬性，各依不同感官知覺的形態而傳遞給知覺者，顯然也得到與感官知覺相同的一般功能的支持。換句話說，即使是混亂的感覺，不同的顏色、氣味等等，都能與製造這些感覺的物體相應。

笛卡兒隨後即將釐清這些意見，用個別的案例來說明這些指示會導致錯誤，並對若干感官感受所揭示的事物加上種種限制。然而他仍然認爲感官應當被信賴，縱然在它們身上物體的受惠和受損都息息相關。

㈢身心的合一和互動的辯駁

在上面諸種引文中，笛卡兒作了兩種不同的宣言：第一，內在和外在的感官感受是身體保存可靠的指南；第二，這種感受的出現，是身心合一的結果。第一個宣言沒有遭到異議，因爲典型對感官懷疑的挑戰並不追問感官在一般日常生活中的運用。但第二個身心合一的宣言，卻備受困擾。笛卡兒相信身心結合時的雙向反應：身體影響心靈的感受，同時心靈也影響身體對行動的選擇（心靈對身體的影響他在《沉思錄》中只輕描淡寫地提及〔7：84〕）。

伽桑狄曾經懷疑兩種完全不同種類也毫無共通性的物質怎麼可能發生因果的關係（7：337-345），但笛卡兒對此卻不予置評（7：387-390）。對這一觀點強而有力的挑戰來自笛卡兒的書信朋友依麗莎白公主。一六四三年五月十六日依麗莎白讀完《沉思錄》後給笛卡兒寫了一封信：

> 我懇請你告訴我，一個人的靈魂（假如它只是一個思想物）怎樣可以左右這個人的身體去採取有意願的行為。因為就我看來，每一個決定性的時刻都發生在這個物體運動時的一種衝動，假如不是依順這個推動物的方向，便是信賴這個推動物表面上

的性質和形狀。前面的兩種條件必須要有直接的接觸，而第三種條件則是擴延。你完全忽視了你靈魂意識中的擴延觀念，而直接的接觸，對一件無形物質而言，是沒有可能的。〔3：661*〕

依麗莎白指稱，笛卡兒物體運動的原則是實體上受制於一種微妙的物質叫作「動物的精神」（animal spirits）。因此假如心靈要指導身體採取一個自願的行動，它必須控制或者「左右」這個「精神」的方向。然而這些精神都是物質，因此一定有物質擴延的特性（大小、形狀、位置，以及運動）。現在她要知道，假如心靈不能擴延，它又怎能左右身體？因爲她坦承地說，她理解一件事物的改變方向只能受另一件事物的推動，再不然像是被該推動物表面上種種性質所引導。然而推動需要直接的接觸，而引導需要表面上可以看見的特質，因此二者都牽涉到擴延。一個沒有擴延性的心靈怎麼能有一個表面，又怎能跟身體做直接的接觸？

笛卡兒很快地（於五月二十一日）便作了一個詳細的答覆。他解釋說，要了解這種問題，有三件事必須牢記在心：心靈、身體，和心身的合一（3：665）。在《沉思錄》中他曾用很大的篇幅談論心和身，因此心身的辨別是十分清楚的。然而他介紹依麗莎白去讀他的第六答辯書中，他把身心結合的關係比擬爲地心引力和身體擴延的關係（7：441-442）。他認爲地心引力貫徹全身，雖然它也可以視爲是一個單純的幾何學上的定點（有如「地心引力的中心」）。假如我們接受這個理論，即相信身體的重量即使沒有經過擴延，也能促使另一個物體移動，那麼我們也可相信心靈能促使身體行動，即使它自己沒有擴延的特性。（3：667-668）。

依麗莎白頓時便看到笛卡兒答辯的脆弱（見她六月二十日的回信）。笛卡兒也承認（3：668），他並不相信地心引力是造成物質擴延的眞正原因。事實上，他認爲地心引力來自較大物體跌落地球上時與表面所受快速且細小微粒的影響。依麗莎白不能理解這個不倫不類的比擬。她不相信笛卡兒答覆了她的疑問。她很不高興地玩笑說，大概她做公主把自己的頭腦做笨了，並說她的

> 愚蠢不能明白你以前所說有關重量的解說，為何靈魂（沒有擴延也無形象）竟可以移動身體；也不明白為什麼這個你認為把身體帶向地心的力量，可以迫使我們相信身體也能推動一些沒有形象的物體。（3：684）

顯然依麗莎白認爲笛卡兒的答辯大有疵瑕，而不是自己愚蠢。因此她鍥而不捨，自稱「我比較容易接受物質和擴延可以影響靈魂的觀念，卻很難接受物質運動和被運動時的力量可以影響一個沒有形體的事物」（3：685）。

八天之後（六月二十八日）笛卡兒承認他的錯誤，願意重新答辯。這次他描述心靈（或靈魂）、身體和身心合一這三個「最原始的概念」是屬於普遍公認的認知功能：

靈魂只能被純粹的理性認識，別無他物；身體（包含擴延、形狀，和運動）同樣也只能被理性認識，不過最好用理性加上想像。最後，至於身體和靈魂的結合，則理性甚至理性加上想像，也只能朦朧地得到認識。身心合一最清楚的認識方法則是感官。（3：691-2）。

不足訝異地，他這裡說靈魂只能由純粹的理性得到認識而別無他物，因為他在沉思二及後來的文字中，已經充分說明想像無助於物質屬性的了解，同樣無足訝異地，他說擴延也只能由純粹的理性來了解，即使他承認想像可以幫助物體形象的認識（至少這對三角形和五角形針對千角形和萬角形來說是正確的）。但十分令人驚訝的是，他認身心合一「只能朦朧地」被理性所認識（或者理性加上想像），而「身心合一最清楚的認識方法則是感官」。這句話的可怪處，在笛卡兒早期曾說感官一無所知。一如他亞里斯多德的前輩學者，他相信感官不能判斷（7：43, 438），唯一能判斷的，是與意志相結合的理性。那麼在這裡我們將如何來作了解？

笛卡兒已經自承他無法提供（或者解釋）身心合一和互動的觀念。他已經讓步到採用淘汰的方法。他始終堅信他形而上學的結論——明白而清晰的感受——認為心靈和身體是兩個清楚的物體，可以獨立自主地認識彼此。在肯定物質二元論的立場中，他開始探索心身的合一和心身的互動。這時「感官」，或者更恰當地說，感官感受的事實，告訴了他心靈和身體一定有相互的影響。因為否則的話，感官的感受怎麼會出現如果不是由於身體的刺激？（在這裡他其實也可以訴諸他物質存在的證明）同樣地，既然身體有自動運動的事實，我們必須接受心靈可以影響身體的事實。一旦心身合一和互動的觀念成立，心身合一和互動的理論也順理成章地得到它的必然性。笛卡兒的答覆並未闡明互動是怎樣產生的，但申言它一定會出現，因爲心靈和身體是清楚的兩件事物，而我們也都能感受，並以行動配合（事實上，笛卡兒的追隨者甚至笛卡兒自己，也基本上同意上帝照顧著一切的互動，正如祂是一切運動的製造者，因此眞正的心身互動的理論並無必要）。

不過依麗莎白並不心折。三天後她回信說她很不確定她心中是否還有若干「不很清楚的東西」足以推翻笛卡兒「無形物質的結論」和給心身互動的解說。在她的觀點中，笛卡兒並沒有眞正顯示思想和擴延之間互不相容的情況，即使他認爲思想並不需要有擴延性。不過雖然純粹的思想可能不需要擴延性，感受或者自動的行動卻有必要。因此她至少暫時性地承認心靈爲了要履行這些任務，也具備了擴延的性質（4：2）。她並沒有接受心身擁有自己特性的事實，消弭了心靈能有擴延屬性的可能。

笛卡兒淘汰法的辯論對他物質二元的理論來說，有得有失。二元論的否定，如果不能解決心身關係的問題，將會大大地改變了互動思想研討的支架構。

感官和理性的對立（7：82-83）

既然把感官恢復了日常生活中的功能，現在笛卡兒得把他的感官理論和亞里斯多德的理論畫分嚴格的界線。這個對比將區隔沉思者自從童年以來便接受的合法教育，包含許多「考慮不周的判斷」。這些有關本性的合法教育攸關人類身體的利益和傷害。而童年時代帶來的偏見，已經形成並超越了對感官本質理論所作的判斷，因爲它們在感官的評估上已取得了最有利的結論。

童年偏見的實例包括下列諸種：

> 就像我以為一切空間，如果其中沒有東西來影響和刺激我的感官，就是空虛的；又如我以為在熱的物體中，有類似我心中熱的觀念的一種東西，在白色或綠色的物體中，有我所知覺的那種白色和綠色，在苦的和甜的物體中，確有同樣的味道；星星、高塔，以及其他遙遠的物體，與我們所見到的體積和形狀都一樣。（7：82）

在這些偏見中有三種會形成物質存在或本質錯誤的理論，有一種會導致對事物已知特性錯誤的結論。在他的物理學中，笛卡兒否認有所謂眞正空虛的空間；他相信稀薄的物質，名爲以太（ether）的，充斥在缺少大塊物質的空間中（8A：47-51），雖然也有人不以爲然。爲什麼會這樣呢？人們在童年中會毫不遲疑地下此結論，而長大成人後仍保留這種偏見！同樣地，笛卡兒相信物體含有細微的分子，也有不同的大小、形狀，和運動，但他不承認它們有亞里斯多德所謂的顏色和味道與「眞正的性質」（一如「看來相似」的理論所示）。爲何人們有不同的想法呢？答案仍然是偏見！最後，有人會相信星星或者遠距離以外的高塔其實都很小。然而甚至在沉思一中沉思者便已注意到這些錯誤是感官的局限性造成的。我們因此不應該，例如說，從外形上來判斷遠距離的事物，而應走近前去觀察，或者作一實際的測量，然後決定這些事物的大小。

問題是，本性的合法教育，或者童年偏見的指使，二者都促使我們隨意判斷——例如痛苦便該避免，顏色的感受看來很像某物等等。我們該怎樣分辨何事是根據合法的教育，何事是根據童年的習慣呢？理性便是在這個情況中插足進來的。當談及他心身合一的本性時（不是單言心靈的本性或者身體的本性），他寫道：

> 按照狹義的解釋來看，本性只是教我捨離那些能帶來痛苦的東西，而追求那些能帶來快樂的東西等等。然而它似乎並不教導我們必須先把這些知覺加以仔細而透徹的探究，本性才能根據這些感官知覺來對外物作出任何結論。（7：82）

這樣說來，理性必須提供它屬於自己的指示，讓我們能辨別什麼是合法的教育，什麼是偏見。

上面引文所說不要給外界的事物輕易「作出任何結論」，其實是一項誇張之詞——例如我們很清楚知道使我們痛苦的事應當避免等等。事實上，我們應當避免的，是不經過理性的諮詢，我們不應當為外界事物的「本質」給予任何的結論。理性一定會告訴我們，例如，不要輕易陷入顏色看來相似的理論（見第九章）。

笛卡兒給感官所扮演的角色跟理性作了一個如下的比較：

> 本性所以賦予我這些感官知覺，只是為了向我的心靈表示什麼東西是對身心有益，什麼東西有害，而且這些知覺非常明白而清晰，足以達到這個目的。不過，我雖然可以把它們視作確定的規則來直接決定外在於我的物體本質，但是事實上，這些知覺對這方面於事無補，它們只會給我最曖昧和最紛亂的知識。（7：83*）

感官能告訴我們對身心有利和有害的事情。為了這個目的，我們的感覺觀念經常有夠明白和清晰，大概是為了要我們看清事物，不要瞎踫瞎撞，不要把石頭當糧食，不要走進大窟等等。除此之外，我們前面也提到過，它們也能幫助我們判斷一些事物，例如太陽的大小和形狀（在此處推理當然也很重要，但這推理仍然有待感官所得的觀察），只是感官卻不能顯示事物的本質。

這便是笛卡兒認知理論革命的關鍵。事物的本質不能從感官得到揭示，卻能透過理性得到認知。亞里斯多德的學者也許也會接受這個陳述，但卻有另外一種解讀。對亞里斯多德的學者而言，理性制約著感官的事物來取得事物本質的知識。對笛卡兒而言，本質的知識來自理性獨立的運作，與感官無關。他認為，亞里斯多德的方法容忍了兒童時代的偏見，例如看來相似的理論。他的方法完全擺脫了感官，而抓緊著事物本質的擴延性。感官的責任只在告知人們安危的消息，提供個別事物特殊的形狀、大小、位置，和運動等事實。理性不能為我們發現安危，如果沒有感官的幫忙，它也找不到有關這個世界事物的事實。

感官錯誤的分析（7：83-89）

在沉思四中，笛卡兒曾提出認知錯誤的存在是否能在上帝是善的觀念中取得調和的問題。現在他則問，感官所產生的錯誤應當如何調解。這些謬誤雖都來自正常操作的內在感覺，它們仍然會導向有害或者不實的結論。如此的錯誤並非偏見，也不能用理性來加以糾正。事實上，它們是我們的本性接受了向來信任的教育所造成的後果。

笛卡兒為這個問題作了極詳盡的解答，幾乎用了沉思六大量的篇幅。他部分的重點的確是放在上帝是善觀念的調和上，援用了許多實際的例證，和感官感受中很難避免的謬誤。但絕大部分則用在介紹他對人體作為一部複雜機器的新理論上。

本性的指使有時不能導致我們避免做對自己不利的事情，例如一個患了水腫病的人明明不應該喝水，卻有強烈的喝水欲望。本性也有欺騙我們的時候，例如它會讓一個切割了膀子的人感覺他那並不存在的指頭疼痛（7：77）。這些喝水的欲望，或者無病的呻吟，都是本性錯誤指使的證明。患水腫病的人不該喝水，本性卻給他喝水的衝動，被切肢的人手指沒有受傷（因爲他根本沒有手指），本性卻讓他感覺到指頭受傷的痛苦（見1：420）。

笛卡兒起初想用人體功能失序的方法來解釋這些謬誤。他把人體比喻爲一只製造拙劣的時鐘。時鐘的功用在告知時間。當它告知錯誤的時間時，它已經失去了預期的功用，即使它的彈簧、鐘擺，以及齒輪都遵照自然的法則在運作，雖然已不再符合時鐘製造者的要求。至於人類的身體，我們可以說，只要不生病，都像是一只完美的時鐘，會做「該做」的事情。唯當健康不良時，它便不再可靠，雖然它的各部門仍然遵循上帝製造的原意而操作，它實際上已發生了故障。用這方式推理，患水腫病的人不該喝水而想喝水，應該可以被諒解，因爲他的身體已經破損，而上帝不能爲一個破損的機器負任何的責任（在事物的本性中，任何一個部門都可能受損，因爲物體的內在是不可分割的）。

「笛卡兒自己否決了這個答案，他認爲不論病人或健康的人，都一樣是上帝的創造物。如果說前者的本性會騙人，而後者的本性不會騙人，那是與上帝的善意互相矛盾的」（7：84）。他的否決，在這個案件中，推出了一個「上帝給予我們的本性」的認識。這裡所謂的本性不單單與身體相關聯，而是具有一個特殊的心身結合和互動的意義。他不接受身體機器損傷的說法，因爲身體的本身並不包含最佳操作的標準，因此也沒有錯誤的標準（至少這是目前話題所說本性指使的重點）。用他自己的話，把病人和拙劣的時鐘作比較，這種指稱「不過是一個名稱，完全要看我的思想而定」，而且那也「只是使用一種外在的名稱」（7：85）。雖然這一段文字有點含糊，它卻很清楚地指出跟本性指使有關的錯誤都是心身合一所造成的結果。一切都是因為心靈在某種方式中反應了身體的狀況，這些錯誤才會出現。在這裡上帝（有可能）受到責難，因為心身合一的關係也是祂創造的。

笛卡兒現在被困在兩難之中：一方面他要用上帝至美至善的觀念來支持感官的可靠性，另一方面他得設法避免上帝為我們不該犯錯而犯錯的責任。他採用了兩個解決方案：一、他讓上帝負起錯誤的責任，因為心身合一的定律是上帝的安排，二、他認為上帝為這個定律已盡到了祂最大的努力。

比較合理地，上帝應該安排大腦指示喝水，當口眞的渴，和告知腿部疼痛，只限於腿部眞的受傷。然而，笛卡兒解釋說，上帝也受到心靈只能在大腦中樞地帶反應的限制。一切有關身體和體外之物的資訊都必須經由神經的傳遞。至於為什麼，笛卡兒則未加說明。這是不是因為心靈的簡純和不具擴延性，因此造成不能與身體作全面的反應，或者從受傷的腿上直接受到感應，再不然便是從胃和腸中直接得到需要飲水（或者需要水分補充）的訊息？然而為什麼這就是心身互動的規則？笛卡兒既然已經描述（沒有擴延性的）心靈能「轉向」於有擴延性的身體（例如想像一個三角形），那麼為什麼它不能對身體作全盤的反應，而只能與部分大腦溝通？在這個理論當中，他沒有運用形而上學的幫忙，而僅僅抓住經驗的證據來作解說，他肯定心身互動的事實只能與大腦有關，「是經過無數次的觀察才建立的，因此不再需要別的證明」

（7：86；亦見6：109和8A：319-320）。

由於心身互動只發生於大腦，因此心靈必須依賴神經所給的「信號」（7：88）。這些信號是神經和大腦之間設定的運動（震動或者其他的方式）。神經是一種物質，因而具有擴延的本性。神經中大腦末端的運動可能有多種來源。當腳上的神經受到猛烈的刺戳，一定會把這個運動「R」傳遞給大腦。這個神經的運動便會從腳傳到腿，經過脊骨髓再進入大腸。現在姑且假想這個神經是被一拳打在腿上或者背上，這個震動的運動「R」有可能會發生類似打在腳上的信號，讓你感到腳的疼痛。一個人可能會感覺腳的疼痛，即使沒人在他的腳上打了一拳，他的腳上也沒有絲毫的傷痕。同樣情形，一個人胃部的神經能發生輕微的動搖，讓人感覺有喝水的衝動，即使這時喝水可能對他的身體有害。類似這樣的信息還多著呢。

上帝既然決定把心靈和身體結合在一起，而把這個身體放置在一個複雜的世界中，祂一定會發現神經會無緣無故在中途震動，或者在截去肢體的地方震動，因而產生一種錯誤的信息。這又是什麼道理呢？把心身結合在一起的最好設計，無疑是給大腦一個確定的信號。笛卡兒解釋說：

> 腦子的每種運動直接刺激心靈，既然只帶來一種感覺，因此我們可以根據這種情形假設說，這種運動在心靈中刺激起許多感覺來，但是它只能使心靈經驗到最適宜的最有利於維持身體健康的那種感覺。（7：87）

通常當我們感覺腳痛時，問題一定在腳。當我們感覺口渴時，我們一定需要飲水。然而有時我們卻會無病呻吟，或者在不該喝水時喝水。這是本性眞正的錯誤，因爲它們是遵照本性行事（7：88），它們也都來自心身互動的「最佳系統」，亦即我們之所以成爲我們自己的一種設計，這是上帝也只好接受的事實。通常腳如果受傷，腳的神經一定會抽動，因爲腳的神經貫穿到全身的骨骼和肌膚中。

至於有關上帝安排我們的感覺有時誤導我們的抱怨，笛卡兒可以重複沉思四的意見，認爲上帝有意製造許多參差不齊的人類，包括健康和充滿缺陷的我們。

把神學辯護的問題暫時擱置一旁，在這一段冗長的文字中，笛卡兒說明了他對心身互動的研究是以人的經驗爲主體。心身互動的理論既然產生於大腦，心靈和身體當然也經過大腦而得到溝通。此一現象全然是由感官的經驗而建立。有關人的心靈和物質本性的研究，笛卡兒運用了許多形而上學的理論，避免了感官的證據。一旦談到心身互動的事實和特性時，他卻毫不含糊地完全落實在經驗的身上。

夢境懷疑的屏除（7：89-90）

沉思六後半篇的宗旨說明感官在涉及人體一般性的福祉時是可以信賴的，最後一段甚至廣泛地推崇感官，認爲當它們與其他的功能如記憶和理解力結合時，再加上愼審的觀察，則有更大的貢獻。到此爲止，終於地，沉思者相信她「過去幾天來對感官誇張的懷疑」，可以不再視被爲「虛妄可笑」，而予以大膽地屛除了（7：89）。

爲了建立感官特別值得信賴的資料，笛卡兒指定某些資料用記憶和理解性的方法來裁判可能的矛盾和避免可能的錯誤。某種錯誤，例如不實際的疼痛，是無可避免但也稀有的。即使沒有認眞的追究，我們也知道不騙人的上帝一定會清楚告訴我們傷害發生在什麼地方。雖然如此，我們有必要時，還是可以用眼睛觀看腳部，或者用手觸摸腳部來作確認。假如腳已被截肢，縱然腳趾感覺到痛，我們至少知道自己沒有受傷。在另外的例子中，例如棒子在水中看來是折斷的，我們可以用理性糾正習慣上認爲水中的棍棒應該是彎曲的想法（7：438-439）（我們也可嚴格檢查一條一半沒入水中的棍子是否彎曲）。總結地說，對某些特定的事物，感官一般是可靠的，何況感官的報告可以允許進一步的調查，以斷其眞妄。

調查感官彼此間的虛實，產生了一個計畫中蓄意辨別睡夢和清醒的標準：

> 我現在發現這兩種狀態有一個顯著的差異，記憶不能把各個夢境連結起來，或是把它們與整個日常生活貫串起來，可是卻能把醒時所發生的事一一連結起來。……但是我如果知覺到一些事物，而且能清晰地確定它們從什麼地方來、所占的空間，以及它們呈現於我眼前的時間，並且能不斷地把它們所給我的知覺與我的整個生活貫串起來，那自然可以百分之百地肯定這些知覺是在我醒時出現的，絕不是夢中。

（7：89-90）

如果感官、記憶，和理解力持續不斷地肯定我此刻的經驗確實與過去相連貫，那麼，由於上帝不是騙子，「所以我在這方面也就不會受騙」（7：90）。

因此我們不會犯錯。有時當我們從夢中醒來，總以爲夢境是眞。通常我們只需要幾分鐘的時間便知錯誤；然而，不管笛卡兒怎麼說，我們豈不是仍有犯錯的可能嗎？難道我們不能夢想上面引文所談到的連結標準已經達到，縱然它們並沒有眞正達到？

笛卡兒承認，常常「由於事情迫使我們急急行動」，使我們沒有工夫仔細研究就下了決定（7：90），因此難免犯錯。他可能也會承認，在夢中我們未嘗不會仔細研究，雖然我們實際上沒有眞正研究。這些可能會不會降低了感官的可靠性呢？它們也許會使我們感到並非所有的感官都是可靠的，然而笛卡兒沒有必要作此聲明，理由有二。第一，《沉思錄》的主要目的是建立形而上學的眞理，與感官無涉；有關形而上的眞理（心靈的存在、心靈和物質的本質，以及上帝的存在和本質），感官的問題壓根兒就不見蹤影。第二，爲了其他的目的，笛卡兒只需肯定感官整個看來還可靠，而且只要有足夠的嚴格調查，便能導致眞相。

如果笛卡兒蓄意要宣稱我們在感官上永不犯錯，他未免要求太過了，然而他實際上好像相信我們應該信賴感官，因爲上帝不會騙人，在許多例證中也沒有給我們糾正感官的機會，以及給我們質問感官的理由。在某些並不很理想的案例中，我們總會有機會暫停判斷，除非情勢不允許，才會草率行事。

世界重光

沉思六讓世界恢復了舊觀，雖然這個世界已不再是沉思一所描繪的世界。這中間不是實質而是理論的差異，但這正恰當地順應了《沉思錄》的宗旨。在經歷沉思的過程中，沉思者始終小心謹慎地處理她日常生活中必不可少的飲食起居以及從事社會的溝通。笛卡兒從一開始便清楚地說明了他對懷疑的用意以及認知的探索不是爲的「行動」，而是爲的知識（7：22）。那麼他所預計要找到的知識是什麼呢？

這些新知牽涉到求知的方法、上帝的存在和屬性、心靈和物質的本質，還有人的本性。從方法學上說，沉思者已不再相信最眞實的知識是「從感官或者透過感官」得來的（7：18）。她現在知道純粹的理性是知識的至上標準。使用這種功能，她發現了心的本質、上帝的眞正的觀念、上帝存在的綜合證明、物質的本質，以及心靈和物質眞正的差異；若有感官的幫助，這些知識也包括心身合一，和互動的實況，以及我們對感官應該持有的態度。感官並不提供了解物質本質的資料，然而它們在日常生活中卻有普遍的可靠性，而且如果運用得當，還能得到身體屬性的知識。沉思者已經否定了她過去的思想，以及身體包含那些與顏色、聲音相似，和其他次要的素質。現在她相信身體擁有擴延的模式。身體也必須擁有能產生色彩感覺（以及其他次要感覺）的屬性，只是在《沉思錄》中這些屬性並沒有得到介紹。有關自然世界進一步的描述已見笛卡兒早於《沉思錄》的作品，即《談談方法》和《哲學原理》。

在第一章中我們知道笛卡兒寫作《沉思錄》的目的在表揚他新物理學的觀念。在下一章中我們將考察一下這究竟是怎麼一回事。我們也將考慮他在《沉思錄》中所強調的絕對眞實性的標準是否損傷了他的物理學，至少在有必要牽涉到經驗的地方。作爲一個物理學家的笛卡兒，他既需要感官和想像，也同樣需要理性。

在《沉思錄》最末一篇中出現的完整的新人類，必須重新進入這個世界，以便把物理學轉換成形而上學來追究。他們重新登場，攜帶著一套對理性力量全新的認識和感官功用全新的論調。我們有待觀看的是，這些發現是否都能支持笛卡兒的哲學目標，亦即爲自然世界建構一個全新的理論，包含人類心靈和身體錯綜複雜的機制。

參考書目和進階閱讀

笛卡兒對心身區分的議論受到最多的探討，見 Curley（ch.7）, B. Williams,（ch.4）,和 Wilson（ch.7）。這其中數種集中在心身個別的差異性上，如此則相互排斥的理論只提供了不再有必要的強烈的基礎。M. Rozemond, *Descartes's Dualism*（Cambridge, Mass.: Harvard University Press, 1998），透徹地探究了心身的區別、結合、互動，以及感官的理論；她也開列了這些主題重要的期刊文獻參考資料。M. Wilson, *Ideas and Mechanism: Essays on Early Modern Philosophy*（Princeton, NJ: Princeton University Press, 1999），包含笛卡兒心身和感官的討論。

笛卡兒心身的結合、互動和感官的理論有愈來愈多的研究：見 Cottingham（ch.5）, Kenny（ch.10）, Dicker（ch.5）, B. Williams（chs.8, 10）, Cottingham（ed.）, *Reason, Will, and Sensation*（Part 4）。考慮 Rodis-Lewis, "Descartes and the Unity of the Human Being", in *Oxford Readings*, pp.197-210。Gaukroger, Schuster, and Sutton（eds.）, *Descartes' Natural Philosophy* 中，有論文討論笛卡兒的生理學、感官，和心身的結合和互動（Parts 3-5）。笛卡兒感官的生理功能，見 Hatfield's "Descartes' Physiology and Its Relation to His Psychology", in Cottingham（ed.）, *Cambridge Companion*，pp.335-370，以及A. Simmons, "Sensible Ends: Latent Teleology in Descartes' Account of Sensation," in *Journal of the History of Philosophy* 39（2001）, pp.49-75.

與上述不同內容的文字，談論笛卡兒意識和思想的關係，見 Simons, "Charging the Cartesian

Mind: Leibniz on Sensation, Representation and Consciousness," *Philosophical Review* 110（2001）, pp.31-75。

心身互動中「偶發事情」是上帝思維的主題，見 Nicolas Malebranche, *The Search After Truth*。至於笛卡兒是不是一個「偶發事件」主張者的問題，見 S. Nadler "Occasionalism and the Mind-Body Problem", in M. A. Steward（ed.）, *Studies in Seventeenth-Century European Philosophy*（Oxford: Oxford University Press, 1977）, pp.75-95，以及D.M. Clarke, "Causal Powers and Occasionalism," in Gaukroger, Schuster, Sutton（eds.）, *Descartes' Natural Philosophy*, pp.131, 48。

笛卡兒寫給依麗莎白公主的書信收譯在CSMK中。雙方的書信見AT笛卡兒全集，譯文則見 J. Blom（ed.）, *Descartes: His Moral Philosophy and Psychology*（Hassocks: Harvester Press, 1978）。論依麗莎白和十七世紀的女哲學家，見 E. O'Neill, "Women Cartesians, 'Feminine Philosophy', and Historical 'Exclusion,'" in S. Bordo（ed.）, *Feminist Interpretations of Descartes*（University Park: Pennsylvania State University Press, 1999）, pp.232-257。

第三編　超越《沉思錄》之外

第九章 新科學——物理、生理，和情理

在笛卡兒成為形上學的專家之前，他是一位數學家和自然科學家。自從一六三〇年後，他瞭望到了一個全新而包羅萬象的自然科學，從此這個新科學的建設和維護便成了他一生責無旁貸的職志，而《沉思錄》便是這個新知識中形而上學基礎的見證。

要了解《沉思錄》在物理學中所扮演的角色，我們必須先認識笛卡兒心目中物理學的範圍。今天的物理學早已跨出了所謂「自然世界」的門限，如果這個名稱只意味著礦物、植物，和動物一類的東西。今天的物理學研究極小（次原子如陽子、電子等）和極大（天文或宇宙）的規模。其他的自然科學，包含化學和生物學，則研究一切事物而著力於近乎任何生命形態的觀察。精神世界常常被視為物質和自然世界的兩極，只有心理學（精神生活的研究）有時還被叫作一種自然的科學。

在笛卡兒的時代，「物理學」或者「自然哲學」便是「自然的科學」。「自然」包含一切擁有本性或本質（至少從地球表面上而言）的事物，而人類以及人類的認知能力也都囊括其中。亞里斯多德談心理學的著作（例如《靈魂論》），和研究夢境、記憶、感官等的文字），一律都歸劃為物理學，笛卡兒的物理學便是如此一個龐然大物；這還不算，他更包括了動物和人類的生理學，甚至「靈魂的熱情」（*Passions of the Soul*，書名，亦譯作《情緒論》）（11：

326）。縱然有時他不甚確定人類的心靈是否屬於物理的範疇，但他十分自信，心靈和身體的結合和互動是物理學或者自然科學的一個部門；雖然他肯定身心物質的二元論，他從來沒有認爲與身體合而爲一的心靈有任何不自然、超自然，或者脫離自然科學的範圍。笛卡兒的二元論絕無意圖把心靈屛除在自然世界的大門之外。

一點不差，笛卡兒的哲學讓心靈和身體重新取得了結盟的關係，而賦予物質一個革命性的新觀念（針對亞里斯多德的哲學而言）。在這個新觀念中，物質只保留了它的擴延性，而丟失了一切幾何學擴延模式中的特質，例如大小、形狀、位置和運動。生物的面貌從此發生了劇烈的變化。笛卡兒視植物和動物如同機器，否定了它們在亞里斯多德生理學和心理學中所擁有的主動和認知的力量。在笛卡兒的機械生理觀中，一切身體的運作，不過是各個部門依循運動原則所作的相互影響。他把這個執法如山的機械觀延伸到心身互動的觀念上，遂爲大腦和感官之間敲定了一個永恆的關係，即心靈的感受有如味覺和情緒等，都來自感官的功能。對他而言，二元論和精神物理學的規律（psycho-physical laws）並無衝突。

在本章中我們將考察由《沉思錄》（還有《哲學原理》）所提供的笛卡兒物理學基礎。他寬闊的物理學概念，讓我們明白了爲什麼《沉思錄》所言的物理，常常與我們日常狹義的觀念格格不入。至於我們有待處理的「物理學」話題，除了沉思二、三和五的新物質觀和上帝保存物質的任務外，還包含了沉思二所提出的精神功能分析，和沉思六所揭櫫的人類生理和心身互動的理論。

笛卡兒物理學的革命

第十六、十七兩個世紀是歐洲理性思想發生迅速變化的時代。自從十三世紀到十六世紀，不可一世的亞里斯多德哲學開始被新的思潮，例如新的自然哲學，漸次取代。許多因素導致這個改變。亞里斯多德思想的本身經歷了長時期改弦更張的過程，更何況十五世紀出現了柏拉圖思想復甦時的強烈挑戰。雖然它戰後幸運猶存，然而十六世紀變成了柏拉圖和亞里斯多德思想混雜同流的時代，它唯我獨尊的容貌早已蕩然無存。在醫藥和生理學方面，亞里斯多德的觀點已經與蓋倫（Galen）的解剖學和生理學結合爲一（蓋倫是第二世紀中埃及亞歷山卓的醫生）。義大利的解剖學家瓦撒流士（Andreas Vesalius, 1514～1564）依據早年公布的人類屍體解剖圖像，重振了解剖學的研究。在天文學中，哥白尼結合了古人精確的數字技巧，和欲窺天體運轉的欲望，堅信地球圍繞太陽而旋轉（一反亞里斯多德和第二世紀埃及天文學家托勒密（Ptolemy）太陽圍繞地球的學說）。在光學或視覺理論上，十一世紀伊斯蘭哲學家海珊（Ibn al-Haytham）一篇以幾何投影立論的文字在十六世紀時推出了拉丁文的譯本，造成一時的轟動。至於自然哲學的本身，包括希臘古代物質原子論的理論，呈現了捲土重來的威勢。

十七世紀前期，需求一個自然「新科學」和一個新哲學來掌握科學局面的呼聲已高唱入雲，培根主張觀察自然，甚至不放棄工匠和手藝精巧的技士，來增進科學的改良。伽利略力挺哥白尼的天文學，斥責亞里斯多德的物理學和托勒密的天文學；他用望遠鏡發現了木星的幾個月亮（因此打破了地球獨一無二的特異性）。他由此樹立了一個新運動科學（包含物體自由降落時的加速定律）。克卜勒追隨哥白尼的行星天文學，並結合海珊的光學原理，重新認識眼睛內部解剖學的祕密。哈維（William Harvey, 1578~1657）首先發現血液在人體內像唧筒一般地抽打，每小時循環全部身體數次之多（異於早期認爲血液從不循環，而只緩緩流動的理論）。

這些「科學革命」中重要的發現都發生在一六三三年以前，即笛卡兒完成他《世界論》的那一年。然而上面所提到的科學家中卻沒有一人曾作出挑戰有如笛卡兒在《世界論》和《哲學原理》中所創導的包羅萬有的科學。早期的革新，在特定的科學範圍內，都作出了舉足輕重的理論建設，以培根爲例，他確定的新方法可以在某些方面產生有關自然多元論的新學說。笛卡兒則除了開闢新天地、提供新方法外，還設計了一套旋乾轉坤的新理論。他是提出大幅度革新自然系統的第一人，他的系統經過一生的努力和他死後五十年間追隨者鍥而不捨的經營，直到牛頓出現後才被取代。

㈠亞里斯多德的物理學

要想了解笛卡兒激進的自然觀，我們得先了解當時甚占優勢的亞里斯多德物理學。一個最尋常的亞里斯多德立場，認爲一切自然事物都由形式和物質二者構成，物質不能沒有形式而獨立存在，而事物的形式決定該事物的性質或本性。形式是成長和改變的原理；它們是造成事物「恰如其分」最實在的因素，因爲它們主宰一切事物的發展、行動，和應有的目標（因此沒有一件事物會沒有目標，或者會「缺少」目標）。自然可以分解為許多不同類的物質，每種物質都有它行動規範的特性。一切物質都不外四種元素：地、風、火、水。這些未經分化的元素有四種基本的屬性，即熱、冷、潮溼和乾燥。地冷而乾燥，風熱而潮溼，火熱而乾燥，水冷而潮溼。其他的屬性，例如色彩和氣味，也存在於物質的形式中，並可透過身體而傳遞到感官中。

較高層次的自然物可以分類為礦物、植物和動物。在較複雜或者「混合的」物體（亦即元素的混合）中，四種元素都服務於「物質」，而特殊種類的形式則給每一型態的事物以行動模型的特色。如此一來，水晶和金屬都因為它們的形式（例如石英和黃金等）而獲得它們的特性。橡樹的生長也須聽從形式（隱藏在橡子之中）的指使。同樣情形，一切動物包括人類的生長，都有特定的形式，亦即當生育期間，雄性動物會把繁殖的「因素」加諸雌性動物的身上，因而造成了生長和行動的目標。這種形式的某些力量和行動在動物界中都頗類似，例如所有的動物都需要食物、動機，和感官的支持，而人類動物的形式則更包含理性的力量，作為他們之間的界定和本質。所有擁有形式的自然事物都指向自然的目標，無論是宇宙的中心（對地元素而言），還是知識或者智慧（對理性動物的人類而言）。這樣看來，亞里斯多德的物理學實際上把一切自然的過程比擬為生物的生長過程。

亞里斯多德的物理學嚴格地把天和地分開。由於地元素的自然傾向是尋找宇宙的中心，它遂把地球安置在地面上。水也有同樣的傾向，雖然不及地的強烈，因此水也都聚集在地面。風和火有上揚的傾向，只是火上揚的力量更為強烈。這四種元素都在不停地變化，甚至延伸到月球的天體（月球像是地球冒出來的氣泡）。月球、太陽、行星，和「固定行星」（最遠的氣泡）都依附在地球的外延，包嵌在有如水晶球一般的天體裡。這些天體不是四大元素的組合，而是第五種元素稱爲 quintessence（quint 即第五的意思）的。這種元素永恆不變。在月球的天體上，包含太陽和行星，雖然它們都圍繞地球規律地旋轉，卻在亞里斯多德的觀念中不得視爲「改變」或者「修正」。當行星中顯然出現任何不規律的運動時，則需在這規律的運動之外，再加上一些額外的天體。

若要人們接受他個人的物理學，笛卡兒必須打破亞里斯多德的物理學在人們心目中牢不可破的普通常識。亞里斯多德認爲一個物體若要運動，必須得到持續不斷的動力加諸於其身。這與我們今天的日常經驗也相當一致。然而笛卡兒的運動定律卻說，一件物體在一直線上運動時，除非被外力阻擾，它會繼續不斷的前進。亞里斯多德認爲地元素的物質趨向宇宙的中心（即地球的中心）。笛卡兒則認爲包圍地球表面的漩渦是由一種眼不能見的微粒組成，物體往下降落，是這些微粒推動的結果。亞里斯多德認爲每一種自然的事物，都含有一個物質的形式，展現它特有的行動，包括生命的成長和演變。笛卡兒相信不同的自然事物只有大小、形狀、位置和運動的不同，而動物的身體像是一座一座的機器。亞里斯多德認爲物體各以其異，展示它相異的特性，而色彩、氣味等等，是在感官經驗中感受到的事物眞正的品質。笛卡兒認爲這些品質是物質微粒的形態，以色彩來說，它促成光的微粒子轉動，而把顏色的感覺傳遞到心中。

笛卡兒追求一種與當時的自然觀完全背道而馳的景象。我們很難體驗他當時所遭遇到的強烈阻撓；他部分的自然觀念至今猶被保留，而且還是我們普通常識的一部分。

(二)笛卡兒的新系統

在研究他的新物理學時，笛卡兒借重經驗的效果，和前代科學家的理論架構，包括海珊和克卜勒的光學、哥白尼和伽利略的天文發現、哈維的血液循環論，以及古代復甦的原子學說。然而他超越前人的地方，在他大膽假設了一個均質、且具有擴延性的物質，而它只受到少數幾種運動規律的限制。

雖然哥白尼和伽利略都曾挑戰古代的物理學和天文學，他們卻沒有提供一套統率整個天體和地球的物理學新系統。笛卡兒藉著他運動微粒說的發現，解釋了全體物質世界的現象，包括太陽和太陽系統的形成，行星繞日而行的革命理論（攜帶著微粒子飛奔的漩渦），以及在原則上天體和地球之間可以被觀測到的一切事物。笛卡兒應用物質的新概念建構了一種兼包並蓄、鞭辟入裡的理論，來解釋早已爲人們所熟悉的自然現象，例如熱、火、重量、磁鐵、各種礦石，以及生物的生理狀態。他所提出來的解釋，常常是匪夷所思，有如磁鐵的吸引力來自地球兩極發射出來螺旋錐似的微粒，從北到南，循環進入南極，中途經過有磁石作用的物體時，則造成物體由左到右線紋的通道，那便是磁性的引力（8A：275-310）。他的解釋全依賴物質的大小、形狀、位置和運動的屬性。笛卡兒的物理學要證明這是物質唯一的屬性，因此必能支持有關物質世界任何的一種假設。

第一章中我們談到笛卡兒廣泛研究物理學的新理論是在一六二九～一六三三年間，也就是他撰寫《世界論》的時候。在這期間，他開始了他一六二九到一六三〇年間的「形而上學的轉變」。亦即宣稱在他思考上帝和靈魂的同時（1：144），他也發現了物理學的基礎，如果我們試圖比較他兩個研究自然科學的策略的話，我們可以更明白這是怎麼一回事。當他在《談談方法》和三篇論文中提出新物理的樣品時，他並沒有在原則上揭示他形而上學的企圖。他唯一強調的是一個假設，即物質由微粒構成，它們只有大小、形狀、位置，和運動的屬性。《談談方法》認爲微粒說是經過大幅度的實際效果才獲得肯定（6：76）。事實上，它給新物理學的解釋是靠經驗的論證得到支持的。

在這一期間，笛卡兒也答應爲他的物理學原則作一個形而上學的證明（6：76）。從他一六三八年間的書信中可以看見他仍然在經驗中打轉，而拒絕顯示他所謂的形而上學論證（1：563-564, 2：199-200）。在給他的法國數學家朋友莫蘭（J. B. Morin）的信中，他提到這兩種議論，並且跟亞里斯多德作了一個比較：

> 把我的假設跟別人的假設作個比較吧。比較它們全部、真正的品質、它們物質的形式、它們的元素，以及無數其他這一類的事情。而我的假設只有一個：一切物質由零件（parts）構成。在許多案例中，這是肉眼便可證明的事實。而別人需要找許多

理由。我唯一需要補充的是，某些類別事物的零件只有一種形式。依照順序，對同意物質由零件構成的人來說，這也極易證明。姑且比較一下我在假設中所使用的演繹法——關於視覺、食鹽、風、雲、雪、雷、虹等等——和別人怎樣處理這些相同話題的假設。我希望這足夠說服任何一個沒有偏見的人來相信我的解釋不再需要演繹法之外其他的理由（causes）。何況我仍然打算在別的地方為它們作一個形而上的解說。（2：200）

在有些地方笛卡兒並不明言他反對亞里斯多德物理學的形式和實質，而只暗示地說，他物理學的理論沒有必要「提及」它們（6：239, 3：492）。在此處，他也只強調他的解釋較爲簡單和統一，足以說服心靈開放的人相信種種的自然現象，除了微粒論，「不再需要其他的理由」——換言之，它們不需要物質的形式和實質作爲它們存在的原因。這種議論不一定能說服傾向於亞里斯多德思想的學者；他們事實上會懷疑笛卡兒的解釋是否可信。他自己也意識到這些言論並不像是嚴肅的證明；他開始走向形而上學的道路，這便是他《沉思錄》的用意。

物理學的基礎

如果我們依賴本書第三至第八章的內容，笛卡兒怎樣認爲上帝和靈魂的沉思有助於他物理學基礎的建立，我們還可以找到一六三八年一個另外線索。該年在給梅色納和耶穌會士瓦帝葉的信中，他解釋他之所以在《談談方法》中不提形上學的論證，是因爲他不想在一部大眾讀物中引進偏激的懷疑思想。這種懷疑思想大有必要，如果讀者願意「把心靈從感官中抽取出來」（1：350-351, 560）。在第七章中他推出不附帶任何感官作用的純理性，作爲認識上帝和靈魂，甚至物質事物本質的工具。他用這同一工具肯定了他的主張（見第五章），即上帝恆常地保存物質的存在（就其運動定律而言）。

這種詮釋幫助了笛卡兒形上學的思想在他物理學基本原則中走上了純粹理性的道路。要明白他實際的步驟，我們且先觀察一下他物理學的基礎，其次再看看他心身合一和互動的理論。

(一)眞實的本質是擴延的本質

笛卡兒對眞實本質的否認今天已不算是太激進的了。任何熟悉基本物理學或心理學的人都知道，色彩視覺的現代分析是以光的波長來計算的（這與笛卡兒旋轉的微粒說相去並不很遠）。然而，對傾向亞里斯多德思想的人和當時的讀者說，他的否認確實難以接受。讓我們設身處地爲他們想想。

亞里斯多德「眞實本質」（real qualities）之名來自亞里斯多德對事物本質觀察時所得到的直接表徵或者案例。當我們看見一朵紅色的鬱金香時，紅色的眞實顏色傳遞給我們的感官，然後在我們感官靈魂中作爲「沒有實質的形式」而被接受。這個紅色的形式便是鬱金香之所以爲紅色的理由，在我們的經驗中這種用紅色表達的形式，依照亞里斯多德的原理，也會促成我們相似性的聯想。在這當中，紅色的形式是以「沒有實質」的形式透過空氣傳到眼簾，然後進入視覺的神經（一個想像中的空管）。這個被接受的形式便是我們經驗中的紅色現象，而以鬱金香的姿態展開。

亞里斯多德的說明具有普遍的說服力，因爲它是我們視覺經驗所展現事物的實際或者「眞實」的本質。然而有些時候這個說明卻不夠完善。尤其是若干「沒有實質形式」的傳遞觀念，會讓中世紀和現代亞里斯多德的學者感到落空。如果紅的形式會讓一件事物變紅，爲什麼它不能讓傳送這形式的媒介也變紅？鬱金香周遭的空氣並不呈現紅色，而我們看見鬱金香的眼睛也不變紅。爲了解答這些疑難，十三到十七世紀中，亞里斯多德的主流學者認爲作爲媒介導體的形式有一種特別細微的存在物，叫作「概念存在」（intentional being），因此他們稱呼這種傳遞的形式爲一種「概念形式」（intentional species）。這裡「概念」一詞有兩種意義：第一，這個顏色的概念「趨向」、「指向」，或者「表徵」該物的色彩；第二，這個顏色的概念在空氣中是一種經過縮小的存有，沒有完整本質存在的功能，因此不能把空氣變紅。這些學者的作爲，是企圖用觀察的事實來使亞里斯多德的理論自圓其說。

在《折光學》論文中，笛卡兒聲言他不想動用亞里斯多德的「概念形式來左右哲學家的想像功能」（6：85*）。照他的看法，每件事物的感受過程（包含心身的互動）都是純粹的機械運作。事物中的紅色本質、光和色彩的傳遞，以及光和色彩在神經系統上的效應，都還原成爲微粒的大小、形狀和運動。在這個觀點中（跟蓋利略的觀點相似）事物中的顏色只擁有物質表面上幾何學圖形的特徵，它們可以促使彼此在光粒子的圓球上旋轉。這種旋轉傳遞到眼睛內，我們視網膜的神經便能辨別它們是「藍色」或是「紅色」（6 : 91-92）。這些神經系統和大腦的效應傳送到我們的靈魂中，造成我們感官不同的感受。笛卡兒並不否認事物可以被塗上顏色，但他不承認顏色是亞里斯多德學者用眼睛所看見的眞實本質。事物的顏色純粹是一種可以影響神經系統的機械特性，造成一種紅色的感受。經驗中的紅色（即感官的內涵）跟大腦有一種武斷但合理的關係（由上帝或自然所訂定），因此它也就成爲事物中實體的特徵（6 : 130-131, 7 : 81）。

從笛卡兒的角度觀看自然，他必須先排除傾向於亞里斯多德相似論（見第五和八章）的人性偏見，才能讓人接受他的理論。他最早提到對顏色感官和其他本質的懷疑時，只說它們有點「曖昧和紛亂」（7 : 43, 80, 83）。要明白他的觀察如何否定了亞里斯多德的相似論，我們必須追問：曖昧和紛亂是跟什麼東西相比？假如我們只談感官的經驗，例如一顆紅球，我們很難說球的紅會比球的圓更爲曖昧和紛亂。以現象來說，球的紅和圓都很「清楚」。我們因此必須另外尋找標準來說明球的顏色要比球的形狀更爲曖昧和紛亂。

沉思三到五道出了此一標準。笛卡兒認爲，如果跟形狀的明白而清晰（即純理性）的知覺相比，顏色的感覺觀念便顯得曖昧和紛亂。在沉思三中，當他觀察顏色以及其他可觸覺的性質時，他感覺它們非常的曖昧和紛亂，以致我不能確定它們到底是眞的還是假的，換句話說，我不能確定我對這些性質所有的觀念，是否確是眞實事物還是虛妄的觀念（7：43-44；亦見7：83）。此一經驗若與擴延的純理性觀念及其沉思五中所說的模式相比較，則得到了沉思者有關有形事物的結論，即她「可以知道有形事物的存在，而其本質爲純粹數學的對象，因爲我可以明白而清晰地看見它們」（7：71）。顯然地，形狀以及其他具有幾何圖形模式的本質是一切有形事物一目了然的特徵，而顏色則與此全然不同。

下面的議論可以作爲取消顏色是一種眞實本質的解釋。事物的本質是擴延，我對形狀、大小、位置和運動的感官觀念便是我所見到事物本質的代表。我可能錯估了實際存在事物的精確尺寸和形狀，但上帝賜予我的感官的法則，卻保證我有時會得到正確的答案。相對而言，我不能明白而清晰地看見顏色是事物可能的本質。色彩的觀念來自感官，而了解事物的本質需依賴明白而清晰的理性知覺。我的色彩感官觀念不符合這個條件。因此顏色不屬於物體的「眞實本質」。

這個觀點來自沉思三到六，但卻有一個嚴重的缺陷。它很可能被誤解爲「無知」（ignorance）。爲什麼不能說顏色也是一種眞實的本質，也許是人類的理性尚未能把它辨認出來罷了。我們了解笛卡兒不喜歡說我們認識心靈和事物中「一切的本質」（7：220），因而我們不能確定顏色是否也是一種眞實的本質。

這牽涉到解讀的問題。笛卡兒所說，究竟是顏色看來「不是」擴延的一種模式呢，還是說他「不承認」它是擴延的模式，有如幾何圖形的明確？會不會我們的理性感受排斥了事物眞實的本質，再不然便是顏色的身分仍屬不明？

很明顯地，笛卡兒想從萬物中排除若干眞實的本質。然而如果這場辯論鎖定在理性的感受上，認爲顏色的本質不屬於任何一種擴延物質的模式，那麼這場辯論也就無疾而終了。這項排除工作毫無疑問地有賴事物本質的理性感受。如果我們不盡快找到形而上學的視野，理性感受直截了當的辯論也很難有多少幫助。在第八章中笛卡兒曾提出一個「結構本質」的原則，頗能承擔他的辯難。根據這個原則，一切事物的模式必須「透過」它們主要的屬性才能得到肯定，如果我們認爲擴延便是幾何學的理性事物（我們被教導如此相信），那麼一切事物都不會有色彩或者其他的特性。它們只有擴延性，亦即各有它們的大小、形狀、位置和運動（7：63-4，73-4）。如果我們隨後又認爲顏色便是擴延的模式，那麼我們只會有曖昧和紛亂的感覺。事實上，在《哲學原理》中笛卡兒宣稱「在我們所看見事物的顏色和我們感官所經驗到的顏色之間，我們找不到任何理性的相似性」（8A：34）。

在討論心身區分的問題時，笛卡兒避開了無知的攻擊，認爲他確曾用明白而清晰的觀察發現心靈和身體可以作爲獨立完整事物而存在，並不需要彼此的扶助。在現在的案例中，他卻不能指認顏色是身體的「眞實區別」，因爲如此一來他無異把顏色當作是一種物質，並且相信身體中實質的顏色來自身體表面的大小和形狀（即模式），而這經驗中的顏色也是心靈的模式（觀念或感覺）。不過，他可能（實際上也確實曾）說過，我們可以把有擴延性的事物視爲沒有色彩的存在，或者其他某種次要的本質。在《哲學原理》第二編中，他曾重申沉思六的觀點，認爲感官並不爲我們顯示「事物中眞正的存在」，而只告訴我們，它們對複雜的身心何者有利，何者有害（8A：41）。若要知道事物中眞正的存在，我們勢必要「把從感官中獲得的先入爲主觀念擱在一邊，俾使我們能運用理性，周詳地照應本性爲我們所培植的觀念」（8A：42）。他繼續說：

> 如此一來，我們就可看到，一般而言，物體或物質一般的本性並不在於硬度、重量、顏色，或能以其他方式來刺激我們。物體的本性只在於它是一個具有長、寬、高三種擴延的實體。

論及硬度的特徵時，他認爲如果我們從來沒有觸摸過一件事物，我們永遠不會感受到它的硬度，但它並不能「因此而失去它的本性」。他把這個經驗也延伸到感官的事物上：

> 藉著同樣理由，我們可以知道，在物質物體所知覺到的重量、顏色，以及其他同類的性質，即使被抽離物體之外，亦無損物體的完整性。因此我們可以推斷，物體的本性絕非依靠這些性質。（8A：42）

一如他心身區分的議論，笛卡兒在這裡也視身體爲一個完整的存在，而明確地否認顏色是它的本質之一，他顯然不承認顏色是一種體內的物質，因此他認爲，如果他的思維是明白而清晰的，他應當看見在本質上擁有幾何圖像的擴延物質可以完全獨立存在而沒有顏色（作爲它眞實的本質）。不過，假如物體是一個沒有顏色的完整存在，又假如能獨立存在的本性必須是它們的本質，那麼這裡對顏色的排除似乎還有爭議。這個爭議在《沉思錄》中並沒有清楚地交代，它只隱約地潛伏在物質本質的視線（沉思五）和感官與理性相對於身體的討論（沉思六）中。

從擴延即是物質本質的理論中，笛卡兒還取得了其他物理學上的結論。如眾所知聞的，他推論物質與物質之間沒有空隙，因此眞空的狀況是不可能的，宇宙就是一個充滿物質的大實體（plenum）（8A：49），沒有空間，只有在運動中的物體。運動在笛卡兒的物理學中有極端的重要性。現在且讓我們來看看他統率宇宙的運動定律。

㈡運動定律的不變性

在笛卡兒形上學的術語中，運動是擴延的一種模態。然而擴延，作爲事物的本質，並不指定如果運動時將依循什麼運動的定律，也並未說明當與其他事物碰撞時，會有什麼結果。兩種擴延物體碰撞時不能同時貫穿彼此，也不能在同一地點上同時並存，因此必須有所說明。然而僅靠擴延的概念不能得知其中的消息。笛卡兒的物質擴延概念沒有包括牛頓的物質觀念，諸如慣性和相撞時力的傳遞。

笛卡兒的擴延物質是內在而靜止的。它沒有運動，當運動時也不增加力量。事實上，一切力量和運動都得回歸上帝的創造，一如他在沉思三中所說，上帝給萬事萬物所作持續性的保存。

沉思三沒有提到運動的定律，然而卻提供了運動律中上帝保存運動的基本概念。這些定律是在《世界論》和《哲學原理》二書中訂定的。上帝保存物體的運動，是根據物體互撞時彼此的反應（笛卡兒不承認遠距離的運動屬於運動定律的範圍）。二書都視宇宙爲旋轉在有如微粒濃湯似的大氣中（11：32-35, 8A：101；亦見6：42-44）。這個「運動量」產生於物體的速度和體積（笛卡兒不接受物體有各自不同的重力；一般物質的密度他以體內氣孔的多寡作爲解釋的假設）。他把事物的速度視爲一種數字的度量，當事物的運動變更方向時，並不改變它的運動量。他然後從上帝的不變中尋找運動的規律；上帝持續保存宇宙，因此持續保存運動的度量，這也屬於祂的創造。

笛卡兒意圖從上帝的不變性中取得三個要領：第一，「每件事物，盡其可能，維持一個固有的狀態；因此當它運動時，它也維持運動的狀態」（8A：62*）。這個定律說明動和靜都是事物固有的狀態。第二，「一切運動都順沿一條直線；因此凡是以旋轉方式運動的事物，都有跳開旋轉中心的趨勢」（8A：63*）。這兩條定律很像是牛頓的慣性定律（即牛頓運動第一定律），但不同的是，笛卡兒並未視此運動爲向量運動（即方向的改變也改變運動量）。第三，一件物體當與較它爲強的物體相撞時，並不減少它的運動量；但與較弱的物體相撞時，則會失去它傳遞給較弱物體的同等的力量（8A：65*）。這條定律從表面上看很不可能，因爲它聯想到一只撞球檯上的Snooker ball，不管你多麼用力打擊這個球，它也能撞動另一只比它稍大的球。笛卡兒企圖把這有反效果的例證巧辯過去，他說在我們這個充滿物質的大環境中，較大的球體整個被液體似的空氣所圍繞，因此運動起來比較容易（8A：70）——然而如果大球小球都有空氣圍繞，誰比誰更容易運動，仍然是個問題。

笛卡兒爲他最初的兩個定律提出一個理由：「不變性和單一性都是上帝爲了保存物質運動的一種操作。祂總是以最精準的方式保存物質在運動時候的型態，不計較運動發生時候的先後」（8A：63-4）自然直線運動的根源便是上帝保存事物的力量。笛卡兒持續的直線運動和牛頓的慣性定律，又是另一個顯著的差異。牛頓的慣性定律變成了物理學的基礎——它不再需要任何別的說明。在牛頓的物理學中，持續的直線運動永不中止，與亞里斯多德持續的運動需要持續的動力大異其趣（在某一階段中，牛頓本人也曾相信持續的運動是慣性力量造成的，但後來的牛頓學者發現慣性運動只是一種基本性質，沒有持續的力量）。

笛卡兒認爲他的想法，即上帝無時無刻不依照物體細微物質的動向而加以保存，可以從形而上學取得證實。雖然如此，問題並未解決。我們可以質疑，在某一時間內，某一物體的物質並無運動的趨向時，又該怎麼說，因爲笛卡兒心目中的運動只是指物體從一個位置，用若干時間運動到另一個位置上（8A：53）。我們的質疑要看笛卡兒是否認爲這一點時間微不足道，或者毫無容量。但這也要看上帝是否對每一事物的「動向」或者運動粒子的方向都有詳細的記錄。設若上帝想用一瞬間到一瞬間的方式改造宇宙，那麼持續直線的運動觀念將全然依賴在上帝保持萬物的行動上，不再有物體內部運動「趨向」的問題了。

另一個問題是物體的連貫性。假如所有物體都是由許多的部分組成，這些部分是怎樣組合而形成一個單元？顯然，笛卡兒認爲物體能形成一個完整的單元是因爲它們的每一部分都是相對靜止而存在的（8A：71）。在一個運動的物體中，它微粒的共同運動使它們依附在一起。這個物體的運動量，就是物質的量乘以運動的速度，物質的量也就是運動中物質體積的總和。任何大面積的撞擊牽涉一個物體的表層，例如撞球檯上的白色球，和另一個物體表層的接觸，例如八號球。整個白色球的體積是用來計算它如何推動八號球的力量。然而這些球都是以一個完整的單元而運動，因爲它們的粒子部分都採取一致的運動。當主導的粒子與另一球的球面接觸時，它們的運動應當相對地影響到雙方的物體，而打破了它們的單一性。然而爲什麼像這樣的衝擊並不使兩球結合成爲難分彼此的狀況，一如兩股雪茄的煙霧都會漸漸合爲一體呢？這也許是因爲，笛卡兒說，不同形狀的粒子相黏在一起，不能分開（8A：144）。但是一個可以無限制分割的物質怎麼會有任何的形狀？這也許就是因爲上帝保存的緣故吧。

進一步的問題是，這三條定律仍然不能界定事物相衝撞時明白的結果。第三條定律說二物相撞時，一物失去的運動量就是另一物獲得的運動量。但它並未說明失去的運動量是多少，獲得的又是多少。爲了解答此一問題，笛卡兒在《哲學原理》中提供了七條相撞時的原則（8A：67-70）。雖然這七條原則都宣稱遵守三條定律的原則，但它們之間並沒有嚴格的推理關係。再者，正如萊卜尼茲後來指出，如果就形象而言，當這些物體的大小和速度只要有些微的改變，它們便不能持續地運動。這些問題迫使馬勒布朗士（Nicolas Malebranche, 1638~1715，笛卡兒物理學主要的支持者）承認笛卡兒的運動定律尚有疵瑕，並且著手重新改寫。

在實際應用上，其實上面最後的一個問題並不影響笛卡兒的物理學，因爲他在《哲學原理》中從未提及撞擊的規則，甚至有關運動的三條定律他也只略略帶過（8A：108, 107, 144, 170, 194）。笛卡兒物理學的解說工具全靠物體形狀和運動間微粒子機械式的互動。這一觀點要求它們的互動有一定的規律，一如上面和引述的三條定律。然而在確定各種機械的模式時，笛卡兒只取用尋常物體相類似的互動，而沒有精準地計算這些運動量實際的變化。

笛卡兒運動定律的意義在於它們一般性的概念，而不在對衝撞分析技術上的貢獻。它們適用於宇宙間一切事物具有規律性運動的狀況。他的第一和第二定律說明在自然狀態中，物體直線的運動不會減弱，也不會中止，除非遭到外物的阻擾。雖然伽利略有時被認爲是牛頓慣性觀念發現的第一人，但他事實上卻相信一切圍繞地球而旋轉的運動屬於「自然」狀態的一種。他從來沒有得到過直線運動的概念。雖然笛卡兒的運動概念並沒有包括向量，它仍然是牛頓慣性運動定律出現前歷史性的先聲。

㈢物質、先天觀念，和永恆眞理

物質的本質是擴延，它的屬性是從幾何圖形的概念中得到了解的。幾何的本質則是人類理性中所天生固有的觀念。對這些本質笛卡兒提出了若干基本的問題：爲什麼它們有固定的面貌？換言之，爲什麼圓形的本質看來是圓的，而三角形的本質是三角等等？再者，心靈是怎樣認識這些本質上先天的觀念？答案需得推斷到上帝創造的力量。

前數章曾經提到，笛卡兒認爲幾何的本質，作爲一切創造物的本質，都是上帝自由的創造（1：145-146, 149-153, 7：380, 432, 435-436）。在創造這些本質時，上帝並沒有依據任何標準或模型，也沒有參考祂自身身內或身外的情況；祂是確定每一個圓的半徑一定等長，而每一個三角形的三隻角等於兩個直角。祂也有可能創造了另外一種數字規定，例如一個圓形的半徑並不等長（1：152）。但由於我們的心靈接受了已經創造的眞理，我們無法想像其他的規則有多少的可能性（笛卡兒完全不知道有非歐幾何的出現）。儘管如此，他還是認爲數學（以及其他事物）的本質都是上帝意志的自由創造。

這種所謂上帝自由創造的永恆眞理看來是人類知識的一種威脅。設想萬一上帝改變了祂的主張？按照笛卡兒的看法，現實世界中一切已經存在的本質不必要有上帝另類的創造。然而一旦上帝重新檢討祂的創造行爲，今天的幾何眞理便可以變成明日的錯誤。

事實上，笛卡兒相信他的原理爲人類知識提供了一個安全而可靠的基石。在這個原理上，連同永恆的眞理，上帝創造了物質的世界和各式各樣的心靈，並依其不同的本質，在人類的理性中置放了內在的本質的知識。因此上帝一定會把這些事物（可能也包含心靈）的本質，跟人類的理性作了調和。再者，由於上帝不變，事物本質改變的威脅便不會發生。眞理的本質便是「永恆的眞理」，因爲它們一旦被如此創造，它們便是不變上帝的永恆的創造（1：149, 152）。

按照笛卡兒的想法，他的原理應當實際上還改善了他物理學第一原則認識論的神學意味。在主流經院的亞里斯多德形而上神學論中，事物本質的知識意味著對上帝絕對創造力極限的了解。這些亞里斯多德的學者所相信創造事物的本質，包括一隻兔子或一棵橡樹，它們的存在全靠上帝。然而這對他們而言，並不意味上帝自由選擇了事物應有的本質。從他們的角度看，上帝不可能創造一隻不是動物的兔子，或者違反了屬於兔子一族應有的本質。它們的本質因此是永恆的，因爲它們出自上帝（永恆決定）的創造力。上帝對本質的理解，是祂知道祂要創造的是什麼，不要創造的是什麼。在這種視野中一個自然哲學家若要理解事物的本質——尤其是它們先天的本質，一如笛卡兒——一定得先肯定上帝力量的基本知識。笛卡兒認爲永恆眞理是上帝的自由創造，使得自然哲學家可以不透過上帝創造極限的認識來認識本質的問題。天主教神學中有一個信條，是說上帝不可能被全盤地理解。這樣一來，笛卡兒大可因此而閃躲在一邊，避免了神學上必須「完全」認識事物本質的要求。他可以泰然地主張人類心靈中的先天觀念，是與創造的世界完全調和的，這並非因爲人類的心靈可以抓住上帝力量的極限，而是因爲上帝在祂創造的世界中已經置放了每件事物應有的本質，以及我們心靈對這些本質先天的承受。

機械哲學

在笛卡兒的想像中，世界是一部大機器。這部機器並不滿載齒輪和滑車，而是液體和壓力，往返穿梭的微粒，以及形成自然現象的雜然萬物。《沉思錄》把這機器似的世界觀運用在人的身軀上，則人的身軀變成了「一種滿是骨骼、神經、肌肉、血管、血液和皮膚」的機器（7：84；亦見7：229-230, 602）。這種描述在《哲學原理》一書中顯得更爲突出（他去世後出版的《世界論》也是如此）。

「機械論」或力學（mechanism）和「機械的」（mechanical）用語在機械哲學（mechanical philosophy）概念中有數種意義。除了下文即將討論的與機器的對比外，它們還暗示盲目的遵循規律，而沒有任何意志和選擇的逆向干擾。在此種意識中，甚至心理學上的二元論也可以視爲「機械的」，如果靈魂的物質也屬於規律的管轄（笛卡兒相信人的意志遵守一種規律，總是選擇顯然的眞，或者顯然的善，唯有當他的理性在沒有明白而清晰知覺的指導下，才會採取中立的自由行動，因而遠離了眞和善的原則〔7：432-433〕）。在笛卡兒的物理學中，事物的本性和心身的互動，都毫無例外地遵守先天的規律，因此他的自然觀便屬於機械論的第一種意義。然而不同於牛頓的物理學，笛卡兒的自然哲學並不導向量的追求。他唯一把量的觀念成功地加諸於經驗現象的著作，見於他折光學中的正弦定律（6：10）和有關霓虹的研究（6：336-343）。至於他有關物體撞擊的理論，我們已經看見，一般說來是他企圖把量和經驗現象結合在一起時的不成功的嘗試。

自然機械哲學的另一種意義，是排除了主動的原則、生命的活力，以及在自然進行的過程中比較遠距離的影響。笛卡兒否定亞里斯多德靜態的植物性和敏感性這一類的學說，不承認它們有類似隱藏的理性作用，來控制有機生命的現象。過去的許多自然哲學家，包括英國的理論學家吉爾伯特（William Gilbert, 1544～1603）和克卜勒，都以萬物有靈說（animistic theory）來解釋磁石的吸引，並把磁石吸引鐵片的現象比喻爲男女的互相吸引。笛卡兒爲磁石提出了純粹的機械理論：他認爲這是磁石中微妙的磁性液體（即細微的螺旋體）與被吸引物中螺紋的線道彼此影響的結果。至於火的熱力，也被他還原爲微粒子的運動，光的行爲也是氣體媒介中的壓力等等。遠距離中沒有行動；一切物質的互動都得有直接的接觸。

「機械論」也可以解釋爲沒有自己的目標，或者缺少主導性的目的論（teleology）。由於笛卡兒不承認人類的心靈可以看穿上帝的計畫（5：185, 7：374-375, 8A：15-16, 80-81），因此他也揚言物理學中沒有所謂終極的動機。「終極動機」（final cause）是萬物存在和改變狀況時的意圖。這種否認最顯然的攻伐對象是，自然界的萬物都是爲了人類的福祉而建設的觀念。笛卡兒的宇宙擁有許多太陽和行星；如果人類相信這些太陽和行星都對他們有利，笛卡兒會覺得可笑（3：431）。在運動定律中，他也否定了終極的動機。亞里斯多德的學者認爲萬物趨向宇宙中心的運動便是它們的目的，或者終極的動機（雖然他們並沒有歸因於此，也沒有特別提到亞里斯多德的此一言論，有異於笛卡兒的控訴〔7：442〕）。笛卡兒認爲這種事物互動或物體運行的「目的論」是不能接受的。

不過笛卡兒並沒有在自然哲學中排除一切的目的論。在描繪人類（心靈和身體）的結合時，他提到上帝或自然已經爲我們安排了心身互動的規劃，因此感官也開始趨向於保存這種結合體（以便取得有利於身體健康的選擇〔7：80, 87〕）。在作心身關係和感官功能分析時，這無疑承認了意圖、目的論，或者終極動機的存在。相似的目的論也在他的生理學中出現，尤其是當他論及身體的各部門，或者它們之間相互的「服務」時（7：374-375; 11：121, 154, 224）。

機械論的最後一個意義是「有如機器」，或者屬於機器的性能。笛卡兒時代最基本的機器觀念是從古代的機械科學中得來的，亦即機械中的槓桿原理。他曾驕傲地把他的哲學譬喻爲「一如機械，致力於研究形狀、大小和運動」（1：420），並且爲機械學（也叫作力學）撰寫了一篇簡短的論文（1：435-447）。然而他的哲學是機械論較廣闊的意義，他把自然現象和動物身體跟複雜機器中互相牽制的部門作爲比較。許多笛卡兒的機械解釋，使用的是日常生活中所觀察到的經驗語言（84：324-326）。它們以類推的方式來表明極細小的機械功能，也企圖因此能解釋已知的自然現象。笛卡兒解釋水的特性，把水的微粒比擬爲鰻魚；油的黏貼性，比擬爲多枝椏的灌木，一如滿地在風中遊走的滾草（tumble weeds）始終黏附在一起（1：423）；磁石的作用則歸於螺絲紋的磁素（effluvia）和線紋的通道（8A：275）。他最爲突出的例子，是把人體比喻爲當時歐洲皇室花園中著名的水力推動自轉機（11：130-131）。這個比喻在涉及機器的設計和動能時，也無異暗示了潛在的目的論。

機械化的身體和附屬於身體的心靈

笛卡兒的機械哲學排除了萬物有靈的理論，除了人類心靈和靈魂相連結的身體，以及作爲一個整體性的世界（其中的運動量屬於上帝保存的範圍）。從二十世紀自然哲學的觀點來看，這簡直是雙重的萬物有靈論。但在笛卡兒的時代，他被譴責在人類「身體的機器中安裝了一具鬼魂」。

過分強調笛卡兒的二元論，會掩蓋他提倡有關生物的自然論和反活力論的物質思想（naturalistic and anti-vitalistic materialism）。亞里斯多德的學者和其他的活力論者對生物的觀點都屬於「自然論者」，這是因爲他們認爲植物和動物都是自然的一部分，因此它們的力量和活動的原則也都是自然的。然而用二十世紀物質自然論的標準來衡量，他們替自然力量所訂的範圍未免太大了。在這些標準下，亞里斯多德生長的和感官的力量，一如笛卡兒非物質的心靈，都屬於非自然的性質。儘管他的二元論，笛卡兒對生物依然提倡他物質思想的自然論，堅持植物、動物和人類的身體都是不折不扣的機器。事實上，他甚至延伸了此種自然主義觀到一般的動物心理學，尤其是人類的心理學上，他相信他可以因此說明整個人體的機械結構，而無需牽涉到人的心靈。

(一)機器人

笛卡兒最完整的人體機械生理學，見於他的《論人》一書中，雖然在《談談方法》、〈屈光學〉、《沉思錄》、《哲學原理》和《情緒論》中也有片段的涉及。他基本的觀點非常簡單：人類和動物的身體有如機器，都接受感官的刺激，會在飢餓時尋找食物，會形成實體的記憶，也會在感官的刺激下學習反應。正如他在沉思六中所說，他可以把「人體當作某種機器，認爲它是由筋骨、神經、肌肉、脈管、血液和皮膚所組合而成的，則它即使沒有心靈，依舊可以被動地把人類該有的那些動作展現出來，不必依靠心靈的幫助」（7：84）。再者，由於他否認動物有心靈，因此，一切動物的行爲都得視爲機械的。大部分的人類行爲（凡是不受意志影響或者需要理性指導的行爲），他認爲也都可用這種方法得到解答（亦見6：56-59）。

笛卡兒認爲人類和動物的身體都得力於把「沒有光亮的火」在心中默默地燃燒（11：202, 333）。這把火使血液發熱，並擴充而進入心臟，一如蒸氣機中的汽鍋。血液快速地從心臟流出，有些則進入大腦，在這裡，在這大腦的底層叫作「動物生機」（animal spirits）的地方，一些更加微妙而充滿活力的血液，通過松果腺（pineal gland）的過濾後，進入腦腔的核心。動物生機這時則沿著神經（中空的導管）進入肌肉，並像氣球一樣的擴張、拉緊、收縮。肌肉的運動和人的行爲便是由這些動物生機進入神經細管時造成的（11：129-143, 170-197）。

一個感官馬達驅動的扣環，控制動物生機的傳播。感官神經是神經細管內的白熱絲。當感官的機能被刺激時，這些白熱絲便開始輕輕振動，促使核心腦腔中的神經細管張開，讓生機進入並流向肌肉。生機離開松果腺時的模式，反應了神經被刺激時的模式，而這些模式又是感官機能在接受刺激時所造成的。若以視覺爲例，視網膜上所呈現的形象，將傳送到松果腺（兩隻眼睛所見到的形象此時合而爲一），在這裡，具有心靈的人便得到了一個視覺上的感受（11：174-176）。感官取得實質感受的過程造成動物生機的外向流動，它也能在人類和不具有心靈動態的動物身上製造肌肉的行動，而不需要任何精神的主導。即使在人類的身上，極大多數的行爲也都是由於純粹物質作用的驅使，一如外界的刺激造成馬達直接的反應。

怎麼樣的刺激會造成怎麼樣的反應，要由數種不同的因素來決定：有些是先天的，有些則依靠後天的記憶或學習（11：192-193）。另外有些表現則是先天性地給予刺激一個快速的反應，即當我們突然倒下時，我們會本能地伸出雙手，保護頭顱（7：230）。在其他的例子中，反應需看神經細管中測驗的改變，取消了過去感官的刺激，例如一隻狗（或人），爲了想得到食物，會學習如何聆聽食物紙袋嘎嘎的聲音，或者水箱的開啓。假如這個動物感到腹內空虛，它體內的動物生機也會受到威脅，食物的缺乏促使動物生機在神經中間四處發散，而這個動物也在這同時開始四處奔走（11：194-195）。這種功能，笛卡兒認爲就是「遵循機器內部基本的安排，讓每一部門自然地運行，有如一座時鐘或者其他的自轉機器中的稱錘和齒輪」（11：242）。

在他晚期完成的《情緒論》中，笛卡兒也堅信純粹的生理過程可以全權處理身體對許多狀況的反應，而不必有精神的介入。當一個人處於恐怖的狀況時（例如一隻獅子的出現），動物生機會讓他不僅感到恐懼，還會促使他立即拔腳跑開，完全不需要思想或者意志：

> 當動物生機在促使這人移動雙腿，快速逃命的同時，它還會在松果腺中製造另外一個動作，即讓人的心靈感覺而且看到這個行動的發生。那麼在這個過程中，身體聽命於體內器官的主導，完全沒有心靈的幫助。（11：358）

正如一隻綿羊（沒有心靈的自動機器）透過動物生機的催促而逃開豺狼的突擊（7：230），人類也可以完全借重機械方式的反應而避免災害。

笛卡兒很嚴謹地劃開了人類和其他動物的界線，當人類逃命時，他們不唯意識到自己的行爲，他們還經驗到恐懼。根據笛卡兒的理論，感覺、意識，和亢奮等情緒都得依賴一種非物質的靈魂或心靈的存在。然而即使是在身體上製造足以影響我們心靈的熱情時，也都與身體機械式的生理和心理有密切的調和。熱情的功能在使心靈傾向於延續身體的種種反應（11：359）。當我們的心靈感到恐懼時，我們身體的機制早已在促使我們奔跑了。恐懼的感覺則提醒我們不要停步。心靈有可能給我指導或改變我們的反應，我們也可能放棄逃避獅子的奔跑，因爲想到獅子可能會猛追一頭奔跑的獵物，卻不會攻擊一個不動的物體。然而我們卻沒有本領選擇不要害怕，或者不要奔跑。只有當我們想到行爲的後果時，我們才會抵制正常的身體反應，重新調整我們動物生機的流向，以及減低恐懼的感受（11：362-370）。

(二)心身互動定律

笛卡兒的心理學是一部混血的心理學，它作用的一部分是單獨由身體主導，另一部分由心靈主導，還有一部分則透過心靈和身體的互動而得到表達。在他給依麗莎白的信中（討論詳見第八章），他避免了心身之間偶然相互影響的話題。他承認我們對身心互動的知識是無可否認的事實，他無異在暗中把心身互動的理論轉移到經驗科學上面去了。

《沉思錄》爲心身互動提供了一個原則，即「腦子的每種運動直接刺激心靈時，只能帶來一種感覺」（即最能適宜和最有利於身體健康的那種感覺）（7：87）。這便是他心理／生理合法結合的原則。它的意思是說，上帝已經在大腦和感覺（包含內心的感受和熱情）之間建立了一個永恆的關係。這個原則是〈屈光學〉中論及感官神經和感覺之間所謂「神聖制定」（divine institution）的觀念時所啓示的：

> 至於光和色彩……我們必須假設我們的靈魂內有製造光的感覺的本性，那便是大腦中視神經纖維發源地帶所產生的力量，而這些運動力量所呈現的形式也讓我們取得顏色的感覺。同樣情形，這些神經的運動如果傳遞到耳朵，我們便聽到聲音；如果傳遞到舌頭，我們便嘗到味道。一般來說，任何部位的神經運動，如果動作溫和，我們會感覺一點小小的振動；如果動作十分劇烈，我們會感覺疼痛。（6：130-1）

某一種輕微的搖動產生顏色的現象，另一種則產生聲音的效應，如是等等。笛卡兒作了許多這一類心理／物理，或者心理／生理的假設。在視覺中這些假設不僅包含光和顏色，也促使身體機械的功能在眼睛具有的條件內和眼睛聚焦的情況下，直接製造一種距離的感覺（雖然在其他地方，他曾認爲判斷的過程會得到錯誤的大小和距離的感受〔6：138-140, 7：438〕）。

到目前爲止，在所有引用的實例中，沒有一件顯示我們的動物生機會「延伸」進入感官的範疇，某種振動造成疼痛，另一種造成搔癢，再一種造成紅色或藍色的色感。心靈得到了這些經驗的實質，卻從來不會感覺到大腦中動物生機實際的存在。在形狀感覺的例子中，笛卡兒還介紹了一種大腦狀況和感官神經的關係。他認爲大腦可能擁有對形狀的感受，也可能提供給感官該事物形狀的資訊。笛卡兒相信眼睛的視網膜上精密的形象是在松果腺的表層上形成的。這個形象是以感官的「第二層次」（second grade）進入感官的（7：437）。在這裡，第二層次代表「光和顏色」的形態；事實上，笛卡兒說的是「顏色的延伸和它的範圍以及位置都與大腦的部位有關」（7：437）。第二層次所顯示的形象並不一定就是我們視覺經驗中所看見的形象，因爲一如〈屈光學〉中的解釋，視網膜和松果腺只能「傳遞橢圓和斜方形，當它們應該讓我們看見的是圓形和正方形」（6：140-141）。事實上，感官的第二層次常常是被忽視的，因爲心靈（依照現代心理學形狀恆常不變的原則）習慣性也極其快速地爲我們製造一個遠方事物實際感受的形象（例如圓形和方形）。

不過心身互動的問題，其關鍵在感官的第二層次，不在心理過程之後升起的視覺經驗。我們必須注意松果腺上的形象和感官中色彩所產生的形象。較早前我們讀到沉思六（7：73）和第六答辯書中的文字，提到一種反觀自身的模式（inspection model）即心靈「視察」松果腺上的形象，以探究它自身所具有的觀念。事實上，上面所言認爲心靈可以觀察顏色的形象，並與大腦內部表層上的形象作比較，是個十分古怪的念頭，因爲顏色的經驗只能在感官中出現（而心靈則需要把這種感覺直接與大腦的內部作比較），這好像是說，在某些情況下，大腦形象的模式提供了想像中，或者第二層次感覺到的形象。不管怎麼說，心靈可以「視察」或者反觀自身的觀念，是不能令人滿意的，因爲在此種視察或反觀的方式中，他草草結束了一些需要詳加解說的問題（亦見6：130）。

幸好第五答辯書提到另一種解釋，避開了反觀自身的模式，並且修正了心身互動中有關形狀的感官感受的第二原則。在這裡，笛卡兒採用了「有形物種」（corporeal species）的用語，並用他的學說（相對於亞里斯多德的學說），說明心靈將藉身體而產生感覺或想像的內涵，不需要與其他的物種或形式「合併」：

> 你問我，作為一個非擴延性的我怎麼可以接受一個有擴延性物體的外貌或者觀念。我的答覆是，心靈不能接受任何有形的物種；有形和無形物體的純粹了解是在沒有任何有形物種下產生的。唯有在必須具有有形實體的想像中，我們不需要一個有真實實體的物種；心靈可以把它自己應用於物種，卻不能接受物種。（7：387*）

再一次的，心靈雖然不能藉一個擴延的物種來「了解」擴延，卻可以借重一個有擴延性的有形物種，來「想像」擴延（7：389*）。笛卡兒的語言間接表示了他的有形物種（在此種接近亞里斯多德的擴延物種）提供了想像和感受的內涵。然而如果根據他對心身眞正的區分，心靈卻不能接納這些物種，這些物種的表現，有點像是第二答辯書中所說的有形物種，而且「當它被引導進入大腦的內部時，也同時把形象傳遞給了心靈」（7：161）。

訴諸有形物種的理論避免了反觀自身的模式，認爲心靈可以眞實看見動物生機在松果腺中微粒的活動。即便是這些物種，也仍然需要上帝爲它們訂定由生機流動而形成經驗的規則。這項規則必須能說明唯有松果腺上的形象不可以「告知」心靈產生形象感受的事實，生機的流動並不能製造脈搏跳動的感覺；相反的，它只能爲視覺提供光和色彩的感受。其他感官的模式，例如氣味，可能也會在松果腺上製造某種形式的形象（即使只有一個微粒子的寬度）；在這種情況中，心靈也不會有形象的經驗，因爲它感受到的是氣味。

由經驗呈現心身關係的概念，並不需要物質二元論，這種觀念早已超越了二元論普遍的接受性。十九世紀中費希諾（Gustave Fechner）已把此一觀念轉變成心理的物理科學，在當時的實驗心理學領域中是一種卓具成就的定量分析新方法。大腦中形象的形式和感官經驗中的形象，也持續地成爲心靈／大腦同形物（mind-brain isomorphism）研究的對象。

經驗和實驗的差異

《沉思錄》所訂下知識確定性的標準，顯而易見地，只能在理性有明白而清晰的知覺時才能達到。「我思」的推理、心物本質的知覺，以及上帝和外物存在的證明，也都有可能符合此一標準。即使在沉思六中，外物重新取得它們的地位，某種特殊事物特性的感官知覺仍然被圍困在「懷疑和不確定」的迷霧中（7：80）。因此笛卡兒此時也仍然感覺到自然的調查有訴諸感官的觀察和經驗的必要（6：65, 7：86, 8A：101, 319）。

因爲感官而降低了確定性的程度，連同他坦承自然哲學不能沒有觀察和經驗的事實，造成了笛卡兒知識論上的緊張。如果物理學需要經驗，而經驗卻不能提高確定性，那麼笛卡兒看來只有兩種選擇：排除合法知識中經驗的部分，或者降低確定性的標準。

笛卡兒有兩種辦法用經驗來支持他的物理學。首先，我們已經看見在出版《沉思錄》以前他便爲物理學的基本原則（物質的運動）推薦了一套經驗的理論。第二，在那期間以及稍後，他承認即使他物理學的基本觀念一無差錯（包括形而上的運動律的建立，有如他在《世界論》中的預示），若干有破壞自然現象機械結構的問題依舊懸而未決（6：63-65, 8A：101）。就他的基本原則而言，不只一種的機械結構可以在想像中解釋磁石的作用，或者食鹽的特性，再不然便是動物本能的行爲。觀察和實驗是不可或缺的兩種方法，來判斷某種機械結構是否有確實發生的可能。

在《沉思錄》出版前後，笛卡兒頗爲樂意地指出，若干他決定保留的機械結構，即使是依據觀察所得，仍然可以「展現」可靠的知識（2：141-142, 198; 8A：327-328）。不過他不諱言這種情況下得到的知識，其確實性的標準已被降低了。在《哲學原理》中他揚言他形而上學的基礎得到了「絕對的確實性」，然而在其他較特殊的場合中，他承認所得到的，只是「道德的確實性」（moral certainty）（8A：328-329）——亦即「足夠的確實性，足夠應用在日常生活中」（8A：327）。在此我們可以假設，笛卡兒的運動定律、擴延性事物的本質，以及眞空的否定，都被列爲具有確實性的知識。然而某些特殊的極微機械結構（micro-mechanisms）則只達到了道德的確實性。

笛卡兒爲他特殊的假定和他打破慣例（8A：327-328）的立場作過如下的比較。如果一個爲解釋慣例問題的答案適用於許多地方，則這個答案可以被視爲眞實，它甚至可以被認爲適用於另一個（未知的）問題上。同樣地，如果一個爲解釋磁石或自然現象問題的答案適用於每一其他的問題，它也應被視爲眞實，即使若干（尚未想到的）可能的解釋還沒有被排除。在這種情況下，我們不妨視之爲一種名爲「包攬一切」的最佳理論。

然而在破解自然規章的實踐中，笛卡兒有意爲我們開啓一個全新的航道。他形而上學的基本觀念戲劇性地約簡了問題解答的範疇。爲了解開自然的密碼，他在物質上只接受幾何學的模式。至於生命的力量、現實的本質，以及其他種種活力的原則，都被他排斥在形而上學之外。這一作爲，使他的形而上學變成了後代科學研究永恆的準則。

參考書目和進階閱讀

一般討論十七世紀科學的革命，包括蓋利略、笛卡兒和牛頓的著作以及指南，有A.R. Hall, *The Revolution of Science, 1500-1750*（London: Longman, 1983）, J. Henry, *The Scientific Revolution and the Origins of Modern Science*（New York: St. Martin's Press, 1997）, 以及 S. Shapin, *The Scientific Revolution*（Chicago: University of Chicago Press, 1996）。論及笛卡兒物理學的消長，見 E.G. Ruestow, *Physics at Seventeenth and Eighteen-Century Leiden*（The Hague: Martinus Nijhoff, 1973），及J.L. Heilbron, *Elements of Early Modern Physics*（Berkeley: University of California Press, 1982）。亞里斯多德，哥白尼，培根，伽利略，波以耳及牛頓的選讀，見於 M.R. Matthew（ed.）, *Scientific Background to Modern Philosophy*（Indianapolis: Hackett, 1989）。

研究笛卡兒對新自然哲學（或者自然科學）的貢獻，見 D. Garber, "Descartes' Physics", in Cottingham（ed.）, *Cambridge Companion*, pp.286-331, Gaukroger, *Descartes*，和G. Hatfield, "Metaphysic and the New Science", in D. Lindberg and R. Westman（eds.）, *Reappraisal of the Scientific Revolution*（Cambridge: Cambridge Unirersity Press, 1990）, pp.93-166。論上帝作為行動的力量，見 Hatfield, "Force（God）in Descartes' Physics", in Cottingham（ed.）, *Oxford Readings*, pp.281-310。論笛卡兒的運動定律和瞬息時間，以及笛卡兒普通物理學，見 Garter, *Descartes' Metaphysical Physics*（Chicago: University of Chicago Press, 1992）。R.S. Woolhouse, *Descartes,*

Spinoza, Leibniz: The Concept of Substance in Seventeenth Century Metaphysics（London: Routledge, 1993），討論笛卡兒物質理論及其相關問題。Gaukroger, Schuster, and Sutton（eds.），*Descartes' Natural Philosophy*，含有論笛卡兒自然哲學的背景、分析，和接受。

笛卡兒時代中所見亞里斯多德的物理學，見 Eustace of St. Paul的選文，收於 R. Ariew, J. Cottingham, and T. Sorell（eds.），*Descartes' Meditations*（Cambridge: Cambridge University Press, 1998），pp.80-92。Des Chene, *Physiologia: Natural Philosophy in Late Aristotelian and Cartesian Thought*（Ithaca, NY: Cornell University Press, 1996），提供了一般的總覽，亦見 W.A. Wallace, "Traditional Natural Philosophy, in C.B. Schmitt（ed.），*Cambridge History of Renaissance Philosophy*（Cambridge: Cambridge University Press, 1988），pp.201-235，以及R. Ariew and A. Gabbey, "Scholastic Background", in Ayers and Garber（eds.），*Cambridge History*, pp.425-453。論學術上的亞里斯多德物理學，涉及動機的目的時，自然的動因不必「知道」也無需「解說」，見 Thomas Aquinas, R.P. Goodwin（ed.），*Principles of Nature, Selected Writings*（Indianapolis: Bobbs-Merrill, 1965），pp.7-28。

論永恆真理的產生和亞里斯多德主流的形上學（特別是有關 Francisco Suarez 的部分），見Hatfield, "Reason, Nature, and God in Descartes", in Voss（ed.），*Essays*, pp.259-287。Thomas Aquinas否認那些即使在天堂受到祝福的人，透過神靈的啓示直接承受了上帝的信息，也不一定能知道上帝能做的事情（*Summa theologica*, Part I, question 12, article 8）。

論感官感受的學術理論，見A. Simmons, "Explaining Sense Perception: A Scholastic Challenge," *Philosophical Studies* 73（1994）, pp.257-275。論al-Haytham（亦作Alhazen）和笛卡兒，見G. Hatfield and W. Epstein, "The Sensory Core and the Medieval Foundations of Early Modern Perceptual Theory," *Isis* 70（1979）,pp.363-384。論笛卡兒一般性的機械論心理學，見 Cottingham（ed.）, *Cambridge Companion*, chs. 11-12. Gaukroger, Schuster, and Sutton（eds.）, *Descartes' Natural Philosophy* Part 3 and 5，以及 J. Sutton, *Philosophy and Memory Traces: Descartes to Connectionism*（Cambridge: Cambridge University Press, 1998）, Part I（亦見其最近同形物質的生化討論第十六章中所作照會）。其中有些作家，包括 Gaukroger, *Descartes*, pp.276-290，（持與此相反的意見）認為笛卡兒並沒有排斥動物的情緒。

論笛卡兒的科學哲學和經驗的意義，見 D.M. Clarke, *Descartes' Philosophy of Science*（University Park: Pennsylvania State University Press, 1982）, Garber, "Descartes' Method and the Role of Experiment," *Oxford Readings*, pp.234-258，和Hatfield, "Science, Certainty, and Descartes," in A. Fine and J. Leplin（eds.）, *PSA* 1988, 2 vols.（East Lansing, Mich.: Philosophy of Science Association, 1989）, 2:249-262。

第十章　薪傳和貢獻

在第一章的後段，我們曾追溯笛卡兒數世紀以來的科學、形而上學和認識論的影響。既然我們對他的哲學已有相當的涉獵，現在不妨爲他的遺產和貢獻作一個全面的評估。他的遺產，應當包含他身後延綿不斷的種種思想，不論是正面的，還是負面的；他的貢獻則是一切對我們至今尚存有價值的事物。他的作品常會有懸而未決的問題，甚至死胡同。有時他提出來的問題，也會被一些（可能受到他的激發而出現的）新理論而推翻。即使若干疑問至今尚未解決，問題提出的本身，也當視爲一種貢獻。

哲學問題

笛卡兒爲後世哲學奠定了不少方法和特殊的學說，它們包括「我思」的推理、上帝存在的證明、感官本質的理論，以及心身的區分。

(一)知識和方法

笛卡兒爲知識提供了兩種方法：懷疑，和明白而清晰的知覺。對他而言，這兩種方法，依照第三種方法學上的觀念——分析法——其實是相輔相成的。這種分析方法的目的在求取知識中隱藏、或者允許存在的簡單而根本的眞理。這些構成知識元素的簡單眞理，可能植根於複雜的判斷或者觀念中，因此有必要費點心思來搜尋。

笛卡兒認爲這些知識元素是作爲先天觀念（或者獨立於感官之外的先天潛能）而存在於人類的心靈中，唯有透過直接的體驗才能察覺。但我們有如洪水一般濤濤不絕的感官，常會阻礙這些經驗的出現。懷疑的方法很像是用來驅退感官的干擾，以便發現純粹的理性。至於明白而清晰的知覺則是用來證明純粹的眞實性，並且承認它們具有左右意志的不可阻擋的力量。

後代的理性哲學家，包括斯賓諾莎、馬勒布朗士，和萊卜尼茲，希望用這種理性的架構來建立他們的新形上學，只有馬勒布朗士，在理性架構之外，也還採用懷疑的方法。他們三人都相信純理性可以顯示事物本質的眞實面貌，雖然他們都各自走向極不相同的形而上學的結論。這些南轅北轍的分歧，最終要不是讓人感覺理性思想並不存在，再不然它並不是開啓眞正形而上學宮殿的鎖鑰。洛克和休謨（站在另一條線上）認爲人類並沒有實質的形而上的理性架構；康德在研究人類心靈認知結構後，宣稱事物眞實本質的理性架構根本便不存在，因此乾脆關閉了純理性認知論中理性思維的大門。

處於純理性知覺之外，懷疑的方法卻可以實際在人類心靈中做一番過濾的工作，而找到事物的眞確性。無數的思想家，包括休謨，都用這種方法畫定知識的範疇。他在《人類理性研究》一書中說，眞確性只能用於抽象的數學（也就是說，與世無涉的數學）以及知覺中現有的內涵。在透徹檢討人類的心靈後，他的結論是，這一切的內涵都來自內在的感受和感官的知識。這個立場在二十世紀中也曾以感官數據理論（sense-data theory）的方式出現，而一般人也都以之爲笛卡兒的傳承。事實上，這個經由笛卡兒傳遞到現代哲學中的思想，最後也得到一個相反的效果，亦即肯定感官的經驗只能提供有限的知識。休謨和感官數據的理論家都不承認外界世界跟實際或可能的感官知覺間有多少相似之處。

感官數據的認知論怎樣也跳不出實際經驗的圈範，它甚至不能肯定最尋常的一個房間裡桌子和椅子的數目。如此看來，這樣的理論也應當拋棄。哲學的倫理學看來對眞確性有相當高的要求（雖然懷疑論是它的動機），但我們必須承認，知識中絕對的眞確性很難獲得。現代科學保留一種誤差的觀念和度量來捍衛它的理論。在理論和觀察相互作用下，二者都沒有脫離懷疑論的領域。假如依賴純理性的知覺仍不能建立眞正實用的理論，大約懷疑的方法也該退位了。笛卡兒在方法學上的兩大貢獻，其一（即明白而清晰的知覺）在經過一個世紀的琢磨後，仍然被人放棄；其二（即懷疑的方法），雖然延綿了較長久的時日，最後還是遭到打入冷宮的命運。

(二)「我思」的推理

笛卡兒一枝獨秀的哲學辯論是他的「我思故我在」（*cogito, ergo sum*）的推理。雖然此語曾見於早期奧古斯丁的著作中，卻靠笛卡兒一手把它垂爲不朽。

把人的思想轉換成人的存在，是個無懈可擊的論點，至少在溫和的個人存在觀念流行的十七世紀。「我思」的要求只是想肯定此一事實。但有趣的問題是，它究竟要證明的是什麼？

在第五章中，我們看見笛卡兒企圖把「我思」視爲輔佐明白而清晰的知覺來尋找眞理，並能直截了當地發現上帝、物質，和心靈本質的形上學的認識。邏輯上此一精簡的辯論是可以成立的。然而事實上我們知道笛卡兒的形而上學，包括物質本質的概念，頗有疵瑕，我們不由得不懷疑它的健全性。回顧起來，他的辯論很像是爲某種個案而作的過於普遍化的結論。因此把「我思」的功能附合於明白而清晰的知覺上，認爲能產生有實質的形而上眞理的假設，必須被我們拒絕。「我思」初步的結論應該只限於眼前可見到的經驗，而不能廣泛地運用在一切先驗的形而上學事物中。

在第四章中我們談到擴大的「我思」推理導致了精神中對自覺性的新認識；一旦我們把思想用懷疑的方法孤立起來，我們會很快注意到感覺、想像、感觸、願望，以及意志等等現象，原來都可能與自覺性的層面有關。在亞里斯多德以及海珊的感官知覺理論中，一切感官知覺的行爲並不一定需要經過自覺中心的樞紐。我們一般都以爲眼睛可以判斷光線和色彩，而判斷的功能則結合不同角度的大小和距離的關係來給予視覺上確實的形象。由於這種現象經常發生，我們便認爲它是一個「普通常識」。然而早期的理論家，不同於笛卡兒，並不認爲認知的行爲必須與自覺性有關。雖然一如我們所知，笛卡兒從未採用經驗主義者可笑的立場，認爲我們總能掌握或者全神貫注於我們的精神狀態（S：220-221, 7：438），他還大膽地作形而上的假設說，我們都能自覺到每一個眞實的精神行爲，因此每一個精神的行爲都是可以被察覺的（7：246）。至於他是否會把自覺性歸屬於思想的本質，那是另一個問題，我們將在下面探討。

㈢上帝和理性

自從柏拉圖和亞里斯多德以後，哲學家們開始投入上帝存在和屬性的證明。希臘哲學和基督教神學在中世紀早期結合時，促使上帝存在和屬性的理性問題演變成爲基督教思想的核心關懷。

形而上學的神學家爲中世紀後期的歐洲思想介紹了一種淵源深厚的理性主義，在哲學世界中，上帝存在和屬性問題成爲理性研究的對象，而不得訴諸《聖經》，也不能因襲任何宗教上的思維。對上帝純理性展示的追求（這也是一種對宗教的虔敬）培育了對待神靈的理性態度。神靈屬性中的永恆和無瑕只允許從理性和悟力中尋找答案（是否從感官出發並不重要）。從這種結局中產生的概念有時被稱爲「哲學家的上帝」。

像這種理性化的上帝，經過阿奎納斯和史各脫士（Scotus）的孕育，還有笛卡兒的擴張，終於形成了歐洲啓蒙運動的推動力。如果上帝的存在必須經由理性取得證明，那麼理性也變成了這種證明的局限性，或者否定了這種證明的結果。緊隨在笛卡兒之後的霍布斯和斯賓諾莎等人，也曾把理性運用在宗教經典的詮釋上。如果把經典中的權威從中抽去，理性遂成爲上帝信仰中唯一的依據。假如上帝只能透過理性得到證明，那麼祂的屬性也只能從無限和無瑕中得來。這樣得到的結論，使得上帝神聖的概念變成了宇宙的第一因和理性的指令者，而上帝無異也被屏除於人類日常的生活之外。

笛卡兒並沒有贊同宗教中理性主義的進路，因爲他支持上帝恩寵的觀念（3：425-426, 7：148）和經典的權威（2：347-348, 7：2）。不過在他哲學的思維中，他只接受上帝能被理性確定的一個層面。他是歷史學家所稱爲「早期啓蒙運動」的鼓吹者。他把上帝的存在和屬性在理性上的證明，依照啓示的教義和神學的權威，嚴格畫分爲二（1：143-144; 8B：353）。

(四)第一和第二品質

伽利略和笛卡兒都堅決相信色彩和其他感官的品質（sensory qualities）不能直接顯示事物本質的特性。此一立場被後來的波以耳（Robert Boyle）和洛克全盤接受，並依此辨別物體的特性有第一品質和第二品質的區分。第一品質即指物理學中最根本的分類——對笛卡兒而言，便是擴延、大小、形狀、位置，和運動。第二品質要靠第一品質來決定，亦即它們的分類要依賴觀看者感覺的型態而定。因此，當物體表面的形象如果有光照射時，便會在觀看者的視覺中造成色彩的感受，這種感受便是物體的第二品質。此種心靈中的感受就是物體第二品質的觀念；即使如此，當我們看見紅色，舉例來說，這個觀念並不代表該物體表面的微細構造（microstructure）「好像」是固有的紅色。

笛卡兒、洛克，以及其他哲學家們的此一立場，有時可簡單地解讀爲物體「不一定有顏色」的觀念。他們並不否認事物有顏色；他們只是否認物體中的顏色屬於亞里斯多德所謂的眞正品質，「看來有點像」我們經驗中實際看見過的那種顏色。他們認爲色彩的感覺告訴我們物體有某種實質的特性（表面呈現的顏色），但並不顯示該物特性中實質的結構。亞里斯多德相信我們看見的顏色提供了該物體客觀的特性，若非看來相像，便是眞有其實，對笛卡兒和洛克而言，此一現象中的顏色，不過是光粒子刺激我們神經所造成的主觀效果而已。

在這種看法中，光線、聲音和其他類似的第二品質，都是事物中有待觀看者決定的特質。也即是說，物體被視爲有顏色，只是因爲光的效應造成它們終極的色彩感覺。如果沒有觀看者的存在，實體的光和聲音雖然存在（光離子和空氣的震動的存在），物體不會有第二品質作爲推動的力量來製造感官的感受，因此光離子和空氣的震動在理論上不會在沒有觀看者的情況下發生作用。我們也許會問，色彩和聲音的第二品質是否會在違反事實的感受中仍然存在，因爲我們可以假設有另一類的觀看者，他（她）們是否也會經驗到我們認爲的正常光線和聲音的效果（這個難題的解答，不妨保留給讀者們自己作爲一個課餘閒暇的練習）。

笛卡兒的貢獻，在他發現感官不能直接取得事物基本的物性本質，雖然感官仍然是一名有用的嚮導。在沉思六中他相信第二品質的感受有時可以揭露觀看者所不知道的事物本性（假設她尚未研讀過笛卡兒的物理學）。觀看者可以利用物體恆常呈現的顏色來分辨不同事物的存在。最新的研究證明，事實上色彩的視覺幫助動物判斷交配的訊號、食物的搜尋，以及其他生理上敏銳的觀察。笛卡兒對感官品質實事求是的態度是完全正確的。

科學和形而上學

在新科學出現以前，許多重要的原理都以身體爲準則，常常以人體生理上的成長和發展作爲了解的依據。笛卡兒和許多其他的新科學家一樣，一致相信這種原理不夠徹底。雖然他認爲物質的本質是純粹的擴延並未獲得成功，他卻提出了一個渾然一體的世界觀，其中的物質都在幾何學的規律中運行。人人都能同意幾何學是理解上最佳的典範，但難於同意的是，世間一切事物的特性，是否都能包容於幾何學的模式之中。

笛卡兒對物質理解的數學進路可說相當成功，經過了牛頓的修正，它成爲科學的準繩。不過他的運動定律卻被牛頓超越，並拋棄在後。當物理學有長足的進步後，我們都知道，把一切有形物質簡化還原爲大小、形狀、位置和運動，笛卡兒犯了一個阿諾爾德指出的錯誤——亦即把自然世界事物中實際的性質和生命力訂出一個「不健全的抽象概念」。

物質並沒有純粹均勻的擴延性。現代科學發現物質有更複雜的「細微結構」（microstructure）。質量團（mass）的觀念取代了笛卡兒物質本質純粹的量的觀念。有些事物是由地心引力依據質量團每一單位的量歸類出來的。十八世紀的物理學發現，力的概念比擴延性更爲重要，因此康德認定擴延的概念來自物質之間互相產生的排斥力（force of repulsion）。跨越十九和二十世紀，種種不同的基本斥力和質點（particle），包含沒有質量團的質點和雲狀的質點，都曾經被科學家所假定。笛卡兒所認爲只有大小和形狀的堅實小質點，看來有點像是古老可笑的幻想。

不過在實際的事物上，笛卡兒並不自認爲他的物理學是一個「不健全的抽象概念」，他談的是在明白而清晰知覺中事物的可能性。他也沒有意思認爲他形而上學的基本原理能「包羅萬象」。他不僅把這些基本觀念機械地運用在道德的確定性上，他還肯定它們是一個眞實有用的理論。如果他夠大膽認爲這便是當時最佳的理論，他說不定還避免了爲明白清晰知覺當作絕對眞理條件的辯論（在這種情況下，循環推理所訂下來的種種「假設」也將變成多餘，因爲人們對明白而清晰的知覺不會再有過高的要求）。

自從笛卡兒以後，人們用「先驗」的觀點作爲尋求事物眞正本質的方法也逐漸被淘汰了。今日的科學往返穿梭於理論的假設和經驗的求證之間。認爲人類心靈中有先天的管道可以認識事物本性的觀念，已不再被接受。別無他途地，物理科學的歷史發展廢棄了這種學說。今日的科學，在假設和求證的折衝進退之間（加上數學概念的助力），已經從難於想像的一般相對理論，進入了量子力學的時代。

十九世紀達爾文主義者赫胥黎（T. H. Huxley）盛讚笛卡兒爲第一流的生理學家，因爲他首次把人類的身體和動物的身體描繪成一部機器。笛卡兒企圖用自然的物質原理解釋自然界中一切的生物現象。用這種方法看世界，生物和無生物之間唯一的差異在它們所擁有物質的組織，而不是它們有特殊的生命力，或者生命的原則。

笛卡兒研究身體的機械進路是他一個重要的貢獻，不過這觀念還有它的局限性。把人體比擬爲機器，讓人懷疑人體是否也需要有一套設計的圖案。如果它眞有一套設計，那麼它的每一配件都應服務於整體的功能。笛卡兒在《論人》（11：120）和《沉思錄》（7：80, 87, 374）中都說這部人體的機器是上帝設計的。然而在《談談方法》、《哲學原理》，以及書信中，他卻提出一個令人遐想的理論（雖然他曾自己否認，因爲上帝創造的動物和人必須是一個完美的整體），認爲在地面上的一切生物，包括植物和動物的軀體，都是從曠古以前的大混沌中經過自然的過程衝擊而成的（6：42-44; 8A：99-100, 203; 2：525）。這無疑排除了直接設計的說法。

由於十九世紀達爾文理論的出現，有機生物能透過智力的規劃而產生的觀念已被現代科學全盤否定了，但我們仍然要問，我們應當怎樣看待有機生物體內各部門給整體的服務。有些哲學家認爲進化的過程扮演的就是創造的角色，他們給有機生物塑造的技術是依賴「自然選擇」的原則。進化的壓力放在「選擇」優秀的結構上，因此建立了一座經得起考驗的結構。有人否定這種解釋，認爲這不過是文字上的取巧。這個問題至今未有定奪，一部分由於機械論的視野有強勁的說服力，另一部分則是因爲它不能包羅萬有。

心靈和身軀

笛卡兒最具生命力的遺產是他關於心靈的理論。他最著名的見解是心身二元論和對無形物質的堅決信賴。這些理論今天都被哲學家們當作掩蔽馬（stalking horse）來使用，或者作爲反對物質二元論者的稻草人（即假想的敵人）。他更爲普及的傳承，牽涉到精神現象以及精神世界跟自然世界結合在一起時的問題。在這些問題中，笛卡兒高瞻遠矚的思維，和愈挫愈勇的質疑，是他不可磨滅的貢獻。

(一)精神的現實主義

在精神思想上，笛卡兒是個不折不扣的現實主義者，因爲他認定精神是一種清楚的物質。姑不論其二元物質的本體論，他對精神現象的觀察已足夠讓他成一位精神主義者。即使在他提出精神現象本體論的基準之前（不論它們究竟是物質還是非物質的），他已經完全肯定了思想，包含感觸、感受、想像、記憶、欲望，和意志的存在。

他身心二元的議論來自他嚴格區分精神和物質兩種不同現象的主張。這個主張的本身並不構成二元論，而且這個主張在今天還存有爭議。二十世紀許多哲學家和科學家一致相信，精神的現象很難融入自然的世界（亦即物質的世界）。如此的觀點否認了精神現象本身可以成爲自然現象的一部分。爲了維護世界自然的合理性，精神如果想融入自然，必須先經過物理上或生理上加工的轉化。有些人，例如心理學家史金納（B.F. Skinner）和哲學家奎因（W.V. Quine），都相信這個過程絕無可能，因而主張放棄此種話題。然而許多其他的學者到今天仍相信精神現象的存在。爲了完整性，它們必須被包容在自然世界中，不論這種轉化的工作是否可能。今天的哲學家很少有物質二元論者，但卻有人主張屬性的二元論（property dualism），亦即承認物質的屬性中含有不能轉化的精神屬性（mental properties）。還有人相信精神是若干或者全體物質事物都應有的層面。他們可以被稱爲二元層次理論家（dual-aspect theorists，認爲精神和物質是同一現實基礎上的兩個不同層次），或者稱爲泛心靈學家（pan-psychists，一切物質都有心靈的一面）。

什麼是心靈現象的本體論，笛卡兒並沒有解釋，直到今天也仍然沒有完整的答案。笛卡兒認爲精神現象，例如色彩的感受，是作爲心靈的一種模式而存在。我們所經驗到現象中的紅色，用這種方式來看，便屬於觀念的內涵。只是他並不認爲心靈實際上擁有紅色的屬性，一如他不認爲在看見或想到一個正方形時，我們沒有擴延性的心靈實際上也是一個方形（雖然在這種情況下，他可能構想在我們的松果腺上會出現一個方形的圖案）。如此的話，問題來了：根據他的意見，假如在我們的心靈中沒有紅色，而紅色又不是一種眞實的物質特性，那麼這個現象中的紅色究竟存放在哪裡呢？他的二元論不能解決這個問題，因爲他從來便沒有說明爲何一個沒有擴延性的心靈物質，即使跟身體相結合而且產生互動，能擁有紅色的內涵，或者紅色現象的經驗。他只說事情會如此發生。即使今天，有些唯物論者還相信現象中的紅色不過是大腦中離子活動（ionic activity）留存在視覺外層的某種影像。今天我們對大腦已有某種程度上的認識，並知道怎樣的活動會造成怎樣的感受，但我們仍然說不清楚爲何離子的活動可以會有、或者能製造現象中的紅色。

笛卡兒心理／生理法則（psycho-physiological laws）的觀念對心靈的了解至今尚有助益。

他認爲透過經驗的研究，心靈可以帶領我們進入與大腦發生關係的特殊狀態。不管你是二元論者還是唯物論者，你都不需要依賴「先驗」的觀念來證明這種狀態的存在；任何大腦狀態和心靈內涵產生互動關係時，其呈現的模式都可以從想像中得到，無需等待經驗論者的報告，不過這中間有些較常見的相互關係，目前還在作高度縝密的研究。這種嘗試便建立在笛卡兒心理／生理法則的經驗論知識之上。

㈡意識、表徵，和心靈現象

在「要旨」和沉思二中，笛卡兒認爲思想物具有思維能力的本性，在沉思六中他也堅持思想是心靈功用中最重要的一環，例如感官感受和想像。在這些地方他並沒有把自覺性（consciousness）當作心靈的本質，雖然我們可以大膽地說，自覺性是他沉思二的議論中認爲一切思想所應有的特色（7：246）。

在沉思三中他堅信一切思想牽涉觀念，而一切觀念也「無異就是事物的本身」（7：44）。觀念當然都有相對的對象，或者表徵的內涵。換句話說，表徵，或者我們今天稱之爲「心靈現象」（intentionality）的，就是笛卡兒所認爲的心靈的本質。第八章中我們也找到理由，相信笛卡兒曾考慮理性的悟力（intellection）是心靈的本質。一切思維，甚至包含其他的「形式」（7：37），有如意志和情緒，都直接指向某種對象。理性的悟力是我們的感受，而作爲思想模式的觀念，則在本質上具有表徵的特性。依照笛卡兒的看法，表徵或者心靈現象，便構成心靈的本質。

這種觀點讓我們相信，自覺性似乎可以視爲思想自然產生的東西，因爲思想的本質就是感受。思想中感受或者表徵的特性，加上心靈作爲一種簡單純一的物質，讓我們相信每一個觀念都需要自然而然地被我們感覺到，或者直接進入我們的自覺。笛卡兒對梅色納可能作過下述的建議：「我後來所說，『沒有一件存在我心中的事不會被我親身感受到』，正是我的《沉思錄》想要證明的觀念，而這結果當然便是說，靈魂顯然跟身軀不同，靈魂的本質是思想」（3：273）。假如思想的本質是自覺，那麼這個「證明」，充其量不過是再一次肯定本質的屬性。只是在目前的議論中，這好像在說一個純粹的精神物質，假如它的本質只是感受，那麼這個精神物質不能儲藏任何東西（這並不是說一切思想都可能造成明確的記憶）。

用今天的角度看，自覺性和精神之間並不一定有直接的關聯。好些精神功能都獨自爲營，諸如：環境的反應（感覺），偵察食物的所在（歸類），對過去環境的理解（記憶），理解後給自己的調適（學習），對未來的意願（想像），以及走向目的地的行動（意志）等等。大略言之，這些功能也會發生在變形蟲阿米巴（amoeba）的身上，大部分的變形蟲（flatworms），以及貓或狗都能有此作用。雖然我們不能確定阿米巴和變形蟲也有自覺性，至少我們可以假設阿米巴是沒有的。即使如此，在某種意識中，我們可以肯定它們會找到食物的所在地。當這樣的事情發生時，它可以說明「精神」的功能在原則上不一定會跟自覺性有關。我們也許還可以懷疑阿米巴尋找食物是精神的作用，可是我們不難想像一個沒有自覺性的東西，例如機器人，未嘗不能經由人爲的設計而執行上述的任務（只要它們的行爲能符合這些功能的描述）。更廣泛地說，當今的認知科學可以做到某種超人格和非自覺性的資訊管理，而仍不失爲一種精神行爲（此一立場並不只限於否認自覺性存在的現代認知科學家們）。若用今天的眼光觀察，精神狀態和自覺性之間的確找不到必然的聯繫。

有人相信笛卡兒對思想和知覺性的認識不過是表徵性的（representational）一種懷疑論，包括「掩蓋在面紗下面的感覺」，也就是說，沒有人確實知道世界是怎麼一回事，因爲人人所見，不過是自己私下的意念。然而這是另一類的問題了。就事論事，我們並不需要借重觀念的語言和事物的表徵來提出對外在世界的懷疑。想想人工大腦（brain-in-the-vat）的實驗吧：我們的大腦浸泡在充滿養料的木桶中，然後跟一臺超級電腦連線，我們的知覺和感受則一一呈現在電腦的螢幕上。我們感覺有如坐在安樂椅中閱讀一本書，雖然我們用的不是眼睛，而是讓浸泡在養料中的感官神經接受適當的電波刺激。一般說來，笛卡兒所使用的懷疑論並無意要揭開面紗底下的感受，他的分析方法是希望把人的感官徹底分離。他的遺贈唯一使人感到困惑的，是此種懷疑在沉思一中顯得振振有詞，到了隨後的幾篇沉思中，當他想把它撤銷時，卻困難重重，甚至瀕臨失敗的邊緣。

笛卡兒爲思想分析提出「行爲」（act）和「對象」（object）的觀念，亦即一切思想不能沒有一個對象。思想可以被這個對象的內涵所界定，同時配合有關的行爲，例如觀察、判斷、欲求、意願，或者任何其他的東西。經驗論者如休謨則選擇了與此相反的道路；他企圖（成功或不成功地）把思想簡化爲單純的印象（impressions）和觀念（ideas）（二者都屬於一種影像），以及它們之間互相結合的關係。

㈢身體的智慧

笛卡兒形而上學的《沉思錄》把重心放在作爲一個思想物的「我」（self）上。當沉思一嚴厲批判了人類感官的用途後，他從沉思二到沉思五幾乎全盤忘記了感官的存在，直到沉思六才把它再度拾回。他這樣的做法，使他有時被認爲「玷汙」了人類的身體、感官、肉體的感受和情緒。

事實上，笛卡兒忽視感官和身體，只是爲了尋找形而上學的知識。他要讓讀者思考感官給人不確定的感受，因爲「就我看來，確定性是形而上知識中必不可少的條件」（7：162）。笛卡兒無意要讀者在日常生活中採用《沉思錄》所採用的態度，或者效仿《沉思錄》的方法，深入尋找理論的知識。在給依麗莎白公主的信中，他強調他的原則是「一天之內絕不花上好幾小時的時間思考幻想，一年之內也必不必用上幾個小時打量自己思維的能力」（3：692-693）。他只泛泛地推薦給讀者，每人至少「在一生中」總得有一次適當地了解形而上學的原則（3：695；亦見10：395, 398）。不過他忠告大家說，「把一個人的理性反覆不斷地運用在〔形而上學的原則〕上，是一件具有傷害性的行爲，因爲這將大大妨害我們正常的想像和感受的功能」（3：695*）。

笛卡兒心目中的想像和感受包含對自然哲學的追求，他本人在這方面便作過多種的努力。他維持最長久時間的實際調查是關於動物和動物的軀體。一六三〇年間他大半的時間用在從鄉間取來的動物內臟和零件的解剖上（1：263; 2：525）。一六四〇年代中期當他回歸生理學的研究時，他開始寫作從未完稿的《人類身體素描》以及《情緒論》，這兩本書中對人體生理上的理解都有詳細的敘述。

第九章中我們談到笛卡兒爲動物的「智慧」和人類在沒有心靈指導下所做的行動予以意味深長的讚美。他所指出身體的能力包含心理的功能，都有可能是在沒有自覺性的狀態下產生的，它們就是上文提到過的：感覺、歸類、記憶、學習、想像，和意志的行爲（我們也許會問，在笛卡兒的理論中，某種特殊事件的想像是否也可單方面從軀體上呈現；我們雖然找不到文字上的支持，但笛卡兒好像相信記憶可以和想像交互運作而得到這種效果〔11：177-185〕）。對笛卡兒而言，這些心理上的功能可以在沒有心靈的狀況下正常運作，縱然身體的本身沒有眞正的心靈智慧，它仍然可以恰如其分地反應外界的情況，達到趨利避禍的目的。

笛卡兒相信，人類的心靈是在自然的環境中向身體的智慧取得調適的。心靈和身體的結合是上帝或者自然的安排，其結果是讓心靈導向於接受身體所需求的保身之道。一如笛卡兒在《情緒論》中的解釋，熱情（即以身體爲基石的情緒）的功用是「要使我們的靈魂尋找自然認爲對我們有利的事物，並要求我們的意志不能動搖；這一項鼓舞我們熱情的動力，也促使我們採取行動來完成我們的意志」（11：372）。像這樣的心靈，是與身體的智慧緊緊相配合的，而身體的智慧，也有它先後的自然順序。這種精神推動我們的行爲，使我們趨吉避凶。這種川流不息的精神活動，也造成我們心靈的思考，讓我們知道何者是好而可取，何者不好而當排斥。

在笛卡兒的理論中，我們本能地跟身體的需求和身體的傾向保持密切的溝通。雖然如此，透過理性的反省，我們還是能夠掌握其中部分的走向。只是這需要用心，而且單靠意志的行爲是不夠的（11：359-370）。

笛卡兒用擁抱的例證解釋身體反應和自覺意識之間親密的接觸關係。當愛情的對象接近我們，而且造成生理上的改變時，擁抱便透露了此中的祕密：「我們感到心中湧上一股熱力，肺裡也充滿了血液，迫使我們張開雙臂，做出準備擁抱的姿勢。這個雙臂的動作，看來全是機械的理由。身體狀態也影響到心靈，會使它心悅誠服地接受身體所給它的東西」（4：603*）。順理成章地，心靈遂促使身體把張開的雙臂合攏在愛人的身上。

人們對愛的情緒，有如上述的例子，根據笛卡兒的看法，是一種複雜錯亂的感受。他的解釋，是依據成年人早年包括胚胎時期帶來的經驗。他認爲胚胎時期培養了四種情緒：健康身體所給予的喜悅、子宮內接受到養分的愛情、養分不足時的鬱悶，和接受到不良養分時的氣惱（4：605）。

這四種情緒，我相信，是我們出生前所得到的最早也是唯一的情緒。我認為它們是唯一的也最錯亂的情緒，因為靈魂在這時刻還完全依附在身體上，除了接受外來的印象，它不能有任何其他的作為。它要若干年後才開始經驗到健康和營養以外的喜悅和愛情。即使如此，純理智的喜悅和愛情有時也會和胚胎中最早的經驗結伴而來，甚至在身體上產生胚胎中的動作和天性的反應。（4：605）

笛卡兒所描寫對愛的複雜心理是否來自他自己的經驗，諸如年輕時代認識的一位「鬥雞眼」的女孩（5：57），二十餘歲時爲她拔劍決鬥的婦人，三十歲左右給他生了一個女兒的女管家，還有五十歲時跟依麗莎白公主來往期間得到的感受，我們不甚清楚。當他寫上面這封給法國駐瑞典大使夏紐（Chanut）的信時，他顯然正在經歷某種愛情的波瀾，因爲在信中他還說，「要想處理這種熱情，你得用上極大的篇幅，由於它在本質上會有說不完的話，我也想告訴你比我知道的更多的事情，但我最好給自己一點約束，免得這封信變成令人生厭地冗長」（4：606-7）。合理的猜測，他有說不完的話應該無關愛情的理論，而是指他當時自己的情緒。

笛卡兒的貢獻，在他指出心靈和身體在微妙而複雜的關係中結合，並且加上從胚胎期便開始的童年經驗。這個貢獻雖然被二十世紀中期的哲學界所忽視，今天我們對他心靈合一和互動的陳述卻有愈來愈高的興趣。

今天的笛卡兒

今天的笛卡兒無所不在，他在我們的方法學中、理論中、困境中，以及種種的疑難中。他數學和科學上的成就，若非正在與今天的思想界攜手合作，便是早已超越了它們自己的天地。他對哲學的貢獻顯得五光十色，要看你從什麼角度去接受。他的形象變成了許多哲學和辯難上的指標。我們很難把他一言論定；事實上我們無法把笛卡兒一言論定，因爲他的傳承、他的影響，至今猶栩栩如生地健在人間。

也許笛卡兒送給我們最爲有用的禮物，是一個無人可以取代的哲學家的形象，既智慧又充滿學養。他勇往直前地迎向當年的熱門話題。他赤手空拳地開啓了新科學和數學的門戶，並且改弦更張了形而上學和知識論的天地。我們都知道今天的哲學很難冀望圓成他壯麗的夢想。事實上這將永無達成的一天。一旦我們拋棄了媚人的遠景，不再相信宇宙的根本原理可以藉由純理性中先驗的洞鑑力而取得，我們的哲學已不再有一步通天的本領，順利地進入人類知識的前哨。然而，即使沒有一個炙手可熱的目標，哲學家們並沒有退出知識的前哨，依然獻身於藝術、科學和人文思想核心的研究，從事批判和改善，並且積極檢討人類的關懷和實踐。由於哲學家無法使用非經驗的程序進入事物的核心和架構，他們不得不借重經驗的世界——不唯抓住個人的經驗，還得鉅細不遺地抓住任何涉及哲學的知識，以及它們在現實中的運用。

笛卡兒堅決相信，在一無所知的情況下，哲學寸步難移，然而哲學的自身卻可以認識一切事物的來源。確實，今天我們再度看見在一無所知的情況下，哲學寸步難移。我們也看見，一切事物的來源，原來可以從事物的自身上發現。我們不再向內追尋；哲學必須面對四方。這其實也是笛卡兒遺產的一部分，那是一個結合眾多傳承、目標遼闊的哲學，而不必仰賴理性主義的方法論。為了追蹤笛卡兒視野遼闊的哲學夢想，我們必須拋棄純直覺的方法，而全神貫注於今天已有的成就上，接受事物的不確定性，並實際投入當代研究的洪流。一個懂得笛卡兒的成功和失敗的人，不會再相信，有如笛卡兒，哲學可以在一夕之間，從它本身的操作中，把思想世界全盤推翻。我們也不再盼待知識會從零再度出發，或者某一高手會在一夕之間把知識重新塑造。我們只能接受現實，循序漸進，即使踏在我們腳底下的知識架構還在動搖之中。

接受現實，循序漸進，意味著對當代觀念和實踐的了解。要想取得這種了解，我們必須注意今天，熟悉一切相關的領域。這種了解還有另一種管道，那便是研究哲學、科學、藝術，和人文思想的歷史，以及人類一向關心的事物及其處置的方法。哲學不能只是寄望，有如笛卡兒，在放棄感官之後（縱然只是短短的一剎那，一如笛卡兒之所為），便能縮短悟性的距離。從歷史中學習，包括問題、解決之道、理論、方法和觀念的演變，便是今天我們進步的不二法門。研究思想的歷史，是觀測從今天走向未來動向的工具。閱讀把歷史排除於哲學之外的笛卡兒，閱讀把理性的知覺化解為非歷史性的（ahistorical）《沉思錄》，也是今天認識哲學的一種途徑，在沒有阿基米德點的方便情況下，歷史變成了駛向今日航程的重心和指南。然而，我們得向笛卡兒致歉，對我們而言，尋找知識並沒有一個確鑿不移的方法，甚至也沒有一個確鑿不移的知識理論。唯其如此，哲學才有一個日新月異的明天。

參考書目和進階閱讀

新近出版評價笛卡兒遺產的書籍為數不少，有正面的，也有負面的。D. and A. Hausman, *Descartes's Legacy*（Toronto: University of Toronto Press, 1997），盛讚笛卡兒具有開創性的心靈現象觀念的理論。S.R. Bordo, *Flight of Objectivity*（Albany: State University of New York Press, 1987），批判笛卡兒對「女性」和「器官」的忽視——雖然她的批判在下述書中遭到挑戰：Bordo（ed.）, *Feminist Interpretations of Descartes*。Rorty, *Philosophy and the Mirror of Nature*，指出許多笛卡兒為當代思想界帶來的弊害。為此一問題的答辯，見G. Hatfield, "Epistemology and Science in the Image of Modern Philosophy: Rorty on Descartes and Locke," in J. Floyd and S. Shieh（eds.）, *Future Pasts: Reflections and the History and Nature of Analytic Philosophy*（New York: Oxford University Press, 2001）, pp.393-413。

討論近代謬誤認識論的發展，見 A.I. Goldman, *Epistemology and Cognition*（Cambridge, Mass.: Harvard University Press, 1986），以及K. Lehrer, *Theory of Knowledge*（Boulder, Colo.: Westview Press, 1990）。

亞里斯多德的感官行為，在概念上可以不必與中樞「公用感官」發生關係（即使這個公用感官的主要功能在統一感官上的知識），大不同於笛卡兒的理論，即一切心靈行為必然與自覺性有密切的關係。其中變化的討論，見 Hatfield and Epstein, "Sensory Core"（見第九章末引用書目）。

Locke, *Essay Concerning Human Understanding*, book II, ch.8，對物質主要和次要的本質有詳細的分辨。P.M. S. Hacker, *Appearance and Reality*（London: Basil Blackwell, 1987），力辯現代科學在主要和次要本質中否定物質中色彩的存在是一種錯誤。E. Thompson, *Colour Vision: A Study in Cognitive Science and the Philosophy of Perception*（London: Routledge, 1995），用比較色彩視覺的方法檢討現代色彩原理和實踐。

T. H. Huxley, "On the Hypothesis that Animals Are Automata and Its History," *Science and Culture*（New York: Appleton, 1884）, pp.206-252，讚美笛卡兒在生理學上的貢獻。R. Dawkins, *The Blind Watchmaker*（New York: W. W. Norton, 1986），相信達爾文的物競天擇學說實是一種創造的現象而不假定一個創造者。若有意了解進化論的爭辯，請讀 K. Sterelny, *Sex and Death: An Introduction to Philosophy of Biology*（Chicago: University of Chicago Press, 1999）。

論感受和自覺性本身的品質非真的假設，見 Dennett, *Consciousness Explained*（Boston: Little, Brown, 1991），和 O. Flanagan的答辯，*Consciousness Reconsidered*（Cambridge, Mass: MIT Press, 1992）。論當前有關自覺性和心身問題的思想，見J. Levine, *Purple Haze: The Puzzle of Consciousness*（Oxford: Oxford University Press, 2001），和W. Seager, *Theories of Consciousness: An Introduction and Assessment*（London: Rutledge, 1999）。

至於笛卡兒的決鬥和他與他女兒佛蘭蕊的生母海倫的關係，見 Rodis-Lewis, *Descartes*, pp.58, 139。

附 錄

論證、證明，和邏輯形式

論證是替哲學命題找到說服力量的重要工具。在笛卡兒的時代，哲學文字中的論證常藉由一連串的語句導致結論。能支持結論的語句稱爲「前提」（premises）。在形式邏輯的論證中，前提決定結論，也就是說，假如前提是眞，則藉由它們支持而得到的結論也一定是眞。論證的邏輯形式是論證的抽象結構，一如下面的例子所示，而且它獨立於前提所牽涉到的眞理，甚至內容。

在它透明見骨的結構中，論證可以編成號碼，依序進行。今天的邏輯稱一切具有正確邏輯形式的論證爲「有效」（valid）。下面便是一個邏輯上有效的論證：

A.一切狗皆有跳蚤。

B.這個東西是一隻狗。

C.因此這個東西有跳蚤。

在這個論證的結構中，一個普遍的大前提（A）和一個特殊的小前提（B）決定了結論（C）。它嚴格地遵守了亞里斯多德首創的一種邏輯形式，稱爲三段論法式的邏輯（syllogistic logic）。然而當一個論證在邏輯形式上是眞時，卻不一定保證前提或結論也是眞。但這是題外話。我們說上面的論證「有效」，因爲它的結論是從前提「邏輯式地推理」而來，縱使它的兩個前提A和B都可能錯誤。假如某一特定的論證在邏輯形式上有效而前提又眞，那麼用今天的邏輯語言來說，這個論證便是「健全的」（sound）。這也就是說，由於前提是眞，邏輯形式正確，而論證亦眞，故結論得以成立。

然而假如前提或結論爲僞，或者論證無效，這個論證又代表什麼意義呢？假如結論不眞（這隻狗並沒有跳蚤），而論證又無效，那麼前提之一或者兩個前提一定有不眞的可能。上面的論證說一切狗皆有跳蚤，可能（事實上也確是）不眞。但即使它的前提是眞，而「這個東西」卻可以是一隻貓，或是一個玩具動物。假如前提A或前提B是僞，則這個論證的結論C不能成立。有時我們明知前提之一或者全部都不眞，而結論仍有眞實的可能；例如某一特定的狗可以有跳蚤，即使一切狗都沒有跳蚤。一般說來，如果某一論證有效而前提爲僞（結論也不符合任何一個前提），那麼這個論證不能傳達它結論所揭示的眞理。再者，如果前提都眞但論證無效，這個論證也沒有達成結論的效果。

我們在第一章中已經說過，笛卡兒不喜歡三段論法的邏輯，而寧願採用數學作爲他推理的模式。這意味著說，他希望把推理簡化到最簡單的地步，而每一步驟都是不證自明的眞實，因此無需使用一套僵硬而形式化的演繹方法（10：405-406, 8A：205-206）。

我們今天都知道，推理有遠較演繹法更爲簡便的形式，而長久以來都爲數學家們所使用。

它們也是笛卡兒使用的方法。其中一種簡單的推理叫作「離斷律」或「肯定前件式」（modus ponens），其形式如下：

若P，則Q。

P.

Q.

在這格式中，「P」和「Q」代表語句。這條橫線代表作爲結論的Q是從橫線右邊的前提依照邏輯的推理方式而得到的。本書也採用了其他的方式來顯示結論，例如「因此」這個連接詞（有如下面的例子）。

一個涉及三段論法的邏輯論證可以用下面離斷律的形式表達：

1.假如某件事物是一隻狗而牠有跳蚤。

2.這件事物是一隻狗。

3.因此牠有跳蚤。

這個邏輯論證的形式是不同於三段論法的形式的。在三段論法中，前提A的眞理，即「一切狗皆有跳蚤」，是某一隻狗有跳蚤的條件。而在離斷律中的前提1.，「假如某件事物是一隻狗而牠有跳蚤」，卻不是結論的條件。這個前提可以是眞，即使狗並不存在。現代邏輯分辨普遍述詞和特殊述詞之間連接的關係。而三段論法則不作此分辨。

在人們日常生活的推理中，離斷律經常出現。當三段論法可以被採用時，人們常會在不自覺中採用離斷律。笛卡兒排斥三段論法的事實並不證明他的議論沒有邏輯的程序（7：455）。這只能說他不相信三段論法的結構有助於哲學的辯論和求得眞實的結論。他寧願接受一些形式上的改變，來避免人爲的條件和過分形式化的邏輯格局。因此，從前提A，「這個東西是一隻狗」，他可以不假思索地把前提B推論成「這個東西是一隻動物」。人們也許會要求一個有普遍性的（universal）前提U，說明「一切狗都是動物」。然而笛卡兒認爲，我們的直覺能從A順理成章地推論到B而不需要普遍前提U的提示。在他大眾化的對話錄《眞理的探索》中他對這個態度有所交代。在沉思二中當他回顧與「我思」相關的推理時，他借他的化身尤多克蘇士（Eudoxus）的口氣說：

我在這裡不得不向你喊停，不是要把你調離正道，而是想鼓勵你好好思考一下，怎麼樣的良好意識（good sense）才能把你導向正確的途徑。因為從你剛才說的話中，難道沒有一些不正確的話，一些未經合理處置的結論，一些不甚恰當的推理嗎？我們所談到的重點都已得到說明和證實，但不是透過邏輯，也不是經由辯論的法則，或者固定的格局，我們所依憑的，不過是理性的光芒，和良好的意識。當這種光芒開始運作時，它比較不容易犯錯，尤其是相對那些刻意製造的規矩，和人類的智巧

和懶惰的發明。這些東西只更能使人墮落，而不能把人變得更完美。（10：521*）

在這裡說到「推理」（deduction）時，笛卡兒心目中並沒有邏輯規格的形式推理，而只是依循他在《心靈指導守則》中所描述的「程序」（procedure）（10：369-379），亦即達到結論前一系列顯然受到「良好的意識」或者「理性的光芒」影響的思考步驟（有些笛卡兒同時代的人認爲「推理」不同於「理性」，前者是論證中每一步驟轉變時的功能，而後者是對每一命題個別的認識；但笛卡兒不作這種分辨）。

笛卡兒最佳論證的模範是數學。其中的一種深爲他的讀者所知曉的（第一手的認識或者透過閱讀），是歐幾里得的《幾何原本》（*Elements*）。該書分爲定義、假設，和公理（或稱「公共理念」）幾個部分。公理的部分含有類似上面所列前提1.的形式，例如，「等量加等量，其結果還是相等」。笛卡兒接受這種公理，認爲它不證自明（9A：206）。在歐幾里得的《幾何原本》中，定義、假設，和公理是用來作爲定理（theorems）的證據。不過他的論證並沒有完全依賴邏輯的形式。有許多地方，他的幾何圖形扮演了展示空間關係無可取代的角色。用圓規和直尺畫出來的圖形是歐幾里得幾何證明的重要工具。舉例來說，當我們想在一條直線線段的兩極中決定一個點時，我們的程序必須依賴這兩極間空間的結構來完成。也就是說，這個點的出現，是由於這個線段中一切的點都已安置在它的兩極之間。易言之，不論這個點位於線段的什麼部位，我們已確知它一定不出這兩極的範圍。

歐幾里得對圖形和空間結構的運用在十九世紀數學革命時變成了批判的對象。在求證中把證明訴諸幾何圖形或者假想的空間結構，當時被認爲「不夠準確」。歐克里德原創的論證也被視爲不夠完善或者帶有疵瑕。這種批評對歐克里德來說可說是難於理解，因爲那是一種新世代的新思想，認爲算術和代數遠比幾何更爲根本，即幾何學的關係必須改用代數的操作才能顯現出它的意義。事實上，十九世紀的革命徹底改變了數學的主題，他們開始相信，以數字結構，或者從另一角度看到的數學套論結構（**set-theoretic structure**），有首屈一指的重要性，因此歐幾里得的方法不再適用於新幾何學的代數概念。就以線段之間的空間話題來說，它已轉變成爲數據的線段，其中的點都帶上了數據的「值」，而其中空間的位置也都以「大於」或「小於」的相對關係來表示。這已不再是歐幾里得的程式，也不是笛卡兒的程式。

然而十九世紀數學世界裡的革新卻多少是受到笛卡兒的幫助才產生的；尤其是他的解析幾何和代數幾何。只是他自己並不鼓吹代數幾何學的普遍使用。他保留了以空間爲主的「擴延」理論，作爲他最關鍵的數學觀念。他認爲空間的結構是最好的方法把不同形態的種種事物清晰地畫分界線（一如他《心靈指導守則》中第十二和十四條的圖形所示〔10：413, 450〕）。他也接受幾何結構中一些直線因運動而與其他線條相切割時所產生的曲線（《幾何學》，6：389）。他還認爲許多算學的操作（如加減乘除四則）都可以清楚而顯然地利用直線的線段而得到表達（10：464-468）。當他選擇不證自明的推理而排斥三段式論法的邏輯時，部分的理由是他以爲從圖形上得到的幾何推理，要比三段論法更爲直截了當（不過我們得承認，在他所處的時代，三段論法的資源還有不盡完善的地方），雖然它仍不失爲一種論證的方法。在他完成《守則》一書後，笛卡兒擴延的理論可以從純理性中取得，而無需借用影像或者幻想。不過，這並不是說他認爲擴延空間的結構在幾何學的推理中失去了它的重要性；他只是相信擴延的結構可以來自純粹的理性（7：22-3）（要了解這一時代數學空間結構的重要性，可以參考笛卡兒所說擴延是「量的延續」的一句話〔7：63〕；在他那一時代，用數據作爲延續觀念的體認尚未出現——延續的量只能用幾何的線段來表示）。即使在他的晚期，他還認爲數學的推理是典型的想像，亦即是說，幾何的圖形可以用想像代替（7：22），而擴延的觀念也可以清楚地從想像中得來。（8A：323）。

笛卡兒相信數學方式的推理，雖然步調緩慢，然而每一步驟都一目了然，讓人得到眞正的了解，實比用固定的格局，蓄意說服對方的論證要有效多了。他本人從未討論過歐幾里得的《幾何原本》，雖然該書在標題上便揭示了「基本元素」（elemetary）的要義，其中眞正的意涵，他大膽地說，恐怕並不爲當代的哲學家們所理解（9A：210-211）。他研究的幾何問題多來自古代的作者，諸如阿基米德、阿波羅尼奧斯（Apollonius）和帕布士（Papus）。有如我們在第二章所言，在形而上學中，笛卡兒寧願採用解析作爲解說的方法，而不取歐幾里得的《幾何原本》。不過這裡所說的「解析」（analytic）卻不同於解析幾何或代數幾何學中的「解析」，因此並不與笛卡兒數學的量的概念和物質本質的空間擴延性相衝突。

笛卡兒不證自明的方法並不限於數學。他發現有些概念或知識並不具有幾何的特性，而在其事物中也不含有空間的擴延性，因此無法用想像（圖形）來作解釋。此種概念或知識包括作爲非物質而存在的上帝和以上帝爲第一因的因果律。在這些地方，他再度提倡不證自明的概念，並非爲了滿足邏輯的形式，而只是因爲這種概念或知識的內涵顯現了某種「精神檢驗」（mental inspection）的證據。例證之一便是他自己的格言，也可說是大眾的理念，即「一切存在的事物，都可以找到它存在的原因」（7：164）。大致看來，這裡的證明大概便是把「事物」、「存在」，和「原因」放在最根本或最原始的觀念上加以考量。

笛卡兒絕無意思反對邏輯的論證。他只是覺得演繹的論法太過形式化，尤其是跟人類在幾何和數學中自然流露的悟性相比較。他不相信抽象的邏輯形式可以合理地成爲推理的基本模型。他寧願把人類本能的肯定性（intuitive certainty）當作每一個不證自明的步驟。這種推理的模型來自他最爲熟悉的幾何學。他部分方法學的目的，已如我們在第二章中所說，是借用形而上學細小的步調來尋找與幾何學相似的不證自明的論證。他的方法能完成多少預期的任務，有待於他個別論證案例的評價。這將不僅包含邏輯形式的設定，還要看他對所謂不證自明意涵的處理，亦即怎樣使用最原始的概念來看待「事物」、「存在」、「原因」，甚至「思想」的問題。當分析笛卡兒的論證時，我們似乎有必要把他隱蔽的邏輯結構改寫成清楚而有效的邏輯論證。如此做時，我們才有希望把他從「良好的意識」或者「理性的光芒」中取得的隱蔽結構，明白地揭露開來。

參考書目和進階閱讀

有意認識現代邏輯的學生可以從下列任何一冊書中得到介紹：G. Priest, *Logic: A Very Short Introduction*（New York: Oxford University Press, 2000）, I.M. Copi and C. Cohen, *Introduction to Logic*, 11th edition（Paramus: Prentice Hall, 2002），二書皆有基本邏輯系統的介紹，對邏輯有效和妥當性的觀念也有討論。邏輯形式觀念的簡介，可參閱 C. Menzel, "Logical Form," in E. Craig（ed.）, *Routledge Encyclopedia of Philosophy*（London: Routledge, 1998）, vol. 5, pp.781-785.

討論笛卡兒演繹法中非形式的概念，見 Clarke, *Descartes' Philosophy of Science*, appendix 1.討論他解析幾何的成就，見 H. Bos, "On the Representation of Curves in Descartes' *Géométrie*," *Archive for History of the Exact Sciences* 24（1981）, pp.295-338，以及*Lectures in the History of Mathematics*（Providence, RI: American Mathematical Society, 1991）, chs. 2-3。討論十九世紀數學革命的影響，見 Bos, *Lectures*, ch.9。十九世紀數學的原始資料，包括 Felix Klein 對數學全盤化的討論和批評，可見於 W. Ewald（ed.）, *From Kant to Hilbert: A Source Book in the Foundations of Mathematics*, 2 vols.（Oxford: Clarendon Press, 1996）。十九世紀認為歐幾里得「不夠完美」的批評，見 Moritz Pasch, *Vorlesungun über neuere Geometrie*（Leipzig: Teubner, 1882）和 H. Eves, *Survey of Geometry*, 2 vols.（Boston: Allyn & Bacon, 1963-1965）, sec. 8.1。論歐幾里得證明空間和圖形運用的妥當性，見 L. Shabel, *Mathematics in Kant's Critical Philosophy: Reflections on Mathematical Practice*（London: Routledge, 2002）。

引文書目

Clarke, Desmond M., *Descartes' Philosophy of Science*（University Park: Pennsylvania State University Press, 1982）.

Cottingham, John, *Descartes*（New York: Basil Blackwell, 1986）.

Cottingham, John（ed.）, *Cambridge Companion to Descartes*（Cambridge: Cambridge University Press, 1922）.

Cottingham, John（ed.）, *Reason, Will and Sensation: Studies in Descartes's Metaphysics*（Oxford: Clarendon Press, 1994）.

Cottingham, John（ed.）, *Descartes*, Oxford Readings in Philosophy（Oxford: Oxford University Press, 1998）.

Curley, Edwin, *Descartes Against the Skeptics*（Cambridge, Mass.: Harvard University Press, 1978）.

Des Chene, Dennis, *Physiologia: Natural Philosophy in Late Aristotelian and Cartesian Thought*（Ithaca, NY: Cornell University Press, 1996）.

Dicker, Georges, *Descartes: An Analytical and Historical Introduction*（New York: Oxford

University Press, 1993）.

Flage, Daniel E. and Bonnen, Clarence A., *Descartes and Method: A Search for a Method in Meditations*（London: Routledge, 1999）.

Frankfurt, Harry, *Demons, Dreamers, and Madmen*（Indianapolis: Bobbs-Merrill, 1970）.

Garber, Daniel, *Descartes' Metaphysical Physics*（Chicago: University of Chicago Press, 1992）.

Gaukroger, Stephen, *Descartes: An Intellectual Biography*（Oxford: Oxford University Press, 1995）.

Gaukroger, Stephen, Schuster, John, and Sutton, John,（eds.）, *Descartes' Natural Philosophy*（London: Routledge, 2000）.

Guèroult, Martial, *Descartes' Philosophy Interpreted According to the Order of Reasons*, trans. R. Ariew, 2 vols.（Minneapolis: University of Minnesota Press, 1984-1985）.

Kenny, Anthony, *Descartes: A Study of His Philosophy*（New York: Random House, 1968）.

Rodis-Lewis, Geneviève, *Descartes: His Life and Thought*, trans. J.M. Todd（Ithaca, NY: Cornell University Press, 1998）.

Rorty, Amélie（ed.）, *Essays on Descartes' Meditations*（Berkeley: University of California Press, 1986）.

Rozemond, Marleen, *Descartes's Dualism*（Cambridge, Mass.: Harvard University Press, 1998）.

Shea, William R., *The Magic of Numbers and Motion*（Canton, Mass.: Science History Publications, 1991）.

Voss, Stephen（ed.）, *Essays on the Philosophy and Science of René Descartes*（New York: Oxford University Press, 1993）.

Williams, Bernard, *Descarles, The Project of Pure Inquiry*（London: Penguin, 1978）.

Wilson, Margaret D., *Descartes*（London: Routledge & Kegan Paul, 1978）.

Wilson, Margaret D., *Ideas and Mechanism: Essays on Early Modern Philosophy*（Princeton, NJ: Princeton University Press, 1999）.

經典哲學名著導讀 001

1BZ2

笛卡兒與《沉思錄》

作者 蓋瑞・海特斐(Gary Hatfield)
譯者 周春塘
發行人 楊榮川
總編輯 龐君豪
主編 盧宜穗
責任編輯 陳姿穎 李美貞
封面設計 林仲屏 (SUKI.007)
出版者 五南圖書出版股份有限公司
地址 106台北市大安區和平東路二段339號4樓
電話 (02)2705-5066
傳真 (02)2706-6100
劃撥帳號 01068953
戶名 五南圖書出版股份有限公司
網址 http://www.wunan.com.tw
電子郵件 wunan@wunan.com.tw
法律顧問 元貞聯合法律事務所 張澤平律師
出版日期 2009年4月初版一刷
2009年6月初版二刷
定價 新臺幣450元

國家圖書館出版品預行編目資料

笛卡兒與《沉思錄》/蓋瑞・海特斐著;周春塘譯.— 初版. — 臺北市:五南,2009.04
面; 公分.--(經典哲學名著導讀)
含參考書目
ISBN 978-957-11-5561-6 (平裝)

1.笛卡兒(Descartes, Rene, 1596-1650)
2.學術思想 3.哲學

146.31 98002472